ARNO STROBEL

DAS WESEN

Psychothriller

Fischer Taschenbuch Verlag

Originalausgabe
Veröffentlicht im Fischer Taschenbuch Verlag,
einem Unternehmen der S. Fischer Verlag GmbH,
Frankfurt am Main, Dezember 2010

Satz: pagina GmbH, Tübingen
Druck und Bindung: CPI – Clausen & Bosse, Leck
Printed in Germany
ISBN 978-3-596-18632-7

Warum haben Sie für ›Das Wesen‹ einen Psychiater als Hauptfigur gewählt?

In Thrillern haftet Psychiatern spätestens seit Hannibal Lecter eine Art diabolische Genialität an. Außerdem sind sie mit der Psyche des Menschen und seinen Verhaltensweisen sehr gut vertraut, darum eignen sie sich aus meiner Sicht nicht nur ganz hervorragend als mögliche Täter, sondern können ebenso gut auch die Rolle des tragischen Opfers einnehmen, wenn sie auf einen entsprechenden Gegenpart treffen.

Haben Sie für diese Geschichte in der Aachener Mordkommission recherchiert?

Ja, und ich war sehr angenehm überrascht von der Hilfsbereitschaft, die ich dort erlebt habe. Die Beamten haben sich vor Ort sehr viel Zeit für mich genommen und mir auch anschließend während der gesamten Schreibphase per E-Mail geholfen, wann immer ich Fragen zur Arbeit der Mordkommission hatte. Ich fand diese Einblicke in die Arbeit der (realen) Kripo auch persönlich sehr interessant.

Ist es eine besondere Herausforderung, auf zwei Zeitebenen zu erzählen?

Ich denke schon. Die Gefahr, logische Fehler einzubauen ist dabei größer als bei einem rein linearen Verlauf, und ich habe immer wieder Logik und Chronologie überprüft. So muss man zum Beispiel Entwicklungen beachten, die Personen innerhalb von 15 Jahren durchmachen. Alexander Seifert, der Erzähler, muss sich als junger, unerfahrener Kommissar bei seinem ersten Mordfall anders verhalten als in der zweiten Zeitebene 15 Jahre später, da ist er schon ein gestandener Hauptkommissar. Aber das Experiment, aus dem Damals ins Heute zu springen und zwei parallele Fälle zu schildern, war in jedem Fall knifflig und spannend zugleich.

Ich sah den Psychiater an. »Und was meinen Sie jetzt damit, dass wir das Wesen erkennen müssten, Dr. Lichner?«
»Sie werden es herausfinden, Herr Hauptkommissar. Ganz sicher.«

Die Aachener Kripo erhält einen anonymen Hinweis: Ein Mädchen soll verschwunden sein. Bei ihren Recherchen erleben die Kommissare Seifert und Menkhoff eine große Überraschung: Der Vater des angeblich verschwundenen Kindes ist Dr. Joachim Lichner, ein Psychiater, den sie viele Jahre zuvor wegen Mordes an einem kleinen Mädchen verhaftet hatten und der in einem spektakulären Indizienprozess zu einer langjährigen Haftstrafe verurteilt worden war. Als die Beamten ihn mit erneuten Verdächtigungen konfrontieren, leugnet Dr. Lichner, überhaupt ein Kind zu haben. Er sei unschuldig, genau wie damals. Will ihn jemand zum zweiten Mal hinter Gitter bringen – für ein Verbrechen, das er nicht begangen hat? Warum setzt Kommissar Menkhoff nach all den Jahren alles daran, Lichner ein weiteres Gewaltverbrechen nachzuweisen? Und warum verstrickt sich der Psychiater bei jedem Verhör in immer stärkere Widersprüche, als es um seine frühere Lebensgefährtin geht? Ein unerbittliches Psychoduell nimmt seinen schrecklichen Lauf …

Arno Strobel, 1962 in Saarlouis geboren, studierte Informationstechnologie. Nach einigen Jahren Selbständigkeit als IT-Unternehmensberater ging er nach Luxemburg, wo er seitdem bei einer großen deutschen Bank beschäftigt ist. Mit dem Schreiben begann er im Alter von fast vierzig Jahren. Arno Strobel lebt heute mit seiner Familie in der Nähe von Trier. ›Das Wesen‹ ist sein vierter Roman. Mehr unter www.arno-strobel.de.

Unsere Adresse im Internet: www.fischerverlage.de

Für meinen Vater

Prolog

7. April 2007

Er machte fünf, sechs Schritte, dann blieb er stehen. Sekundenlang verharrte er, den Blick auf die gelbe Häuserfront gegenüber gerichtet, ohne sie wahrzunehmen. Die Sonne war schon kräftig, er spürte die Wärme auf seinem Gesicht. Mehrmals setzte er an, sich umzudrehen, doch der Befehl aus den Synapsen seines Gehirns verpuffte auf dem Weg zu den Muskeln im Nichts. Er kannte diese Vorgänge genau, wusste, was ihn blockierte, und konnte doch nichts dagegen tun. Erst als ihn das Monster hinter seinem Rücken zu verbrennen drohte, löste sich die Starre, und er stellte sich dem Anblick.

Das vierstöckige weiße Gebäude mit den roten Dachziegeln sah gar nicht so aus, wie er das aus Filmen kannte. Zumindest nicht von vorne. Kein großes, schmutzig graues Eisentor, das auf quietschenden Rollen langsam von einem Motor zur Seite gezogen wurde, wenn sie einen rausließen. Die Kunststofftür mit dem bogenförmigen Überdach aus grünlichem Glas hätte auch der Eingang zu einem Elektrogroßhandel sein können. Nur der Schriftzug über den Fenstern daneben passte nicht dazu: JUSTIZVOLLZUGSANSTALT.

Dreizehn Jahre, ein Monat und zehn Tage. Er las ihn zum letzten Mal. Vorbei.

Mehrmals schon hatte er die JVA Hagen in den letzten Monaten verlassen. Als Freigänger, um sich langsam wieder an das Leben ohne Gitter zu gewöhnen. Und spätestens um 19.00 Uhr wieder einzufahren. Vorbei.

Jetzt.

Er wandte sich ab und ging los. Weg vom Knast, raus aus der

Gerichtsstraße, auf die Bülowstraße zu. Dort würde er in einen Bus steigen und zum Bahnhof fahren. Dann mit dem Zug zwei Stunden bis Aachen. Er hatte den Freigang genutzt, hatte eine Wohnung gefunden. Die Stadt hatte sich kaum verändert in den letzten dreizehn Jahren. Er schon.

Tief sog er die Luft in seine Lungen. Frei. Und doch – er war nicht glücklich, wollte nicht glücklich sein.

Dreizehn Jahre.

Und die Wut war wieder da.

1

22. Juli 2009

Kriminalhauptkommissar Bernd Menkhoffs Handy klingelte, als wir nur noch wenige Meter von der Garagenauffahrt seines Einfamilienhauses im Aachener Stadtteil Brand entfernt waren. Während er umständlich sein Telefon aus der Hosentasche fingerte, lenkte ich den A6 an den Straßenrand. Seit 16 Jahren waren wir Partner, und meistens setzte ich ihn nach Dienstschluss zu Hause ab und nahm ihn am nächsten Tag wieder mit.

»Ja«, meldete sich Menkhoff knapp und senkte den Kopf ein wenig, während er dem Anrufer zuhörte. Ich warf einen Blick auf die Uhr. Hoffentlich nichts Dienstliches mehr. Den Motor des Audis ließ ich laufen, die Klimaanlage blies angenehm kühle Luft in den Innenraum. Draußen war es drückend.

»Ja, der bin ich«, sagte Menkhoff neben mir mürrisch. »Woher haben Sie diese Nummer?« Er hörte wieder eine Zeitlang zu, dann kniff er die Augen zusammen. »Was?«

Es *war* etwas Dienstliches.

»Aha. Und wie kommen Sie darauf?« Menkhoffs Stimme hatte einen unpersönlichen Klang angenommen. »Sagen Sie mir bitte erst mal Ihren Namen.« Es vergingen weitere Sekunden, dann ließ er das Handy sinken. »Aufgelegt.«

»Anonym?«

»Ja. Eine Männerstimme. Hat was erzählt von einem

kleinen Mädchen, das angeblich seit mehreren Tagen verschwunden ist. In der Zeppelinstraße.«

»Nicht gerade die feinste Gegend. Und?«

»Was und? Sonst nichts.«

Er öffnete die Beifahrertür und sagte beim Aussteigen: »Bin gleich wieder da.«

Ich sah ihm nach, wie er über die Auffahrt zur Haustür ging, aufschloss und im Inneren verschwand.

Schon nach sieben. Melanie wartete zu Hause auf mich. Ich sah die herrlichen Rinderhüftsteaks vor mir, die ich an diesem Abend für uns beide zubereiten wollte. Es sollte ein romantisches Essen werden, mit Rotwein und Kerzen, eine kleine Entschädigung dafür, dass es in letzter Zeit oft sehr spät geworden war. Seit meiner Beförderung zum Hauptkommissar ein paar Monate zuvor …

Die Beifahrertür wurde geöffnet, und Menkhoff ließ sich wieder in den Sitz fallen. »Alles in Ordnung, Frau Christ bleibt da und passt weiter auf Luisa auf.« Er deutete mit dem Kopf nach vorne. »Na komm, fahr los.«

Ich dachte an die Steaks und legte mit einem Seufzer den Gang ein. Vielleicht war der Anrufer ja nur ein Spinner, das kam öfter vor. Vielleicht würden wir in zwanzig Minuten wieder zurück sein.

Als ich vor einer Ampel an der Trierer Straße anhalten musste, sah ich zu Menkhoff herüber, der sein Handy in das Ablagefach der Mittelkonsole warf. »Keine Nummer, klar.« Er strich sich eine Strähne seiner von silbernen Fäden durchsetzten schwarzen Haare aus der Stirn. »Unterdrückt.«

Zehn Minuten später standen wir vor einem Mehrfamilienhaus, dessen Außenfassade dringend einen Anstrich nötig gehabt hätte.

»Im ersten Stock links, hat der Kerl gesagt«, erklärte Menkhoff. Ich betrachtete die Reihe verwitterter Holzfenster, die zur ersten Etage gehören musste, und stieg aus.

Die Haustür hatte kein Schloss, das Treppenhaus war ähnlich heruntergekommen wie die Fassade. Die meisten Kanten der ausgetretenen Betonstufen waren abgebrochen, hingekritzelte Klosprüche und Fäkalausdrücke bedeckten die Wände. Die wenigen nackten Glühbirnen ließen ihr diffuses, abweisendes Licht auf uns fallen.

Die Wohnungstür im ersten Stock links war an mehreren Stellen beschädigt und sah aus, als hätte vor langer Zeit jemand versucht, sie einzutreten. Ein Namensschild gab es weder auf dem braunen Holz noch an dem schmutzigen Klingelknopf daneben. Mit angewidertem Gesichtsausdruck drückte Menkhoff auf die Klingel, woraufhin hinter der Tür ein schrilles Läuten zu hören war.

Eine Zeitlang geschah nichts, und mein Partner hatte schon die Hand gehoben, um nochmal zu klingeln, als Schritte zu hören waren und das Schloss klackte.

Die Tür öffnete sich nur einen Spalt weit, das Gesicht eines Mannes tauchte auf, und mir stockte der Atem.

2

28. Januar 1994

Juliane wohnte mit ihren Eltern am Ende einer Sackgasse in Aachen-Steinebrück, gleich neben einem kleinen Spielplatz. Petra Körprich hatte sich nichts dabei gedacht, ihre vierjährige Tochter draußen spielen zu lassen, während sie das Mittagessen zubereitete. Die kurze Straße wurde fast ausschließlich von den wenigen Anwohnern benutzt, außerdem konnte sie den Spielplatz vom Küchenfenster aus einsehen. Als sie die Spülmaschine eingeräumt hatte und wieder einen Blick nach draußen warf, war Juliane verschwunden. Nach zehn Minuten rief sie ihren Mann im Büro an, eine Stunde später informierte der die Polizei.

Drei Tage lang suchten wir mit Hundertschaften der Bereitschaftspolizei die gesamte Umgebung ab, bis der schreckliche Verdacht zur Gewissheit wurde: Die Kollegen fanden das Mädchen in einem Gebüsch im Aachener Wald, nicht weit von der Monschauer Straße und nur ein paar hundert Meter von ihrem Elternhaus entfernt. Jemand hatte Juliane erwürgt, den kleinen Körper dann in einen blauen Plastiksack gesteckt und ihn im Wald entsorgt wie Müll, den man unbeobachtet loswerden wollte.

Seit einem knappen halben Jahr gehörte ich zur MK2, der zweiten Mordkommission des Aachener Kriminalkommissariats 11, und es war der erste Mordfall, an dem ich als Junior-Partner von Oberkommissar Bernd Menkhoff mitarbeitete. Bis zu diesem Zeitpunkt war mir der Anblick eines Mordopfers noch erspart geblieben. Als ich dann dieses weiße Gesicht im Dreck liegen sah mit den dunklen Flecken auf den eingefallenen Wangen, eingerahmt von einer Flut aus blonden, schmutzverklebten Locken, als ich meinen Blick nicht von den hässlichen, blauschwarzen Würgemalen an ihrem zarten Kinderhals abwenden konnte, da hätte ich weinen können vor Schmerz und gleichzeitig schreien vor Wut. »Reißen Sie sich zusammen!«, raunte der Oberkommissar mir zu, der mir angesehen haben musste, wie sehr ich gegen einen Gefühlsausbruch ankämpfte.

Als ich später den Wagen über den schmalen Pfad aus dem Wald herauslenkte, fragte Menkhoff mich: »Wie alt sind Sie nochmal, Herr Seifert? Vierundzwanzig?«

»Dreiundzwanzig«, antwortete ich kleinlaut.

»Das ist alt genug, um sich etwas hinter die Ohren zu schreiben, Herr Kriminalkommissar: Niemals, hören Sie, absolut niemals dürfen Sie bei einem Mordfall Gefühle an sich heranlassen. Wenn so ein kleines Mädchen von einem Dreckschwein getötet wird, dann ist das entsetzlich, aber auch wenn es unmenschlich klingt – die Kleine ist tot, und sie ist ein Fall, den wir aufklären müssen, kapiert? Wir können dem Kind nicht mehr helfen, aber wir können dafür sorgen, dass dieser Abschaum so was nicht nochmal tun kann.« Menkhoff schlug kurz mit der flachen Hand gegen das Handschuhfach. »Verdammt, wenn Sie Gefühle zulassen, verlieren Sie den neutralen Blick, Sie übersehen Details. Sie müssen lernen, einen kühlen Kopf zu bewahren. Darauf will ich mich verlassen können, verstanden?«

Ich verstand, musste in den folgenden Tagen aber immer wieder feststellen, dass Verstehen und Umsetzen zwei grundsätzlich unterschiedliche Dinge waren. Jedes Mal, wenn sich wieder ein Hinweis als wertlos herausstellte, überkam mich eine tiefe Niedergeschlagenheit, weil wir dieses Monster vielleicht nie fassen würden, und Wut und Angst, weil vielleicht noch ein Kind sterben würde, während wir vollkommen ahnungslos waren.

Niemals dürfen Sie bei einem Mordfall Gefühle an sich heranlassen.

3

22. Juli 2009

Ich hatte ihn sofort erkannt, und doch dauerte es einen Moment, bis ich in der Lage war, zu realisieren, dass es tatsächlich Dr. Joachim Lichner war, der da vor uns stand. Älter, mit schmalerem Gesicht, und auch der Ansatz der kurzgeschnittenen blonden Haare war ein Stück nach hinten gerutscht, aber mit denselben klugen, wachen Augen, wie ich ihn in Erinnerung hatte. Augen, die uns nun ohne erkennbare Überraschung musterten. Mit einem Blick zur Seite erkannte ich, dass es Menkhoff ähnlich ergehen musste wie mir. Selten hatte ich meinen Kollegen so verblüfft dreinschauen sehen wie in diesem Moment.

»Herr Menkhoff und Herr Seifert, welch eine unangenehme Überraschung«, begrüßte Lichner uns in einem Tonfall, als hätte er gesagt: ›Wie schön, Sie zu sehen.‹

»Lichner.« Menkhoffs Stimme klang heiser. »Was zum Teufel tun Sie hier?«

Der Psychiater hob eine Braue. »Eine merkwürdige Frage, Herr Hauptkommissar, wenn man bedenkt, dass *Sie* vor *meiner* Tür stehen.«

Mein Partner war offensichtlich vollkommen durcheinander, er schien nach Worten zu suchen, und ich hatte das Gefühl, ihm helfen zu müssen. »Wir haben einen anonymen Anruf erhalten«, sagte ich so sachlich wie möglich. »Angeblich soll aus dieser Wohnung ein kleines Mädchen verschwunden sein.«

Innerhalb eines Sekundenbruchteils veränderte sich Lichners Gesichtsausdruck.

»Ach, ein kleines Mädchen? Und da dachten Sie, schauen wir doch präventiv mal beim guten alten Dr. Lichner vorbei. Falls wir wieder mal vollkommen erfolglos herumermitteln, können wir ihm ja was anhängen. Was einmal funktioniert hat, wird doch bestimmt wieder klappen, oder wie?«

»Der Anrufer hat konkret diese Adresse genannt, Herr Lichner«, schaltete sich Menkhoff ein, der sich offenbar wieder gefangen hatte. »Wir müssen dem nun mal nachgehen. Also, wohnt hier ein kleines Kind?«

»Welches Kind soll denn hier wohnen, Herr Hauptkommissar? Hier wohne ich und sonst niemand. Außerdem … «, er zeigte mit ausgestrecktem Daumen über die Schulter, »meinen Sie, man könnte einem Kind einen solchen Schweinestall zumuten? Hm?«

»Herr Lichner«, schaltete ich mich ein, »uns geht es nur um diesen Hinweis, und Ihre persönliche Wohnsitu –«

»Leider kann ich mir momentan nichts anderes leisten«, fiel er mir ins Wort. »Es ist nicht ganz leicht für einen verurteilten Kindermörder, einen Job als Psychiater zu bekommen, wissen Sie?«

»Das ist mir –«, setzte Menkhoff an, wurde aber ebenfalls von Lichner unterbrochen: »Ich habe gehört, sie hat Sie verlassen?«

Sekundenlang starrten die beiden Männer sich an, und während Lichner dabei fast teilnahmslos wirkte, sah Menkhoff aus, als wolle er dem Psychiater an den Hals springen. Ich wusste, dass Lichner gerade Salz in eine Wunde gestreut hatte, die noch lange nicht verheilt war.

»Das geht Sie einen Dreck an, Lichner«, zischte Menkhoff. »Ich möchte einen Blick in Ihre Wohnung werfen. Lassen Sie uns jetzt sofort rein oder erst in einer halben Stunde mit Durchsuchungsbeschluss?«

Joachim Lichner machte einen Schritt zur Seite und zeigte mit einer Geste ins Innere der Wohnung. »Nein, bitte, treten Sie doch ein. Aber ich werde Sie im Auge behalten, Herr Hauptkommissar. Wenn Sie belastendes Material in meiner Wohnung verstecken, dann werde ich das bemerken.«

Ohne darauf einzugehen, betrat Menkhoff an ihm vorbei die Wohnung. Als ich an Lichner vorbeiging, sagte er leise: »Ich hoffe, Sie lassen das nicht wieder zu, Herr Seifert.«

»Reden Sie keinen Blödsinn«, sagte ich und folgte meinem Kollegen. Die Wohnung war wirklich ein Schweinestall, und ich fragte mich, wie es möglich war, dass ein gebildeter Mensch so hausen konnte. Andererseits – gebildete Menschen taten manchmal die unfassbarsten Dinge.

Das Zimmer, vor dem wir standen, mochte 15 Quadratmeter groß sein, vielleicht auch weniger, und es roch darin nach Feuchtigkeit und Schimmel wie in einem alten Kellerraum. Die Wand links neben der Tür wurde in ihrer ganzen Länge von einem wackelig aussehenden, vergammelten Holzregal eingenommen, auf dem sich jede Menge verstaubter Plunder stapelte. Der verkratzte Fernseher an der Wand gegenüber stand auf einer Obstkiste, davor zwei ausgefranste braune Sessel, die vom Sperrmüll stammen mussten. Eine speckige Holzplatte auf einer Bierkiste diente als Tisch, in einer aufgeklappten Pappschachtel darauf lag der Rest einer Pizza. Die geblümte Tapete war ebenso fleckig wie der braune Teppich, an manchen Stellen waren lange Fetzen herausgerissen.

»Scheiße«, sagte Menkhoff und ließ den Blick weiter durch das Zimmer wandern.

»Wenn ich gewusst hätte, dass ich noch hohen Besuch bekomme, hätte ich die Putzfrau kommen lassen.«

»Ihre Zelle im Knast war bestimmt sauberer.«

»Ja, vielleicht, Herr Menkhoff. Aber da roch es ziemlich unangenehm. Nach … Korruption.«

Einmal mehr überging Menkhoff Lichners Anspielung und wandte sich mir zu. »Los, schauen wir uns die anderen Räume an, damit wir schnell wieder hier rauskommen.«

Die Küche, sofern man das so bezeichnen konnte, war so unordentlich wie das Wohnzimmer und fast so versifft wie das winzige Bad. Umso überraschter waren wir, als wir schließlich die Tür zum letzten Zimmer öffneten. Der kleine Raum war leer und sauber, die pastellgelben Wände offenbar frisch gestrichen.

Menkhoff drehte sich zu Lichner um. »Was ist das für ein Zimmer?«

»Ein neu gestrichenes, Herr Kriminalhauptkommissar.«

»Ich wi… Haben Sie es gestrichen, Herr Lichner?«

»Würden Sie mich verhaften, wenn es so wäre?«

Wieder starrten sie sich an, und der Hass schien eine Brücke zwischen ihren Augen zu schlagen, über die sie schwerbewaffnete Gedanken in den Kopf des anderen einmarschieren ließen.

»Las uns abhauen, Alex.« Menkhoff riss sich von Lichners Augen los. Als wir schon im Treppenhaus standen, drehte er sich noch einmal um. »Halten Sie sich zu unserer Verfügung, Herr Lichner, falls wir noch Fragen haben.«

»Sie verbringen zu viel Zeit vor dem Fernseher mit schlechten Krimis, Herr Hauptkommissar«, erwiderte Lichner und ließ uns in dem heruntergekommenen Treppenhaus stehen.

Menkhoff warf mir einen Blick zu, der mir deutlich sagte, dass es besser war, den Mund zu halten. Als wir aus dem Gebäude traten, blieb er plötzlich stehen und zog sein Handy hervor. »Warte mal kurz.«

4

14. Februar 1994

»Herr Seifert!«

Ich stand am Kopierer im Flur, als Oberkommissar Menkhoff aus unserem gemeinsamen Büro heraus nach mir rief.

»Hier!«, antwortete ich schnell und setzte mich sofort in Bewegung. Die Büros des Kriminalkommissariats lagen beidseitig des langen, braun verklinkerten Flurs im dritten Stock. Die meisten der grünen Türen waren nur ganz selten geschlossen.

Menkhoff stand schon neben seinem Schreibtisch und steckte einen Zettel in die Hosentasche. »Kommen Sie, wir müssen los. Wir haben einen Hinweis aus der Nachbarschaft, der uns vielleicht endlich weiterbringt. Ein Kerl hat der Kleinen angeblich öfter Süßigkeiten oder so was gegeben.«

Im Vorbeigehen schnappte ich mir meine dicke Jacke von der Garderobe neben der Tür und eilte Menkhoff aufgeregt nach.

Zwei Wochen war es schon her, seit wir die Leiche von Juliane Körprich gefunden hatten, doch bisher hatten unsere Ermittlungen noch nicht viel ergeben. Genaugenommen tappten wir noch völlig im Dunkeln, und das ausgerechnet bei meinem ersten Mordfall. Während ich mit Menkhoff quer über den Parkplatz auf unseren Dienstwagen zusteuerte, spürte ich erwartungsvolle Erregung in mir aufsteigen und gleichzeitig die Angst davor, wieder nur dem Hirngespinst eines Wichtigtuers nachzurennen. »Was hat der Anrufer denn genau gesagt, Herr Menkhoff?«, fragte ich vorsichtig.

»Es war eine Anruferin, Marlies soundso. Sie wohnt in der Nachbarschaft, auf der anderen Seite des Spielplatzes.«

»Eine Nachbarin? Und die ist noch nicht vernommen worden?«

»Doch, klar, die Kollegen haben sich mit der gesamten Nachbarschaft unterhalten.«

»Und ihr ist erst jetzt eingefallen, dass –«

»Ich weiß es ja auch nicht, warten wir's ab.«

Wir hatten den Opel Omega erreicht, und ich setzte mich hinter das Steuer. Als der Jüngere war ich automatisch der Fahrer. Menkhoff schnallte sich an. »Sie sagt, sie hat ein paar Mal beobachtet, wie ein Mann auf dem Spielplatz dem Mädchen Schokolade gegeben hat.«

»Und kennt sie den Mann?«, fragte ich. »Natürlich nicht, oder? Wär ja auch zu –«

»Doch, und er wohnt angeblich sogar ganz in der Nähe.« Obwohl ich nach vorne schaute, bemerkte ich aus den Augenwinkeln, dass mein Kollege mich ansah. »Na, was fällt Ihnen dazu ein, Herr Seifert?«

Ich wusste, auf welche Statistiken er anspielte. »Bei Tötungsdelikten an Kindern kommt der Täter in fast der Hälfte der Fälle aus der Familie, bei weiteren 35 Prozent aus dem näheren Umfeld.«

Bernd Menkhoff nickte stumm, und ich überfuhr eine rote Ampel.

Als ich kurze Zeit später vor dem Haus anhielt, war ich so aufgeregt, dass meine Hände zitterten. Ich hoffte, dass

Menkhoff es nicht bemerken würde. Er blieb neben dem Wagen stehen und zog den Zettel aus der Tasche, den er im Büro eingesteckt hatte. »Bertels«, las er ab. »Sie heißt Marlies Bertels.«

Die alte Frau öffnete die Tür, als Menkhoff gerade den Fuß auf die unterste der fünf Treppenstufen setzte. Marlies Bertels war klein und sehr schmal, die kurzen, sorgsam gelegten Haare hatten einen Farbton irgendwo zwischen Lila und Blau.

»Sie müssen die Herren von der Polizei sein«, sagte sie mit dünner Stimme. »Bitte, kommen Sie doch herein.«

In dem schmalen Flur roch es muffig, Marlies Bertels dirigierte uns in ihre gute Stube. Meine Großeltern hatten in ihrem Häuschen in Richterich auch so einen Raum gehabt, der nur betreten werden durfte, wenn Besuch im Haus war. Hier war es peinlichst aufgeräumt, und hinter den Glaseinsätzen der Eichenvitrine war Omas bestes Geschirr aufgestellt.

Als wir an dem Esstisch aus dunklem Holz saßen, blieb Frau Bertels stehen und lächelte uns an. »Darf ich den Herren Polizisten einen Aufgesetzten anbieten? Himbeere, selbst gemacht.«

Menkhoff winkte ab. »Nein, danke, wir sind im Dienst. Frau Bertels, was können Sie uns über diesen Mann erzählen, den Sie gesehen haben, als er der kleinen Juliane Süßigkeiten gegeben hat? Sie sagten, Sie kennen ihn?«

5

22. Juli 2009

»Ja, ich bin's. Bernd. Bernd Menkhoff. Sag mal, kannst du kurz was für mich rausfinden?« Ich schaute meinen Partner fragend an, doch der erwiderte meinen Blick nur flüchtig und drehte sich dann mit seinem Handy so von mir weg, dass ich ihn nicht verstehen konnte. Eine typisch menkhoffsche Unart. Seit wir Joachim Lichners schäbige Wohnung verlassen hatten, überlegte ich, wer der anonyme Anrufer gewesen sein mochte, dem wir diese seltsame Begegnung kurz vor Schichtende zu verdanken hatten. Jemand, der Lichner eins auswischen wollte? Aber woher hatte derjenige Menkhoffs Handynummer? Und was versprach sich jemand davon, dass die Polizei bei Lichner anrückt? Oder ging es nur um Lichner und Menkhoff?

Mein Partner beendete sein Telefonat und wandte sich mir wieder zu. Sein Gesicht hatte sich auf eine Art verändert, die nichts Gutes verhieß. Er nahm das Handy vom Ohr und sagte: »So eine Scheiße. Los, Alex, komm mit!«

»Aber … Was ist los?« Ohne mir eine Antwort zu geben, verschwand er wieder in dem düsteren Hausflur. Während ich hinter ihm die Treppe hochstieg und dabei immer zwei Stufen auf einmal nahm, versuchte ich es noch einmal: »Bernd, jetzt sag schon, was ist los? Warum gehen wir wieder zurück?«

»Das Schwein hat uns angelogen, Alex«, stieß er keuchend hervor. »Verarscht hat er uns!«

Vor Lichners Wohnungstür zog Menkhoff seine Waffe, klingelte und hämmerte gleich darauf mit der freien Faust gegen die Tür. »Machen Sie sofort auf.« Ich ging zwei Schritte zurück, zog ebenfalls die Walther und entsicherte sie, hielt sie aber auf den Boden gerichtet. Adrenalin jagte durch meinen Körper, als ich das kalte Metall in meiner Hand spürte. Schneller als beim ersten Mal wurde die Tür geöffnet. Als Lichner die Waffe sah, die Menkhoff gegen seinen Bauch richtete, zuckte er zurück. »Was –«

»Sie haben uns angelogen, Lichner, sagen Sie mi–«

»Ich habe was?«

»Sagen Sie mir sofort, wo das Mädchen ist!«, schrie Menkhoff ihn an. »Sofort!«

»Welches Mädchen? Ich hab Ihnen doch schon … ich weiß nicht …«

»Sarah Lichner.« Menkhoff schrie nun nicht mehr, seine Stimme klang kalt. »Laut Melderegister geboren am 18. Juni 2007, wohnhaft hier, in diesem Dreckstall. Ich frage Sie jetzt nochmal: Wo verdammt ist Ihre Tochter, Dr. Lichner?«

Ich ließ den Psychiater nicht aus den Augen und versuchte zu verstehen, was Menkhoff gerade gesagt hatte. Lichners Tochter? Zwei Jahre alt?

Mit versteinertem Gesicht sah Dr. Lichner uns abwechselnd an. »Meine … Tochter? Sind Sie jetzt total verrückt geworden? Ich habe keine Tochter.«

6

14. Februar 1994

Marlies Bertels wackelte mit dem Kopf wie ein Hutablagendackel und setzte sich Menkhoff gegenüber an den Tisch. »Also es war ja eigentlich ein Zufall, Herr Kommissar, dass ich das überhaupt gesehen habe. Sie müssen nicht denken, ich wäre eine dieser neugierigen älteren Frauen, die den ganzen Tag am Fenster sitzen. Dafür hab ich keine Zeit. Ich habe einfach so mal rausgeschaut, aus dem Küchenfenster, und da sehe ich doch, wie der Doktor der Kleinen was zusteckt. Da vorn war das.« Sie deutete in die Richtung, in der vor dem Haus der Spielplatz liegen musste.

»Der Doktor?«, fragten Menkhoff und ich fast gleichzeitig.

»Ja, er wohnt da, ein paar Häuser weiter.« Auch diese Richtung gab sie mit ihrem knotigen Zeigefinger an.

»Was ist das für ein Doktor?«, wollte Menkhoff wissen. »Ein Arzt?«

Sie sah ihn verständnislos an. »Ja, was denn sonst für ein Doktor?« Mit verschwörerischer Miene beugte sie sich ein Stück weit nach vorne und tippte sich mit dem Zeigefinger gegen die Stirn. »Für solche Leute, die ein bisschen … seltsam sind. Wenn Sie verstehen, was ich meine?«

Menkhoff sah mich kurz an und nickte ihr dann zu: »Ja, ich denke, ich verstehe, Frau Bertels.«

Ich zog den kleinen Notizblock aus der Innentasche meiner Jacke und klappte ihn auf. Dabei wurde mir bewusst, wie überhitzt der Raum war. Ich streifte die Jacke ab und legte sie über die Lehne des freien Stuhls neben mir. Als ich mich dabei ein Stück aufrichtete, fiel Marlies Bertels' Blick auf meine Waffe im Holster rechts am Gürtel.

»Wissen Sie denn auch seinen Namen, Frau Bertels?«, fragte ich.

Sie starrte noch immer auf meine rechte Seite, obwohl ich wieder saß und die P6 vom Tisch verdeckt wurde. »Haben Sie damit schon jemanden totgeschossen?« Ihre Stimme schien noch eine Spur dünner geworden zu sein.

»Nein«, versicherte ich ihr. »Ich musste noch nie auf einen Menschen schießen. Kennen Sie den Namen des Doktors, Frau Bertels?«

Nun endlich sah sie mich wieder an. »Ja, Lichner heißt der. Er wohnt zusammen mit einer Frau.« Und in vorwurfsvollem Ton fügte sie hinzu: »Sie sind nicht verheiratet.«

›Dr. Lichner, Psychiater‹ fand seinen Platz oben rechts auf dem frischen Blatt. »Wissen Sie auch die Hausnummer?«

»Die Hausnummer? Nein … Es ist das gelbe Haus, ein Stück weiter, am Anfang der Straße. Es gibt nur ein gelbes Haus auf dieser Seite, wissen Sie. Sie müssen mal die Fenster sehen. Man kann fast nicht mehr hindurchsehen, so schmutzig sind die. Vom Saubermachen hält –«

»Sie sagten bei Ihrem Anruf, dass Sie öfter beobachtet haben, wie der Mann der kleinen Juliane Süßigkeiten gegeben hat«, unterbrach Menkhoff die alte Dame, und sie schrak bei seiner lauten Stimme zusammen. Ich auch. »Wie oft hat er das getan? Und wann genau war das?«

Marlies Bertels strich mit den Fingern über die pergamentartige, mit braunen Flecken übersäte Haut des Handrückens ihrer anderen Hand. »Ach, ich schaue eigentlich ja gar nicht so oft –«

»Ja, ich weiß, Frau Bertels. Niemand von uns glaubt, dass Sie oft aus dem Fenster sehen. Also?«

Sie nahm die Hände vom Tisch und zog den Kopf ein Stück ein. Ich fragte mich, ob er nicht merkte, dass er so bei der Frau nicht weiterkommen würde. Er beantwortete diese Frage im selben Moment, als er mit leiserer und deutlich freundlicherer Stimme weitersprach. »Es ist völlig normal, dass man ab und zu aus dem Fenster sehen muss, wenn man so viel Arbeit in der Küche hat wie Sie. Und dass man dabei dann zwangsläufig die Dinge sieht, die sich draußen abspielen, ist auch klar.«

Ihr Gesicht zeigte ein Lächeln. »Ja, da haben Sie recht, Herr Kommissar. Genau so war es auch.«

»Also, nochmal: Wie oft haben Sie – zufällig – gesehen, dass dieser Doktor dem Mädchen Süßigkeiten geschenkt hat?«

Sie richtete den Blick gegen die Decke und schien angestrengt nachzudenken. »Zweimal, glaube ich. Nein, dreimal, ich bin ganz sicher. Dreimal habe ich ihn am Spielplatz gesehen.«

»Und wann?«

»Aber das weiß ich doch jetzt nicht mehr.«

»Wann haben Sie ihn denn zum *letzten* Mal dabei beobachtet? Ungefähr?«

»Das ist ein paar Wochen her, also … ungefähr.«

Menkhoff atmete hörbar durch. »Frau Bertels, kurz nachdem Juliane gefunden worden ist, waren Kollegen von mir bei Ihnen und haben gefragt, ob Sie etwas beobachtet haben, was uns weiterhilft. Warum haben Sie denen nichts von diesem Doktor auf dem Spielplatz erzählt?«

Sie hob langsam die knochigen Schultern und schob dabei die Unterlippe vor. »Ich hatte es wohl vergessen.«

Menkhoff nickte mehrmals. »Vergessen also, na gut. Kann es sein, dass dieser Dr. Lichner die Familie der kleinen Juliane kennt? War er öfter dort zu Besuch? Oder waren die Eltern des Mädchens mal bei ihm?«

»Nein, das hätte ich gesehen.«

»Ja, das hätten Sie bestimmt gesehen.« Er warf mir einen vielsagenden Blick zu und wandte sich wieder an die Frau, während ich weiter Notizen machte. »Und wie sieht es mit der Juliane aus? War die vielleicht mal in dem gelben Haus?«

Sie schüttelte den Kopf: »Nein, auch nicht.«

»Kennen *Sie* den Doktor denn näher?«, wollte ich von ihr wissen. »Was ist er für ein Mensch? Ist er freundlich?«

»Nein, ich kenne ihn nicht näher. Die Leute hier in der Straße sind nicht sehr freundlich, die wollen mit einer alten Frau wie mir nichts zu tun haben. Die meisten grüßen mich noch nicht mal.«

Ich schaltete mich wieder ein: »Wie ist es mit dem Mädchen? Haben Sie Juliane gekannt?«

»Ja, natürlich. Nettes Mädchen. Sie war immer adrett angezogen, und sie hatte auch die Haare immer so hübsch, wie ein Engel. Wie kann man einem armen Kind nur so was Furchtbares antun? Es ist eine Schande.« In ihrem dünnen Stimmchen schwang Entrüstung. »Ich bin sicher, dieser Doktor hat was damit zu tun. Und es würde mich nicht wundern, wenn seine Freundin auch –«

»Vielen Dank für Ihre Hilfe, Frau Bertels.« Mein Partner erhob sich. »Wir werden uns mal mit diesem Dr. Lichner unterhalten. Es kann sein, dass wir Sie nochmal bemühen müssen, wenn wir weitere Fragen haben.«

»Oh, Sie können mich gerne wieder besuchen, Herr Kommissar. Wenn Sie vorher anrufen, backe ich einen leckeren Kuchen für Sie beide. Vielleicht haben Sie dann ja ein bisschen länger Zeit.«

»Das ist sehr nett von Ihnen«, sagte ich und verließ hinter Menkhoff die gute Stube.

»Was halten Sie von ihr?«, fragte er, als wir vor dem Haus standen.

»Sie ist einsam.«

7

22. Juli 2009

»Los, umdrehen, die Hände auf den Rücken, Sie kennen das ja.« Menkhoff hielt die Waffe auf Lichner gerichtet, der sich mit versteinerter Miene umwandte. Noch immer verwirrt über das, was ich gerade gehört hatte, zog ich die Handschellen aus meinem Gürtel, sicherte die Pistole und steckte sie zurück in das Holster, dann ließ ich die metallenen Bügel um Lichners Handgelenke einrasten.

»Sie lassen sich schon wieder von ihm benutzen, Herr Seifert«, sagte er in den tristen Flur seiner Wohnung hinein. »Ich habe kein Kind, und das weiß –«

»Halten Sie den Mund«, fiel Menkhoff ihm ins Wort, und in seiner Stimme schwang etwas mit, was unangenehme Erinnerungen in mir hervorrief. »Wenn Sie dem Mädchen etwas angetan haben, werden Sie im Knast krepieren, das schwöre ich Ihnen, Sie verdammtes Schwein.«

Ich machte ein paar Schritte zurück, und Lichner wandte sich uns wieder zu. »Ich habe es Ihnen schon mehrfach gesagt, ich habe kein Kind. Weder eine Tochter noch einen Sohn. Außerdem verbitte ich mir diese Beleidigungen, Herr Hauptkommissar.«

»*Sie* verbitten sich Beleidigungen? Ausgerechnet? Ich sage Ihnen mal was, Herr Doktor Lichner: Wenn Sie nicht endlich die Wahrheit sagen, kann es sein, dass ich mich vergesse, und dann wird es Ihnen auch nichts nützen, dass Sie sich das *verbitten*.«

Der Psychiater schüttelte den Kopf. »Was soll ich Ihnen denn anderes sagen, als dass ich keine Tochter habe?« Seine Stimme klang nun bemerkenswert ruhig angesichts des Vorwurfs, mit dem er gerade konfrontiert worden war. Sein Blick heftete sich auf mich, und nicht zum ersten Mal löste er damit ein Gefühl bei mir aus, das ich nicht einordnen konnte. »Ich weiß nicht, was hier gespielt wird, aber … bitte, Sie können doch nicht ernsthaft glauben, ich würde meinem eigenen Kind etwas antun und dann behaupten, gar kein Kind zu haben. Für so verrückt können selbst Sie mich nicht halten. Da spielt mir jemand einen üblen Streich, und Sie fallen prompt darauf herein.«

Menkhoff senkte die Waffe und ging auf Lichner zu. Dicht vor ihm blieb er stehen, so dicht, dass ihre Gesichter nur noch wenige Zentimeter voneinander entfernt waren. Ich beobachtete sie beide genau und war bereit, einzugreifen, falls es notwendig werden sollte.

»Es ist so eine Sache mit dem Glauben, Herr Lichner. Es gab eine Zeit, da konnte ich nicht ernsthaft glauben, dass jemand so abartig ist, ein kleines Mädchen umzubringen, in einen Plastiksack zu stecken und wegzuwerfen wie ein verdammtes Stück Müll.« Er sprach nun so leise, dass ich ihn kaum verstehen konnte. »Nein, ich halte Sie nicht für dumm, Lichner. Ich halte Sie für psychopathischen Abschaum, der nicht in den Bereichen denkt, die für einen normalen Menschen logisch sind.«

Lichner zeigte sich wenig beeindruckt. »Ich habe das damals nicht getan, und Sie wissen das.«

Es kam mir vor, als versuchten beide, den anderen mit dem bloßen Blick in die Knie zu zwingen.

»Das frisch gestrichene Zimmer da drinnen … das war

das Kinderzimmer, oder? Das Zimmer Ihrer Tochter.« Menkhoffs Stimme klang beschwörend.

»Blödsinn.«

»Warum haben Sie ausgerechnet diesen Raum neu gestrichen, während der Rest Ihrer Bude eine vergammelte Müllkippe ist?«

»Irgendwo muss man ja anfangen.«

»Was war vorher in dem Zimmer?«

»Nichts Bestimmtes. Durcheinander, eine Abstellkammer.«

Ein erneuter Moment des stummen Anstarrens, dann nickte Menkhoff und machte ein paar Schritte zurück. »Dr. Joachim Lichner, Sie sind verdächtig, Ihre Tochter entführt zu haben. Ich erkläre Ihnen nun Ihre Rechte.«

»Sie können sich Ihre albernen Formalitäten sparen, Herr Hauptkommissar. Wir wissen doch alle drei, worum es *Ihnen* wirklich geht, nicht wahr?«

Menkhoffs Gesicht verfärbte sich dunkelrot, und ich befürchtete, er würde sich jeden Moment auf den Mann stürzen. »Bernd«, sagte ich beschwörend, während Bilder der Vergangenheit an mir vorbeirasten, die schon lange hätten verblasst sein müssen. Als er nicht reagierte, wiederholte ich noch einmal eindringlicher: »Bernd …«

Endlich riss er sich von den Augen seines Gegenübers los und sah mich an. »Was?« Ich schüttelte leicht den Kopf und hoffte, er würde es registrieren. Einen Moment lang schien er sich nicht schlüssig zu sein, was er tun sollte, dann aber atmete er geräuschvoll aus und drehte sich weg. »Ruf die Spurensicherung an, Alex. Die sollen diesen Stall umkrempeln und DNA-Material sicherstellen. Ich brauch was von dem Mädchen. Danach tu mir den –«

Er wurde durch ein zweimaliges, trockenes Klacken schräg hinter ihm unterbrochen und fuhr herum. Die vergammelte Tür der Nachbarwohnung wurde geöffnet, eine schlanke, stark geschminkte Frau mit roten, struppigen Haaren tauchte auf. Sie mochte Mitte dreißig sein und wirkte ungepflegt. Als sie unsere Waffen sah, stieß sie einen spitzen Schrei aus und erstarrte. »Polizei!«, schnauzte Menkhoff sie an. »Verschwinden Sie.«

Hastig schlüpfte sie wieder in ihre Wohnung und schlug die Tür hinter sich zu.

»Mensch, Bernd …«, sagte ich und ging an Menkhoff vorbei zu der Tür gegenüber.

»Was?«

»Wart mal kurz.«

Keine fünf Sekunden nach meinem Anklopfen öffnete die Rothaarige die Tür, sie musste direkt dahinter gestanden haben. Zwischen den Fingerspitzen ihrer rechten Hand qualmte eine gerade angesteckte Zigarette. Missbilligend musterte sie mich und sah dann an mir vorbei auf Menkhoff, der noch immer mit gesenkter Waffe vor dem Psychiater stand.

»Guten Tag«, sagte ich und zog damit ihre Aufmerksamkeit wieder auf mich. »Kriminalhauptkommissar Alexander Seifert, ich möchte Ihnen ein paar Fragen stellen.«

»Was is'n mit dem?« Sie sah zu Dr. Lichner herüber. »Hat der was angestellt?«

»Das wissen wir noch nicht. Sagen Sie mir bitte Ihren Namen?«

»Ullrich. Beate Ullrich. Wieso?«

»Wohnen Sie hier?« Sie sah mich an, als hätte ich sie gefragt, ob sie eine Frau ist. »Was denn sonst? Hab doch aufgemacht.«

»Wie gut kennen Sie Ihren Nachbarn, Dr. Lichner?«

»Den?« Wieder der Blick in Richtung des Psychiaters. »Gar nicht. Wieso?«

Beim nächsten *Wieso* würde ich möglicherweise die Geduld verlieren. »Aber Sie wissen schon, dass er hier wohnt, Frau Ullrich?«

Sie tat einen langen Zug an der Kippe und sagte: »Ja, logo, weiß ich.« Der blauweiße Rauch quoll ihr dabei zwischen den Worten aus dem Mund. Normalerweise reagieren die Leute leicht nervös, wenn wir vor der Tür stehen, selbst wenn nicht gerade im Hintergrund eine Waffe auf den Nachbarn gerichtet ist. Diese Frau war entweder abgebrüht im Umgang mit der Polizei, oder sie konnte sich gut verstellen. »Wohnt Dr. Lichner alleine hier?«

»Wieso fragen Sie nich ihn?«

»Hören Sie gefälligst auf, Gegenfragen zu stellen, und antworten Sie meinem Kollegen«, fuhr Menkhoff sie an. »Oder sollen wir Sie aufs Präsidium mitnehmen?«

Das wirkte. Sichtlich eingeschüchtert, stammelte sie: »Ähm … ja, glaub schon. Also … ich mein' … ohne Frau. Nur er und das Mädel.«

Stille, zwei, drei Sekunden lang, dann stöhnte Lichner auf und ließ die Schultern hängen. Menkhoff starrte den Psychiater an, doch der blickte an ihm vorbei gegen die Wand und sagte: »Sie lügt.«

»Wer lügt hier, Sie …«, maulte die Rothaarige zu Lichner herüber.

»Frau Ullrich, wie alt ist dieses Mädchen? Und wann haben Sie sie zum letzten Mal gesehen?«

Sie zuckte mit den Schultern. »Weiß nich. Vielleicht zwei oder drei oder so. Gesehen … ähm, das letzte Mal vor ein paar Tagen, glaub ich.«

»Glauben Sie. Und wie würden Sie das Verhältnis von Dr. Lichner zu seinem Kind beschreiben?«

»Wieso Verhältnis? Wie meinen Sie'n das?«

»Wie hat er sich dem Kind gegenüber verhalten? War er nett? Hat er geschimpft, geschrien?«

Sie dachte nach und sah dabei mit heruntergezogenen Mundwinkeln kaugummikauend zur Decke. »Hm … weiß ich nich. Die haben nicht geredet.«

»Sie lügt.« Es kam so leise, dass ich es fast nicht verstehen konnte.

Menkhoff machte einen schnellen Schritt auf Lichner zu. »Ach ja? Sie lügt? Und ganz zufälligerweise errät sie beim Lügen das Alter Ihrer Tochter, oder wie? Und dass sie verschwunden ist, errät sie wohl zufälligerweise auch?«

Eine Zornesfalte stand wie ein Ausrufezeichen in der Mitte seiner Stirn. »Schaff mir diesen Kerl aus den Augen, Alex. Und Sie, junge Frau, halten sich bitte zu unserer Verfügung. Falls es wider Erwarten doch etwas gibt, was Sie wissen, rufen Sie mich an.«

Sie nahm Menkhoffs Visitenkarte und steckte sie in die Gesäßtasche ihrer Jeans. Ich zog mein Handy aus der Tasche und forderte die Spurensicherung an.

Auf dem Weg zum Präsidium führte Menkhoff erst ein kurzes Telefonat mit der Leiterin des KK11, Kriminaloberrätin Ute Biermann, die er wohl zu Hause angerufen hatte, und dann mit unserer Dienststelle. Sonst sagte während der Fahrt niemand etwas, und ich war froh darüber.

Meine Gedanken kreisten um den Mann, der auf der Rücksitzbank neben meinem Partner saß. Dr. Joachim Lichner. Ich hatte gehofft, ihn nie wiedersehen zu müssen. Mit seinem plötzlichen Auftauchen war auch sofort wieder dieses seltsame Gefühl da, das mich damals noch lange nach seiner Verurteilung verfolgt hatte. So gut wie alles hatte darauf hingedeutet, dass Lichner das kleine Mädchen umgebracht hatte. Neunundneunzig Prozent. Aber hätten die Beweise auch ausgereicht, wenn Menkhoff nicht so besessen gewesen wäre von dem Gedanken, Joachim Lichner hinter Gitter zu bringen? Wenn es diese zarte Frau mit den langen, schwarzen Haaren nicht gegeben hätte? Oder wenn ich damals den Mumm gehabt hätte –

»Fahr vor den Eingang«, unterbrach Menkhoffs Stimme meine Überlegungen, als wir auf das gigantische gelbe Dach des Tivoli zufuhren und ich direkt davor rechts abbog. »Ich hab keine Lust, mit dem Kerl noch einen Spaziergang über den Platz zu machen.«

Neben dem Eingang des Präsidiums war ein Parkplatz zwischen zwei Streifenwagen frei. Der Pförtner hinter der Scheibe nickte uns zu und entriegelte mit einem Knopfdruck das Schloss der Glastür. »Hier sieht es ja noch genauso trist aus wie vor 15 Jahren«, bemerkte Lichner, als wir im inneren Eingangsbereich standen.

»Das hängt damit zusammen, dass wir es hier noch immer fast ausschließlich mit tristen Gestalten zu tun haben«, knurrte Menkhoff und bugsierte den Mann zur Treppe auf der linken Seite.

Im dritten Stock öffnete Oberkommissar Marco Egberts uns die Glastür, die den Teil des Flurs, in dem die Büros der Mordkommission lagen, vom Rest trennte. Als Menkhoff Lichner an ihm vorbeischob, sah Egberts dem Psychiater mit eisigem Blick nach. »Ich hab eben gehört, ihr habt einen Entführungsfall? Die eigene Tochter?«

»Mal sehn.« Mir war nicht nach langen Erklärungen

zumute. Egberts würde sowieso gleich alles erfahren. »Stimmt es, dass das dieser Psychiater ist, der damals das kleine Mädchen umgebracht hat?«

»Wir sind im Verhörraum, Marco«, antwortete ich.

Unser Verhörzimmer war ein Büroraum, in dem außer einem Schreibtisch mit Telefon, Tastatur und Monitor ein einfacher, quadratischer Tisch mit weißer Kunststoffoberfläche und drei schlichte Holzstühle standen, an der Wand ein altmodisches Sideboard mit dem Drucker darauf. Hier drinnen waren es noch mindestens 30 Grad, eine Klimaanlage gab es nicht. In den meisten Büros halfen wir uns mit Tischventilatoren aus, aber ausgerechnet im Verhörzimmer stand keiner.

Menkhoff drückte den Psychiater auf einen Stuhl und setzte sich ihm gegenüber, Egberts blieb neben der Tür an der Wand stehen.

Ich setzte mich an den Schreibtisch und fuhr den Computer hoch. »Also dann«, hörte ich von schräg hinter mir, »fangen wir nochmal von vorne an.«

»Fangen Sie alleine an, Herr Hauptkommissar«, antwortete Dr. Joachim Lichner. »Ohne Anwalt sage ich dieses Mal kein Wort.«

8

14. Februar 1994

Das Gelb von Dr. Lichners Haus erinnerte mich an die Farbe der würfelförmigen Duftsteine in Kneipenklos. Ich suchte die Front nach den schmutzigen Fenstern ab, die die alte Frau erwähnt hatte, aber sie waren alle blitzsauber. Ein mit hellen Natursteinen gepflasterter, geschwungener Weg führte durch den kleinen Vorgarten zur breiten Holzeingangstür. Ein graviertes Messingschild war rechts daneben angebracht:

Dr. med. Joachim Lichner
Arzt für Psychiatrie/Psychotherapie
Öffnungszeiten:
Mo, Di, Do: 8.00–12.00 & 13.30–16.30 h
Mi, Fr: 8.00–12.00 h

»Er hat seine Praxis im Haus.« Menkhoff versuchte, die Tür aufzudrücken. Sie war verschlossen.

Ich sah auf meine Armbanduhr. »Kurz nach zwölf, Mittagspause.«

Menkhoff zuckte mit den Schultern und klingelte. Es dauerte nur wenige Sekunden, bis die Tür geöffnet wurde.

Die Frau als gutaussehend oder hübsch zu beschreiben wäre ihr nicht gerecht geworden. Eine ganz eigene, schüchterne Schönheit schimmerte durch den Schleier aus Melancholie, der sie zu umgeben schien. Ich versuchte ihr Alter zu schätzen und kam zu dem Schluss, dass sie etwa Mitte zwanzig sein musste. Das glatte schwarze Haar floss zu beiden Seiten an ihrem Gesicht vorbei und reichte über die schmalen Schultern bis fast zur Taille. Ihre helle, fast weiße Haut stand dazu in reizvollem Kontrast, sie wirkte wie zerbrechliches Porzellan. »Oberkommissar Menkhoff, guten Tag.« Die Stimme meines Partners hatte einen Unterton, wie ich ihn nicht von ihm kannte, aber ich kannte Menkhoff ja auch noch nicht allzu lange. »Entschuldigen Sie bitte die Störung. Ähm, das …«, Menkhoffs Kinn zeigte auf mich, »ist mein Partner, Kommissar Seifert. Wir würden uns gerne mit Dr. Joachim Lichner unterhalten. Ist er zu Hause?«

Ihr Blick wanderte unruhig zwischen Menkhoff und mir hin und her, so dass ich versucht war, ihr zu versichern, dass wir ihr nichts Böses tun.

»Ja«, antwortete sie, sonst nichts, und ihre Stimme bestätigte die zarte Schüchternheit, die ihr Gesicht und ihre zierliche Gestalt ahnen ließen.

»Und … können wir ihn sprechen?«, fragte Menkhoff, als das Schweigen quälend wurde. Nach kurzem Zögern antwortete sie erneut nur mit einem »Ja« und machte einen Schritt zur Seite. Menkhoff warf mir einen nicht zu deutenden Blick zu und betrat das Haus.

Auf der linken Seite des großzügigen Eingangsbereiches führte eine Treppe nach oben. Als Handlauf diente die abgerundete Oberseite einer hüfthohen, mediterran anmutenden Mauer, die neben den Stufen schräg nach oben verlief. Eine Tontafel auf Augenhöhe deklarierte den Aufgang als *Privat*. Der ausladende Tresen an der Wand gegenüber dem Eingang deutete ebenso wie der breite Durchgang daneben mit den tönernen Hinweisen *Warte-*

zimmer und *Behandlung* darauf hin, dass das komplette Erdgeschoss als Praxis diente.

»Bitte, nehmen Sie einen Moment Platz, ich werde Dr. Lichner informieren.« Sie deutete auf eine Reihe mit braunem Leder überzogener Stühle, die entlang der Wand vor dem verlassenen Empfangstresen standen. Menkhoff schaute ihr nach, bis sie am oberen Treppenabsatz nicht mehr zu sehen war.

»Tolle Frau«, sagte ich leise, woraufhin er die Stirn runzelte. »Vergessen Sie's, nicht Ihre Liga, Herr Kollege. Sie ist älter als Sie und außerdem mit einem Herrn Doktor liiert.«

Ich ließ mich auf einem der Lederstühle nieder. »Ich schätze, sie ist genauso alt wie ich, außerdem möchte ich sie ja nicht heiraten, sondern habe nur festgestellt, dass sie eine tolle Frau ist. Und wie kommen Sie darauf, dass sie mit Dr. Lichner zusammen ist? Könnte doch auch die Haushälterin sein oder seine Sprechstundenhilfe, die mit ihm zusammen Mittagspause macht.«

»Marlies Bertels.« Er setzte sich neben mich, flüsterte nun fast. »Sie hat erzählt, dass Dr. Lichner mit einer Frau zusammenlebt, mit der er nicht verheiratet ist und die keine Fenster putzt.« Mit einem Blick zu der Stelle an der Decke, an der die Treppenmauer endete, lehnte er sich zurück und verschränkte die Arme vor der Brust. »*Diese* Frau putzt keine Fenster, Kollege Seifert, da bin ich mir ganz sicher.«

Ich suchte in seinem Gesicht nach Anzeichen dafür, dass er das als Scherz gemeint hatte, aber meine Aufmerksamkeit wurde von Schritten auf der Treppe abgelenkt.

Dr. Lichner war etwa eins achtzig groß und schlank. Er trug Jeans und ein weißes Poloshirt, seine gesamte Erscheinung wirkte ausgesprochen sportlich. Ich vermutete, dass er regelmäßig joggen ging. Er war wohl Mitte dreißig. Die blonden Haare über dem leicht gebräunten Gesicht waren auf einen Zentimeter gestutzt. Seine intelligenten Augen musterten uns eingehend, während er auf uns zukam. »Guten Tag. Ich gehe davon aus, bei Ihrem Besuch während meiner Mittagspause geht es wieder um den Mord an dem kleinen Mädchen?«

Wir standen beide auf, Menkhoff sagte: »Guten Tag, Dr. Lichner. Ich bin Kriminaloberkommissar Menkhoff, das ist Kriminalkommissar Seifert. Ja, es stimmt, wir kommen wegen des ermordeten Mädchens, Juliane Körprich.«

»Womit kann ich Ihnen helfen? Oder besser: Was könnte ich Ihnen sagen, das ich nicht schon Ihren Kollegen erzählt habe?« Lichners Blick war forschend und beunruhigte mich irgendwie. Menkhoff schien es ähnlich zu ergehen. Er trat von einem Bein auf das andere und sagte schließlich: »Wir haben uns eben mit einer Ihrer Nachbarinnen unterhalten, Frau Marlies Bertels. Kennen Sie sie?«

Hinter Lichner tauchte die Frau auf, die uns die Tür geöffnet hatte. Sie blieb am Fuß der Treppe stehen und sah zu uns herüber.

»Frau Bertels, ja, ich weiß, wen Sie meinen. Sie wohnt vorne am Spielplatz. Ich sehe sie immer am Fenster stehen, wenn ich dort vorbeigehe. Ich glaube, sie fühlt sich sehr einsam.«

»Wenn Sie dort vorbeigehen?« Menkhoff schaute an Lichner vorbei zu der Frau im Hintergrund, vielleicht einen Moment zu lange. »Welchen Grund gibt es für Sie, dort vorbeizugehen, Dr. Lichner? Diese Straße ist eine

Sackgasse, und Frau Bertels wohnt am Ende. Außer dem Spielplatz gibt es dort meines Wissens nichts, weswegen man da vorbeigehen würde.«

Wieder wanderte sein Blick am Gesicht des Arztes vorbei, heftete sich auf das schmale Gesicht der Frau. »Haben Sie … Sie beide ein Kind, mit dem Sie auf den Spielplatz gehen?«

Der Psychiater lächelte und drehte sich um. »Nicole, komm doch bitte zu uns, ich möchte dich den Herren Polizisten vorstellen, das hast du doch bestimmt noch nicht getan.«

Als sie neben ihm stand, legte er ihr den Arm um die Taille. »Nicole Klement, meine Lebensgefährtin. Wir wohnen seit zwei Jahren hier zusammen. Ohne Kinder. Beantwortet das Ihre Frage, Herr Kriminaloberkommissar?«

»Nur zum Teil.« Menkhoff räusperte sich. »Meine erste Frage war, welchen Grund Sie haben können, am Haus von Frau Bertels vorbeizugehen.«

Lichner zeigte wieder seine makellosen Zähne. »Aber ja, Sie haben natürlich recht, Herr Oberkommissar. Die Frage nach einem Kind war wahrscheinlich das logische Resultat *Ihrer* einzigen Erklärung, warum ich am Haus der alten Frau vorbeigehen könnte.« Wieder wandte er sich an seine Freundin. »Da siehst du, dass die Serienpolizisten im Fernsehen nicht viel mit der Realität zu tun haben. Der Kommissar aus dem Abendprogramm hätte bestimmt gleich gesehen, dass neben dem Haus der alten Frau Bertels ein schmaler Fußweg zur Parallelstraße führt, in der es unter anderem einen Bäcker gibt.«

Es war unverkennbar, dass meinem Partner der Verlauf des Gesprächs immer weniger gefiel. Ich war versucht, mich einzumischen, hütete mich aber, es ausgerechnet in diesem Moment zu tun. Es war mein erster Mordfall, und ich hatte zugegebenermaßen große Angst, durch falsche Fragen vielleicht etwas zu vermasseln.

»Frau Bertels hat angegeben, sie hätte Sie mehrfach dabei beobachtet, wie Sie der kleinen Juliane Süßigkeiten gegeben haben.« Stille, in der Menkhoff den Psychiater fixierte, sekundenlang, bis er schließlich den Kopf ein wenig schief legte und sagte: »Herr Dr. Lichner?«

Der tat überrascht. »Entschuldigen Sie bitte, ich habe gar nicht bemerkt, dass Sie eine Frage gestellt haben. Wie war die Frage noch gleich?«

Menkhoff senkte für einen Augenblick den Kopf wie ein Stier vor dem Angriff auf den Matador. »Hören Sie, Dr. Lichner, wenn Sie unbedingt möchten, können wir dieses Gespräch auch gerne im Präsidium weiterführen, und das ist keine Frage, sondern eine Feststellung.« Sein Ton nahm noch an Schärfe zu. »Ein kleines Mädchen ist umgebracht worden, Herr Doktor, und wir *sollen* und *wollen* herausfinden, wer das getan hat. Dabei steht mir der Sinn überhaupt nicht nach schlauen Wortspielereien. Ich weiß nicht, was mit Ihnen los ist, aber ich schlage vor, Sie legen Ihre Arroganz mal für ein paar Minuten zur Seite und beantworten mir jetzt und hier meine Fragen, oder aber Sie tun es auf dem Polizeipräsidium. Also, was ist Ihnen lieber?«

Wieder sahen sie sich eine Zeitlang an – drei Sekunden? Fünf? –, bis Lichners Mund sich zu einem Lächeln verzog.

»Nein, es stimmt nicht. Ich habe der Kleinen nie was Süßes gegeben, genauso wenig, wie ich das bei anderen Kindern tue, die auf dem Spielplatz sind, wenn ich zum Bäcker gehe.«

»Dann hat Frau Bertels gelogen?«

»Offensichtlich.«

»Ich frage mich, warum die alte Frau das tun sollte.«

»Ja, das denke ich mir«, sagte Lichner.

»Was denken Sie sich?«

»Dass Sie sich das fragen.«

»Haben Sie das Mädchen näher gekannt?« Die Frage wäre als Nächstes auch von Menkhoff gekommen, aber nun schaltete ich mich bewusst ein, um die Situation ein wenig zu entschärfen. Lichners Dauerlächeln richtete sich auf mich. »Definieren Sie doch bitte *näher*, Herr … Wie war das, sind Sie noch in der Ausbildung oder schon Kommissar?«

Leichtes Kribbeln an den Haarwurzeln. »Ja, das bin ich. Kriminalkommissar, genaugenommen, und ich meine damit, ob Sie das Kind vielleicht über die Eltern kannten. Hatten oder haben Sie Kontakt zur Familie Körprich?«

»Nein, ich hatte und ich habe nicht, also auch nein, ich kannte die Kleine nicht *näher*.«

»Und was denken *Sie*, warum uns Frau Bertels anlügen sollte?«, schaltete sich Menkhoff dankenswerterweise wieder ein. »Haben Sie eine schlaue Erklärung dafür parat, Herr Doktor?«

Nicole Klement löste sich aus dem Arm des Psychiaters und wand sich wortlos ab. Sie ging zurück zur Treppe, Sekunden später waren nur noch ihre Schritte zu hören.

»Ich könnte es wahrscheinlich erklären, Herr Kriminaloberkommissar, aber ich werde es nicht tun, denn das herauszufinden ist nicht meine, sondern Ihre Aufgabe.«

Sein Lächeln war verschwunden. Mit einer schnellen Bewegung sah er hinter sich zum Fuß der Treppe. »Und jetzt bitte ich Sie, mich zu entschuldigen. Meine Mittagspause ist gleich zu Ende.«

Menkhoff hob die Hand. »Moment, eine letzte Frage noch.«

Lichner nickte in der Art, wie man einem nervenden Kind etwas gestattet, und sagte: »Also gut, wann genau ist sie gestorben?«

Er überraschte damit meinen Partner ebenso wie mich. »Wie kommen Sie jetzt darauf?«

Lichners Augen richteten sich für einen flüchtigen Moment gegen die Decke. »Ihre *letzte Frage*, Herr Oberkommissar. Da ich von einer senilen alten Frau belastet werde, bin ich natürlich verdächtig, und die wichtigste Frage überhaupt muss sein: Wo bin ich gewesen, und was habe ich getan, als das Mädchen umgebracht wurde. Dazu muss ich aber wissen, wann man das arme Kind getötet hat. Das verstehen Sie schon … oder?«

Das Lächeln, da war es wieder, es war eine Waffe, die er einsetzte, um sein Gegenüber nervös zu machen. Oder wütend. Oder beides. Bernd Menkhoff jedenfalls war wütend und konnte oder wollte es nicht verbergen. »Sie wurde am 28. Januar gegen Mittag entführt und vermutlich am Abend desselben Tages umgebracht. Womit also haben Sie den Nachmittag und den Abend des 28. Januar verbracht, Herr Dr. Lichner?«

»Lassen Sie mich einen Moment nachdenken, der Nachmittag des 28. Januar … ah, ich weiß: Ich war einkaufen, in der Stadt. Alleine, den ganzen Nachmittag.«

»Den ganzen Nachmittag?«, fragte ich. »Und Ihre Praxis?«

Mit theatralischer Geste schüttelte er den Kopf. »Nein, wirklich, die Realität hat mit den spannenden Krimis im

Fernsehen rein gar nichts zu tun.« Er sah mich mitleidig an. »Natürlich hätte der *Tatort*-Kommissar das Schild draußen neben der Tür gesehen, auf dem die Öffnungszeiten meiner Praxis stehen. Er hätte gewusst, dass freitags nachmittags meine Praxis geschlossen ist und dass der 28. Januar ein Freitag war.«

Das Kribbeln auf meiner Kopfhaut war schon deutlicher als noch Minuten zuvor. Wie konnte ich auch …

»Kann jemand bestätigen, dass Sie an diesem Nachmittag in Aachen waren?« Bernd Menkhoff schnaufte. »Hat jemand Sie gesehen? Verkäuferinnen vielleicht in einem Geschäft, in dem Sie eingekauft haben?«

Lichner sah ihn an, als könne er nicht glauben, was er gerade gehört hatte. »Sie möchten wissen, ob eine Verkäuferin sich an mich erinnern kann, bei der ich vor mehr als zwei Wochen irgendwelche Einkäufe bezahlt habe? Ist das Ihr Ernst, Herr Kriminaloberkommissar?«

»Wann sind Sie von Ihrer Einkaufstour zurückgekommen?«, fragte Menkhoff, ohne auf die erneute Provokation einzugehen.

»Das muss gegen sieben gewesen sein, vielleicht auch halb acht.«

»Kann *das* jemand bestätigen?«

Süffisantes Lächeln. »Oh ja. Ich kann mich erinnern, dass ich gleich nachdem ich nach Hause gekommen bin, mit dieser wundervollen Frau, die Sie eben kennengelernt haben, wie soll ich es ausdrücken … wir haben es nicht einmal mehr bis ins Schlafzimmer geschafft. Und ich versichere Ihnen, daran kann sie sich erinnern.«

»Wir melden uns wieder bei Ihnen«, knurrte Menkhoff und tippte mir gegen den Arm. »Los, gehen wir.«

»Muss ich jetzt in der Stadt bleiben oder so was?«, rief

uns Lichner hinterher, als wir gerade zur Tür heraus waren. Wir ignorierten ihn beide.

»Überhebliches Arschloch«, zischte Menkhoff neben mir, als wir das Haus hinter uns gelassen hatten.

»Ja, er hält sich offenbar für überlegen in jeder Beziehung«, stimmte ich ihm zu. »Ich frage mich immer wieder, wie solche Typen es schaffen, Frauen wie diese Nicole Klement zu bekommen.«

Mein Partner grunzte etwas Unverständliches und fügte ein paar Schritte weiter hinzu: »Wenn sich herausstellt, dass der Kerl auch nur ein kleinstes Klümpchen Dreck am Stecken hat, reiß ich ihm den Arsch auf.« Dafür hatte er meine volle Sympathie.

Wir klingelten bei Marlies Bertels, doch die alte Frau öffnete nicht. Ich versuchte es noch einmal, aber hinter der Tür rührte sich nichts. »Vielleicht einkaufen.« Menkhoff deutete mit dem Kopf in Richtung Spielplatz, zum Haus der Familie Körprich. »Fragen wir mal Julianes Eltern, ob die irgendwas von Süßigkeiten wissen.«

Während wir vor dem Haus der Familie Körprich darauf warteten, dass uns geöffnet wurde, betrachtete ich den Spielplatz, der von unserem Standort aus in seiner ganzen Breite einsehbar war. Er war nicht übermäßig groß; neben einem Gerüst, an dem zwei Schaukeln hingen, waren nebeneinander drei verschieden hohe Reckstangen angeordnet. Es gab zwei Holzfiguren – einen Hahn und eine Ente – auf dicken, metallenen Federn, auf denen auch die Kleinsten schaukeln konnten, und eine rote Rutsche. Die gelbe Farbe der Ente war an manchen Stellen abgeblättert, mit den dunklen Flecken sah sie aus, als hätte sie im Schlamm gebadet.

Als die Tür geöffnet wurde, konnte ich beim Anblick von

Petra Körprich kaum dem Drang widerstehen, sie tröstend in die Arme zu nehmen. In den Akten hatte ich gelesen, dass sie 32 Jahre alt war. Als ich sie das erste Mal gesehen hatte – es war am Morgen nach dem Tag, an dem ihr totes Kind gefunden worden war –, hatte sie bemitleidenswert ausgesehen, verheult, verzweifelt. In diesem Moment aber wirkte sie wie eine Fünfzigjährige. Ungeschminkt stand sie neben der geöffneten Tür, die langen, rötlichen Haare nur nachlässig hochgesteckt, so dass dünne Strähnen unordentlich herunterhingen. Ihr Gesicht war fahl und eingefallen, der Blick aus den grünen Augen erfüllt von geradezu kindlicher Hilflosigkeit. Ich wusste, sie wurde psychologisch betreut, und hoffte in diesem Moment inständig, dass der Arzt oder die Ärztin ihr würde helfen können.

»Frau Körprich«, begann Menkhoff, und in seiner Stimme schwang dabei mehr Mitgefühl, als ich ihm zugetraut hätte. »Bitte entschuldigen Sie, dass wir Sie wieder belästigen müssen, aber wir haben eine Frage und wären Ihnen dankbar, wenn wir sie stellen dürften.« Sie nickte nur stumm und ging ein Stück zur Seite. Menkhoff hob die Hand. »Nein, nein, danke, wir lassen Sie gleich wieder in Ruhe.« Wieder ein wortloses Nicken. »Frau Körprich, kennen Sie Dr. Lichner? Er hat seine Praxis gleich da hinten, in dem gelben Haus.«

Ihre Stirn runzelte sich. »Nein. Also … ich sehe ihn manchmal. Wir grüßen uns, aber … ich kenne ihn nicht. Warum?«

Menkhoff betrachtete seine Schuhspitzen. »Ihre Nachbarin, die Frau Bertels … Sie hat ausgesagt, sie hätte ihn in den letzten Wochen ein paarmal dabei beobachtet, wie er Ihrer Tochter hier auf dem Spielplatz Süßigkeiten gegeben hat. Wissen Sie etwas davon?«

Ihre Augen weiteten sich und wurden gleichzeitig feucht. »Süßigkeiten? Meine …? Aber wieso … nein, davon weiß ich nichts.« Sie klang jetzt aufgeregt. »Bitte, hat er was mit … mit Jules Tod zu tun?« Die Tränen schwappten über und zogen sich als zwei glänzende Linien über ihr schmales Gesicht. Sie tat mir unendlich leid.

Menkhoffs Stimme wurde noch vorsichtiger. »Das können wir nicht sagen, Frau Körprich. Im Moment haben wir nur die Aussage Ihrer Nachbarin. Wir haben mit Dr. Lichner gesprochen, er bestreitet, Ihrer Tochter jemals etwas gegeben zu haben. Gab es Ihres Wissens einen Kontakt zwischen Juliane und ihm?« »Nein, ich weiß nichts von einem Kontakt.« Sie machte einen Schritt nach vorne und stand nun dicht vor meinem Kollegen. Die Finger beider Hände wanden sich dabei vor ihrem Bauch unentwegt umeinander wie kleine Schlangen. »Glauben Sie, es könnte sein, dass er …«

Menkhoff machte eine beschwichtigende Geste. »Grundsätzlich kann man nichts ausschließen, aber alleine die Aussage von Frau Bertels rechtfertigt noch keinen ernsthaften Verdacht. Vor allem, wenn man bedenkt, dass sie uns nicht sagen kann, wann das gewesen sein soll. Sie ist nicht mehr die Jüngste … Danke, dass Sie unsere Fragen beantwortet haben.«

»Wenn Sie etwas Neues … ich meine …«

»Ja, wir informieren Sie. Natürlich. Auf Wiedersehen, Frau Körprich.«

Sie zögerte, als hätte sie vergessen, was als Nächstes in ihrem Drehbuch stand, doch schließlich wandte sie sich um und ging ins Haus. Wir warteten, bis sie die Tür hinter sich geschlossen hatte, dann sagte Menkhoff mit wieder deutlich festerer Stimme: »Fahren wir zurück, Kollege. Wir werden herausfinden, wer gelogen hat. Frau Bertels oder der Herr Doktor.«

9

22. Juli 2009

Lichners Anwalt war nicht zu erreichen, und nachdem der Psychiater sich auch weiterhin beharrlich geweigert hatte, unsere Fragen zu beantworten, ließ Menkhoff ihn von Marco Egberts erst einmal in eine der Arrestzellen des Präsidiums sperren. Mittlerweile war es kurz vor neun, höchste Zeit für ein Telefonat mit Mel.

Ihre Begeisterung darüber, dass ich noch im Präsidium saß und nicht wusste, wann ich nach Hause kommen würde, hielt sich erwartungsgemäß in Grenzen. Ich versprach ihr, das Essen gleich am nächsten Abend nachzuholen, hatte aber schon ein schlechtes Gewissen, während ich es aussprach.

Menkhoff führte mehrere Telefonate, bei denen er schlechtgelaunt in den Hörer blaffte. Als er wieder ein Gespräch beendet hatte, ließ er sich mit Schwung gegen die Rückenlehne fallen, die die Misshandlung mit lautem Knarzen quittierte. »Die Spurenschnüffler sind fertig. Noch keine Hinweise auf seine Tochter, aber sie haben alles aufgesammelt, was von Interesse sein könnte. Haare und solches Zeug. Sie bringen das jetzt ins Labor. Du glaubst nicht, was ich alles anstellen musste, um sicherzugehen, dass wir gleich morgen früh die ersten Ergebnisse bekommen. Die Laborheinis halten nicht viel von Nachtschichten.«

»Hmm. Und … sag mal, Bernd, könnte es nicht tatsächlich sein, dass jemand dem Lichner eins auswischen wollte?«

»Und knackt dafür die Datenbank beim Einwohnermeldeamt, oder wie? Quatsch. Wer würde sich die Arbeit machen, nur um … Strafbar ist so was außerdem. Und die Aussage der Nachbarin, die das Kind kennt? Was ist damit? Nein, Alex, ich bin sicher, dieses Schwein hat sein eigenes Kind entführt, und wir können nur hoffen, dass er der Kleinen noch nichts angetan hat.«

»Du hast ja recht, war auch nur so ein Gedanke. Aber wieso diese Entführung, frag ich mich. Was ist denn eigentlich mit der Mutter?«

Seine Augen weiteten sich. »Verdammt. Die Frage hab ich mir gleich zu Anfang schon gestellt, aber wieder vergessen. Ich war so stinksauer, ich hab nicht …« Er brachte den Satz nicht zu Ende und griff kopfschüttelnd zum Telefon.

Wenn es dieses Mädchen gab, und alles deutete ja darauf hin, dass es so war …

»Wann genau ist Lichner rausgekommen?«, fragte ich ungeachtet der Tatsache, dass Menkhoff den Telefonhörer am Ohr hatte. »2007, im April, glaub …« Er wandte sich ab. »Ja, Menkhoff hier. Ich brauch noch eine Auskunft aus dem Melderegister.«

April 2007. Wenn Lichners Tochter tatsächlich existierte, war sie gezeugt worden, bevor Lichner aus dem Gefängnis entlassen wurde. Ich konnte mich erinnern, dass wir im Sommer oder im Herbst 2006 eine Info bekommen hatten, dass man Lichner tageweise rausließ, damit er sich langsam wieder an das normale Leben gewöhnen konnte. Theoretisch hätte er sich in dieser Zeit mit einer Frau treffen können. Aber mit wem? Hatte er wirklich bei einem seiner Freigänge eine Frau kennengelernt und sie gleich geschwängert? Oder handelte es sich um eine Bekannte von früher?

»Ausgerechnet jetzt?«, wurde ich von Menkhoffs lauter Stimme aus meinen Überlegungen gerissen. »Ja, ja, aber rufen Sie mich sofort zurück, wenn das Ding wieder funktioniert.«

Der Hörer landete wieder auf der Station, und Menkhoff betrachtete das Gerät, als trage es die Schuld an seinem Ärger. »Computerprobleme, wenn ich das schon höre. Da sind wir mit Technik vollgestopft bis unters Dach, und alle paar Monate jagen sie einen auf neue Lehrgänge, damit man den ganzen Mist überhaupt noch bedienen kann, aber wenn man mal eine simple Auskunft braucht … *Computerprobleme.*«

»Mir ist da was eingefallen, Bernd. Wenn Lichner erst im April rausgekommen ist, das Mädchen aber im Juni des gleichen Jahres geboren wurde, dann war er während seines Freigangs mit einer Frau zusammen.«

»Ja und? Mein Gott, überleg doch mal, was du machen würdest, wenn man dich nach all den Jahren, in denen du nur haarige Männerärsche gesehen hast, aus dem Knast rauslässt? Na?«

»Glaubst du, er hat sich einfach eine x-beliebige Frau gesucht? Kann ich mir bei ihm nicht vorstellen.«

Menkhoff hob die Schultern. »Was weiß ich? Vielleicht hat er sich mit einer getroffen, die er von früher kannte.«

Ich sah ihm an, dass ihm in diesem Moment die gleichen Gedanken durch den Kopf gingen wie mir. »Wir werden's gleich erfahren«, sagte er mit deutlich leiserer Stimme. »Wenn der dämliche Computer wieder funktioniert.«

Als wäre es das Stichwort gewesen, klingelte das Telefon. »Ja, Menkhoff?« Ich sah, wie sein Gesichtsausdruck sich veränderte. Mit einer hastigen Bewegung griff er nach einem Stift. »Moment, jetzt nochmal langsam.« Er kritzelte etwas auf ein Blatt, das vor ihm lag, sagte: »Gut, danke«, und legte auf. »Die Mutter des Mädchens heißt Zofia Kaminska. Klingt irgendwie …«

»Polnisch, denke ich.«

Er sah erleichtert aus.

10

14. Februar 1994

Während der Fahrt drehten sich meine Gedanken um Dr. Lichner und seine Lebensgefährtin. Das Verhalten des Mannes war mehr als ungewöhnlich, es wollte für mich keinen rechten Sinn ergeben. Er hatte uns – und ganz besonders Menkhoff – bewusst provoziert, wo er nur konnte. Dabei war er intelligent genug zu wissen, dass wir ihm eine Menge Ärger machen konnten, wenn wir es darauf anlegten. Warum also hatte er sich so verhalten? Oder war das schlicht seine Art, und er konnte nicht anders? Nur allzu gerne hätte ich mit Menkhoff darüber gesprochen, ihm einige Fragen gestellt, aber sein verkniffenes Gesicht riet mir, ihn besser in Ruhe zu lassen. Er hatte den Kopf gegen die Nackenstütze des Beifahrersitzes gelehnt und sah unter halbgeschlossenen Lidern nach vorne. Wahrscheinlich war er immer noch wütend. Ich beobachtete ihn immer wieder kurz aus den Augenwinkeln. Das lange, schwarze Deckhaar hatte er nach hinten gegelt, nur die Spitze einer gebogenen Strähne stand auf seinem Nasenrücken. Ich hatte mich schon einige Male gefragt, ob seine leicht gebräunte Haut von regelmäßigen Solarienbesuchen kam, konnte mir das bei ihm aber nicht wirklich vorstellen. Er wäre problemlos als Italiener oder Spanier durchgegangen, vielleicht hatte es ja einen Südländer unter seinen Vorfahren gegeben. Menkhoff war kein gutaussehender Mann im klassischen Sinne, aber soweit ich es beurteilen konnte, hatte er eine gewisse Ausstrahlung auf Frauen. Wir kannten uns noch nicht gut genug, als dass er mit mir über sein Privatleben gesprochen hätte, aber wie ich von Kollegen gehört hatte, wohnte er allein und war ein eingefleischter Single. Wenn ich daran dachte, wie schlechtgelaunt er manchmal war und wie er die Leute dann anranzte, wunderte mich das auch wenig.

Wir erreichten das Präsidium um kurz vor zwei. Während ich hinter Menkhoff die Stufen vom zweiten zum dritten Stock hochstieg, fragte ich mich, warum ich seine Marotte mitmachte und nicht einfach den Fahrstuhl benutzte, sondern grundsätzlich mit ihm zusammen die Treppe.

Menkhoff stieg in keinen Fahrstuhl, hatte er mir gleich am ersten Tag unserer Partnerschaft mitgeteilt. Nicht etwa, weil er unter Klaustrophobie gelitten hätte, wie er betonte, nein, er wollte sich durch das Treppensteigen fit halten. Soweit ich es zu diesem Zeitpunkt beurteilen konnte, ging er ansonsten jeglicher sportlichen Aktivität aus dem Weg.

Am oberen Ende der Treppe hielt er plötzlich an, drehte sich um und sah zu mir herunter. »Was halten Sie von diesem Dr. Lichner, Kollege Seifert?« Ich verkniff mir die Frage, warum wir das im Treppenhaus erörtern mussten, und überlegte schnell, was ich sagen sollte. »Ich halte ihn genauso wie Sie für arrogant und –«

»Glauben Sie, er lügt? Hat er was mit der Sache zu tun, was meinen Sie?«

»Na ja, also … Ob Dr. Lichner lügt oder diese alte Frau, das ist schwer zu sagen. Vielleicht hat sie sich getäuscht und jemand anderen mit Lichner verwechselt? Ich kann mir vorstellen, dass sie nicht mehr sehr gut sieht.

Wenn Lichner etwas damit zu tun hätte, würde er sich dann nicht etwas mehr zurücknehmen? Ihm muss doch klar sein, dass wir ihn nach diesem Auftritt ganz besonders gründlich überprüfen.«

Eine Weile sah Bernd Menkhoff stumm an mir vorbei auf die beige gestrichene Wand, dann drehte er sich abrupt um und ging den Flur entlang.

Im Büro angekommen, schaltete ich meinen PC an und betrachtete Menkhoff, der mit aufgestützten Ellbogen an seinem Schreibtisch saß und durch die Fensterfront nach draußen schaute. Ich bezweifelte, dass er etwas von dem tristen Tag wahrnahm und von den Bäumen, deren kahle Äste mit einer weißen Schicht aus gefrorenen Kristallen überzogen waren. Das Gespräch mit dem Psychiater hatte ihm offenbar mehr zugesetzt, als ich anfangs dachte. »Darf ich fragen, was *Sie* glauben?«

Er zuckte leicht zusammen und sah mich an. »Wie?«

»Dr. Lichner. Sie wollten eben wissen, was ich von ihm halte. Aber was denken Sie über ihn?«

Er richtete sich ein Stück auf und war schlagartig wieder der Alte. »Das sagte ich eben schon, er ist ein arrogantes Arschloch. Und ich glaube, er lügt.«

»Meinen Sie denn, er könnte etwas mit dem Mord an der Kleinen zu tun haben?«

»So weit würde ich noch nicht gehen, aber sein aufgeplustertes Getue muss auch nicht zwangsläufig bedeuten, dass er nichts damit zu tun hat. Er ist Psychiater, Herr Seifert, vielleicht möchte er, dass wir genau das annehmen?«

Natürlich konnte Menkhoff recht haben, immerhin war er um einiges erfahrener, trotzdem … »Und was denken Sie über seine Freundin, Nicole Klement?«

Er winkte betont lässig ab, aber ich hatte sein Zögern bemerkt. »Sie haben doch gesehen, wie er mit ihr umspringt. Ich schätze, sie weiß nicht viel von dem, was der Kerl so treibt.«

Auch das wollte ich nicht so recht glauben. Mein PC war mittlerweile hochgefahren. Ich tippte meine Benutzerkennung und das Passwort ein, startete das Standardprogramm und begann damit, den Bericht zu schreiben.

Kurz nach drei unterhielt ich mich im Büro nebenan mit einem der Kollegen, die als Erste die Nachbarschaft der Familie Körprich befragt hatten. Zu meiner Überraschung erzählte er, Dr. Lichner sei bei dem Gespräch hilfsbereit und nett gewesen.

Ich ging die Berichte durch und konnte in dem Teil, der Lichner betraf, nichts finden, das uns weitergeholfen hätte. Ich suchte die Passage, die sich mit Marlies Bertels befasste, und fand sie eine Seite davor. Sie hatte laut dem, was die Kollegen festgehalten hatten, mehrfach betont, nichts Auffälliges beobachtet zu haben, aber das hatte Menkhoff ja auch noch in Erinnerung gehabt. Wesentlich interessanter fand ich hingegen eine andere Stelle, so interessant, dass ich sie Menkhoff sofort zeigen musste.

Als ich unser Büro betrat, erklärte er, gerade mit Marlies Bertels telefoniert zu haben, die wieder zu Hause sei. Sie blieb dabei, Dr. Lichner dabei beobachtet zu haben, wie er Juliane Süßigkeiten gegeben hatte. Mit dem Anflug eines Triumphgefühls hielt ich den Bericht hoch: »Dann sehen Sie sich das hier bitte mal an, Herr Menkhoff.« Ich legte ihm die Blätter auf den Tisch und zeigte auf die entsprechende Stelle:

Auf die Frage von KOK G. Spang, ob sie Juliane Körprich an dem Tag auf dem Spielplatz gesehen hat, an dem sie verschwunden ist, antwortet M. Bertels: ›Nein, von meinem Fenster aus kann man nicht auf den Spielplatz sehen, die Hecken verdecken ihn.‹

»Was zum Teufel …« Menkhoff zog die Blätter ein Stück näher zu sich heran und las den kompletten Abschnitt. Als er fertig war, schlug er mit der flachen Hand auf den Schreibtisch. »Will die uns auf den Arm nehmen, oder was? Los, wir fahren jetzt wieder dahin, und dann möchte ich wissen, wer von den beiden uns Blödsinn erzählt hat.«

11

22. Juli 2009

Nach Menkhoffs Telefonat beschlossen wir, endlich nach Hause zu fahren. Was auch immer es mit dem verschwundenen Mädchen auf sich hatte, an diesem Abend würden wir nicht mehr viel ausrichten können. Wir saßen schweigend nebeneinander und sahen auf die Straße vor uns.

Bilder, die ich nach langer Zeit vergessen geglaubt hatte, waren in den letzten Stunden wieder an die Oberfläche gespült worden. Die endlosen Nächte während Lichners Prozess damals, in denen der Schlaf mir immer nur Minuten seiner bleiernen Umarmung gönnte, bevor er mich wieder brutal fallen und im Bett aufschrecken ließ. Dann die Wochen und Monate nach seiner Verurteilung. Täglich hatte ich mir wie ein Mantra immer wieder vorgesagt, dass es mehr als unwahrscheinlich war, dass ein erfahrener Polizist, Richter und Staatsanwälte sich irrten und nur ein Grünschnabel wie ich das richtige Gefühl hatte.

Ich warf einen schnellen Blick zur Seite. Menkhoff sah mich an, er hatte mich wahrscheinlich die ganze Zeit über beobachtet. »Jetzt sag es schon, Alex.« Er nickte mir aufmunternd zu. »Na los, ich sehe dir doch am Gesicht an, dass du mir wieder erzählen möchtest, was ich zu einem Arschloch wie Lichner alles *nicht* sagen darf. Also bitte, tu dir keinen Zwang an.«

Ich bog von der A 4 auf die A 44 ab und fädelte mich

in den fließenden Verkehr ein. »Nein, ich möchte dir nicht sagen, was du zu Lichner nicht sagen darfst. Aber ich sage dir, dass ich der Meinung bin, du springst schon wieder mit beiden Füßen auf diese Sache auf.«

»Ach, *du* bist also der Meinung. Was du nicht sagst. Vor fünfzehn Jahren hast du dich aber schön im Hintergrund gehalten mit deiner Meinung und mich den Kopf hinhalten lassen. Warum hast du damals den Mund nicht aufgemacht, Herr Hauptkommissar? Und wie war das, als sich dann herausgestellt hat, dass ich recht hatte? Als er verurteilt wurde und alle auch dir auf die Schulter geklopft haben? Da warst du doch froh, oder etwa nicht?« Seine Stimme hatte die typische Menkhoff-ist-jetzt-wütend-Lautstärke erreicht, weshalb ich ganz besonders darauf achtete, mit ruhiger Stimme weiter zu reden. Das ärgerte ihn, und ich wollte ihn in diesem Moment ärgern. »Ich habe damals den Mund nicht aufgemacht, weil ich ein Frischling war und du mir den Kopf abgerissen hättest, und das weißt du genau, Herr Hauptkommissar.«

Wir hatten Brand erreicht, und ich bog in die Straße ein, in der er wohnte. Wir schwiegen, bis ich vor Menkhoffs Haus anhielt. Er löste den Gurt und sah mich ernst an. »Vertrau mir, Alex.« Seine Stimme klang wieder ganz ruhig. Ich nickte. »Das tue ich seit vielen Jahren, aber das heißt nicht, dass ich immer alles richtig finde, was du machst.«

»Glaubst du wirklich, es war ein Fehler, ihn heute Abend einzubuchten?«

»Nein, das glaube ich nicht. Es sieht ja auch alles danach aus, dass er tatsächlich eine Tochter hat. Nein, es war richtig, aber trotzdem …. Als ich gerade ein paar Monate bei der Mordkommission war, hat ein erfahrener

Polizist, der zufälligerweise auch noch mein Partner war, mir etwas sehr Wichtiges gesagt: *Wenn Sie Gefühle zulassen, verlieren Sie den neutralen Blick, Sie übersehen Details.* Tja, und diesen Ratschl…«

Bernd Menkhoff legte mir die Hand auf die Schulter, drückte kurz zu und stieg aus. Bevor er die Tür schloss, beugte er sich noch einmal herunter. »Acht Uhr?«

»Acht Uhr. Und grüß Luisa von mir, falls sie noch nicht schläft.«

Er nickte, dann fiel die Tür mit einem satten Geräusch zu.

Die Fahrt von Menkhoffs Haus bis nach Kornelimünster, wo ich mir mit Mel kurz nach unserer Hochzeit 2000 ein im modernen Stil ausgebautes Bauernhaus gekauft hatte, dauerte keine zehn Minuten. Ich fuhr durch die Grachtstraße und bog in Krauthausen in die Bilstermühler Straße ab. Fünf Minuten später parkte ich den Audi vor unserem Haus und stieg aus. In der Garage war nur Platz für einen Wagen, und wir hatten uns darauf geeinigt, Mels Golf Cabrio dort unterzustellen und den Dienstwagen draußen zu parken. Sie arbeitete in einer Bankfiliale in der Aachener Theaterstraße und mochte es gar nicht, auf öffentliche Verkehrsmittel angewiesen zu sein. Ich warf einen Blick auf die Uhr. Fünf vor zehn. Gerade hatte die Tageszeit begonnen, die ich so liebte an den Sommermonaten, diese Phase von vielleicht zwanzig Minuten, in der die herannahende Nacht mit immer neuen, hauchdünnen Schleiern aus Dunkelheit, die sie im Minutentakt über die Helligkeit legte, den Tag langsam herunterdimmte.

Mit einem tiefen Atemzug schloss ich die Tür auf. Vielleicht würde Melanie auf der Terrasse noch ein Glas Wein mit mir trinken. Schon am Eingang des Wohnzimmers sah ich sie durch die weit geöffneten Glaselemente auf der Terrasse sitzen. Sie hatte ein Buch in der Hand, die nackten Füße lagen auf dem Polster eines zweiten Stuhls. Ihre schulterlangen blonden Haare hatte sie zu einem Pferdeschwanz zusammengefasst, der bis über den Rand des weißen Trägershirts reichte. Als ich auf sie zuging, ließ sie das Buch sinken und sah mir lächelnd entgegen. »Na, du Nachtarbeiter, hast du etwa schon Feierabend?« Ich beugte mich zu ihr hinunter und gab ihr einen Kuss auf die von zarten Sommersprossen überzogene Nase. »Tut mir leid wegen des Essens, ehrlich. Wir standen schon vor Bernds Haus, als dieser Anruf kam.«

Sie legte das Buch auf den Tisch, das Lächeln war aus ihrem Gesicht verschwunden. »Habe ich das am Telefon richtig verstanden? Ist es tatsächlich dieser Psychiater von damals, den ihr festgenommen habt?«

»Dr. Lichner, ja. Was denkst du, wie wir aus der Wäsche geschaut haben, als der plötzlich vor uns stand.«

»Ihr wusstet vorher gar nicht, bei wem ihr da klingelt?«

Ich hob eine Hand und sagte: »Ich erzähle es dir gleich, ich hole mir nur schnell ein Glas Wein. Möchtest du auch eins?« Ihr strafender Blick genügte. Natürlich mochte sie.

Ich brauchte fünf Minuten, um ihr alles Wichtige zu erzählen, und sie unterbrach mich nicht. Als ich fertig war, nippte sie an ihrem Glas und stützte es dann auf dem Oberschenkel ab. »Was ist das nur für ein Mensch, der sein eigenes Kind entführt? Denkst du, er hat ihr wirklich etwas angetan?«

»Ich weiß es nicht, aber ich weiß, dass er ein ganz seltsamer Kerl ist. Du kennst ja die Geschichte von damals. Ich glaube, ich habe noch keinen Menschen getroffen, der so unerträglich arrogant und so voll beißendem Sarkasmus ist wie er.«

»Trotzdem hattest du Zweifel.«

»Ja, vielleicht gerade deshalb. Ich wollte vielleicht damals einfach nicht glauben, dass das Offensichtlichste auch die Wahrheit sein soll. Es war zu … einfach.«

»Und die Sache mit Bernd und Nicole Klement?«

Einen Augenblick lang sah ich Menkhoffs wutverzerrtes Gesicht vor mir. Nicht die heutige Ausgabe davon, sondern eine, die über 15 Jahre zurücklag.

»Das kam natürlich noch dazu. Du hättest ihn damals erleben müssen, wenn er davon gesprochen hat, wie Lichner sich ihr gegenüber verhielt. Ich war mir einfach nicht mehr sicher, ob er wirklich von Lichners Schuld überzeugt war oder … oder ob er Nicole vor ihm beschützen wollte.«

»Aber das hat sich doch mit der Zeit gelegt.«

»Ja, das hat es.« Ich hatte Melanie nie erzählt, *wie groß* meine Zweifel damals gewesen waren, dass ich meinen Kollegen, mich selbst, meinen Job in Frage gestellt hatte wie niemals seitdem, und ich hatte auch nicht vor, es zu tun.

Wir tranken noch ein weiteres Glas zusammen, und ich bat Melanie, mir von ihrem Tag zu erzählen. Ich hoffte, dass mich das so weit ablenken würde, dass ich anschließend vielleicht würde einschlafen können, ohne mir weiter den Kopf zu zerbrechen. Sie erzählte von einem Kollegen, der Alkoholprobleme hatte und am Nachmittag vom Filialleiter erwischt worden war, wie er gerade eine Pulle aus der Schreibtischschublade zog und ansetzte. Etwa eine halbe Stunde später räumten wir die Terrasse auf und gingen nach oben.

Im Badezimmer drückte ich einen weiß-roten Wurm auf die Zahnbürste und warf einen kritischen Blick in den Spiegel. Als junger Mann hatte ich noch mittelblonde Haare gehabt, im Sommer waren sie sogar hellblond gewesen. Nun hatten sie eine Farbe angenommen, die eigentlich gar keine Farbe war. Es hatte nicht mehr im Entferntesten etwas mit Blond zu tun, war sehr dunkel, aber weder braun noch schwarz. Nur ein paar der Strähnen, die mir in die Stirn hingen, schimmerten noch etwas heller. Ich sah mir selbst in die Augen und dachte daran, wie Melanie sie beschrieben hatte, als wir uns kennenlernten, als *Augen eines großen Jungen im strahlendsten Hellgraublau, das sie jemals gesehen hatte.* Ich musste grinsen.

Als ich zwei Minuten später in mein Bett schlüpfte, sagte Melanie: »Was ist eigentlich mit der Mutter des Mädchens, dieser Frau mit dem ausländischen Namen? Kann es nicht sein, dass Lichner das Kind versteckt, weil sie es ihm vielleicht wegnehmen möchte?«

Ich kramte meine Decke zurecht. »Hmm, aber warum sollte er dann behaupten, dass er gar kein Kind hat? Macht doch keinen Sinn, oder? Na ja, wir müssen diese Zofia Sowieso morgen früh eh überprüfen.«

»Denkst du, du kannst jetzt einschlafen?«

»Keine Ahnung, im Moment gehen mir noch ziemlich viele Dinge durch den Kopf.«

»Ich könnte diese Dinge vielleicht wegzaubern. Soll ich?« Mit einem verführerischen Lächeln hob sie ihre Bettdecke an. Ich rutschte zu ihr hinüber, und Melanie zauberte den Gedankenwirbel, der sich um Dr. Lichner, Bernd Menkhoff, ein Kind und eine Frau drehte, aus meinem Kopf, zumindest für eine Weile.

Als ich mich eine halbe Stunde später ermattet auf die

Seite drehte, dauerte es nicht lange, und meine Gedanken kreisten wieder um meinen Partner und den Mann, der diese Nacht in einer der Arrestzellen des Aachener Polizeipräsidiums verbrachte.

12

14. Februar 1994

Dieses Mal erwartete uns die alte Frau nicht, und sie sah uns offenbar auch nicht durch das Fenster, als wir vor ihrem Haus hielten. Bevor wir klingelten, wandten wir uns um und betrachteten die etwa zwei Meter hohen Sträucher, die auf der anderen Seite den Spielplatz vom Wendekreis der Sackgasse abgrenzten. Anders als die Bäume, die vereinzelt dazwischen herauslugten, hatten sie ihre Blätter nicht verloren. Es war überwiegend Lorbeer, sein stumpfes Dunkelgrün wirkte in dieser Jahreszeit kalt und abweisend. Das Haus der Familie Körprich lag schräg hinter dem Spielplatz, von unserem Standort aus konnten wir nur eine Ecke davon sehen.

»Absolut unmöglich, dass sie von ihrem Fenster aus auf den Spielplatz sieht«, sagte Menkhoff. Seine Worte wurden von hellen, durchscheinenden Wolken begleitet, die sich wenige Zentimeter vor seinem Mund wieder in nichts auflösten.

Marlies Bertels war überrascht, als sie uns sah, erklärte aber wortreich, wie sehr sie sich freue, und führte uns in die gute Stube.

»Warum haben Sie am Telefon nichts davon gesagt, dass Sie mich wieder besuchen?« Mit beiden Händen stützte sie sich auf dem Tisch ab und ließ sich langsam auf den Stuhl sinken. »Ich wollte doch einen Kuchen für Sie backen.«

»Weil wir erst nach unserem Telefonat etwas entdeckt haben, was ein paar Fragen aufwirft, Frau Bertels.« Menkhoff legte den Bericht auf den Tisch und tippte mit dem Finger darauf. »Hier drin steht alles über Ihr Gespräch mit unseren Kollegen vor zwei Wochen. Erinnern Sie sich daran?«

Sie machte ein entrüstetes Gesicht. »Aber natürlich erinnere ich mich daran, Herr Kommissar, ich bin doch noch bei Verstand.«

»Oberkommissar«, verbesserte Menkhoff sie.

»Wie?«

»Ich bin Oberkommissar, Frau Bertels.«

»Ach …«

»Ja. Dann erinnern Sie sich also auch noch daran, dass Sie ausgesagt haben, Sie hätten die kleine Juliane an dem Tag, an dem sie verschwunden ist, nicht auf dem Spielplatz gesehen?«

»Ja, natürlich, und das stimmt auch.«

»Stimmt es auch, dass Sie das Mädchen gar nicht sehen konnten, selbst wenn Sie aus dem Fenster geschaut hätten, weil Sie von Ihrem Fenster aus überhaupt nicht auf den Spielplatz sehen können?« Sie nickte eifrig. »Ja, das stimmt. Da stehen große Sträucher, und ein Nussbaum ist auch dabei. Wenn im Herbst die Nüsse herunterfallen, ist das immer –«

Menkhoff ließ die flache Hand auf den Tisch fallen. Marlies Bertels fuhr bei dem dumpfen Knall zusammen. »Wie konnten Sie dann sehen, dass Dr. Lichner dem Mädchen auf dem Spielplatz Süßigkeiten gegeben hat, Frau Bertels, und das gleich dreimal? Können Sie mir das bitte schön erklären?«

Die alte Frau starrte ihn mit großen Augen an. Die

Angst, die sie mit einem Mal vor ihm hatte, stand ihr deutlich ins Gesicht geschrieben.

»Warum antworten Sie nicht, Frau Bertels?«

Weil sie vor Angst zittert, dachte ich und fragte mich, wie es sein konnte, dass ein so erfahrener Polizist wie Bernd Menkhoff nicht genügend Empathie besaß, das zu spüren. Wenige Stunden zuvor hatte er doch schon den gleichen Fehler gemacht. »Frau Bertels«, sagte ich und bemühte mich, Ruhe und Verständnis in meine Stimme zu legen, »ich bin ganz sicher, wir werden das zusammen klären können.«

Ihr Blick heftete sich auf mich. »Aber ... ich habe doch ... ich ...« Ich sah zu Menkhoff herüber, der sich glücklicherweise zurückhielt.

»Ich ... hatte ich gesagt, auf dem Spielplatz? Da habe ich mich wohl vertan, der Doktor hat dem Mädchen die Süßigkeiten nicht auf dem Spielplatz ... Es ... es war davor, ja, er hat ihr die Süßigkeiten vor dem Spielplatz gegeben. Vor den Sträuchern, gleich gegenüber, da konnte ich es sehen.« In ihrer dünnen Stimme schwang Verzweiflung mit, sie tat mir leid. Andererseits belastete sie mit ihrer Aussage diesen Psychiater, und auch wenn ich den Kerl nicht mochte, mussten wir es herausfinden, wenn diese Beobachtungen nicht stimmten. »Haben Sie sich vielleicht geirrt?«, versuchte ich es weiter. »Es ist überhaupt nicht schlimm, wenn es so sein sollte. Wir alle irren uns schon ... –«

»Ich bin noch nicht so alt, dass ich mir Sachen einbilde. Ich habe mich nur ... falsch ausgedrückt.«

»Sind Sie ganz sicher?«, schaltete sich nun mein Partner wieder ein.

»Ja, der Doktor hat dem kleinen Mädchen etwas gegeben, und ich habe es gesehen. Zweimal.«

»Zweimal? Heute Mittag waren Sie sicher, es war dreimal. Was stimmt denn nun?«

Sie wackelte mit dem Kopf. »Ach, Sie bringen mich ganz durcheinander. Heute Mittag dachte ich, Sie wären nett, aber Sie sind gar nicht nett. Sie wollen mir weismachen, ich wäre schon so alt, dass ich mir Dinge einbilde, aber ich bin noch nicht so alt. Und dumm bin ich auch nicht.« Mit einer für ihre Verhältnisse schnellen Bewegung stand sie auf. »So was tut man nicht, Herr Kommissar. Ich weiß genau, was ich gesehen habe. Sie brauchen mich nicht mehr zu besuchen, und einen Kuchen backe ich Ihnen auch nicht. So, und jetzt habe ich zu tun.«

13

23. Juli 2009

Um kurz vor acht klingelte ich an Menkhoffs Tür. Anders als an den Tagen zuvor, an denen mir die drückende Hitze schon am frühen Morgen den Schweiß auf die Stirn getrieben hatte, herrschten noch recht angenehme Temperaturen. Menkhoff öffnete in Boxershorts und wandte sich gleich wieder ab. »Komm rein, mach dir einen Kaffee, ich brauch noch fünf Minuten. Luisa ist mit Frau Christ in der Küche.«

Frau Christ war eine korpulente Dame Anfang sechzig und die *Perle des Hauses*. Sie kümmerte sich tagsüber auch um Menkhoffs fünfjährige Tochter. Ich sah die Frau nicht oft, denn normalerweise kam sie morgens erst gegen zehn und blieb bis sechs oder sieben, je nachdem, wann Bernd oder Teresa von der Arbeit kamen. In dieser Woche war sie morgens aber schon früher da, um Luisa fertig machen und in den Kindergarten bringen zu können. Teresa Menkhoff arbeitete als Oberärztin am Aachener Klinikum und hielt sich gerade zu einem sechstägigen Ärztekongress in New York auf.

Luisa strahlte mich an, als ich in die Küche kam. »Hallo, Alex, schau mal, ich esse Müsli, genau wie Papa immer.« Die große Lücke, wo bis vor etwa vier Wochen noch ein Schneidemilchzahn gewesen war, ließ sie so lustig aussehen, dass ich jedes Mal lachen musste, wenn ich sie sah. Frau Christ bot mir einen Kaffee an, ich setzte mich an den Tisch und sah Luisa beim Essen zu. Sie hatte die Müslipackung vor sich auf dem Tisch aufgebaut und betrachtete fasziniert die bunten Bilder darauf, während sie Löffel für Löffel das Müsli in sich hineinschaufelte. Sie glich ihrer Mutter auf verblüffende Weise. Nicht nur ihr Gesicht sah genau so aus, wie man sich Teresa vierzig Jahre früher vorstellen konnte, auch die Haare waren in Farbe und Schnitt eine Kopie der Frisur ihrer Mutter.

Bernd und Teresa hatten sich Anfang 2000 auf einer Geburtstagsfeier kennengelernt. Als ich sie zum ersten Mal zusammen sah, freute ich mich sehr für ihn. Eine schlimme Zeit lag hinter ihm, und ich hatte ebenso wie unsere Kollegen fast die Hoffnung aufgegeben, dass er überhaupt noch einmal eine Frau nahe genug an sich heranlassen würde, dass daraus mehr als eine flüchtige Bekanntschaft werden konnte. Im Sommer 2001 hatten die beiden dann geheiratet.

Luisa grinste mich an. »Papa hat noch keine Hose an.« Sie war einfach bezaubernd.

»Stimmt. Aber gleich.«

Mel und ich hatten nach unserer Hochzeit überlegt, dass wir uns mit dem Thema Kinder noch ein paar Jahre Zeit lassen wollten. Als wir dann 2005 beschlossen, dass der richtige Zeitpunkt gekommen war, wollte es nicht klappen, aber ihr Gynäkologe erklärte, es sei alles mit ihr in Ordnung, das sei nicht ungewöhnlich. Wenn eine Frau so viele Jahre die Pille genommen habe, dann könne es schon eine Weile dauern. Nach über einem halben Jahr ging auch ich zum Arzt, der mir aber attestierte, auch ich sei gesund und zeugungsfähig. Trotzdem wollte es mit der Schwangerschaft einfach nichts werden. Insgeheim begann ich, mich mit dem Gedanken abzufinden, dass wir wohl kinderlos bleiben würden, was ich allerdings Mel gegenüber niemals zugegeben hätte. Sie war 35 und konnte durchaus noch ein paar Jahre hoffen, dass es doch noch klappte. Und vielleicht …

Menkhoff kam in die Küche, drückte seiner Tochter einen Kuss auf den Mund und wandte sich an mich. »Von mir aus können wir.«

Ich stürzte den Rest Kaffee herunter, der mittlerweile nicht mehr sehr heiß war, verabschiedete mich von Frau Christ und Luisa und verließ hinter meinem Partner die Küche.

Auf dem Weg zum Präsidium erzählte ich ihm von Mels Idee, Dr. Lichner könnte seine Tochter vielleicht vor deren Mutter verstecken. Menkhoff hielt offensichtlich nicht viel davon, war aber mit mir einer Meinung, dass wir als Erstes versuchen sollten, die Frau ausfindig zu machen.

Im Flur des dritten Stocks kam uns Jens Wolfert entgegen, unser jüngster Kollege. Er war ein großer, schlaksiger Kerl, seine braunen Haare waren so dick, dass sie an Wolle erinnerten, obwohl sie relativ kurz geschnitten waren. Er gehörte erst seit wenigen Wochen zur MK2 und wurde von niemandem wirklich ernst genommen. Das hatte sicher ein Stück weit damit zu tun, dass er der Sohn von Staatssekretär Peter Wolfert war, ständiger Vertreter des Justizministers. Das roch für die meisten förmlich nach Vetternwirtschaft. Mehr aber als das lag es wohl daran, dass Jens Wolfert keine Gelegenheit verstreichen ließ zu erwähnen, wer sein Vater war, und dass er obendrein offenbar die Vorstellung hatte, wann immer Menschen sich begegneten, müssten sie ohne Unterbrechung reden.

»Einen wunderschönen guten Morgen«, begrüßte er uns überschäumend, »die Chefin sucht Sie schon die ganze Zeit. Sie hat schon alle Kollegen nach Ihnen gefragt. Übrigens – ich habe schon von gestern Abend gehört. Eine Kindesentführung, ein ganz großer Fisch, sozusagen. Meinen herzlichen Glückwunsch. Ich freue mich, dass ich daran teilhaben darf, wenn …« Menkhoff blieb stehen und wandte sich mit überraschter Miene zu mir um. »Warst du gestern Abend etwa noch zum Angeln? Warum hast du mir nichts davon gesagt?«

»Haha«, machte Wolfert. »Ein wirklich ausgesprochen toller Witz, Herr Kriminalhauptkommissar. Ich muss unbedingt meinem Vater erzählen, was für lustige Beamte er doch hat. Das wird ihm sicher sehr gut gefallen.«

Menkhoff ließ ihn kopfschüttelnd stehen und ging weiter den Flur entlang, an dessen Ende das Büro unserer Chefin lag. Ich sagte: »Es ist wirklich ein beruhigendes Gefühl, ein Beamter Ihres Vaters zu sein, Kollege Wolfert«, und folgte meinem Partner. Was er mir hinterherrief, konnte ich nicht mehr verstehen.

Kriminaloberrätin Ute Biermann hatte den Telefonhörer am Ohr, als wir nach kurzem Anklopfen die Tür ein Stück öffneten. Sie deutete an, dass wir hereinkommen sollen, und beendete das Telefonat, noch bevor Menkhoff und ich an den Stühlen vor ihrem imposanten Mahagonischreibtisch angekommen waren. »Guten Morgen, bitte setzen Sie sich.«

Ute Biermann war für ihren ausgefallenen Geschmack bekannt, der sich nicht nur an der rot umrandeten Brille, die als Blickfang in kontrastreicher Rivalität zu ihren raspelkurzen, pechschwarz gefärbten Haaren stand, sondern oft auch an ihrer Kleidung zeigte: für eine Frau Anfang fünfzig manchmal eher unkonventionell. Sie war schon in den gewagtesten Farbkombinationen im Büro erschienen, allerdings ohne dass es jemals billig ausgesehen hätte. An diesem Tag hatte sie sich aber für eine schlichte, dunkelgraue Stoffhose und eine beige Bluse entschieden.

Unsere Vorgesetzte tippte auf den Bericht, der vor ihr auf dem Schreibtisch lag. »Erzählen Sie mir von Dr. Lichner.«

Da Menkhoff keine Anstalten machte, ihrer Aufforderung nachzukommen, berichtete ich in allen Einzelheiten, was sich seit dem Vorabend ereignet hatte.

»Haben Sie schon was über die Mutter herausfinden können?«

»Nein, aber wir werden gleich drangehen.«

»Gibt es außer einem anonymen Anruf noch etwas, was darauf hindeutet, dass Lichner seine Tochter entführt hat?«

»Seine Nachbarin zum Beispiel«, schaltete sich Menkhoff nun ein. »Sie hat bestätigt, dass er mit einem etwa zweijährigen Kind zusammenwohnt. Dann das frisch gestrichene Kinderzimmer, der Eintrag im Melderegister … Genügt das nicht? Ich bitte Sie, Frau Biermann, der Kerl hat vor 16 Jahren schon mal ein kleines Mädchen umgebracht.«

Die Kriminaloberrätin hob ein Blatt des Berichts an und ließ ihre Augen über die darunter liegende Seite wandern. »Hier steht, die Nachbarin ist eine Art … Punkerin, die erst nicht mal sicher war, dass Lichner überhaupt neben ihr wohnt.« Menkhoff warf mir einen missbilligenden Seitenblick zu.

»Und von einem Kinderzimmer steht da gar nichts, nur von einem frisch gestrichenen Raum. Woher wissen Sie, dass es ein Kinderzimmer ist oder war, Herr Menkhoff?«

»Na, das ist doch logisch. Alle anderen –«

»Tut mir leid, ich sehe die Logik nicht, und was den Eintrag im Melderegister betrifft – meines Wissens steht dort nur etwas über die Geburt eines Menschen, nicht aber über sein Verschwinden. Wer sagt denn, dass das Kind nicht bei seiner Mutter lebt? Das sollten Sie zuallererst mal überprüfen.« Sie legte die Unterarme auf dem Schreibtisch ab und faltete die Hände wie zum Gebet. »Also: Gibt es zum jetzigen Zeitpunkt außer Ihren Vermutungen auch einen *Beweis*, irgendetwas, was vor dem Haftrichter Bestand hat?« Stille, Sekundenlang, dann nickte sie. »Das habe ich befürchtet. Also gut, ich gebe Ihnen Zeit bis 14 Uhr, so lange kann ich Lichners Anwalt wohl hinhalten, wenn er ihn erreicht hat, was Gott sei Dank immer noch nicht der Fall ist. Wenn Sie bis dahin nichts vorweisen können, das der Staatsanwaltschaft und dem Richter ausreicht, die Untersuchungshaft anzuordnen, werde ich Herrn Lichner gehen lassen. Mit dem, was Sie bisher haben, werde ich jedenfalls keinen Antrag stellen. Ich habe keine Lust, mich lächerlich zu machen.«

Menkhoffs Oberkörper straffte sich mit einem Ruck. »Aber wir werden –«

»Danke, das ist alles.« Sie sah demonstrativ auf ihre Armbanduhr. »Gleich neun Uhr, Herr Menkhoff, Sie haben nicht mehr viel Zeit, Sie sollten sich beeilen.«

Auf dem Flur stieß Menkhoff einen deftigen Fluch aus, so dass uns aus einigen der offenen Büros neugierige Gesichter ansahen. »Auch wenn es dir nicht gefällt, sie hat recht«, sagte ich, als wir unser Büro erreicht hatten.

»Ja, ja, ja. Jetzt verschon mich bloß mit schlauen Sprüchen. Der Scheißkerl hat seine Tochter verschwinden lassen, da bin ich sicher. Und ich werde verdammt nochmal auch Beweise dafür finden.«

»Ach, übrigens, ich habe noch was vergessen.« Erschrocken fuhr ich herum und bemerkte aus den Augenwinkeln, dass auch Menkhoff zusammenzuckte. In der offenen Tür stand unsere Chefin. »Hauptkommissar Dieghard hat sich für den Rest der Woche krankgemeldet. Das heißt, Sie werden unseren Neuzugang mitnehmen.« Bevor einer von uns etwas entgegnen konnte, fügte sie hinzu: »Und darüber gibt es keine Diskussion.« Dann wandte sie sich ab und ging.

Ich stieß die Luft geräuschvoll aus und sah zu Menkhoff herüber. Er sah aus, als würde er jeden Moment explodieren.

14

14. Februar 1994

»Was halten Sie von dem, was die Alte gesagt hat?«

Wir waren auf dem Weg zu Dr. Lichners Haus, wo Menkhoff noch einmal die Lebensgefährtin des Verdächtigen befragen wollte. »Ich möchte Frau Bertels nicht unterstellen, dass sie lügt, aber … Seltsam ist das schon. Erst erwähnt sie eine wichtige Beobachtung überhaupt nicht, dann, zwei Wochen später, fällt ihr ein, dass sie Dr. Lichner dreimal auf dem Spielplatz mit der Kleinen beobachtet hat, ein paar Stunden später war es dann doch nur zweimal und *vor* dem Spielplatz. Könnte es sein, dass die gute Frau Bertels einfach nur ein bisschen Aufmerksamkeit möchte?«

»Wir werden's rausfinden.«

Im Wartebereich der Praxis saßen zwei Männer um die sechzig auf den lederbezogenen Stühlen, hinter dem breiten Empfangstresen tippte eine blonde junge Frau in weißer Bluse auf einer Tastatur herum und überprüfte ihre Eingaben am Monitor. Sie sah erst auf, als wir direkt vor ihr standen. »Ja, bitte?« Sie wirkte genervt und sah uns an, als wären wir in Lumpen gehüllt und hätten sie um fünf Euro für Schnaps gebeten.

»Wir möchten bitte mit Frau Nicole Klement sprechen«, sagte Menkhoff, woraufhin sich ihre rechte Braue ein Stück nach oben schob. »Frau Klement. Hier sind Sie aber in der Praxis von Dr. Joachim Lichner. Neben dem

Eingang gibt es eine deutlich sichtbare Klingel. Privatbesuch –«

»Ich bin sicher, Sie sind so freundlich und rufen kurz oben an. Sagen Sie Frau Klement, Kriminaloberkommissar Bernd Menkhoff und Kriminalkommissar Alexander Seifert möchten sie sprechen. Geht das?«

Ihre Miene änderte sich schlagartig, der überhebliche Ausdruck verschwand und machte Platz für die nervöse Unsicherheit, mit der viele Menschen reagieren, wenn plötzlich zwei Kriminalbeamte vor ihnen stehen. »Ja, natürlich, entschuldigen Sie. Ich konnte ja nicht wissen …«

Die junge Frau – ein Namensschild aus Plexiglas auf dem Tresen wies sie als Corinna M. aus – sagte in den Hörer, was Menkhoff ihr aufgetragen hatte, hörte einen Moment lang zu und legte wieder auf. Sie sah zu Menkhoff auf, und in ihrem Gesicht war keine Spur mehr von Arroganz, aber auch keine Freundlichkeit zu sehen. »Gehen Sie bitte gleich da vorne die Treppe hoch, Frau Klement erwartet Sie.«

»Vielen Dank«, sagte Menkhoff und zog dabei das »i« übertrieben in die Länge. Corinna M. beschäftigte sich schon wieder mit der Computertastatur.

Nicole Klement erwartete uns in einem hell getünchten, breiten Flur mit terrakottafarbenem Steinboden, der in einer weißen, doppelflügeligen Tür endete. Die beiden Elemente standen offen und gaben den Blick auf einen Kamin frei, in dem angekohlte Holzscheite lagen. Zwei große Glasscheiben, die etwa drei Meter fünfzig über unseren Köpfen in die Dachschräge eingelassen waren, ließen genügend Tageslicht herein, um den Flur trotz der winterlichen Jahreszeit hell und freundlich wirken zu lassen.

Ich war wieder beeindruckt von der Aura, die diese

Frau umgab. Bei ihrem Anblick regte sich sofort mein Beschützerinstinkt, und ich konnte mir nicht vorstellen, dass es viele Männer gab, denen es nicht so ging.

»Guten Tag, bitte, kommen Sie herein.« Diese Stimme …

Der Kamin gehörte zu einem mindestens 70 Quadratmeter großen Raum, der offenbar als Wohn- und Esszimmer diente und mit modernen Möbeln aus hellem Ahornholz eingerichtet war. Links stand eine schwarze Ledercouch, darüber hing ein riesiges Gemälde ohne Rahmen, das mich entfernt an *Der Schrei* von Edvard Munch erinnerte. Wir setzten uns an einen quadratischen Esstisch gegenüber, und sie fragte, ob sie uns etwas zu trinken anbieten könne. Als wir beide verneinten, nickte sie und sah Menkhoff stumm an. Die Hände hatte sie vor sich auf der Tischplatte übereinandergelegt. Sie ging wohl ganz selbstverständlich davon aus, dass mein Partner das Gespräch führen würde. »Frau Klement, wir haben noch ein paar Fragen an Sie«, begann er, und ich war mir sicher, wieder diesen Unterton in seiner Stimme zu hören. »Heute Mittag sind wir leider nicht mehr dazu gekommen.« Wenn er daraufhin eine Reaktion von ihr erwartet hatte, so wurde er enttäuscht.

»Ihr … Lebensgefährte, Dr. Lichner, hat ausgesagt, er wäre am 28. Januar den ganzen Nachmittag zum Einkaufen gewesen und gegen halb acht nach Hause gekommen. Stimmt das?«

Sie zögerte. »Ich weiß nicht mehr, was an dem Tag war, aber wenn Joachim es sagt, ist es bestimmt so gewesen.«

Sie wusste nicht mehr, was zwei Wochen zuvor gewesen war? Ich erwartete darauf zumindest eine zynische Bemerkung meines Partners, doch der sagte: »Das ist überhaupt kein Problem, fühlen Sie sich bitte nicht unter Druck gesetzt. Lassen Sie sich Zeit und denken Sie in Ruhe darüber nach. Der Freitag vor etwas mehr als zwei Wochen.«

Frau Klement überlegte kurz – zu kurz? –, dann nickte sie. »Ja, es stimmt, ich erinnere mich. Um halb acht ist Joachim nach Hause gekommen, neunzehn Uhr dreißig, ja.«

»Na sehen Sie.« Menkhoff lächelte sie an. »Und wissen Sie vielleicht auch noch, ob er etwas mitgebracht hat, als er nach Hause kam? Einkaufstüten zum Beispiel?«

»Einkaufstüten? Nein … also, ich bin nicht ganz sicher, aber … Nein.« Menkhoff nickte langsam und wandte sich mir zu. »Herr Seifert, würden Sie bitte notieren, dass Dr. Lichner nichts dabeihatte, als er von seiner mehrstündigen Einkaufstour nach Hause kam?«

Ich kam mir vor wie ein Schuljunge, der gerade getadelt worden war. Schnell zog ich meinen Notizblock aus der Jackentasche und schrieb ihre Antworten auf. Dabei stachen 1000 kleine Nadeln auf meine Stirn ein, und ich merkte, dass ich den Stift viel fester als nötig aufs Papier drückte.

»Fällt Ihnen sonst noch etwas ein, was für uns interessant sein könnte, Frau Klement?«

»Ich weiß es wirklich nicht. Vielleicht hatte Joachim ja doch etwas dabei. Wenn ich's mir recht überlege … doch, es kann gut sein, dass er Tüten dabeihatte. Ich bin nur nicht sicher. Was … was hat er denn gesagt?«

Vielleicht, vielleicht nicht, oder doch?

»Nichts«, entgegnete mein Kollege, »darüber haben wir noch nicht gesprochen.«

Ich verstand die Welt nicht mehr. Menkhoff räusperte

sich. »Frau Klement, das war es vorerst. Wir danken Ihnen für Ihre Hilfe, und wenn Ihnen noch etwas einfällt …« Er zog eine Visitenkarte aus der Tasche und einen Kugelschreiber, mit dem er etwas auf die Karte schrieb. Dann hielt er sie ihr entgegen. »Hier ist meine Karte, die Handynummer habe ich dazugeschrieben. Sie können mich jederzeit anrufen.«

Sie nahm die Karte und nickte. »Ja, das … danke.«

Wir verabschiedeten uns von ihr und verließen das Haus. »Und mit Dr. Lichner wollten Sie nicht nochmal sprechen?«, fragte ich verwundert.

»Nein.«

Stumm gingen wir einige Meter nebeneinanderher, und ich begriff nicht, was auf einmal mit Bernd Menkhoff los war. »Darf ich fragen, warum nicht? Ich meine –«

»Der Kerl lügt, Herr Seifert.«

»Er lügt?«

»Ja, da bin ich mir mittlerweile sicher. Ich möchte wetten, dass er weder in der Stadt zum Einkaufen war noch um halb acht nach Hause gekommen ist. Er hat sie eingeschüchtert, das sieht man doch sofort. Sie hat Angst, deswegen sagt sie alles, was er von ihr verlangt.«

»Aber … was ist mit der Aussage von Frau Bertels? Die ist doch mehr als zweifelhaft.«

»Sie ist eben eine alte Frau, die schon mal was verwechselt. Sie hat diesen Lichner gesehen, das sagt mir mein Instinkt. Und: Dass wir mit seiner Lebensgefährtin geredet haben und nicht mit ihm, das wird den Herrn Psychiater vielleicht ein bisschen nervös machen.«

15

23. Juli 2009

»Hallo, Kollegen. Wie ist der Stand der Dinge? Womit fangen wir an? Ich bin bereit. Frisch ans Werk, sozusagen.«

Jens Wolfert stand in der Mitte unseres Büros, schlug klatschend die Hände zusammen und rieb die Handflächen dann gegeneinander, als wolle er etwas dazwischen zermahlen. »Setzen Sie sich erst mal hin«, sagte ich und musste über Menkhoffs Gesichtsausdruck grinsen. Der betrachtete unseren jungen Kollegen, als wäre er ein Insekt von einem anderen Stern. Wolfert zog sich einen der Besucherstühle heran und sah uns erwartungsvoll an.

»Also gut«, setzte Menkhoff an, »da Ihr Partner im Moment krank ist, werden Sie heute wohl –«

»Den Rest der Woche, hat die Chefin gesagt, als ich heute Morgen bei ihr im Büro war. Oder, um es präziser auszudrücken, so lange, bis mein Partner wieder im Dienst ist. Das kann schon am kommenden Montag sein, aber es ist auch durchaus möglich, dass er noch für die nächste Woche krank geschrieben wird. Das würde bedeuten, ich würde auch dann noch mit Ihnen zusammenarbeiten, Herr Kriminalhauptkommissar.«

Ich senkte den Kopf und sah auf den Fußboden, damit Wolfert nicht sehen konnte, dass ich mir nur mit Mühe das Lachen verkniff. Ich wusste, was nun kam, und Menkhoff enttäuschte mich nicht. »Wenn Sie mich noch einmal unterbrechen, Herr Kollege, ist unsere Zusammenarbeit beendet, bevor sie angefangen hat, und das ist dann noch Ihr geringstes Problem. Wo wir schon dabei sind – das Gleiche gilt auch, wenn Sie in meiner Gegenwart ein einziges Mal mit Ihrer *Das-werde-ich-meinem-Vater-sagen*-Tour anfangen. Ist das klar?«

»Aber ich habe doch nur –«

»Ob das klar ist, möchte ich von Ihnen hören, Herr *Kollege.*«

»Ja, also … ja. Klar.«

»Gut. Nachdem das geklärt ist, können wir uns an die Arbeit machen. Wir haben nicht viel Zeit.«

Ich hielt Wolfert meinen Bericht vom Vortag entgegen. »Hier, schauen Sie sich das mal an, damit Sie wissen, worum es geht.«

Er winkte ab. »Den hab ich schon, ich weiß Bescheid. Dr. Joachim Lichner, Psychiater, 13 Jahre im Gefängnis, weil er ein kleines Mädchen umgebracht und ihre Leiche in einem Müllsack im Aachener Wald entsorgt hat, seit etwas mehr als zwei Jahren wieder auf freiem Fuß, soll seine eigene Tochter entführt haben, Motiv unklar, es gibt einige Hinweise, aber noch ist alles recht wackelig. Wenn wir nicht schnell was Verwertbares finden, heißt es in ein paar Stunden wohl Abschied nehmen von Dr. Joachim Lichner.«

Ich wechselte mit Menkhoff einen schnellen Blick und ließ den Bericht wieder auf meinen Schreibtisch fallen. »Sehr gut. Die Chefin hat Ihnen also schon alles gesagt, was Sie wissen müssen.«

»Nein, nein, ich denke, für solche Dinge hat Kriminaloberrätin Biermann wirklich keine Zeit. Wenn man sich überlegt, was diese Frau alles um die Ohren hat … beachtlich. Sie hat mir nur den Bericht gegeben, aber ich kann ja lesen.«

Wolfert war sicher der merkwürdigste Vogel des KK11, und er konnte einem auch wirklich binnen kürzester Zeit gewaltig auf die Nerven gehen, aber … auf eine vielleicht genauso merkwürdige Art fand ich ihn ganz in Ordnung.

Menkhoff räusperte sich. »Die Frau, die als Mutter des Mädchens eingetragen ist, die mit diesem osteuropäisch klingenden Namen – ich möchte, dass Sie schnellstmöglich herausfinden, wer sie ist und wo sie lebt, wann sie ihre Tochter zuletzt gesehen hat und so weiter.«

»Möchten Sie, dass ich das jetzt sofort erledige, Herr Kriminalhauptkommissar, also nicht erst bis zum Ende der Besprechung warte?«

»Ich sagte: schnellstmöglich. Es ist verdammt wichtig. Wir müssen wissen, ob das Mädchen bei seiner Mutter ist oder nicht.«

Wolfert stand auf. »Werde ich rausfinden.«

Menkhoff wartete, bis er das Büro verlassen hatte, und sagte dann: »Vielleicht kann man ihn ja doch brauchen. Wenn er mir nur nicht immer mit seinem Geschwätz so kolossal auf die Nerven gehen würde.«

Ich winkte ab. »Ich denke, wenn er merkt, dass er als Kollege akzeptiert wird, legt sich das Gerede von seinem Vater von selbst.«

»Hoffentlich. Und jetzt hören wir mal nach, was die Laborheinis in der Zeppelinstraße gefunden haben.« Er griff zum Hörer und wählte eine Nummer. In der Zwischenzeit machte ich mich auf, uns einen Kaffee zu besorgen. Zwei Monate zuvor hatte ein Kollege im ganzen KK11 Geld für eine neue Kaffeemaschine gesammelt. Es war so viel zusammengekommen, dass wir davon einen professionellen Vollautomaten kaufen konnten. Die Maschine wurde mit ganzen Bohnen gefüttert und mahlte jeweils eine Handvoll davon frisch für jede Tasse. Seitdem war der ohnehin schon beträchtliche Kaffeekonsum in unserer Etage nicht nur bei den Nachtschichten noch um einiges gestiegen.

Ich nahm zwei Kaffeebecher aus dem Schrank, positionierte sie unter dem Auslass der Maschine und drückte den Knopf, auf dem symbolisch zwei Tassen abgebildet waren. Während das Mahlwerk lautstark seine Arbeit aufnahm, dachte ich an Dr. Joachim Lichner, der darauf wartete, dass er seinen Anwalt endlich erreichen konnte, damit der ihn herausholte. Das würde zweifelsfrei passieren, wenn wir keine Beweise dafür fanden, dass er seine Tochter entführt hatte. Im Grunde genommen hatten wir bisher Glück, dass dieser Rechtsanwalt so schlecht erreichbar war.

Die Maschine spuckte mit klackenden Geräuschen die beiden Scheiben, zu denen sie den Kaffeesatz zusammengedrückt hatte, in den dafür vorgesehenen Behälter.

Menkhoff hatte sein Telefonat schon beendet, als ich zurück ins Büro kam, die beiden dampfenden Becher in Händen.

»Und?«

»Mist. Kaum Spuren, ein paar verschiedene Haare, weiblich, aber nichts, das zu Lichners DNA passt. Freundinnen von ihm vielleicht, vielleicht auch noch von der Vormieterin, weiß der Teufel. Aber sonst – so verdreckt dieser Stall auch ausgesehen hat, in dem er da haust – abgesehen von Stellen wie Regalen oder Schränken, auf denen der Staub zentimeterdick liegt, ist alles clean. Als ob jemand panisch die Böden gewienert hat. Sogar von

Lichner selbst war nur ganz wenig DNA-Material zu finden, nicht mal im Bad, kaum Hautpartikel. Es ist zum Kotzen.«

Ich stellte einen der heißen Becher vor ihm ab. »Das heißt, es gibt zwei Möglichkeiten: Entweder, er hält sich so gut wie nie in dieser Wohnung auf, oder er hat tagelang geputzt. Zumindest da, wo wir irgendwas hätten finden können.«

Menkhoff trank einen Schluck Kaffee. »Mensch, Alex, das liegt doch auf der Hand, du hast den Dreckstall doch gesehen! Ich hätte da nichts anfassen können, ohne die Gelbsucht zu bekommen. Da liegen verschimmelte Essensreste in einer Pappschachtel rum, die waren mindestens ein paar Wochen alt, ja, und die alte Holzplatte, auf der diese Schachtel steht? Die ist blitzblank. Gibt's doch nicht! Keine Fingerabdrücke, kein Staubkörnchen, nichts. Alex, der hat alle Spuren seiner Tochter verschwinden lassen, da kann man doch dran fühlen, verdammte Scheiße.«

Ich wusste, dass er recht hatte, nur … »Das wird uns leider wenig helfen. Kein Richter wird Joachim Lichner in Untersuchungshaft stecken, weil der seine Wohnung geputzt hat. Solange nicht klar ist, dass das Kind nicht bei der Mutter lebt …«

Menkhoff nickte und stand auf. »Und das weiß dieser Scheißkerl ganz genau.« Er sah auf seine Armbanduhr. »Halb zehn, ich hoffe, Wolfert findet schnell was raus. Komm, wir gehen zu Lichner, kann ja sein, dass er sich's über Nacht überlegt hat und jetzt mit uns redet.«

»Glaub ich nicht, Bernd.«

»Ich doch auch nicht, Mensch!«, fuhr er mich an, »aber irgendwas müssen wir machen. Und wenn er den Mund nicht aufmacht, schauen wir uns nachher auf jeden Fall nochmal in seiner Bruchbude um. Vielleicht finden wir doch noch was, das uns weiterhilft.«

»Du gibst nicht auf, oder? Wie damals.«

Er war schon zur Tür unterwegs, blieb nun aber stehen und drehte sich mit einem Ruck zu mir um. »Was? Was ist mit damals? Jetzt pass mal auf, Alex: Lichner ist damals rechtskräftig verurteilt worden, und das nicht zuletzt, weil ich nicht aufgegeben habe, auch wenn ein Grünschnabel vielleicht anderer Meinung war als ich.«

»War es wirklich nur das, Bernd?«

»Was zum Teufel soll das heißen?«

Ich sah in dieses Gesicht, erkannte darin den Ärger, vielleicht war es auch Wut, und war hin- und hergerissen. Sollte ich ihm jetzt einfach sagen, was ich dachte? Was ich damals gedacht hatte und wie sehr mich diese Gedanken all die Jahre belasteten? So oft hatte ich mir das Für und Wider überlegt … Ich wollte diese Sache ein für alle Mal klären. Aber das konnte ich unmöglich in diesem Moment tun. Falls Lichner wirklich sein eigenes Kind entführt hatte, blieben uns nur ein paar lächerliche Stunden, das zu beweisen.

Ich schüttelte den Kopf. »Ach, vergiss es, du hast ja recht. Ich hab einfach das Gefühl, du hasst Lichner bis aufs Blut.«

»Damit liegst du verdammt nochmal richtig, Alex.« Sein Blick fixierte mich. »Können wir jetzt gehen?«

16

15. Februar 1994

Bernd Menkhoff saß schon hinter seinem Schreibtisch, als ich ins Büro kam, das heißt, eigentlich lag er mehr, als dass er saß. Er hatte die Unterschenkel über die Ecke des Schreibtischs gelegt und hielt einen Becher mit dampfendem Kaffee in der Hand. Ich sah verwundert auf die Uhr. Zehn nach acht, so früh hatte ich ihn in der kurzen Zeit, in der wir nun Partner waren, noch nicht im Büro gesehen.

»Guten Morgen, Herr Kollege, ich hoffe, wenigstens Sie hatten eine erholsame Nacht«, sagte er, und es klang … traurig? … deprimiert?

»Guten Morgen. So früh schon hier? Klingt so, als hätten *Sie* nicht viel geschlafen.«

Er fuhr sich mit der freien Hand über die Augen. »Nein, fast überhaupt nicht.« Ich hängte meine Jacke an die Garderobe und setzte mich. »Grübeln Sie über diesen Lichner nach?«

Menkhoff betrachtete seine Schuhe, die außerhalb des Schreibtischs in der Luft hingen, und bewegte die Füße vor und zurück. Die dunklen Schatten unter seinen Augen ließen ihn um Jahre älter aussehen, als er war. »Ja, auch. Über ihn, über Nicole Klement … Seltsame Beziehung.«

»Hm … Vielleicht brauchen Frauen wie sie jemanden, der so von sich überzeugt ist und alles regelt. Sie macht auf mich einen sehr zerbrechlichen Eindruck. Fast hilflos.«

Er stellte den Kaffeebecher ab und schwang die Füße von der Schreibtischplatte. »Nein, das glaube ich nicht. Ich denke, er hat seine Methoden. Sie haben ihn doch erlebt – können Sie sich vorstellen, was dieser Kerl rhetorisch mit ihr macht? Er ist Psychiater, er weiß ganz genau, welche Knöpfe er bei ihr drücken muss.«

Ich fragte mich, worauf er hinauswollte. »Halten Sie es für möglich, dass Dr. Lichner Juliane umgebracht hat?«

Er nickte. »Ich trau es ihm zu.«

»Ich weiß nicht … Nur weil diese alte Frau angeblich was gesehen hat, was ihr erstens verdammt spät eingefallen ist und was zweitens noch unmöglich ist?«

Er wandte sich von mir ab und sah nach draußen, schwieg ein paar Sekunden lang. »Ich hab diesen ganzen Mist so satt.« Es sah aus, als rede er mit der Fensterscheibe. Seine Stimme hatte sich verändert, sie war leise geworden und monoton. »Typen wie dieser Lichner machen mich krank. Diese Kerle, die sich für so schlau halten, dass sie uns lächelnd auf der Nase rumtanzen. Und warum machen sie das? Weil sie es können. Weil unser Rechtssystem die Verbrecher vor der Polizei mehr schützt als die Opfer vor den Verbrechern. Wir laufen uns die Hacken wund, um den Mord an einem kleinen unschuldigen Kind aufzuklären, und so ein elender Scheißkerl macht sich über uns lustig. Warum tun wir uns das an? Um spätabends in die Wohnung zu kommen, die man als sein Zuhause bezeichnet, obwohl sie kein Zuhause ist, weil man so gut wie nie da ist und wo … wo man sich vor den Fernseher hockt, alleine, um sich von dem Mist, der da läuft, so lange berieseln zu lassen, bis einem die Augen zufallen, und dann … dann hofft man, wenigstens nicht nach einer Stunde schon wieder hochzuschrecken, weil man von einem toten Kindergesicht geträumt hat.«

Damals kannte ich meinen Kollegen, dessen Blick aus glasigen Augen irgendwo nach draußen gerichtet war, noch nicht sehr gut, aber … die letzten 24 Stunden hatten Oberkommissar Bernd Menkhoff verändert.

17

23. Juli 2009

Dr. Lichner wirkte erstaunlich gelassen, als ich von einem Kollegen die enge Arrestzelle im ersten Untergeschoss aufschließen ließ. Auf dem Weg nach unten hatten Menkhoff und ich abgemacht, dass ich erst einmal alleine versuchen sollte, mit Lichner zu reden.

»Guten Morgen, Dr. Lichner«, sagte ich. »Haben Sie gut geschlafen?«

Er saß auf der Pritsche und rieb sich mit der Handfläche über die Wange. »Ja, aber der Frühstücksservice und das Gästebad lassen zu wünschen übrig. Was wollen Sie, Herr Hauptkommissar?«

»Ich mö –«

»Hat Ihr Kollege Sie vorgeschickt? Denkt er, ich rede eher mit Ihnen, weil er es damals war, der mir diese Sache untergeschoben hat? Vergessen Sie's, Herr Seifert. Sie haben diese Sauerei damals mitgetragen, also sind Sie genauso korrupt wie er. Außerdem möchte ich endlich meinen Anwalt erreichen. Geben Sie mir Ihr Handy, ich möchte wetten, das Telefon hier ist präpariert. Wundern würde mich das jedenfalls nicht.«

Meine Stirn prickelte wie verrückt, und ich konnte in diesem Moment Menkhoffs Zorn gut verstehen. Ich war versucht, die aufschäumende Wut rauszulassen und ihm zu sagen, was ich von ihm hielt, aber den Gefallen wollte ich ihm nicht tun. »Das Telefon hier ist in Ordnung. Keine Ahnung, was mit Ihrem Anwalt ist«, sagte ich so gelassen wie möglich. »Der wird sowieso nicht viel tun, wenn er gesehen hat, was wir gegen Sie in der Hand haben.«

»Was? Was wollen Sie schon gegen mich haben?« Er tat amüsiert, aber in seiner Stimme schwang Unsicherheit mit.

»Legen Sie sich noch etwas hin, heute Nachmittag werden Sie zur U-Haft in die JVA verlegt.«

»Das glauben Sie ja selbst nicht, Seifert. Sie haben niemals …« Mehr verstand ich nicht, ich hatte die Zellentür geschlossen. Menkhoff, der zwei Meter weiter gewartet hatte, grinste mich an. »Gut so. Nun geht ihm der Arsch auf Grundeis.«

Ich wiegte den Kopf hin und her. »Da bin ich nicht so sicher. Wie es im Moment aussieht, wird er uns in wenigen Stunden auslachen.«

Er wandte sich ab. »Lass uns nachsehen, was wir in seiner Behausung finden. Damals hat er auch gedacht, er wäre sicher, und wir haben trotzdem die nötigen Beweise bei ihm zu Hause gefunden.«

Als wir das Präsidium verließen und auf den Audi zugingen, nahm ich mir vor, meinen Partner genau zu beobachten, während wir in Lichners Wohnung waren Ich konnte mich gegen diese leisen Zweifel an Bernd Menkhoffs Methoden nicht wehren, sie kamen immer wieder, wie eine leichte Brandung, deren Wellen nicht in der Lage waren, mit einem Schlag Schaden anzurichten, die aber im Laufe der Jahre einen Fels aushöhlen konnten.

»Hast du schon was von Teresa gehört?« Ich war gerade in die Krefelder Straße abgebogen und sah kurz zu Menkhoff herüber. »Wie läuft es in New York?«

»Sie ruft jeden Abend an, bevor Luisa ins Bett muss.

Das passt durch die Zeitverschiebung ganz gut, weil in New York dann gerade Mittagszeit ist. Gestern hab ich sie verpasst, aber Frau Christ meinte, es ist alles in Ordnung.«

»Wann kommt sie zurück?«

»In drei Tagen, Sonntag.«

»Wirst du ihr von Lichner erzählen?«

Er antwortete nicht gleich. »Nein. Nicht am Telefon, meine ich. Warum sollte ich?«

Ich hakte nicht weiter nach. Die Ehe zwischen Bernd und Teresa Menkhoff war schwer einzuordnen, auch wenn man sich wie ich hier und da privat mit ihnen traf. Sie liebten ihre Tochter beide sehr, und manchmal hatte ich das Gefühl, dass sie das eigentliche und vielleicht sogar das einzige Bindeglied zwischen den beiden war. Sie waren nett zueinander, es gab keine Streitereien, zumindest nicht im Beisein Dritter, aber ich hatte in all den Jahren auch kein einziges Mal gesehen, dass sie Zärtlichkeiten austauschten, nicht einmal ein simples Händchenhalten gab es. Ihre Ehe erschien mir als gut funktionierende Zweckgemeinschaft, aber ich glaubte nicht, dass das von Teresa so gewollt war.

In der Zeppelinstraße angekommen, ließ ich Menkhoff den Vortritt und betrachtete seinen Rücken, während er vor mir die durchgetretenen Steinstufen nach oben ging. Wenn es in Lichners Wohnung etwas gab, was unseren Verdächtigen belastete, dann würde dieses Mal hoffentlich ich das Beweisstück finden.

Menkhoff schloss gerade die Tür auf, als Lichners rothaarige Nachbarin aus ihrer Wohnung kam. Soweit ich das beurteilen konnte, trug sie die gleichen Sachen wie am Vortag. Sie blieb abrupt stehen und sah mich an, ihrem Gesichtsausdruck nach zu urteilen, ging es ihr nicht sehr gut. »Guten Tag, Frau Ullrich«, sagte ich. »Gut, dass ich Sie treffe, wir hätten nachher sowieso noch bei Ihnen geklingelt. Ist Ihnen noch etwas zu Dr. Lichner und seiner Tochter eingefallen? Vielleicht, wann genau Sie das Kind zum letzten Mal gesehen haben?«

Bevor sie antworten konnte, schob eine Hand mich ein Stück zur Seite, und Menkhoff stand neben mir. Er musterte die Frau von oben bis unten, sagte aber nichts.

»Ich … ich muss weg. Hab keine Zeit jetzt.«

Menkhoff verschränkte die Arme vor der Brust, was die Frau dazu bewog, einen Schritt zurückzugehen. Man sah ihr an, dass sie Angst vor meinem Partner hatte.

»Na ja, also … wenn's nich zu lang dauert … Aber ich weiß nich mehr als gestern auch nich, also …«

»Dann strengen Sie Ihren Kopf gefälligst mal an«, polterte Menkhoff los, woraufhin sie zusammenzuckte. »Ich möchte von Ihnen jetzt genau wissen, wann Sie dieses Kind zum ersten Mal gesehen haben, wie oft seitdem und wann das letzte Mal. Und wenn Ihre Antwort mir nicht gefällt oder ich das Gefühl habe, dass Sie mich anlügen, nehme ich Sie mit aufs Präsidium und verhöre Sie dort höchstpersönlich so lange, bis ich alles weiß, was ich wissen möchte, haben Sie das verstanden?«

Ihre Augen wurden erst groß, dann ging ihr Mund auf und wieder zu, und schließlich verzogen sich ihre Mundwinkel nach unten, und sie begann zu schluchzen. »Ich … ich wollte das doch nicht, wirklich. Aber die hat mir 300 Euro gegeben, und das is 'ne Menge Kohle für mich, und das nur für dass ich das sage.«

Sie hielt sich die Hände vor das Gesicht, ihre Schultern zuckten heftig. Menkhoff und ich gingen gleichzeitig auf sie zu.

»Was sagen Sie da?«, fragte ich. »Frau Ullrich, hören Sie …« Langsam ließ sie die Hände sinken. Ihre Wangen waren feucht, und sie schluchzte noch immer. Sie sah von mir zu Menkhoff. »Werd ich jetzt verhaftet?«

»Wenn Sie uns nicht augenblicklich die Wahrheit sagen, und zwar mit allem Drum und Dran, ja«, sagte Menkhoff laut. »Also …«

Sie zog ihre Plastikhandtasche von der Schulter und kramte darin herum, bis sie ein Papiertaschentuch gefunden hatte, in das sie geräuschvoll die Nase schnäuzte.

»Diese Frau, die hat bei mir geklingelt und mir 300 Euro unter die Nase gehalten. Ich soll nur sagen, dass der Lichner da mit 'nem Mädchen gewohnt hat, das so drei ist, wenn einer mich fragt. Und dass ich das schon 'n paar Tage nich mehr gesehen hab. So. Und die 300 Euro hab ich nich mehr, hab mir was zu essen und paar Klamotten dafür gekauft.«

»Eine Frau?«, fragte ich, und zur gleichen Zeit sagte auch Menkhoff etwas, was dazu führen musste, dass sie kein Wort verstand. Ich deutete meinem Partner gegenüber an, er solle reden. »Nochmal«, setzte Menkhoff an. »Welche Frau hat bei Ihnen geklingelt, wie hat sie ausgesehen, und wofür genau hat sie Ihnen Geld gegeben?«

Beate Ullrich zuckte mit den Schultern. »Weiß nich genau, wie die ausgesehen hat. Die hat einen großen Hut aufgehabt, blonde Haare hatte die, bis auf die Schultern. Aber ich glaub, das war 'ne Perücke.«

»Und diese Frau hat Ihnen 300 Euro gegeben, wenn Sie uns erzählen, dass Dr. Lichner hier mit einem Kind wohnt?« Sie nickte.

»Aber Dr. Lichner wohnt doch hier mit einem Kind, oder etwa nicht?«

Sie sah auf ihre Schuhe und reagierte nicht. Ich hörte, wie neben mir Menkhoffs Atem schneller ging. »Hat er nun ein Kind oder nicht?«, schrie er sie an.

Es dauerte noch einen Moment, dann ließ sie die Schultern sacken und schüttelte den Kopf. »Glaub nich, hab noch keins gesehen.«

»Ja, verdammt nochmal, sind Sie denn völlig verrückt? Wissen Sie, dass Sie dafür ins Gefängnis kommen können?«

Sie sagte etwas gegen den Flurboden, was ich nicht verstand.

»Was?«, schnauzte Menkhoff sie an.

»Ich ... Jetzt hab ich doch die Wahrheit gesagt. Tut mir leid, echt«, antwortete sie, nun gerade so laut, dass wir sie verstehen konnten.

»Es tut ihr leid.« Menkhoff wandte sich kopfschüttelnd ab und starrte einige Sekunden lang auf die Tür zu Lichners Wohnung. Dann sah er auf seine Armbanduhr und wandte sich wieder an die Nachbarin. »Sie kommen um halb zwölf zum Präsidium. Dort werde ich Ihre Aussage zu Protokoll nehmen, anschließend werden Sie mit einem Kollegen so lange zusammensitzen, bis wir ein Phantombild haben, auf dem exakt die Frau zu sehen ist, die Ihnen das Geld gegeben hat. Ich stecke Sie wirklich in den Knast, wenn Sie nicht pünktlich erscheinen oder keine vernünftige Beschreibung abgeben. Haben Sie mich verstanden, Frau Ullrich?«

»Wie soll ich denn da hinkommen?«

»Das ist mir egal. Sie werden pünktlich da sein, verstanden?« Sie nickte stumm, und dabei liefen ihr Tränen über die Wangen. »Verschwinden Sie jetzt, bevor ich mich vergesse.« Er wandte sich ab, und ich folgte ihm. Meine Gefühle schwankten zwischen der Erleichterung darüber, dass es wohl tatsächlich keine Entführung gegeben hatte, und Verwirrung. »Wenn Lichner hier also doch die ganze Zeit über alleine gewohnt hat, es aber im Melderegister einen Eintrag über seine Tochter gibt – woher wusste dann diese Frau mit dem Hut von dem Kind? Was bezweckt sie mit dieser Aktion, und wer kann diese Frau gewesen sein?«

»Vielleicht die Mutter?«

»Und warum sollte sie das tun? Streit ums Sorgerecht oder so was?«

Wir standen in dem engen Flur von Dr. Lichners Wohnung, die Tür hatte ich hinter mir geschlossen.

»Langsam, Alex, noch wissen wir nicht, was tatsächlich die Wahrheit ist. Wer sagt denn, dass nicht jetzt erst jemand zu dieser Ullrich gekommen ist und ihr Geld gegeben hat? Dafür, dass sie uns diesen Unsinn erzählt von der Frau mit Hut und Perücke?«

»Hm … Aber wer soll das gewesen sein?«

»Jemand, der Lichner helfen möchte zum Beispiel? Was weiß ich, ein Freund von früher, eine neue Freundin? Lass uns erst mal diese Bude durchsuchen. Nachher auf dem Präsidium werden wir dann der Dame von nebenan mal auf den Zahn fühlen. Noch wissen wir nichts mit Sicherheit.« Womit er leider verdammt recht hatte.

Die Wohnung sah noch genau so aus wie bei unserem Besuch am Vortag. Was immer auch die Kollegen von der Spurensicherung getan hatten, es war nichts mehr davon zu sehen. Das lag natürlich größtenteils daran, dass sie zwar Proben von allen möglichen Stellen genommen, die Wohnung aber nicht systematisch durchsucht hatten. Das würden wir nun tun, und dabei mussten wir vorsichtig sein, denn einen Durchsuchungsbeschluss hatten wir noch immer nicht. Im Grunde war alles, was wir in diesem Moment taten, am Rande der Legalität. Lichner hätte gleich am Morgen einem Untersuchungsrichter vorgeführt werden müssen. Und was wir gerade von der Nachbarin erfahren hatten, veränderte die Fakten aus Sicht eines Richters nicht unbedingt zu unseren Gunsten, im Gegenteil, wir hätten spätestens zu diesem Zeitpunkt erst einmal abbrechen müssen. Hätten …

Menkhoff ging mit einer derart grimmigen Entschlossenheit zur Sache, dass ich zu der Überzeugung kam, dass das, was er gerade erfahren hatte, ihn noch mehr motiviert hatte, statt ihn zu beruhigen. Er ging zwar behutsam vor, ließ aber kein kleinstes Eckchen aus, wobei er auch Dinge anfassen und hochheben musste, von denen er an diesem Morgen noch behauptet hatte, die bloße Berührung mit ihnen würde schon Gelbsucht bei ihm verursachen. Während ich vorsichtig hinter und unter den vergammelten Möbelstücken im so genannten Wohnzimmer nachsah, beschäftigte er sich mit dem baufällig aussehenden Regal an der Wand. Jedes einzelne Teil hüllte sich in eine Wolke aus Staub, sobald Menkhoff es bewegte. Wie ein Tintenfisch, der einen Angreifer abschrecken wollte. Das war anschließend nicht mehr zu vertuschen, aber wir würden es im Zweifelsfall den Kollegen Spurensicherern in die Schuhe schieben.

Die meisten der Dinge, die wir fanden, waren ziemlich ekelhaft, und je länger unsere Suche andauerte, umso unbegreiflicher wurde mir, dass ein menschliches Wesen so hausen konnte. Die Küche war ein winziger Raum mit einer vergammelten Spüle, einem verbeulten Kühlschrank und einem niedrigen, weißen Schrank aus Pressspanplatten, auf dem eine elektrische Zweier-Kochplatte stand. Die oberen Außenkanten des Schranks waren aufgequollen, der gelbliche Umleimer hatte sich größtenteils abgehoben und stand zentimeterweit ab. Ich zog die beiden Schranktüren auf. Es ging schwer, und sie machten dabei ein schleifendes Geräusch. Bis auf zwei Töpfe, in denen wahrscheinlich vor vielen Jahren zum letzten Mal etwas Essbares zubereitet worden war, und eine verblasste Pappverpackung mit nicht mehr zu deutendem, krümeligem Inhalt war der Schrank leer.

Ganz schlimm wurde es im Badezimmer. Als ich den Toilettendeckel anhob und einen Blick riskierte, war dieses Thema für mich augenblicklich abgeschlossen. Auf Menkhoffs verständnislosen Blick hin, den er mir vom Wohnzimmer aus zuwarf, als ich nach Sekunden den kleinen Raum schon wieder verließ, sagte ich: »Wenn du das da durchsucht haben möchtest, bitte, tu dir keinen Zwang an. Mich kriegen da keine zehn Pferde mehr rein.«

Als Nächstes nahm ich mir das neu gestrichene Zimmer vor. In dem Raum war sehr exakt gearbeitet worden: Die Stelle, an der das Pastellgelb der sauber mit Raufaser tapezierten Wände an das Weiß der Decke stieß, bildete eine kerzengerade Linie. An keiner Stelle war die jeweils andere Farbe übermalt worden. Die Fußleisten schienen neu zu sein, die Winkel in den Ecken waren sauber geschnitten, alles passte zusammen. Etwa in der Mitte der Wand, die der Tür gegenüberlag, war eine vielleicht 30 Zentimeter hohe, schmale Klappe eingelassen, vermutlich ein Putzschacht für den Kamin. Auch diese Klappe sowie die Ränder waren sauber und an keiner Stelle überstrichen. Der Raum sah so aus, als wäre alles darin komplett erneuert worden. Was auch immer sich vorher in dem Zimmer befunden hatte – es war nichts mehr davon übrig. Als hätte jemand bewusst alle auch noch so kleinen Spuren beseitigen wollen.

»Alex, komm mal her!«

Ich hatte im Laufe der Jahre gelernt, alle möglichen Facetten von Menkhoffs Stimme zu deuten. Es gab die wütende und die zynische, die sachliche und manchmal sogar die humorvolle. Die Tonlage, in der er in diesem Moment nach mir rief, bedeutete Triumph. Das wiederum konnte eigentlich nur eines heißen: Mein Kollege hatte etwas gefunden.

18

15. Februar 1994

Gegen halb elf rief der Pförtner an, eine Nicole Klement stehe vor ihm und wolle Oberkommissar Menkhoff sprechen. Ich wollte mich schon auf den Weg machen, um sie unten beim Pförtner in Empfang zu nehmen und in den 3. Stock zu bringen, da sprang Menkhoff auf: »Lassen Sie mal, Herr Seifert, ich übernehme das schon. Ein bisschen Fitness tut mir heute Morgen ganz gut.«

Nicole Klement hatte die Haare an diesem Morgen hochgesteckt, sie trug eine schwarze Jeans und eine rote, gesteppte Jacke, unter der ein weißer Rollkragen herausragte. Er reichte ihr bis unter das Kinn. Sie sah hinreißend aus, auch wenn ihre Augen noch genauso traurig blickten wie am Vortag. Ich überlegte, wie sie wohl aussehen mochte, wenn sie lachte. Ob Dr. Lichner ihr Lachen schon einmal gesehen hatte?

Auf Menkhoffs Aufforderung hin zog sie die dicke Jacke aus. Er nahm sie ihr ab und fand noch einen freien Haken an unserer Garderobe. Einige Strähnen ihres Haares hatten sich gelöst, sie fielen über ihre Schultern wie dünne Striche, die ein abstrakter Künstler wahllos mit einem schwarzen Stift auf ein frisches Blatt Papier gemalt hatte. »Darf ich Ihnen einen Kaffee anbieten?«, fragte ich sie, woraufhin sie mir dankbar zunickte.

Als ich aus der Küche zurückkam, saß sie vor Menkhoffs Schreibtisch, und mein Partner erklärte ihr gerade, dass zu den drei Mordkommissionen des KK11 teilweise auch Kollegen aus anderen Dienststellen gehörten. Ich bezweifelte, dass sie danach gefragt hatte. Die Tasse stellte ich vor ihr ab und setzte mich dann hinter meinen Schreibtisch. So konnte ich sie im Profil sehen.

»Also, Frau Klement, was führt Sie zu uns? Ist Ihnen noch etwas eingefallen, was uns weiterhelfen kann?« Es klang ermutigend, eine Aufforderung, sich alles von der Seele zu reden. Bernd Menkhoff in bester Laune.

»Nein, also, … doch, schon, aber es ist mir nichts Neues eingefallen. Es ist nur … ich bin manchmal etwas durcheinander und vergesse schon mal Dinge. Und … ich war gestern wohl sehr aufgeregt und habe einfach vergessen, was an dem Abend war.«

»An dem Freitagabend, nach dem ich Sie gefragt hatte?«

Sie nickte zaghaft und verzog dabei schmerzhaft das Gesicht. Menkhoff warf mir einen schnellen Blick zu.

»Ja. Es ist mir wieder alles eingefallen. Also, Joachim kam an dem Abend um zwanzig nach sieben nach Hause. Er hatte zwei große Tüten dabei. In der einen waren zwei Jeans und ein T-Shirt. Es war blau. Die andere war voll mit Lebensmitteln.«

»Frau Klement.« Sie drehte mir den Kopf zu und stöhnte dabei auf. Ich tauschte erneut einen Blick mit meinem Partner. »Was ist mit Ihnen, Frau Klement?«

Menkhoff erhob sich und ging um den Schreibtisch herum. »Haben Sie eine Verletzung?«

»Nein, nein, es ist nichts, ich habe mich nur gestoßen.«

Menkhoff hatte sie erreicht und streckte ihr vorsichtig die Hand entgegen. »Darf ich das mal sehen?« Sie wich vor ihm zurück. »Nein, bitte. Es ist wirklich nichts.«

»Dann kann es ja nichts schaden, wenn ich mal einen Blick darauf werfe.« Als sie sich nicht bewegte, sondern ihn nur angstvoll ansah, fügte er eindringlich hinzu: »Bitte.«

Eine Träne löste sich aus ihrem Augenwinkel und rann über die Wange bis zum Kinn. Menkhoff wiederholte noch einmal, leise, vorsichtig: »Bitte, Frau Klement, lassen Sie mich sehen, was Sie da haben.« Schließlich gab sie nach. Es war, als sacke sie in sich zusammen. Mit hängenden Schultern saß sie da, hob die rechte Hand und schob die Finger vorsichtig zwischen Hals und Kragen. Langsam zog sie den Stoff ein Stück nach unten und gab uns den Blick auf einen dunkelblauen Bluterguss frei. Ich konnte nur eine Seite ihres Halses erkennen, aber ich hätte mein Portemonnaie darauf verwettet, dass sie auf der anderen Seite einen ähnlichen Fleck hatte. Ich kannte diese Flecken von Bildern, die ich während der Ausbildung gesehen hatte. Rechtsmedizin. Das waren Würgemale, da war ich ziemlich sicher.

19

23. Juli 2009

Ich verließ den einzigen sauberen Raum der Wohnung und fand meinen Partner in dem winzigen Zimmer, das, mit einer Art Pritsche und einer Umzugskiste ausgestattet, Lichners Schlafzimmer sein musste. Kleidungsstücke jedweder Art, wie ich sie im Zimmer verstreut erwartet hätte, fehlten allerdings. Der modrig-muffige Geruch, der die ganze Wohnung durchsetzte, schien hier sein Zuhause zu haben, und ich bemühte mich, möglichst flach zu atmen.

Menkhoff kniete vor der geöffneten Kiste, mehrere Stapel Papiere lagen daneben auf dem Boden. Er hielt ein Blatt in der Hand und wedelte damit in der Luft herum, als er mich sah. Zwischen Daumen und Zeigefinger der anderen Hand hielt er einen einzelnen Schlüssel, den er mir entgegenstreckte. »Ich hab's gewusst«, sagte er, und sein Gesicht spiegelte deutlich wider, was mir seine Stimme schon verraten hatte. »Der Kerl verarscht uns nach Strich und Faden. Sieh dir das hier mal an.« Ich nahm ihm das Blatt aus der Hand. Es war ein Mietvertrag über eine Wohnung in Kohlscheid, Haus-Heyden-Straße, etwa zehn Kilometer entfernt. Der Vertrag war auf Dr. Joachim Lichner ausgestellt, die Größe der Wohnung war mit 92 Quadratmeter angegeben, Kaltmiete 690 Euro, Mietbeginn war der 1. 7. 2007, Mindestmietzeit drei Jahre.

»Na, Alex, was sagst du jetzt? Herr Lichner hat zwar angeblich noch keinen Job, aber noch eine andere Wohnung.«

Ich sah von dem Papier auf. »Na ja, ich hab mich die ganze Zeit schon gefragt, wie es möglich sein kann, dass in diesem unglaublichen Saustall jemand wohnt. Das hier«, ich deutete auf den Mietvertrag, »kann zumindest dafür die Erklärung sein. Er hat hier gar nicht gelebt.«

»Das sehe ich auch so. Aber warum hat er diese Bruchbude dann gemietet? Und wann? Laut Melderegister hat er schon bei der Geburt seiner Tochter hier gewohnt, er muss diese Wohnung also schon mindestens so lange haben wie die da in dem Vertrag. Ich sag dir, Alex, der Dreckskerl zieht da irgendeine ganz linke Nummer ab, und die ist von langer Hand geplant.«

»Ich versteh das alles noch nicht«, gab ich zu, »aber was ist denn mit der Möglichkeit, dass doch jemand die Datenbank des Melderegisters manipuliert hat? Das würde zwar noch nicht die Sache mit den zwei Wohnungen erklären, aber zumindest –«

»Okay, Alex«, unterbrach mich Menkhoff, »du versuchst also immer noch eine Möglichkeit zu finden, diesen Scheißkerl zu entlasten. Mir ist zwar ein Rätsel, warum, aber bitte schön. Ich schlage vor, wir fahren gleich zum Klinikum. Wenn Lichners Tochter da geboren wurde, müssen die Unterlagen darüber haben. Anschließend sehen wir uns dann seinen Zweitwohnsitz in Kohlscheid an. Einverstanden?«

»Aber wir sollten uns beeilen, ich glaube nicht, dass die Biermann ihn noch lange ohne stichhaltige Beweise festhalten kann.«

Menkhoff nickte und steckte den Schlüssel, den er die

ganze Zeit über in der Hand gehalten hatte, in seine Hosentasche. »Hast du sonst alles durch?«

»Ja, bin froh, wenn wir hier raus sind.«

Er deutete auf den Pappkarton. »Ich schau mir noch den Rest in dieser Kiste an, dann verschwinden wir hier.«

Ich hielt noch immer den Mietvertrag in der Hand und sah ihn mir noch einmal genauer an. Weit kam ich allerdings nicht damit, weil Menkhoff schon kurze Zeit später einen undefinierbaren Laut ausstieß.

Er hatte ein Album gefunden, auf jeder der beiden aufgeschlagenen Seiten waren zwei Fotos aufgeklebt. Die auf der linken Seite waren zweifellos beide im Gefängnis gemacht worden, wie man am Hintergrund unschwer erkennen konnte. Beide Fotos waren mit ziemlicher Sicherheit auch in derselben Zelle gemacht worden. Auf dem oberen war Joachim Lichner abgebildet. Er trug Jeans und ein weißes T-Shirt und blickte zwar ernst in die Kamera, aber beide Daumen der nach vorne ausgestreckten Hände zeigten nach oben. Unter dem Foto stand handschriftlich:

J. Lichner, 04. 03. 2006 – Nicht mehr lange.

Der Mann auf dem zweiten Foto strahlte über das ganze Gesicht. Er mochte ein paar Jahre jünger sein als der Psychiater, wog aber mindestens 15 Kilo mehr. Er hatte dunkle Haare und trug ebenfalls Jeans und dazu ein schwarzes Hemd, das weit geöffnet war und den Blick auf eine unbehaarte Brust freigab. Die Bildunterschrift lautete:

M. Diesch, 04. 03. 2006 – Geschafft! Raus!

Nun erst sah ich mir die andere Seite des Albums an und verstand augenblicklich, warum Menkhoff noch immer fassungslos und stumm dasaß und auf die gleiche Stelle stierte.

Beide Fotos dieser Seite zeigten Lichner zusammen mit derselben Frau. Auch dort gab es Bildunterschriften, aber das nahm ich nur am Rande wahr, denn zwei Dinge waren auch ohne Beschreibung sicher: Die Fotos waren vor nicht allzu langer Zeit gemacht worden, und die Frau, die dort so traurig in die Kamera sah und um deren Schulter Joachim Lichner auf beiden Fotos den Arm gelegt hatte, diese Frau war Nicole Klement.

20

15. Februar 1994

»Verdammt!«, stieß Menkhoff aus. »Wie ist das passiert?«

Nicole Klement antwortete nicht, schüttelte nur den Kopf, während aus der einzelnen Träne ungleichmäßige, nasse Spuren geworden waren, die sich über ihre Wangen zogen.

Ich ging zu ihr hinüber und stellte mich neben Menkhoff. Wie ich befürchtet hatte, war auf der anderen Seite ihres Halses der gleiche dunkle Fleck zu sehen. Sie schob den Rollkragen wieder nach oben und senkte den Kopf. Mir wurde bewusst, dass wir sie beide betrachteten wie ein Tier im Zoo. Ich ging wieder zurück zu meinem Platz.

»War … er das?«, fragte Menkhoff vorsichtig.

Sie hob ruckartig den Kopf und verzog wieder das Gesicht. »Nein!« Es kam zu schnell, zu heftig. »Ich habe mich gestoßen.«

Menkhoff atmete schnaufend aus und schüttelte den Kopf, dann zog er sich den Stuhl heran, der vor meinem Schreibtisch stand, und setzte sich neben sie. »Frau Klement, ich sehe so was nicht zum ersten Mal und ich weiß, was das ist. Das Problem ist nur, dass wir überhaupt nichts tun können, solange Sie behaupten, Sie hätten sich gestoßen.« Sie schwieg. »Möchten Sie denn wirklich, dass er damit durchkommt?«

Ihr Kopf senkte sich wieder. »Ich habe mich wirklich nur gestoßen.« Sie sprach nun so leise, dass ich Schwierigkeiten hatte, sie zu verstehen. Menkhoff sah zu mir herüber, in seinem Gesicht konnte ich den kaum noch gebändigten Zorn erkennen und seine Bemühung, sich ihr gegenüber nichts anmerken zu lassen.

»Frau Klement, war es das erste Mal, dass so was passiert? Oder ist das öfter vorgekommen?« Ich drückte mich bewusst allgemein aus, vermied Worte wie *gewürgt* oder *geschlagen*. Vorsichtig hob sie den Kopf und sah zu mir herüber, wobei sie den ganzen Oberkörper drehte. »Ja, es … Ich habe mich schon mal gestoßen. Ein paarmal.«

»Und wann …«

»Ich muss gehen«, unterbrach sie mich und stand auf. »Ich wollte Ihnen nur sagen, dass ich mich an den Freitagabend wieder erinnere. Es war alles so, wie Jo… wie Dr. Lichner es Ihnen gesagt hat. Kann ich bitte meine Jacke haben?«

Menkhoff stand auf. »Frau Klement, wenn Sie …«

Sie ging zu der Garderobe und holte sich selbst ihre Jacke. Sie zog sie nicht an, sondern hängte sie nur über den Arm, sagte: »Auf Wiedersehen«, ohne sich noch einmal zu uns umzudrehen, und verließ das Büro. Wir starrten eine Zeitlang auf die Tür, bis ich zusammenfuhr, weil Menkhoff die Faust donnernd auf den Schreibtisch krachen ließ. »Dieses Schwein bring ich in den Knast, und wenn es das Letzte ist, was ich tue.« Sein Gesicht war wutverzerrt. »Egal wie.«

Etwa eine halbe Stunde, nachdem Frau Klement unser Büro verlassen hatte, klingelte Menkhoffs Handy. Er meldete sich, hörte zu, sagte ein paarmal »ja« und »gut« und »in Ordnung« und legte wieder auf. Meinen fragenden Blick überging er. »Ich muss mal weg, kann ein bisschen dauern.«

»Wir wollten doch gleich zum Essen?«

»Das schaffe ich nicht, gehen Sie alleine. Ich weiß noch nicht, wann ich zurück bin. Es ist …« Er war schon fast an der Tür, kam aber mit einem Seufzer wieder zurück. »Also gut. Das gerade am Telefon war Nicole Klement.« Warum überraschte mich das nicht? »Klang ziemlich verzweifelt und möchte nochmal mit mir reden, aber mit mir alleine. Kann sein, dass sie es sich überlegt hat und nun doch zugibt, dass der Kerl sie misshandelt hat. Ich hoffe es. Vielleicht weiß sie auch noch was anderes und hat sich vorhin nicht getraut, es zu sagen. Sie hat mich darum gebeten, auch Ihnen nichts davon zu sagen, warum auch immer, jedenfalls treffe ich mich jetzt mit ihr. Gehen Sie bitte nochmal die Berichte und Zeugenaussagen aus Steinebrück durch, achten Sie auf jede Kleinigkeit. Und … wenn Sie nichts gefunden haben, fangen Sie nochmal von vorne an.« Mit diesen Worten verließ KOK Menkhoff das Büro.

21

23. Juli 2009

Ich brauchte einige Zeit, bis ich meine Augen von dem melancholischen Gesicht mit der porzellanartigen, hellen Haut lösen konnte, und noch längere Zeit verging, bis mein Verstand die verschiedenartigen Gedankenstränge halbwegs sortiert hatte, mit deren Produktion mein Gehirn sofort beim Blick auf die Fotos begonnen hatte. Ich las die Bildunterschriften, sie waren bei beiden Fotos gleich.

Eynatten, 07. 08. 2007 – In der Hütte!

Ich legte meinem wie erstarrt dahockenden Partner die Hand auf die Schulter und setzte mich neben ihn auf den Boden. Die Bewegung schien die Lähmung von ihm zu nehmen, er wandte mir das Gesicht mit einer unendlich langsamen Bewegung zu und blickte mich stumm an. Dann erhob er sich aus seiner knienden Haltung und ließ sich ungelenk ebenfalls mit dem Hintern auf den Boden plumpsen.

August 2007 … »Wann hast du zum letzen Mal von ihr gehört?«, fragte ich und kam mir dabei vor, als hätte ich zu laut in einer Kirche geredet.

»Anfang 2000, kurz bevor ich Teresa … Ich …«

Er lehnte sich mit dem Rücken gegen die Pritsche, zog die Füße ein Stück an und legte die Unterarme auf den

Knien ab. Dann schloss er die Augen. Ich lehnte mich ebenfalls zurück. Meine Gedanken stöberten in meinen Erinnerungen wie in den Regalen eines Gemischtwarenladens und zogen mit spitzen Fingern das Paket hervor, auf dem *Nicole und Bernd* stand.

In den ersten Wochen nach Lichners Verurteilung war eine seltsame Veränderung mit Bernd Menkhoff vor sich gegangen. Ich war erschrocken über die Emotionalität, mit der ein erfahrener Kriminalbeamter wie er in so einen Fall ging, denn ich war felsenfest davon überzeugt, dass die ausgesprochen gute Laune, die so gar nicht in das Bild passen wollte, das ich mir von meinem Partner gemacht hatte, nur einen Grund haben konnte: die Verurteilung von Dr. Joachim Lichner. Im Nachhinein denke ich, dass auch der Schuldspruch ein Stück weit dazu beigetragen hatte, aber es war nicht der eigentliche Grund, wie ich etwa drei Monate später erfuhr.

Es war während eines der seltenen gemeinsamen Essen, die nicht vor dem Drive-in-Schalter von McDonald's begannen. Er hatte mich zu diesem Essen an einem Freitag nach Feierabend eingeladen und mir weisgemacht, es gebe keinen besonderen Grund dazu, man könne doch als Partner ruhig auch mal außerhalb der offiziellen Dienstzeiten etwas zusammen unternehmen. Ich gebe zu – ich habe ihm das von Anfang an nicht geglaubt. Mit dem, was er mir dann allerdings bei der Vorspeise eröffnete, konnte ich nicht rechnen: ›Herr Seifert …‹ Mit dem Zeigefinger kickte er nervös etwas auf der Tischdecke vor sich her, was ich nicht sehen konnte. ›Ich möchte nicht lange drum herum reden, ich liebe eine unglaubliche Frau, und sie liebt mich auch. Es ist uns beiden sehr ernst.‹

Ich war überrascht, aber vielleicht nicht so überrascht, wie er es gedacht hatte, das sagte mir sein Blick.

›Na, das ist doch … phantastisch‹, entgegnete ich zögerlich.

›Sie … Herr Seifert, Sie kennen diese Frau, deswegen hab ich Sie auch … Es ist Nicole Klement.‹

Er sah mich an, als versuche er in meinem Gesicht abzulesen, was ich dachte. Ich hoffte, dass es ihm nicht gelang. ›Wir haben das beide nicht beabsichtigt, aber … Nun ja, jetzt wissen Sie auf jeden Fall Bescheid. Und, wie kommen wir in der Sache mit der schweren Körperverletzung weiter?‹

Obwohl sein Geständnis mir von Anfang an ein dumpfes Gefühl in die Magengegend pflanzte, wurde mir erst anschließend zu Hause mit aller Konsequenz bewusst, welche Fragen Menkhoffs Eröffnung aufwarf, im Rückblick auf die letzten Monate und besonders auf die Endphase der Fahndung nach dem Mörder von Juliane Körprich.

Bernd Menkhoff hatte mir an diesem Abend in einem gutbürgerlichen Restaurant am Aachener Stadtrand eine Bürde auf die Schultern geladen, an der ich lange zu tragen hatte. Sie wurde mit den Jahren leichter, doch in diesen Minuten, auf dem blank geputzten Fußboden einer ekelhaft verdreckten Bude, erinnerte ich mich wieder in aller Deutlichkeit daran, wie dieses Gewicht sich angefühlt hatte.

Menkhoff bewegte sich neben mir und riss mich damit aus meiner Gedankenwelt. »Er hat sie wiedergetroffen, nachdem er aus dem Knast gekommen ist. Ich … versteh das nicht. Sie hat mir gesagt, sie will ihn nie wiedersehen.«

»Das ist schon so viele Jahre her, Bernd«, sagte ich vorsichtig. »Nach so langer Zeit, da verblassen auch die stärksten Emotionen. Er hat sich wahrscheinlich bei ihr gemeldet, und sie –«

»Was soll der Quatsch, Alex? Du weißt, wie er sie damals behandelt hat. Glaubst du, das kann sie jemals vergessen? Ausgerechnet sie?«

»Hm … Und, Eynatten … Was denkst du, was heißt das – in der Hütte?«

»Keine Ahnung. Ein Wochenendhaus vielleicht? Ist mir auch egal.«

»Hast du eine Ahnung, wo sie im Moment lebt?«

»Nein.« Er hob das Album an, das er auf seinen Oberschenkeln abgelegt hatte, und nahm zwei der Fotos heraus. Das von M. Diesch in der Zelle und eines der beiden, auf denen die traurig blickende Nicole Klement zu sehen war. Er stand auf, steckte die Fotos in die Gesäßtasche und sagte: »Lass uns fahren.«

Fünf Minuten später saßen wir im Auto auf dem Weg ins Aachener Klinikum und waren nicht viel schlauer als am Beginn unserer Schicht. Nichts von dem, was wir bisher wussten, passte zusammen, nichts ergab einen Sinn. Und nun tauchte auf diesen Fotos auch noch Nicole Klement auf. Menkhoff war sowieso schon für keinerlei Argumente zugänglich, die Lichner hätten entlasten können, diese Fotos würden alles noch schwieriger machen. Wenn ich ihn nur … »Die Mutter«, sprach ich den Gedanken im gleichen Moment aus, in dem er mir kam, und versuchte damit, das Gespräch bewusst von Nicole Klement abzulenken.

»Was?«, fragte Menkhoff.

»Was ist mit der Mutter? Die haben wir bei unseren

Überlegungen eben außen vor gelassen, wegen der zwei Wohnungen, meine ich. Vielleicht haben die beiden sich getrennt, bevor das Kind zur Welt kam, und Lichner hat eine der Wohnungen für die Mutter und das Kind gemietet, die andere für sich? Wenn die Frau wirklich eine Polin ist … wer weiß? Keine Arbeit? Keine Aufenthaltsgenehmigung? Da gibt's doch eine ganze Menge möglicher Erklärungen.«

Er erwiderte eine ganze Weile nichts darauf, und ich ließ ihn in Ruhe darüber nachdenken. Dann sagte er unvermittelt: »Alex?«

»Ja?«

»Ich weiß nicht mehr, was ich glauben soll.«

22

15. Februar 1994

Noch einmal nahm ich mir den Bericht über die Anwohnerbefragungen vor. Marlies Bertels, 81 Jahre: … *Nein, von meinem Fenster aus kann man gar nicht auf den Spielplatz sehen, die Hecken verdecken ihn.*

Als Menkhoff und ich sie am Vortag gefragt hatten, wie oft sie Dr. Lichner gesehen hätte, sagte sie: *Dreimal habe ich ihn am Spielplatz gesehen.* Am Spielplatz? Ich ging meine Notizen nochmal genau durch. Nein, sie hatte tatsächlich an keiner Stelle davon gesprochen, etwas *auf* dem Spielplatz beobachtet zu haben, das hatten wir ihr in den Mund gelegt. Sie hatte ausgesagt, *am* Spielplatz.

Wir hatten ihr unrecht getan. Das bestärkte den Verdacht gegen Lichner natürlich noch. Blieb aber immer noch die Frage, warum sie erst zwei Wochen nach der ersten Befragung mit ihrer wichtigen Beobachtung herausgerückt war. Was hatte sie wirklich gesehen und was nicht?

Die Nachbarn! Die direkten Nachbarn mussten doch etwas über Marlies Bertels sagen können. Ich überlegte kurz, stand auf und ging meine Jacke holen.

23

23. Juli 2009

Im Aachener Klinikum war ich schon häufig gewesen, meist aus dienstlichen Gründen, um das Opfer einer Körperverletzung zu befragen, oder – Gott sei Dank nur in ganz seltenen Fällen – wegen eines Mordopfers. Jedes Mal, wenn der futuristisch anmutende, riesige Gebäudekomplex vor mir auftauchte, fragte ich mich aufs Neue, was im Kopf eines Architekten vor sich gegangen sein mochte, der ein solches Gewirr aus unterschiedlich dicken, freiliegenden Versorgungsrohren, Gittern und Geländern entwarf. Das Wissen darum, dass es sich dabei um einen eigenen Baustil handelte, der mit dem Begriff *technische Moderne* beschrieben wurde, machte es auch nicht besser.

Wir hatten Glück, ich fand einen Parkplatz in der Nähe des Haupteingangs. Wir erkundigten uns am Informationsschalter und liefen durch Flure, deren Wände und Böden in knalligen Grün-, Silber- und Gelbtönen gehalten waren und an deren Decken die Heizungs- und Lüftungsrohre unverkleidet entlangliefen, was wohl eine Verbindung zu der Außengestaltung herstellen sollte. Mit einem Aufzug, der die dick auf die Türen gemalte Aufschrift *B3* trug, fuhren wir in die fünfte Etage, wo wir schließlich in einem mit *Flur 6* gekennzeichneten Bereich das Stationszimmer der Frauenklinik für Gynäkologie und Geburtshilfe fanden. Eine Reise durch eine kleine, hochtechnisierte Stadt.

Die Stationsschwester war eine unauffällige Mittdreißigerin. Auf einem Namensschild an der Brusttasche ihres grünen Kittels stand *Gabi*. Wir zeigten Gabi unsere Ausweise und benötigten knappe zehn Minuten, dann hatten wir sowohl den Eintrag im Computer vor uns als auch die ausgedruckte Geburtsbescheinigung eines Mädchens mit Namen Sarah Lichner. Als Vater eingetragen war Dr. Joachim Lichner, Deutscher, wohnhaft in Aachen, Zeppelinstraße, Mutter Zofia Kaminska, Polin, ebenfalls wohnhaft in der Zeppelinstraße. Das Mädchen hatte bei der Geburt 3460 Gramm gewogen, Größe: 51 Zentimeter, Name der Hebamme: Anna Gerling, der Gynäkologe hieß Dr. Richard Bartholomé. Die betreffenden Unterlagen waren laut eines Vermerks am Dienstag, dem 19. Juni 2007, mit dem Botendienst ans Standesamt Aachen weitergeleitet worden.

»Na, jetzt überzeugt?«, fragte Menkhoff.

Ich warf noch einmal einen Blick auf das Dokument: »Sagen Sie, Schwester Gabi, ist dieser Dr. Bartholomé noch hier beschäftigt?«

Sie zog die Stirn kraus. »Wer?«

»Dr. Bartholomé, der Arzt, der bei der Geburt dabei war.«

Sie sah mich verwirrt an und nahm die Geburtsbescheinigung in die Hand. »Das … ich weiß nicht, ich kenne keinen Arzt, der so heißt.«

»Vielleicht ist er nicht mehr hier angestellt«, warf Menkhoff ein. »Oder er ist ein Belegarzt?« Sie schüttelte energisch den Kopf. »Nein, das kann nicht sein. Ich bin schon seit neun Jahren auf dieser Station, ich kenne alle Ärzte, die in der Zeit hier gearbeitet haben, auch die Belegärzte. Einen Dr. Bartholomé gab es dabei nicht, das wüsste ich.

Verstehe ich nicht, wie kommt … hmm …« Sie legte das Blatt auf dem Schreibtisch ab und setzte sich auf den Drehstuhl davor. Während ihre Finger über die Tatstatur huschten, sah ich zu Menkhoff herüber, der mit ernster Miene verfolgte, wie Schwester Gabi sich durch das Programm manövrierte.

»Nein, ganz sicher«, stellte sie nach kurzer Zeit fest, »hier gibt es keinen Dr. Bartholomé, und es gab auch in den letzten Jahren niemanden, der so hieß. Und … Moment mal …« Wieder flogen ihre Finger klickend über die Tastatur. Zwischendurch murmelte sie ein kaum verständliches: »Merkwürdig.«

»Was ist merkwürdig?«, fragte Menkhoff nach.

Sie sah uns abwechselnd an und deutete dann auf die Bescheinigung. »Hier steht, Anna Gerling war die Hebamme.«

»Ja, und …?«

»Na ja, also … es gibt hier auch keine Hebamme, die so heißt.«

»Was?« Mit einer schnellen Bewegung griff sich Menkhoff die Geburtsbescheinigung. »Und wer ist das hier: Susanne Trumpp? Gibt es die auch nicht oder was?«

»Doch, die gibt es«, erwiderte Schwester Gabi. »Susanne ist Pflegerin hier auf der Station. Sie war bei dieser Geburt wohl dabei und hat anschließend die Geburtsdaten eingegeben und die Bescheinigung ausgedruckt.« Menkhoff ließ das Blatt auf den Tisch fallen. »Na, wenigstens eine, die kein Phantom ist.«

»Ja, das –«

»So, und wo ist Frau Trumpp jetzt, hat sie heute Dienst, ist sie im Haus oder nicht?«

»Nein, ich glaube, sie hat Spätdienst, Moment …« Sie

sah auf eine ausgedruckte Liste, die an der Wand neben dem Schreibtisch hing. »Ja, Susanne kommt gegen halb zwei.«

Ich überflog die Liste, die aus drei Spalten bestand. In der ersten stand das jeweilige Datum, die zweite Spalte war für die Buchstaben F, S und N reserviert, die wohl Früh- Spät und Nachtschicht bedeuteten, und dahinter standen dann mehrere Namen. An einem blieb mein Blick hängen, und ich spürte, wie sich mit rasender Geschwindigkeit nervöse Aufregung in mir ausbreitete. Mit einem Schritt ging ich näher an die Liste heran, um sicherzugehen, dass ich mich nicht getäuscht hatte. Hatte ich nicht. »Bernd, sieh dir das mal an.« Ich tippte mit dem Finger auf die Stelle der Liste, an der der Name stand. Er las mit zusammengekniffenen Augen und sah mich dann fragend an. »Was meinst du?«

»Na, der Name, der da steht, sagt der dir nichts?« Wieder sah er auf die Liste.

»Da steht *Markus Diesch*. Und?«

Ich wollte nicht glauben, dass er sich nicht an den Namen erinnern konnte. »Mensch, denk doch mal an die Fotos.« Ich hatte Mühe, meine Aufregung halbwegs im Zaum zu halten. »Die du eben eingesteckt hast. Diesch, sagt dir das nichts? Das Fotoalbum … *M. Diesch – Geschafft – Raus.* Na?«

Endlich verstand er. Seine Augen wurden groß, und mit einer hastigen Bewegung zog er die Fotos aus Lichners Album aus der Gesäßtasche, sah sich beide an und hielt eines davon der Stationsschwester entgegen. »Ist das hier dieser Markus Diesch, der da auf dem Schichtplan steht?«

Schon nach einem flüchtigen Blick darauf veränderte sich Schwester Gabis Gesicht. »Ja … er ist ein bisschen schlanker, aber ja, das ist Markus. Woher haben Sie … –«

»Seit wann arbeitet der Mann hier?«, unterbrach ich sie.

»Seit … warten Sie, seit … etwa zweieinhalb Jahren.«

»Und was hat er vorher gemacht?«, fragte Menkhoff, »wissen Sie das?«

»Soweit ich weiß, war er vorher in einem Krankenhaus in Koblenz. Aber warum interessieren Sie sich für Markus? Und woher haben Sie das Foto von ihm? Hat er … ist er in Schwierigkeiten?«

»Das wird sich zeigen. Wir brauchen bitte seine Adresse.«

Sie zögerte. »Entschuldigung, ich weiß nicht, ob ich Ihnen einfach so die Adresse eines Mitarbeiters geben darf.«

»Sie dürfen«, versicherte ich ihr. »Sie selbst haben uns doch gerade darauf aufmerksam gemacht, dass mindestens zwei der Angaben auf dieser Bescheinigung falsch sind. Wir ermitteln in einem Fall von Kindesentführung, und diese Geburtsbescheinigung könnte für diesen Fall sehr wichtig sein. Geben Sie uns also bitte die Adressen von Markus Diesch und dieser Schwester, die den Eintrag gemacht hat.«

»Kindesentführung?«, wiederholte sie. »Mein Gott, und Susanne und Markus haben damit etwas zu tun? Aber …«

»Bitte, können wir jetzt die Adressen haben?«

Sie nickte und setzte sich an den Computer. Eine Minute später hatten wir beide Adressen. Susanne Trumpp wohnte in der Aachener Innenstadt, Markus Diesch in Richterich. Das war nicht weit von Kohlscheid entfernt, Joachim Lichners Zweitadresse. Ich steckte den Zettel ein, auf den sie die Adressen notiert hatte. »Gibt es sonst etwas, was beweisen würde, dass dieses Mädchen hier zur Welt gekommen ist?«

Schwester Gabi sah blass aus. »Ja, doch ... Es müsste schon noch einiges geben. Von jedem Patienten wird eine Akte angelegt, in der Datenbank. Warten Sie ...«

Sie warf einen Blick auf die Geburtsbescheinigung, dann huschten ihre Finger wieder über die Computertastatur. Nach einer Weile schüttelte sie den Kopf, betrachtete sich wieder die Bescheinigung, klimperte auf der Tastatur, stutzte ...

»Ich verstehe das nicht. Name und Adresse der Mutter haben wir in der Datenbank, aber das ist auch schon alles. Es gibt weder einen Eintrag über eine stationäre Aufnahme noch irgendwelche anderen Daten. Keine Behandlung, keine Medikamente, nichts. Nur der nackte Stammdatensatz.« Sie ließ sich gegen die Rückenlehne des Stuhls fallen. »Also entweder die anderen Daten sind gelöscht worden, oder ...«

»Oder diese Bescheinigung ist eine Fälschung«, ergänzte ich.

Menkhoff kratzte sich an der Stirn. »Aber warum hat sich dann jemand die Mühe gemacht und diesen ... wie haben Sie das genannt ... Stammdatensatz der Frau angelegt?«

»Das muss man, um eine Bescheinigung auszufüllen. Bei Formularen, Rezepten und diesen Dingen muss der Patientenstammsatz vorher angelegt sein. So wird sichergestellt, dass die notwendigen Daten, zum Beispiel für die Abrechnung mit den Krankenkassen, vorhanden sind.«

»Und dieser Arzt?«, wandte ich ein.

»Das Personal ist in einem anderen Programm eingetragen. Bei Bescheinigungen müssen die Namen von Ärzten oder auch Hebammen manuell eingetragen werden.«

»Schöne neue Computerwelt«, bemerkte Menkhoff.

»Und braucht man ein Passwort, um sich an dem Programm anzumelden?«, hakte ich nach.

Sie stieß ein kurzes und humorloses Lachen aus. »Ja natürlich, was glauben Sie? Es geht hier schließlich um Patientendaten!«

»Das dachte ich mir. Es kann also ausgeschlossen werden, dass jemand anderes diese Geburtsdaten und die Bescheinigung eingegeben hat.«

»Ja, wenn niemand anders die Anmeldedaten von Susanne hat, dann kann man das ausschließen. Aber Sie haben mir noch immer nicht gesagt …«

»Wir danken Ihnen, Sie haben uns sehr geholfen.« Menkhoff nickte mir zu, und nachdem auch ich mich bei Schwester Gabi für ihre Hilfe bedankt hatte, verließen wir das Stationszimmer.

24

15. Februar 1994

Ich stellte den Wagen – es war ein Golf aus unserem Pool – extra ein gutes Stück vor dem Wendekreis ab, damit Marlies Bertels mich nicht gleich sah, falls sie hinter ihrem Küchenfenster stand.

Links neben dem Haus der alten Frau stand ein zweistöckiges Einfamilienhaus mit beiger Fassade, braunen Holzfenstern und einem kleinen, gepflegten Vorgarten – sofern man das in dieser Jahreszeit überhaupt beurteilen konnte –, eingerahmt von einem Jägerzaun mit Holztor. Auf dem Namensschild neben der Klingel stand *Fam. Leistroffer.* Ich erinnerte mich, den Namen schon einmal gelesen zu haben. Das Alter der Frau, die mir öffnete, konnte ich nur schwer schätzen. Sie trug Jeans und hatte eine noch recht sportliche Figur, aber ihr Gesicht und der Hals verrieten, dass sie die sechzig wohl schon einige Zeit passiert hatte. Sie wirkte sehr gepflegt, das braungefärbte Haar hatte sie im Nacken mit einem weißen Tuch zusammengebunden. Alles in allem war sie eine sehr aparte Erscheinung. Ich stellte mich vor und zeigte ihr zur Sicherheit meinen Dienstausweis. Sie ignorierte ihn und nickte mir freundlich zu. »Guten Tag, Herr Kommissar. Ich nehme an, Sie kommen wieder wegen der Juliane? Gibt es schon was Neues?«

»Nein, leider noch nicht, aber ich hätte ein paar Fragen an Sie. Haben Sie einen Moment für mich?«

Sie hatte. Das Wohnzimmer, in das sie mich führte, hatte zum Garten hin eine große Glasfront und war größtenteils in Weiß und Schwarz gehalten, die Schränke weiß, weißer Tisch, schwarze Ledercouch und schwarzer Fernseher. Lediglich der Flor-Teppich in Orange bildete eine sehr knallige Abwechslung.

Als wir uns auf der Couch schräg gegenübersaßen, zog ich meinen Notizblock heraus und legte ihn vor mich. »Frau … Leistroffer, ich muss mich entschuldigen, ich habe Ihre Familienverhältnisse nicht parat. Sind Sie verheiratet?«

»Oh ja, seit 41 Jahren, und das sogar glücklich.« Ein flüchtiges, sympathisches Lächeln zog über ihr Gesicht. »Mein Mann ist gerade in der Stadt, ich konnte ihn endlich dazu überreden, sich ein Paar neue Schuhe zu kaufen. Aber jetzt sagen Sie mir doch bitte, welche Fragen haben Sie denn noch an mich? Ich habe Ihren Kollegen alles erzählt, was ich weiß, und das ist nicht sehr viel, wenn es um die Familie Körprich geht. Sie waren beide immer sehr nett und freundlich, Ihre Tochter war gut erzogen.« Sie machte eine kleine Pause. »Das arme Kind.«

»Es geht bei meinen Fragen auch gar nicht um die Familie Körprich, sondern um Ihre Nachbarin, Frau Bertels.«

Ihr Gesicht veränderte sich. »Oje …«

»Oje? Was heißt das? Mögen Sie Frau Bertels nicht?«

Sie beugte sich ein Stück weit nach vorne, stützte die Unterarme auf den Oberschenkeln ab und faltete die Hände. »Ach wissen Sie«, sagte sie und betrachtete dabei ihre Hände. Ich hatte das Gefühl, dass sie sich jedes Wort genau überlegte, bevor sie es aussprach. »Die Menschen verändern sich, wenn sie alt werden, wir alle verändern uns. Die einen werden weise und gütig, die anderen werden unzufrieden und machen ihrer Umwelt das Leben recht schwer … manchmal.«

»Und Marlies Bertels gehört Ihrer Meinung nach zur zweiten Kategorie?« Es dauerte eine Weile, bis sie zögerlich nickte. Dann sah sie mich offen an. »Ich mag es nicht, über andere Menschen zu reden, wenn ich nichts Gutes über sie sagen kann, aber Frau Bertels ist ein schwieriger Mensch. Ich denke, es liegt daran, dass sie schon so lange alleine ist. Ihr Mann ist vor 15 oder 16 Jahren gestorben.«

»Wie macht sich das bemerkbar? Ich meine, dass sie schwierig ist.«

»Ach, ganz allgemein. Sie sitzt den ganzen Tag hinter ihrem Fenster und beobachtet, was draußen vor sich geht. Über jeden in der Straße weiß Frau Bertels etwas zu berichten, und es ist selten etwas Gutes.«

Ich schrieb stichwortartig mit. »Wie ist Ihr persönliches Verhältnis zu ihr? Haben Sie Kontakt?«

»Nein, es sei denn, ich treffe sie mal auf der Straße. Ich grüße sie immer, manchmal grüßt sie zurück, manchmal nicht.«

»Hm … Und wie gut kennen Sie den Dr. Lichner?«

Sie schürzte die Lippen. »Dr. Lichner? Flüchtig. Wir waren zwei-, dreimal bei ihm eingeladen, zur Eröffnung seiner Praxis und einmal zu einem Geburtstag, zu dem er die halbe Straße eingeladen hatte, aber sonst …«

»Was halten Sie von ihm?«

Nun richtete sie den Oberkörper wieder auf »Geht es etwa um den Streit, den die beiden im Herbst hatten?«

»Welchen Streit meinen Sie?«

»Also geht es nicht darum?«

»Von einem Streit zwischen Frau Bertels und Dr. Lichner wussten wir bisher nichts. Wann genau war das, und worum ging es bei diesem Streit?«

»Ach, wir veranstalten jedes Jahr im Oktober ein kleines Nachbarschaftsfest im Wendekreis, zum Abschied des Sommers. Jeder bringt was mit, Salate, ein bisschen was zum Grillen, Getränke … ein gemütliches Beisammensein unter Nachbarn. Im letzten Jahr hat Frau Bertels bei diesem Fest wohl eine sehr abfällige Bemerkung über Dr. Lichners Freundin gemacht. Er hat das gehört und hat ziemlich die Fassung verloren. Er wurde laut und nannte sie eine senile, unverschämte alte Schachtel.«

»Was? Eine heftige Reaktion für einen Psychiater«, stellte ich fest, woraufhin sie nickte.

»Ich glaube, sie hatte richtige Angst vor ihm. Sie hat geweint und das Fest gleich darauf verlassen. Seitdem reden die beiden kein Wort mehr miteinander.« Sie wartete, bis ich alles aufgeschrieben hatte. »Wir haben anschließend noch darüber gesprochen, und Hans – mein Mann – meinte, ein Psychiater ist auch nur ein Mensch, dem es auch mal erlaubt sein muss, Gefühle zu zeigen.« Der Anflug eines Lächelns umspielte ihre Mundwinkel. »Er meinte, sie wäre noch verhältnismäßig gut weggekommen. Wenn sie so über mich geredet hätte, hätte sie von ihm ganz andere Dinge zu hören bekommen.« Es entstand eine kurze Pause, dann sah sie mich mit zur Seite geneigtem Kopf an. »Sagen Sie mal, Herr Kommissar, fragen Sie eigentlich unsere Nachbarn auch über mich und meinen Mann aus?« Eine logische Frage, und es klang weder verärgert noch unfreundlich. »Nein, das tue ich nicht, Frau Leistroffer, es geht nur um Frau Bertels und Dr. Lichner.«

»Und warum interessieren Sie sich so sehr für die beiden, wenn ich fragen darf?«

»Ach, es geht dabei um Aussagen, die die beiden gemacht haben. Mehr kann ich Ihnen leider nicht sagen. Ich hoffe, Sie verstehen das.«

25

23. Juli 2009

Wir waren mit dem Besucheraufzug auf dem Weg nach unten. Die Kabine war so groß, dass bequem zwei der fahrbaren Krankenbetten nebeneinander hineingepasst hätten.

»Langsam fängt die Sache an, mir gewaltig auf die Nerven zu gehen«, sagte Menkhoff. »Was läuft da nur für eine verdammte Scheiße?«

»Keine Ahnung«, sagte ich, »aber dass dieser Diesch ausgerechnet auf der Station arbeitet, auf der Lichners angebliche Tochter zur Welt gekommen sein soll, kann kein Zufall sein. Ich wette, der hat was mit der falschen Bescheinigung zu tun. Entweder diese Susanne Trumpp hat ihm dabei geholfen, oder er ist irgendwie an ihr Passwort gekommen, was ich eher glaube. Sie muss wissen, dass man sehen kann, wer den Datensatz eingegeben hat.«

»Ich werd gleich mal klären, wer dieser Kerl ist und warum er im Knast war.«

»Er wurde doch vor Lichner entlassen, vielleicht wollte er sich an ihm für irgendwas rächen?«

»Und dafür betreibt er einen solchen Aufwand und riskiert, dass er gleich wieder bei einer Straftat erwischt wird? Niemals.«

»Aber du weißt doch am allerbesten, dass Lichner einen zur Weißglut bringen kann. Wenn ich mir vorstelle, dass er seine Tour über lange Zeit mit einem anderen Knacki durchgezogen hat …«

Wir waren im Erdgeschoss angekommen, die Tür schob sich mit einem sanften Geräusch zur Seite. Menkhoff ging auf meine Ideen nicht weiter ein, stattdessen zog er sein Handy hervor und rief auf dem Präsidium an.

Er ließ sich mit Kriminaloberrätin Biermann verbinden, bat sie, sich über Diesch zu erkundigen, und berichtete dann, was wir herausgefunden hatten. Als er das Gespräch beendete, waren wir schon auf dem Pariser Ring in Richtung Kohlscheid unterwegs.

»Na, was sagt sie?«

»Sie muss Lichner bald gehen lassen. Das heißt, wir fahren zuerst zu seiner Wohnung, bevor wir uns um den Krankenpfleger kümmern, und wir müssen uns verdammt nochmal beeilen. Ach ja, und Lichners Nachbarin ist gerade im Präsidium angekommen. Ich hab gesagt, sie soll sie erst mal wieder nach Hause schicken, weil wir jetzt Wichtigeres zu tun haben.«

Dass die Chefin Lichner gehen ließ, überraschte mich nicht, aber etwas anderes ging mir nicht aus dem Sinn. »Wenn wir davon ausgehen, dieser Diesch steckt hinter der Fälschung – warum benutzt er erfundene Namen für den Arzt und die Hebamme? Wenn er sich schon so viel Mühe macht, hätte er doch auch einen Gynäkologen eintragen können, den es dort tatsächlich gibt. Und die Hebamme genauso. Dann wäre doch die Wahrscheinlichkeit, dass das Ganze gleich bei der ersten Überprüfung auffliegt, viel geringer, oder nicht?«

»Du vergisst dabei eins, Alex: Wir haben es hier mit einem Knacki zu tun, und Knackis sind meist ziemlich dämlich. Wären sie das nicht, würden sie nicht immer wieder im Bau landen.«

Wir passierten das Ortseingangsschild von Kohlscheid, und ich drehte die Lautstärke des Navigationsgerätes höher, damit ich verstand, wohin die warme Frauenstimme mich lotste.

Wenige Minuten später standen wir vor dem anderthalbstöckigen Haus in der Haus-Heyden-Straße. Die Front war komplett verklinkert, die kleine Rasenfläche davor mit ein paar Büschen und einem Blumenbeet darin sah verdorrt aus, ein schmaler, mit grauen Steinplatten ausgelegter Weg durchschnitt den Vorgarten und führte zur Eingangstür aus weißem Kunststoff. Es war eines der Häuser, wie man sie zu Hunderten direkt hinter der Grenze in Belgien fand. Ganze Siedlungen bestanden dort ausschließlich aus diesen verklinkerten kleinen Einfamilienhäusern, in denen überwiegend Deutsche wohnten, die wegen der verhältnismäßig günstigen Grundstücke dort für wenig Geld gebaut hatten. Auf mich wirkten diese Siedlungen aus fast identischen Häusern mit ihren fast identisch braunen Klinkern eintönig und dumpf.

»Diese Bürgerlichkeit hätte ich ihm gar nicht zugetraut«, sagte ich, als ich mir das Haus neben dem Wagen stehend betrachtete. »Ich bin mal sehr gespannt, wie es da drinnen aussieht.«

Bevor wir das feststellen konnten, mussten wir ein Hindernis überwinden: Der Schlüssel, den Menkhoff bei dem Mietvertrag gefunden und eingesteckt hatte, passte nicht in das Schloss der Eingangstür. Für die Haustür musste es natürlich einen separaten Schlüssel geben. Uns fehlte die Zeit, lange zu diskutieren, deshalb drückte ich kurzerhand auf die untere der beiden Klingeln.

Der Mann, der uns nach einer Weile öffnete, schob einen gewaltigen, kugelförmigen Bauch vor sich her. Die im Verhältnis dazu viel zu dünnen, kurzen Beine und Arme ließen ihn wie eine Karikatur seiner selbst aussehen. Er mochte Anfang sechzig sein und trug eine Jeans, deren Bund unter der Trommel seines Bauches verborgen war. Seine schlaffen Wangen waren von einem graubraunen Stoppelfeld überzogen, und die Art, wie er uns ansah, ließ mich vermuten, dass er in jüngerer Vergangenheit schlechte Erfahrungen mit Drückerkolonnen oder übereifrigen Außendienstlern gemacht hatte.

»Guten Tag«, sagte ich, während Menkhoff das Ledermäppchen mit seinem Ausweis aus der Tasche zog. »Mein Name ist Alexander Seifert, Kripo Aachen, mein Kollege ist Kriminalhauptkommissar Menkhoff.«

»Aha«, antwortete der Mann – auf dem handgeschriebenen Papierstreifen an der Klingel stand »W. Merten« – und betrachtete Menkhoffs Ausweis mit deutlichem Widerwillen.

»Wohnt hier Dr. Joachim Lichner?«, fragte ich ihn, bemüht, mir meine Ungeduld nicht anmerken zu lassen.

»Haben Sie auch so was?« Er deutete auf Menkhoffs Ausweis, und ich nickte. Nachdem auch ich mich ihm gegenüber legitimiert hatte, sagte W. Merten: »Und? Was wollen Sie von ihm?«

»Nichts«, antwortete Menkhoff, bevor ich etwas sagen konnte. »Dr. Lichner ist seit gestern in Arrest. Wir möchten uns seine Wohnung ansehen. Den Schlüssel haben wir.«

»Arrest? Aha. Und warum?«

»Das geht Sie nichts an.«

W. Merten stellte sich breitbeiniger hin und verschränkte die Arme vor der Brust, was ziemlich gequält wirkte, denn seine Arme waren zu kurz, um sie bequem vor der Brust verschränken zu können.

»Und? Durchsuchungsbefehl?«

»Sind Sie der Eigentümer des Hauses?«, fragte Menkhoff, und ich hörte den Unterton des noch unterdrückten Ärgers, der von seiner Stimme mitgetragen wurde.

»Mieter.«

»Dann geht Sie auch ein Durchsuchungsbeschluss nichts an.« Menkhoff machte einen Schritt nach vorne, aber W. Merten sah offenbar keine Veranlassung, den Eingang freizugeben, was nicht sehr klug von ihm war. Ich sah den roten Schimmer, der sich auf die Wangen meines Partners legte. »Gehen Sie mir gefälligst aus dem Weg, Sie Witzfigur«, schrie er den Mann in einer solchen Lautstärke an, dass W. Merten mit einem Satz den Weg freimachte, wie ich ihn dem kleinen dicken Mann nicht zugetraut hätte. Als wir die Treppe zum ersten Stock hochstiegen, wurde unten eine Wohnungstür zugeknallt.

»Sind wir eigentlich nur noch von Psychopathen umgeben?«, knurrte Menkhoff, als wir vor der oberen Wohnungstür angelangt waren, und steckte den Schlüssel ins Schloss. Er passte.

Die Wohnung war mit beigefarbenem Velours-Teppichboden ausgelegt. Das etwa 30 Quadratmeter große Wohnzimmer wurde dominiert von einer schwarzen Sitzgruppe aus einem weich aussehenden Stoff, die wie eine Burg die Raummitte beherrschte. Die Wände waren durchgängig mit Raufasertapete beklebt, drei davon waren in einem hellen Gelbton gestrichen und eine in einem dunklen Rot. Vereinzelte, rahmenlose Drucke zeigten bis zur Unförmigkeit abstrahierte Gestalten in surrealistischer Umgebung. Ein Sideboard sowie ein großer Schrank, beide aus hellem Holz – ich schätze, es war Buche – und mit Glaseinsatz, rundeten die Einrichtung ab. In der Mitte des Schrankes standen auf einem offenen Regal Bücher, die nach medizinischer Fachliteratur aussahen. Das Fenster, das die Dachschräge großflächig unterbrach, ließ ungehindert das Tageslicht in den Raum strömen und verlieh der Farbkomposition einen finalen, sommerlichen Anstrich. Im Gegensatz zu der Bruchbude in der Zeppelinstraße war diese Wohnung auch noch peinlich sauber und die Möbel offensichtlich relativ neu.

Alles in allem wirkte die Wohnung ganz anders, als ich mir das Heim eines Mannes wie Joachim Lichner vorgestellt hatte.

Menkhoff schien es ähnlich zu gehen, denn er sagte: »Ich möchte wetten, Lichner hat die Wohnung fertig möbliert gemietet.«

Wir standen noch einen Moment am Eingang zum Wohnzimmer und sahen uns um. In der Zeppelinstraße hatte sich alles nach dunklen Geheimnissen angefühlt, nach Verkommenheit und Verderben. Nun, beim Anblick der frischen Farben und der friedlichen Atmosphäre dieser Wohnung, konnte man gar nicht glauben, dass auf beiden Mietverträgen der gleiche Name stand.

Menkhoff gelang es schließlich zuerst, sich loszureißen. »Übernimmst du das Wohnzimmer, Alex?«

Das Erste, was ich in dem Sideboard fand, war ein Album voller ausgeschnittener Zeitungsberichte über den Fall Juliane Körprich. Während die Artikel in der ersten Hälfte sich überwiegend in Spekulationen ergingen und in reißerischen Überschriften die Eltern im Raum Aachen dazu aufforderten, ihre Kinder nicht mehr aus den Augen zu lassen, drehte sich gegen Ende mehr und mehr alles nur noch um den Psychiater, der von einem Blatt den Namen ›Dr. Tod‹ bekam. Zwei Seiten weiter hatten es alle anderen übernommen. Der Artikel auf der letzten Seite berichtete über den Schuldspruch gegen Lichner. Darunter hatte jemand handschriftlich mit einem blauen Kugelschreiber geschrieben: *Ich dachte, du konntest nichts dafür.*

Es war eine krakelige Handschrift ohne jegliche Schnörkel, ich tippte auf einen Mann. Eine Weile starrte ich auf die Handschrift und versuchte mir einen Reim darauf zu machen. Ich legte das Album neben mich auf den Boden und durchsuchte weiter die Schubladen und Fächer des Sideboards, aber es gab dort nichts mehr, was für uns von Interesse gewesen wäre. Nachdem ich mir alles in dem Raum angesehen hatte, wo etwas hätte liegen oder versteckt sein können, verließ ich das Wohnzimmer und ging über den Flur in den Raum gegenüber, offenbar eine Abstellkammer, die etwa zehn bis zwölf Quadratmeter maß und mit Kisten in verschiedenen Größen vollgestopft war. Auf einige davon hatte jemand mit einem schwarzen Filzstift Buchstaben geschrieben. So gab es eine Kiste *A-B*, darauf stand ein etwas kleinerer Karton, *O-Q.*

Ich betrachtete das Durcheinander. Wir hatten höchstens noch zwanzig Minuten, wenn wir ausschließen wollten, Joachim Lichner in seiner eigenen Wohnung zu begegnen, und ich fragte mich, wie ich es schaffen sollte, in dieser kurzen Zeit zumindest einen groben Blick in alle Kisten zu werfen.

Ein Geräusch hinter mir ließ mich herumfahren. Es war Menkhoff, der aus dem Raum neben dem Wohnzimmer kam.

»Im Schlafzimmer gibt es nichts Interessantes, nicht mal irgendein Pornoheft hat der Kerl im Nachttisch liegen.«

»Dafür gibt es hier genug zu tun.« Ich zeigte in den Raum, Menkhoff betrachtete sich die Kistenstapel und nickte.

Ich griff mir zuerst eine der beschrifteten Kisten, *G-I*. Die Deckel waren so ineinandergesteckt, dass es einige Mühe kostete, sie auseinanderzuziehen. Als ich es geschafft hatte, sah ich, dass die Kiste bis zum oberen Rand mit orangefarbenen Hängeregistern gefüllt war. Ich griff mir das oberste. Auf dem Deckel war PATIENTENDOKUMENTATION aufgedruckt, auf einer Linie darunter stand in leicht verschnörkelter Frauenhandschrift: *B. Harmann*. Ich klappte den Pappordner auf, und ein Blick auf das Datum der Akte von Frau Bernadette Harmann zeigte mir, dass sie aus der Zeit vor Lichners Verurteilung stammte. Menkhoff hatte wohl die gleiche Entdeckung gemacht, denn er sagte: »Der Kerl hat sie doch nicht alle, diese Kisten hier einfach rumstehen zu lassen. Wohl noch nie was von Arztgeheimnis gehört?«

»Er hat offenbar nicht damit gerechnet, dass jemand ohne sein Wissen in seiner Wohnung herumstöbert, Bernd.«

»Das ist doch scheißegal, Patientenakten gehören unter Verschluss, basta.«

Ich blätterte ziellos in einigen der Register herum, irgendwann schob ich die Kiste zur Seite und nahm mir die nächste vor, auch die war mit den orangefarbenen Teilen gefüllt, und nach einem Blick hinein schob ich sie ebenfalls an die Wand. Dahinter kam ein kleinerer Karton zum Vorschein. Auch er trug eine mit schwarzem Stift aufgetragene Beschriftung, wobei die krakelige Handschrift eine starke Ähnlichkeit mit der Schrift hatte, mit der der letzte Zeitungsartikel in dem Album im Wohnzimmer kommentiert war. Im Unterschied zu den anderen Kartons aber waren hier nicht nur zwei oder drei Buchstaben hingeschrieben worden, sondern ein Name.

Als ich leise aufstöhnte, wandte Menkhoff sich mir zu und sagte: »Was zum Teufel ist mit …« Weiter kam er nicht, denn auch er sah nun die Aufschrift: *Patientendoku N. Klement*.

26

15. Februar 1994

Ich verzichtete vorerst darauf, mich mit weiteren Nachbarn zu unterhalten. Das Gespräch mit Frau Leistroffer hatte länger gedauert, als ich gedacht hatte, und ich wollte nach Möglichkeit wieder im Büro sein, wenn Menkhoff von seinem Treffen mit Nicole Klement zurückkam. Er saß aber schon an seinem Schreibtisch, als ich dort um halb zwei eintraf, und ich rechnete damit, dass er mich anblaffen würde, weil ich keine Nachricht hinterlassen hatte, wo ich zu erreichen war. Umso überraschter war ich, als er mich mit einem gleichgültig klingenden »Hallo« begrüßte und sofort wieder auf seinen Monitor starrte. »Hallo«, sagte auch ich. »Ich … ich war bei einer Nachbarin von Marlies Bertels, einer Frau Leistroffer.«

Er nickte, ohne den Blick vom Bildschirm zu nehmen. »Gleich.«

Irritiert setzte ich mich und sah ihm eine Zeitlang dabei zu, wie er auf den Bildschirm starrte, während seine Finger mit stakkatoartigem Klicken über die Tastatur flogen, zwischendurch immer wieder sekundenlang verharrten und dann weitermachten. Als er seine Augen endlich vom Monitor löste, atmete er geräuschvoll aus, fuhr sich mit beiden Händen über das Gesicht, als wolle er sich waschen, und wandte sich mir zu. »Also, Herr Seifert, Sie waren wo?«

In mir brannte zwar die Neugier zu erfahren, warum

Nicole Klement sich mit Menkhoff hatte treffen wollen, aber ich hatte ja auch etwas Interessantes zu berichten. »Bei einer Nachbarin von Frau Bertels. Ich dachte mir, es kann nichts schaden, etwas mehr über sie zu erfahren. Ihre Aussage ist schließlich nicht unwichtig, und ich habe ehrlich gesagt meine Zweifel, ob das stimmt, was sie gesagt hat. Nach diesem Gespräch noch mehr als vorher.«

»Ich glaube, es stimmt«, brummte Menkhoff. »Und das mehr denn je nach *meinem* Gespräch. Aber erzählen Sie erst mal, was Sie Neues erfahren haben.«

Ich überflog die Stichworte, die ich mir gemacht hatte, berichtete, was ich in Erfahrung gebracht hatte, und als ich fertig war, sagte Menkhoff: »Tja, das entspricht ziemlich genau dem Bild, das ich mittlerweile von Lichner habe. Der Kerl ist nicht nur arrogant, sondern auch gemein und unberechenbar. Jähzornig ist er, eine tickende Bombe, die beim geringsten Anlass hochgehen kann.«

Ich hatte in den vergangenen Monaten gelernt, dass es meist nicht klug war, Menkhoff zu widersprechen. Nicht nur, weil man dabei immer Gefahr lief, von ihm mit lautstarken Bemerkungen abgefertigt zu werden, sondern weil er häufig tatsächlich recht hatte. Trotzdem sagte ich: »Wenn ich mir überlege, wie die Nachbarin die gute Frau Bertels beschrieben hat … wäre es nicht auch möglich, dass die nun endlich eine Gelegenheit gesehen hat, dem Lichner eins auszuwischen, nachdem sie sich auf dem Fest so in die Haare gekriegt haben?«

»Meinen Sie nicht, das ist ein bisschen sehr weit hergeholt?« »Eigentlich nicht, ich meine, es würde ja immerhin dazu passen, dass ihr erst zwei Wochen nach der Tat eingefallen ist, dass –«

»Nein!« Ich verstummte. »Herr Kollege, nach dem, was

Nicole Klement mir erzählt hat …« Er stand auf, ging zu der großen Fensterfront und sah nach draußen, die Hände in den Taschen seiner Hose vergraben. Ohne sich zu mir umzudrehen sagte er: »Er war es. Er hat die Kleine umgebracht, da bin ich sicher.«

Während der Ausbildung hat man uns eingebläut, dass die Aufklärung eines Tötungsdeliktes eine extrem heikle Angelegenheit ist, bei der der ermittelnde Beamte gar nicht gründlich und gewissenhaft genug sein kann. Zu schnell hat man Dinge übersehen oder falsch interpretiert und belastet infolgedessen vielleicht einen Unschuldigen. Selbst, wenn sich dann schnell herausstellt, dass man falschgelegen hat, bleibt immer etwas an dem Verdächtigten hängen. Dass Menkhoff sich bei diesem Fall so schnell eine Meinung bildete und die mir gegenüber quasi als Tatsache aussprach, überraschte mich sehr. Andererseits wagte ich es aber als Neuling nicht, dem routinierten Ermittler zu widersprechen. »Herr Menkhoff, was … was macht Sie so sicher, dass Lichner der Täter ist?«

Er stand noch immer am Fenster, drehte sich nun aber zu mir um. »Ich habe von Nicole Dinge erfahren, die ihn aus meiner Sicht zum Hauptverdächtigen machen.«

Nicole? »Hat er sie missha … –«

»Sie hat noch immer nicht zugegeben, dass er für die Blutergüsse an ihrem Hals verantwortlich ist. Und auch sonst hat sie ihn nicht direkt belastet, aber wenn man zwischen den Zeilen lesen kann, wird schnell klar, wie sehr sie unter dem Scheißkerl leidet. Er hat sie *aufgefordert*, zu uns zu kommen und sein Alibi für den Freitagabend zu bestätigen, weil sie gestern ausgesagt hat, dass sie sich nicht mehr genau erinnert. Sie hat nicht gewagt, ihm zu widersprechen, er schikaniert sie, er behandelt sie verdammt nochmal, als wäre sie sein persönlicher Besitz. Wenn er … wenn er *Lust* hat, muss sie ihn über sich ergehen lassen. Sie ekelt sich vor ihm.« Seine Stimme wurde immer lauter, und ich konnte die Wut heraushören. »Ich könnte kotzen, wenn ich nur daran denke. Er zerstört diese Frau, und sie kommt nicht von ihm los, weil sie Angst vor ihm hat. Sie hätten sie eben sehen müssen, als wir uns unterhalten haben. Am ganzen Körper gezittert hat sie.«

»Und Sie meinen –«

»Für mich, Herr Seifert, gibt's keinen Zweifel: Joachim Lichner hat die kleine Juliane umgebracht. Und ich werde ihn überführen.«

Gut möglich, dachte ich, dass dieser Doktor tatsächlich ein ziemlicher Dreckskerl ist, aber – alles, was Menkhoff aufgezählt hatte, betraf Nicole Klement und hatte nichts mit dem Mord an dem kleinen Mädchen zu tun.

»Niemals dürfen Sie bei einem Mordfall Gefühle an sich heranlassen.« Ich sagte es, ohne darüber nachzudenken, und kaum hatte ich es ausgesprochen, da bereute ich es auch schon. »Was?« Menkhoff sah mich verblüfft an.

»Das … das haben Sie mir gesagt, als wir … –«

»Ja, ja, ich weiß, wann ich Ihnen das gesagt habe. Aber was zum Teufel soll das jetzt?«

Ich hatte Mühe, seinem Blick standzuhalten. »Ich weiß nicht … Vielleicht täusche ich mich ja, und vielleicht steht es mir nicht zu, das zu sagen, aber … es hört sich manchmal so an, als ob *Sie* im Moment Gefühle an sich heranlassen.«

Lange Zeit entgegnete er nichts darauf, sah mir nur in die Augen. Ich rechnete mit einem Wutausbruch, aber der kam nicht. Mehr noch, Oberkommissar Bernd Menkhoff sagte überhaupt gar nichts dazu.

Ein Gedanke formulierte sich in meinem Kopf, so verrückt, dass ich es unmöglich wagen konnte, Menkhoff darauf anzusprechen. Er würde mich zu Recht fragen, ob ich den Verstand verloren hatte. Andererseits … mehr als anbrüllen konnte er mich schließlich nicht. Ich nahm allen Mut zusammen. »Herr Menkhoff, darf ich Ihnen eine indiskrete Frage stellen?«

Sein Gesicht veränderte sich auf eine Art, die ich nicht einordnen konnte: »Fragen Sie.«

27

23. Juli 2009

Ich schaffte es noch vor Menkhoff, mich aus der Umklammerung der Überraschung zu befreien, und zog die Kiste zu mir heran. Ließen diese Deckelteile sich tatsächlich noch um einiges schwerer öffnen als die der anderen Kisten, oder lag es nur daran, dass meine Finger ein nervöses Eigenleben entwickelt hatten, während ich versuchte, dieses Pappding zu öffnen?

»Nun mach schon«, kommentierte Menkhoff meine Bemühungen, was der Sache nicht gerade dienlich war. Endlich hatte ich es geschafft und zog die oberen Hälften auseinander. Was darunter jedoch zum Vorschein kam, waren nicht etwa die erwarteten Register aus orangefarbener Pappe, sondern ein großes, schmuddelig aussehendes Kopfkissen ohne Bezug. Wir starrten eine Weile darauf, dann sahen wir uns an.

»Scheiße«, sagte Menkhoff. Mit einem hastigen Griff packte er das Kissen und wollte es aus dem Karton ziehen, aber es war so fest hineingequetscht worden, dass er die ganze Kiste mit hochhob. Ich half ihm und zog den Karton an den Deckelteilen nach unten. Das funktionierte, und als das Kissen endlich heraus war, fiel die Kiste mit einem hohlen Knall auf den Boden. Sie war leer bis auf eine kleine Papierecke, die aus dem schmalen Spalt zwischen den Bodenteilen herauslugte. Ich packte sie mit spitzen Fingern und zog daran, doch sie bewegte sich kein Stück. »Lass mich mal«, sagte Menkhoff und versuchte sein Glück, allerdings mit dem gleichen Ergebnis. Daraufhin drehte er die Kiste mit Schwung um und zog die Bodenteile so unsanft auseinander, dass eines der Teile ein Stück einriss. Als er dieses Teil nach oben bog, segelte ein Blatt Papier zu Boden. Menkhoff hob es auf und hielt es so, dass ich auch lesen konnte, was darauf stand:

festgestellt, dass eine psychische Belastung der Patientin zu massiven Reaktionen führen kann. Die Folgen der frühkindlichen Traumatisierung reichen aber bei N. K. weit über die beobachteten Veränderungen der Hirnentwicklung und die Beeinträchtigungen kognitiver und affektiver Reifungsprozesse hinaus. (Siehe P-Doku 112/1993)

Nachdem ich den Text zum zweiten Mal fast durchgelesen hatte, sagte Menkhoff: »Verdammt, was … was soll der Mist? Was schreibt der da? Das ist doch nicht Nicole. Ich kenne sie besser als der, besser als jeder andere.«

Ich starrte noch immer auf das Blatt.

»Bernd, ich weiß, dass du sie sehr gut kennst, aber wenn sie tatsächlich ein psychisches Problem hatte … Wenn Dr. Lichner ihr helfen konnte, kann es gut sein, dass du nichts mehr davon bemerkt hast. Er ist Psychiater, trotz allem, und er kann durchaus gut in seinem Beruf –«

»Blödsinn«, unterbrach er mich barsch. »Das glaubst du doch selbst nicht, Alex. Hast du gelesen, was da steht? Ich meine, hast du es *richtig* gelesen? Hier …«, er fuhr mit dem Zeigefinger den Text nach, »guck dir das an: *Die Folgen der frühkindlichen Traumatisierung* … Mann, Alex, wenn es irgend so ein Trauma aus ihrer Kindheit gegeben hätte, das hätte sie mir doch erzählt, und wenn nicht, hätte ich es merken müssen.«

Ich sah ihn an und sagte nichts. Ich war überzeugt, dass mein Partner die Augen vor dem Offensichtlichen verschloss, weil plötzlich wieder seine Gefühle für diese Frau ins Spiel kamen.

»Bernd, verdammt nochmal«, setzte ich an und bemühte mich erst gar nicht, meine Wut zu verbergen, auch wenn es die Wut über mich selbst, über meine damalige Feigheit war, als ich meine Bedenken für mich behalten hatte. »Echt, Bernd, du müsstest dich selbst mal hören. *Das hätte ich doch merken müssen.* Darf ich dich daran erinnern, was du mir damals erzählt hast? Wie sehr es dich belastet hat, dass sie oft aus heiterem Himmel tagelang depressiv war? Ohne ersichtlichen Grund? Und dass du oft das Gefühl hattest, sie verheimlicht dir was? Und jetzt, jetzt plötzlich tust du so, als wäre genau das unmöglich. Hör endlich damit auf, sie auf einen Sockel zu heben, wo nichts und niemand sie erreichen kann.« Ich hatte mich in Rage geredet, und ich war wütend. *»Niemals dürfen Sie bei einem Mordfall Gefühle an sich heranlassen.* Das hast du damals zu mir gesagt, als wir vom Fundort der Leiche weggefahren sind, erinnerst du dich? Ist lange her, aber ich hab's mir gemerkt, Bernd, im Gegensatz zu dir. *Du* hast deinen eigenen Rat ein paar Tage später vergessen, und du hast ihn sogar verkauft für diese Frau, und –«

»Hey, ich –«

»Und jetzt, Bernd, jetzt fängst du schon wieder damit an, die Augen vor allem zu verschließen, was auch nur annähernd –«

»Das reicht!«, brüllte er, und ich konnte gar nicht anders, als tatsächlich sofort zu verstummen. Mein Atem hörte sich in der schlagartig eintretenden Stille für mich an wie der schleifende Gang einer monströsen Gestalt. Wir sahen uns an.

»Lass uns gehen, Alex, bevor der Kerl hier auftaucht.« Es hörte sich seltsamerweise nicht so an, als wäre er wütend auf mich.

»Ja, lass uns gehen.« Ich fühlte mich erleichtert. Weil ich Menkhoff endlich zumindest ein kleines Stück von dem gesagt hatte, was mich so lange beschäftigte. Und weil er mir das offenbar nicht übelnahm.

Ich hob das Kissen auf, stopfte es wieder in die Kiste, und wir verließen die Zweitwohnung von Dr. Joachim Lichner.

Von W. Merten sahen wir nichts, als wir am Fuße der Treppe angekommen waren. Nur als ich mich im Vorgarten noch einmal umdrehte, entdeckte ich, dass sich die Gardine hinter dem rechten der beiden Fenster der Erdgeschosswohnung bewegte.

Als ich den Motor des Audi startete, sah ich durch das Seitenfenster noch einmal zu dem Haus herüber. Ich hatte dabei das deutliche Gefühl, dass wir etwas übersehen hatten.

Menkhoff führte unterwegs ein kurzes Telefonat mit unserer Chefin. »Er ist so gut wie raus«, sagte er, als das Gespräch beendet war. »Sie halten ihn mit Papierkram auf, aber das wird höchstens noch zwanzig Minuten funktionieren.«

»Und jetzt?«, fragte ich. »Fahren wir noch zu diesem Pfleger?«

»Und ob.«

»Was denkst du über diesen Diesch?«

»Noch nicht viel, aber das wird sich bald ändern.«

»Hoffentlich ist er zu Hause«, sagte ich und konzentrierte mich auf die Straße.

»Ich werde sie fragen«, sagte Menkhoff, als ich gerade in die Straße in Richterich einbog, die Schwester Gabi auf den Zettel geschrieben hatte.

Überrascht sah ich zu ihm herüber. »Was?«

»Nicole. Ich werde sie fragen, ob sie bei Lichner in Behandlung war.«

»Wie – fragen? Ich dachte, du hast sie seit neun Jahren nicht mehr gesehen und keinen Schimmer, ob sie überhaupt noch in der Gegend wohnt? Und selbst wenn – warum sollte sie dir nach so langer Zeit etwas verraten, das sie dir während der ganzen Jahre verschwiegen hat, die ihr zusammen wart?«

»Vielleicht genau deshalb«, sagte er. »Weil wir uns seit neun Jahren nicht mehr gesehen haben.«

Markus Diesch war zu Hause. Seine Souterrain-Wohnung hatte auf der linken Seite des Hauses eine eigene Eingangstür, die wir erst entdeckten, nachdem wir festgestellt hatten, dass es an der Vordertür keine Klingel mit seinem Namen gab.

Ich erkannte ihn gleich, als er öffnete. Schwester Gabi hatte recht gehabt: Er war zwar um einiges schlanker als auf dem Foto, aber er war es definitiv. Wir zeigten ihm unsere Ausweise, Menkhoff stellte uns vor und fragte, ob wir uns kurz mit ihm unterhalten könnten. Sein Gesichtsausdruck wurde skeptisch. »Worum geht es? Ich hab mir nichts zu Schulden kommen lassen. Seit ich raus bin, arbeite ich im Klinikum.«

»Wissen wir«, sagte Menkhoff. »Und vorher haben Sie

in einem Krankenhaus in Koblenz gearbeitet, wie wir gehört haben.«

»Ach, das.« Er atmete tief aus und hob beide Hände. »Hören Sie, die Klinikleitung weiß selbstverständlich, dass ich im Gefängnis war. Ich musste bei meiner Bewerbung ein polizeiliches Führungszeugnis abgeben. Aber wir haben abgemacht, dass meine Kolleginnen und Kollegen davon nichts erfahren, solange ich meinen Job gewissenhaft erledige. Ich bin heilfroh, denn wenn die gewusst hätten, dass ich direkt aus dem Knast komme, dann hätten –«

»Darum geht es nicht, Herr Diesch«, unterbrach ich ihn. »Wir möchten uns mit Ihnen über Dr. Joachim Lichner unterhalten. Den kennen Sie doch, oder?«

Er kannte ihn, das sagte mir sein Gesicht schon, bevor er antwortete. »Ich hab die letzten zwei Jahre mit ihm in einer Zelle gesessen. War ziemlich nervig.«

»Dürfen wir vielleicht reinkommen?«, fragte Menkhoff. Nach kurzem Zögern nickte Diesch und gab die Tür frei.

Die Wohnung war deutlich kleiner als die, aus der wir gerade gekommen waren, doch auch sie war hell und freundlich eingerichtet. Ich sah mich kurz in dem kleinen Wohnzimmer um, in das er uns führte, und erinnerte mich an etwas, was Melanie bei ihrem ersten Besuch in meiner Junggesellenbude behauptet hatte: Man erkenne sofort, wenn man in eine Männerwohnung komme. Woran sie das angeblich erkannt haben wollte, hat sie mir nie verraten. In diesem Moment jedoch glaubte ich zu verstehen, was sie damals gemeint hatte.

Nicht, dass es bei Markus Diesch übertrieben unordentlich gewesen wäre. Es lagen auch keine schmutzigen Unterhosen auf dem Fußboden herum. Es waren Kleinigkeiten, wie das Spinnennetz an der Stehlampe neben der Couch, der dunkle Abdruck eines Glases auf der Holzplatte des Couchtisches oder die helle Staubschicht, mit der die Glasböden der beleuchteten Vitrine in der Ecke überzogen waren, auf denen sauber ausgerichtet kleine rote Modellautos standen. Eine Männerwohnung. Ich spulte den Film meiner Erinnerungen eine halbe Stunde zurück. In Lichners Wohnung hatte ich diese Gedanken nicht gehabt. Warum nicht? Weil es keine Männerwohnung war? Gab es eine Frau, die dort aufräumte und saubermachte? Oder hatte mein Partner recht mit seiner Vermutung, dass die Wohnung komplett möbliert vermietet worden war?

Menkhoff hatte sich neben mich auf die sandfarbene Couch gesetzt, Markus Diesch ließ sich uns gegenüber auf einen Hocker nieder.

»Stehen Sie noch mit Joachim Lichner in Kontakt?«, fragte Menkhoff, als Diesch uns erwartungsvoll ansah.

»Nein.«

»Wann haben Sie ihn zum letzten Mal gesehen?«

»Als ich mich von ihm im Knast verabschiedet habe.«

»Warum waren Sie im Gefängnis, Herr Diesch?«, fragte ich, woraufhin er überrascht die Brauen hob.

»Das wissen Sie nicht?« Als wir ihn beide nur ansahen, zuckte er mit den Schultern und machte ein betretenes Gesicht. »Ich hab Mist gebaut«, und nach einer weiteren Pause: »Hab ein paar Sachen nachgemacht.«

»Also Fälschung«, stellte Menkhoff sachlich fest. »Was haben Sie gefälscht?«

»Ach, paar Ausweise und so.« Ich tauschte mit Menkhoff einen Blick. Wir hatten mit Sicherheit den gleichen Gedanken.

»Sie sagten, Joachim Lichner war ziemlich nervig. Was genau meinen Sie damit?« Ich wunderte mich, dass Menkhoff nicht gleich nachhakte und nach der Geburtsbescheinigung fragte, mischte mich aber nicht ein.

»Zwei Jahre, einen Monat und einen Tag habe ich mit dem Doc in einer Zelle gesessen, und in dieser ganzen Zeit gab es keinen einzigen Tag, an dem er mir nicht erzählt hat, dass er unschuldig sitzt und dass er genau weiß, wer das Mädchen getötet hat.«

»Was?«, entfuhr es mir, wofür ich mir einen Blick meines Partners einhandelte, bevor er sich wieder Diesch zuwandte. »Ja, unschuldig sind sie alle. Wenn er gewusst hat, wer es angeblich war, warum hat er es dann nicht spätestens bei der Gerichtsverhandlung gesagt?«

Wieder hob Diesch die Schultern. »Das hab ich ihn auch oft gefragt, und er hat mir immer wieder die gleiche, kitschige, dämliche Antwort darauf gegeben.«

»Welche Antwort?«

»Weil er es versprochen hat.«

»Versprochen? Wem? Dem angeblichen Mörder oder was?«

Diesch nickte. »Ja, er hat gesagt, es war jemand, den er gut kennt.«

28

15. Februar 1994

In Menkhoffs Blick lag eine Mischung aus Neugier und Misstrauen, und die Anspannung war ihm deutlich anzusehen. Ich zögerte, war mit einem Mal nicht mehr sicher, ob ich … Nein, ich brachte einfach den Mut nicht auf, einen der besten Ermittler des KK11 zu fragen, ob seine Urteilskraft vielleicht getrübt war, weil er sich in eine mögliche Zeugin *verknallt* hatte. Und ob er deswegen vielleicht – bewusst oder unbewusst – den Lebensgefährten dieser Zeugin … Nein.

»Na, Herr Kollege, wie lautet denn nun Ihre Frage?« Es klang seltsam, lauernd. Wie hatte ich auch nur daran denken können … Ich bemühte mich, Überraschung auf meinem Gesicht zu zeigen. »Vergessen.« Das Verlegenheitslächeln kam mir selbst ziemlich dümmlich vor. »Ich hab vergessen, was ich Sie fragen wollte.« Ganz kurz verengten sich seine Augen, dann entspannte sich sein Körper. »Also gut, dann wollen wir mal los. Vielleicht fällt's Ihnen ja unterwegs wieder ein.« Nun war es an mir, ihn fragend anzusehen. »Wir fahren zu Lichner. Ich möchte dem Herrn Doktor noch ein paar Fragen stellen.«

Unterwegs erzählte er mir ausführlich von seiner Unterhaltung mit Nicole Klement, die er in einem Café am Münsterplatz in der Nähe des Doms getroffen hatte. Nichts davon war geeignet, Lichner in einem etwas positiveren Licht erscheinen zu lassen. Als ich zurück ins Büro gekommen war, hatte Menkhoff gerade versucht, in der Datenbank etwas über den Psychiater zu finden, damit aber keinen Erfolg gehabt.

Kurz nach halb drei parkte ich den Wagen neben Dr. Lichners Praxis.

Als Corinna M. uns erkannte, legte sie sofort ein dienstbeflissenes Lächeln auf. »Guten Tag, möchten Sie wieder zu Frau Klement? Bedaure, die ist leider im Moment –«

»Wir müssen mit Dr. Lichner sprechen«, unterbrach Menkhoff sie barsch. »Der ist doch wohl da, oder?«

»Ähm … ja, der ist da, aber er hat Patienten, und ich denke, er wird im Moment keine Zeit haben, sich mit Ihnen zu unterhalten. Aber wenn Sie warten möchten …« Sie zeigte auf die Stühle vor der Wand. Menkhoff stützte sich mit beiden Händen auf dem Tresen ab und beugte sich ein wenig nach vorne. »Es ist mir ziemlich gleich, was Sie denken. Rufen Sie ihn an und sagen Sie ihm, dass wir da sind und ihn sprechen möchten.«

Einen Moment lang schien sie abzuschätzen, was ihr mehr Ärger einbringen konnte, entschied sich dann aber dazu, der Aufforderung meines Partners nachzukommen. Dr. Lichner ließ uns knappe zehn Minuten warten, dann kam er aus dem Bereich *Wartezimmer* und *Behandlung* auf uns zu. Das typische Lächeln trug er wie einen Schild vor sich her, und dieses Mal fiel mir sofort auf, dass es sich ausschließlich auf seine Mundpartie beschränkte. Wir erhoben uns von den Stühlen. »Guten Tag. Ich gestehe, ich bin etwas irritiert, Sie schon wieder zu sehen, aber bitte … Meine Patienten werden sicher Verständnis dafür haben, wenn sie warten müssen, weil ich der Staatsmacht bei der Aufklärung eines Kapitalverbrechens behilflich bin. Was also kann ich erneut für Sie tun?«

Mich wunderte, dass Menkhoff sich den Monolog geduldig bis zum Ende angehört hatte. Er wartete sogar noch zwei, drei Sekunden lang, als wolle er sichergehen, dass Lichner fertig war. »Möchten Sie, dass wir das hier besprechen?« Mit dem Kopf deutete er zu Corinna M. herüber. Lichner sah seine Angestellte kurz an und nickte. »Also gut, kommen Sie.« Er drehte sich um und ging voraus in einen Behandlungsraum, dessen Einrichtung im Wesentlichen aus einem edel aussehenden Holzschreibtisch, zwei Schränken aus dem gleichen Holz, und tatsächlich – ich hatte bis dahin gedacht, es wäre ein Klischee – einer schwarzen Ledercouch bestand. Er zeigte auf die Couch und setzte sich selbst hinter den Schreibtisch.

»Sie wissen, dass Ihre Lebensgefährtin heute Morgen bei uns auf dem Präsidium war?«, begann Menkhoff, als wir nebeneinander auf der Couch saßen, wobei ich mir zugegebenermaßen ein wenig seltsam vorkam. Das Lichner-Lächeln wurde breiter. »Aber selbstverständlich, ich habe sie schließlich zu Ihnen geschickt.«

»Ach, Sie geben also zu, dass sie nicht freiwillig gekommen ist?«

»Nein, das tue ich nicht, denn sie ist freiwillig zu Ihnen gekommen. Ich habe sie lediglich gebeten, diese Sache mit dem Freitagabend klarzustellen. Sie war bei dem Gespräch mit Ihnen einfach nur überdurchschnittlich nervös.«

Ich sah meinen Partner an, konnte in seinem Gesicht aber keine Regung erkennen. »Frau Klement hat Blutergüsse am Hals. Wissen Sie, wie es dazu gekommen ist?«

Nun war ich gespannt. Lichner sah Menkhoff gelassen an. »Ja, ich weiß, sie hat sich gestoßen. Wir haben noch darüber gewitzelt, dass es so aussieht, als hätte ich sie gewürgt.«

»Gewitzelt. Dass man sie gewürgt hat.« Menkhoffs Stimme klang plötzlich gepresst. »Sie finden es witzig, wenn eine Frau gewürgt wird?«

Lichners Lächeln verschwand. »Jetzt machen Sie aber mal einen Punkt, Herr Oberkommissar. Versuchen Sie doch bitte nicht, mir mit Wortklaubereien zu kommen. Ich habe mit keinem Wort gesagt, dass ich das witzig finde.«

»Mögen Sie Kinder?« Menkhoff feuerte die Frage ab wie Munition. Lichner war überrascht, er zögerte recht lange, bis er antwortete. »Kinder? Ja, natürlich mag ich Kinder. Warum fragen Sie?«

»Möchten Sie selbst Kinder haben?« Menkhoff ließ keine Sekunde verstreichen, er wollte offensichtlich den Moment ausnützen, aber der Psychiater hatte sich schon wieder gefangen, wie sein Grinsen bewies.

»Wenn ich die passende Frau dazu gefunden habe, Herr Oberkommissar, werde ich darüber nachdenken. Und – um Ihre nächste Frage auch gleich zu beantworten – ja, es könnte sein, dass Nicole diese Frau ist, das wird sich zeigen. Gibt es sonst noch etwas aus meinem Privatleben, das Sie interessiert und über das wir plaudern können, während da draußen meine Patienten warten, Herr Oberkommissar?« Sie standen sich gegenüber und sahen sich an wie Boxer unmittelbar vor dem Gong.

»Nein, im Moment nicht«, knurrte Menkhoff. Als wir schon an der Tür waren, stockte er, sah sich noch einmal um und sagte: »Fast hätte ich es vergessen: Bleiben Sie bitte in der Stadt.«

29

23. Juli 2009

Ich sah zu Menkhoff herüber und versuchte, an seinem Gesicht abzulesen, was er über diese Geschichte dachte, die Markus Diesch gerade erzählt hatte. Es schien ihn nicht sehr zu interessieren. Aber was hatte ich anderes erwartet? Meinen Partner interessierte grundsätzlich nichts, was Lichners Schuld auch nur ansatzweise in Frage stellte. Sosehr ich Menkhoff auch in all den Jahren schätzen gelernt hatte, sein stures Verhalten bei diesem Thema konnte ich nicht nachvollziehen, und es ging mir gehörig auf die Nerven, jetzt, wo das alles wieder hochkochte. Vielleicht empfand ich es auch als so extrem, weil ich zwei Tage zuvor noch fest davon überzeugt gewesen war, mich nie mehr mit Dr. Joachim Lichner befassen zu müssen.

Wieder beschlich mich dieses Gefühl, etwas bei der Durchsuchung von Lichners Wohnung übersehen zu haben, und noch immer konnte ich es nicht greifen.

»Wir waren im Klinikum, um uns die Unterlagen über die Geburt von Dr. Lichners Tochter anzusehen«, sagte Menkhoff neben mir. Ich beobachtete Dieschs Gesicht, er zeigte sich überrascht. »Der Doc hat eine Tochter?«

»Sie soll vor rund zwei Jahren auf der Station zur Welt gekommen sein, auf der Sie arbeiten, Herr Diesch.«

Aus der Überraschung in seinem Gesicht wurde Ungläubigkeit. »Das kann nicht sein, das hätte ich doch mitbekommen. Wann genau war das?«

»Im Juni 2007.«

Diesch starrte mit gerunzelter Stirn vor sich hin, er schien angestrengt nachzudenken. »Juni 2007«, wiederholte er murmelnd. »Nein, Urlaub hatte ich da nicht, glaube ich. Aber wenn Jo Lichners Tochter auf der Station zur Welt gekommen wäre, dann hätte ich ihn doch sehen müssen. Es sei denn …«

»Es sei denn was?«, hakte ich nach, als ich den Eindruck hatte, er wolle den Satz nicht beenden.

»Na ja, es sei denn, er hat sich nicht für das Kind interessiert, was weiß ich, vielleicht, weil er sich inzwischen von der Frau getrennt hat? So was erleben wir häufiger, als Sie vielleicht denken.«

»Oder es hat diese Geburt niemals gegeben und der Eintrag in die Datenbank wurde gefälscht«, sagte Menkhoff. »Kennen Sie einen Arzt mit Namen Bartholomé?«

»N … Nein, warum?«

»Wie steht es mit Anna Gerling?«

»Anna Gerling … warten Sie … Gerling … ist die nicht Ärztin auf der Inneren?«

»Nein, Hebamme.«

»Oh, dann hab ich mich wohl vertan. Nein, die kenn ich auch nicht.«

»Wie ist Ihr Verhältnis zu Susanne Trumpp?«

»Da gibt es kein Verhältnis, ich kenne sie kaum. Sie arbeitet auf der gleichen Station, ab und zu haben wir zusammen Dienst, aber ganz selten.«

»Kennen Sie vielleicht ihr Passwort für die Patientendatenbank?«

»Für die Patientendatenbank? Nein, wie kommen Sie auf die Idee? Es ist verboten, das Passwort an andere weiterzugeben.«

Menkhoff winkte verächtlich ab. »Es ist auch verboten, Ausweise zu fälschen, und trotzdem gibt es immer wieder Leute, die so was machen.«

Markus Diesch betrachtete seine Handflächen. »Ich weiß, dass ich damals den einen oder anderen Fehler gemacht habe, aber ich habe meine Strafe dafür abgesessen.« Seine Stimme hatte einen weinerlichen Klang, was so gar nicht zu ihm passen wollte.

»Na und?«, blaffte Menkhoff ihn an, doch ich fiel ihm ins Wort. »Sie haben sich also noch nie unter dem Namen Ihrer Kollegin in das Programm eingeloggt, zum Beispiel weil Sie Ihr eigenes Passwort vergessen haben und etwas eingeben mussten?«

»Nein, das habe ich nicht«, antwortete er und hörte sich an wie ein störrisches Kind. »Warum sollte ich?«

Ich sah Menkhoff an, und als der kurz nickte, sagte ich: »So wie's aussieht, hat jemand einen falschen Eintrag in die Datenbank gemacht und anschließend eine gefälschte Geburtsbescheinigung ans Standesamt geschickt. Das heißt, aus behördlicher Sicht gibt es ein Kind, das in Wahrheit gar nicht existiert. Für den Eintrag ins Melderegister reicht aber die Geburtsbescheinigung des Krankenhauses nicht aus. Die Ausweise der Eltern müssen vorliegen und ihre Geburtsurkunden, und wenn die beiden nicht verheiratet sind, außerdem noch eine schriftliche Anerkennung der Vaterschaft. All das müsste der oder diejenige also auch gefälscht haben.«

Es dauerte einen Moment, bis Dieschs Augen groß wurden und er sich aufrichtete. »Jetzt verstehe ich das erst. Es werden irgendwelche Papiere gefälscht, und wer kommt dafür natürlich nur in Frage: der ehemalige Knacki. Das ist verdammt unfair.«

»Reden Sie keinen Unsinn, Herr Diesch«, sagte Menkhoff. »Natürlich denken wir zuerst an den verurteilten Fälscher, wenn in seinem direkten Umfeld etwas gefälscht wird. Was denn sonst? Das ist nicht unfair, das ist logisch. Also?«

Diesch sprang auf, sein Atem ging schnell. »Ich hab damit nichts zu tun. Warum soll … das Motiv, was ist mit dem Motiv? Warum sollte ich das gemacht haben? Was hätte ich denn davon?«

Menkhoff hob die Schultern. »Tja, Lichner hat Sie genervt. Vielleicht hat er Sie so sehr genervt, dass Sie das Bedürfnis hatten, ihm eins auszuwischen? Vielleicht hat er Sie auch richtig wütend gemacht? Er kann ein Kotzbrocken sein, Herr Diesch, und ich hätte sogar ein gewisses Verständnis dafür, wenn Sie ihm was anhängen wollten.«

»Nein. Ich hab damit nichts zu tun, ehrlich. Der Doc … Jo und ich, wir haben uns gut verstanden. Wir haben nie gestritten, kein einziges Mal. Gucken Sie doch in meiner Akte nach.«

In diesem Augenblick fiel mir endlich ein, was dieses komische Gefühl bedeutete, das mir keine Ruhe ließ, seit wir Lichners Wohnung verlassen hatten. Wie hatte ich das vergessen können? Menkhoff stand auf und sagte: »Wir melden uns wieder bei Ihnen, falls wir noch Fragen haben.«

Ich erhob mich ebenfalls und folgte ihm nach draußen.

Als wir endlich so weit von Dieschs Haustür entfernt waren, dass er uns auf keinen Fall mehr hören konnte, sagte ich: »Bernd, wir haben eben in Lichners Wohnung was vergessen.«

»Ja? Was denn?« Es hörte sich nicht so an, als ob er sich wirklich dafür interessierte.

»Diese eine Seite in der Kiste, mit dem Teil von Lichners Diagnose … Erinnerst du dich noch, was da draufgestanden hat?«

Menkhoff grummelte etwas, zog ein zusammengefaltetes Blatt Papier aus seiner Hosentasche und hielt es mir hin. Als ich es aufklappte, sah ich, dass es die Seite war, von der ich gerade gesprochen hatte. Menkhoff musste sie eingesteckt haben, ohne dass ich es bemerkt hatte.

Ich tippte auf die Stelle, die ich meinte. »Da, der Querverweis am Ende: *Siehe P-Doku 112 / 1993*, das meine ich.«

Er schien nicht zu verstehen. »Na und? Schätze, das ist ein Hinweis auf einen anderen schwachsinnigen Bericht. Aber wie wir gesehen haben, war das das einzige Blatt in der Kiste. Was soll's also?« Ich nickte eifrig. »Genau, du hast es gesagt: Es war das einzige Blatt in *dieser* Kiste. Und was ist mit den anderen? Was ist mit der Kiste, auf der wahrscheinlich so was steht wie: *K-L?*«

»Du denkst, Nicoles Patientenakte befindet sich vielleicht in dieser Kiste, zusammen mit …«

Menkhoff blieb so abrupt stehen, dass ich noch zwei Schritte weiterlief. Ich drehte mich zu ihm um. »Ja, zusammen mit denen der anderen Patienten, deren Namen mit K anfängt. Das ist doch naheliegend. Ich frage mich, warum wir nicht gleich daran gedacht haben.«

»Glaubst du wirklich, Nicole hätte … Glaubst du, sie war bei ihm regulär in Behandlung, Alex?«

»Ja, logisch. Es gibt keinen Grund, warum Lichner sonst eine Patientendokumentation über sie haben sollte.« Er überlegte einen Moment, dann sah er auf seine Armbanduhr. »Also gut, aber es ist zu spät, wir können nicht mehr zusammen dahin. Wart mal, vielleicht ist Lichner noch nicht weg.«

Er zog sein Handy und rief auf dem Präsidium an. Lichner war nicht mehr dort, das hörte ich aus Menkhoffs Antworten heraus. Als er aufgelegt hatte, sagte er: »Er ist gerade weg, aber es könnte trotzdem noch klappen. Die Biermann sagt, Kollegen bringen ihn gerade zur Zeppelinstraße. Da fahren wir jetzt auch hin. Du lässt mich dort raus und machst dich direkt auf den Weg nach Kohlscheid. Ich werde ihn eine Zeitlang ablenken, damit er dir nicht in die Quere kommt, okay?«

»Okay«, sagte ich. »Aber wie willst du ihn bitte ablenken?«

»Ich möchte wissen, was mit Nicole los ist oder war, Alex. Und wenn es sein muss, lade ich das Arschloch zum Essen ein, auch wenn mir der Appetit vergeht. Egal wie, ich werde ihn auf jeden Fall lange genug aufhalten.«

Noch immer standen wir ein Stück voneinander entfernt. Ich überbrückte die Distanz mit zwei langsamen Schritten und legte ihm die Hand auf die Schulter. »Ja, wer weiß, vielleicht bekommen wir endlich ein paar Antworten.« Und ich meinte *wir*.

30

18. Februar 1994

Es war halb neun, als Menkhoff ins Büro kam. Ich war selbst erst wenige Minuten zuvor eingetroffen. Er sah übernächtigt aus und schien sehr aufgeregt zu sein. Ich machte mir Sorgen. Die vergangenen beiden Tage hatte mein Partner fast ausschließlich mit der verbissenen Suche nach Beweisen dafür verbracht, dass Dr. Lichner die kleine Juliane getötet hatte. *Fast* bedeutete, dass er sich außerdem mehrere Male mit Nicole Klement getroffen hatte. Allein. Wie oft sie sich gesehen hatten, wusste ich nicht, und ich hütete mich, ihn danach zu fragen. Auch als er am Vortag gegen fünf einen Anruf erhalten und sich daraufhin ohne weitere Erklärung verabschiedet hatte, war ich mir sicher zu wissen, wer da angerufen hatte.

Nur wenige Minuten nachdem er gegangen war, klingelte sein Telefon wieder, und ich nahm das Gespräch an. Es war Frau Körprich, die Mutter des Mordopfers. Als sie hörte, dass Menkhoff nicht im Büro war, bat sie mich, ihm auszurichten, sie hätte noch einmal alles durchsucht, aber auch nichts gefunden.

Ich verstand nicht, was sie meinte, und sie erklärte mir, Menkhoff sei am Vortag bei ihnen gewesen und hätte in Julianes Zimmer nach versteckten Süßigkeiten gesucht. Er fand nichts, aber da er gesagt habe, es könne sehr wichtig sein, habe sie selbst auch noch einmal alles durchsucht – vergeblich.

Als ich aufgelegt hatte, konnte ich meinen Blick lange nicht von dem Telefonhörer abwenden. Warum hatte mein Partner mir nicht gesagt, dass er Julianes Zimmer noch einmal durchsuchen wollte? Ich fühlte mich so hilflos wie selten in meinem Leben, hin- und hergerissen zwischen der Überzeugung, dass mein erfahrener Kollege im Begriff war, sich in etwas zu verrennen, was ihn die Karriere kosten konnte, und den Zweifeln an meiner eigenen Einschätzung der Situation.

Und dennoch – wenn mein Gefühl stimmte, was ihn und diese Frau betraf … Menkhoff hatte sich nach den zwei Wochen, die wir ergebnislos ermittelt hatten, so sehr auf den Psychiater eingeschossen, dass es schwer war, ihn für andere Überlegungen überhaupt zu interessieren. Ich befürchtete, der wahre Grund dafür hieß Nicole Klement.

Menkhoff setzte sich erst gar nicht, sondern blieb direkt vor meinem Schreibtisch stehen und forderte mich mit einer Handbewegung auf, aufzustehen. »Guten Morgen, Herr Kollege. Kommen Sie, wir haben was zu tun.«

»Guten Morgen. Aber was –«

»Ich erzähle Ihnen alles unterwegs. Auf geht's.«

Auf dem Parkplatz warteten zwei vollbesetzte Streifenwagen auf uns und ein Zivilfahrzeug, in dem drei Kollegen der MK2 saßen. Während Menkhoff sich anschnallte, sagte er: »Fahren Sie zu Lichner. Die anderen folgen uns.« Ich hatte es geahnt. Mein Puls ging schneller, als ich an den anderen Fahrzeugen vorbeifuhr. »Warum rücken wir mit so vielen Leuten da an? Was ist passiert?« Und warum erfahre ich erst so spät davon?

»Seit Tagen rede ich Nicole ins Gewissen, auch gestern Abend wieder. Ich habe ihr immer und immer wieder erklärt, dass nur sie uns helfen kann, ihn zu überführen, falls Lichner das Mädchen getötet hat. Eben hat sie mich angerufen.« Er atmete durch. »Hat sich endlich entschlossen, die Wahrheit zu sagen. Lichners Alibi … sie hat ihre Aussage widerrufen.«

»Aber reicht das denn, um … –«

»Unterbrechen Sie mich gefälligst nicht«, schnauzte er mich an, redete aber gleich darauf in normaler Lautstärke weiter. Er war hochgradig angespannt. »Außerdem hat sie sich an noch etwas *erinnert*, und das reicht dem Ermittlungsrichter auf jeden Fall für einen Durchsuchungsbeschluss. Der Herr Doktor kam also an dem Freitagabend, an dem die Kleine mit ziemlicher Sicherheit umgebracht worden ist, nicht zwischen sieben und halb acht nach Hause, sondern erst kurz vor Mitternacht. Am nächsten Morgen wollte Nicole in die Stadt fahren und hat dabei festgestellt, dass der Wagen total verdreckt war. Alles voller Schlamm, an den Reifen und den Felgen hingen Grasbüschel. Sie meint, es sah aus, als wenn er über einen matschigen Feldweg gefahren wäre. Klingelt da was bei Ihnen, Herr Kollege?«

Ich spürte, wie sich in meinem Magen ein Vakuum bildete, das meine Eingeweide zu einem kleinen Klümpchen zusammenziehen wollte. *Das* hatte Nicole Klement die ganze Zeit über gewusst und nichts gesagt? »Aber ist denn … ich meine, das Auto ist doch bestimmt seitdem gewaschen worden, ist denn noch was von dem Schlamm in der Garage?«

»Er hat wohl noch an diesem Morgen den Wagen waschen lassen und die Garage akribisch saubergemacht.« Natürlich, etwas in der Art hatte ich befürchtet. Es würde wahrscheinlich nichts mehr zu finden sein. »Das bedeutet aber, wenn er wirklich gründlich war, wird Frau Klements Aussage schwer zu beweisen sein.«

»Wir werden etwas finden«, erwiderte Menkhoff grimmig, »irgendwas.«

31

23. Juli 2009

Die Kollegen, die Dr. Lichner zu dem Haus in der Zeppelinstraße gebracht hatten, waren offenbar nur Sekunden vor uns dort angekommen. Lichner stand neben dem Passat und schlug gerade die Tür zu, als ich hinter dem Fahrzeug anhielt. Er sah uns durch die Windschutzscheibe an, und wie meistens konnte ich in seinem Gesicht keine Regung erkennen.

»Und jetzt?«, fragte ich, wobei ich die Lippen fast überhaupt nicht bewegte. Ich kam mir ziemlich dämlich dabei vor, schob dieses Gefühl aber zur Seite.

»Ich versuch's trotzdem, lass mich mal machen«, sagte Menkhoff und öffnete die Beifahrertür. Ich war gespannt, was er vorhatte, und folgte ihm nach draußen. Aus den Augenwinkeln registrierte ich, dass die beiden Vordertüren des Passats sich öffneten, auf der Fahrerseite stieg Oberkommissar Egberts aus, ihm gegenüber unser Kollege mit dem wichtigen Vater, Kommissar Jens Wolfert. Glücklicherweise blieben sie beide stehen, wo sie waren, und beobachteten die Szene nur.

»Nein, so ein Zufall«, sagte Lichner und schlug dabei klatschend die Hände zusammen, womit er meine Aufmerksamkeit wieder auf sich zog. »Die Herren Hauptkommissare haben offenbar auch gerade in der Gegend zu tun, und da dachten sie doch bestimmt: Statten wir dem lieben Joachim Lichner einen Besuch ab und schauen mal, ob wir ihm nicht ein anderes Verbrechen anhängen können, das noch nicht aufgeklärt ist.«

»Dr. Lichner, es sieht danach aus, als hätten wir Sie zu Unrecht verdächtigt«, sagte Menkhoff, »und … das tut uns leid. Ich entschuldige mich bei Ihnen für die Unannehmlichkeiten, die Ihnen dadurch entstanden sind.« Mein Kopf drehte sich wie von selbst zur Seite, und ich starrte Menkhoff an. Hatte er sich tatsächlich gerade bei Joachim Lichner entschuldigt? Selbst der konnte seine Überraschung nicht verbergen, wie ich feststellte, als ich meinen Blick endlich von meinem Partner abwenden konnte. »Meinen Sie das in Bezug auf die 13 Jahre, die ich im Knast gesessen habe, Herr Hauptkommissar?«, fragte er.

Mein Blick wanderte wieder zu meinem Partner herüber, ich kam mir fast vor wie ein Zuschauer bei einem Tennisspiel in Superzeitlupe. Menkhoffs Gesicht glich einer starren Maske. »Nein, das tue ich nicht, Dr. Lichner, denn Sie sind damals rechtskräftig verurteilt worden. Ich meine das in Bezug auf die letzten beiden Tage. Jemand hat sich wohl einen üblen Scherz mit Ihnen erlaubt und sich dabei nicht nur große Mühe gegeben, sondern auch einige Straftaten begangen. Ich würde gerne herausfinden, wer das getan hat, und ich kann mir vorstellen, das ist auch in Ihrem Interesse. Könnten wir uns noch eine halbe Stunde unterhalten? Dabei wären Sie Zeuge, nicht Beschuldigter.«

Lichner sagte nichts. Er sah Menkhoff in die Augen, und in diesem Blick lag eine offensichtliche Geringschätzung. Was musste in Menkhoff vor sich gehen? Sekunden vergingen, in denen nichts geschah, sogar ich wagte es nicht, mich zu rühren, und in diesen Augenblicken wurde mir eines klar: Für diesen unglaublichen Sprung, den

Menkhoff über seinen eigenen Schatten machte, würde Lichner irgendwann und auf irgendeine Art zahlen müssen, oder ich kannte Bernd Menkhoff nicht.

»Gut«, sagte Lichner in diesem Moment und lieferte damit die zweite Überraschung für mich. »Sie haben recht, es interessiert mich brennend, wer dafür verantwortlich ist. Darf ich Sie in mein Penthouse bitten?« Mit einer einladenden Handbewegung deutete er auf das verkommene Haus.

»Wie wär's, wenn wir uns in ein Café setzen?«, schlug Menkhoff vor, »auf neutralem Boden sozusagen.« Lichner dachte kurz nach und nickte. »Ich bin einverstanden, wenn Sie mich anschließend wieder hier absetzen. Mein Chauffeur hat ausgerechnet heute frei, wissen Sie.«

Menkhoff deutete auf Wolfert und sagte: »Sie fahren mit Hauptkommissar Seifert.« Dann sah er zu Egberts herüber, der noch immer neben der geöffneten Fahrertür des Passats stand. »Marco, fährst du Dr. Lichner und mich bitte in die Innenstadt?«

Der Gedanke, Wolferts Redeschwall in einem fahrenden Auto ausgeliefert zu sein, begeisterte mich nicht sonderlich, aber ich nickte ihm zu und sagte: »Also los, kommen Sie.« Dann ging ich um das Heck des Audis herum und stieg auf der Beifahrerseite ein. Warum sollte ich mich nicht auch mal chauffieren lassen? Als Wolfert den Motor gestartet hatte, wählte ich die Adresse von Lichners Wohnung in Kohlscheid im Navigationsgerät aus.

»Wir fahren nach Kohlscheid?«, fragte Wolfert, als das Ziel auf dem farbigen Monitor aufleuchtete. »In Kohlscheid kenne ich mich gut aus, eine entfernte Verwandte von mir wohnt da. Na ja, eigentlich ist sie ja keine direkte … –«

»Könnten Sie bitte losfahren?«, unterbrach ich ihn, und er tat mir den Gefallen. Bevor er zu einem weiteren Monolog ansetzen konnte, erklärte ich ihm in kurzen Sätzen, was in den letzten Stunden geschehen war und warum wir noch einmal zurück in Lichners Wohnung mussten. Von Nicole Klement erzählte ich ihm nur, dass sie mit Dr. Lichner zusammengelebt hatte, als er damals verhaftet worden war. Alles andere war die Privatsache meines Partners. Das hoffte ich jedenfalls inständig.

Auf mein Klingeln öffnete wieder der kleine dicke Mann die Tür, W. Merten. Als er mich erkannte, verschränkte er wie zuvor die kurzen Arme vor der Brust. »Sie schon wieder?«

»Ich nehme an, meinen Kollegen kennen Sie ja schon«, sagte Wolfert, streckte W. Merten das Ledermäppchen mit seinem Dienstausweis entgegen und lächelte ihn dabei an. »Und mein Name ist Jens Wolfert, ich bin Kriminalkommissar und Mitglied der Aachener Mordkommission. Mein Name wird Ihnen wahrscheinlich bekannt vorkommen, mein Vater ist Staatsratssekretär Peter Wolfert, der ständige Vertreter des nordrhein-westfälischen Justizministers. Er ist ja oft genug im Fernsehen zu sehen. Aber ich bin jetzt natürlich zusammen mit dem Kollegen Seifert in meiner Funktion als Polizeibeamter hier und nicht im Auftrag meines Vaters. Ich erwähnte ihn auch nur, weil ich es immer wieder erlebe, dass die Leute verzweifelt überlegen, woher sie meinen Namen kennen.«

W. Mertens schlaffe Wangenhaut straffte sich ein wenig, als sein Kinn nach unten klappte und er mich mit ungläubigem Blick ansah. Dann machte er uns ohne weiteren Kommentar den Eingang frei.

»Ich kenne das schon, so reagieren die Leute oft, wenn sie hören, wer mein Vater ist«, erklärte mir Wolfert, während er hinter mir die Stufen zu Lichners Wohnung hochstieg. Ich tat so, als hätte ich ihn nicht gehört, und zog den Schlüssel aus der Hosentasche.

Wir brauchten zwei Minuten, um die Kiste mit dem Aufdruck *K-L* unter einem Stapel anderer Kartons zu finden, eine weitere Minute benötigte ich, bis ich das orangefarbene Hängeregister in der Hand hielt, auf dessen Vorderseite der Name *Nicole Klement* stand. Als ich die Akte aufschlug, zitterte meine Hand. Wolfert stand dicht genug neben mir, um die beschriebenen Seiten sehen zu können, die zwischen den Pappteilen aufbewahrt waren. Bei dem obersten Dokument handelte es sich um die

Notiz zur Sitzung vom 12. Februar 1993 – Nicole Klement Hypnotherapie – erste Sitzung. Mittels Hypnose wurden bei der Patientin Bewusstseinszustände erzeugt, die in der veränderten Selbst- und Außenwahrnehmung den dissoziativen Zuständen des posttraumatischen Erlebens ähnlich sind.
Die Patientin zeigte die dem Krankheitsbild in typischer Weise entsprechende erhöhte Suggestibilität und Hypnotisierbarkeit. Durch Konfrontation mit dem traumatischen Material mittels kontrollierter Dissoziation hat die Patientin ein Gefühl der Kontrolle über Intrusionen und Entfremdungszustände erlangt.

»Oh Mann«, sagte ich, »das hört sich ja schlimm an, auch wenn ich kaum was davon verstehe.«

Die Seite war bis zum unteren Rand vollgeschrieben mit Lichners Notizen über Nicole Klements Hypnosesitzung. Immer wieder tauchte der Hinweis auf posttraumatische Erlebnisse auf, aber an keiner Stelle wurde beschrieben, was genau das für Erlebnisse waren. Ich gab die Seite an Wolfert weiter und sah mir das nächste Blatt an. Wieder eine Sitzung, allerdings im Mai, und es war von der zweiten Phase einer so genannten traumabearbeitenden Psychotherapiemethode die Rede, die im nächsten Abschnitt als EMDR-Methode bezeichnet wurde. Das nächste Blatt – eine weitere Sitzung, nun wieder im Februar. Die Seiten waren also nicht chronologisch geordnet.

Nach zwei weiteren Blättern mit für mich größtenteils unverständlichen Notizen über Therapiesitzungen fand ich endlich auf dem letzten Blatt, was ich suchte: die Beschreibung dessen, was Nicole Klements Behandlung nötig gemacht hatte. Und während ich las, was dort hinter Begriffen wie Syndrom und Pathogenese geschrieben stand, als ich erahnen konnte, was diese Frau als Kind erlebt hatte, hatte ich Mühe, gegen das Entsetzen anzukämpfen, das mich überkam.

32

18. Februar 1994

Wir fielen in Dr. Lichners Praxis ein wie ein Rollkommando. Corinna M. saß mit offenem Mund hinter ihrem Tresen und war angesichts der Mannschaft, die plötzlich im Eingangsbereich der Praxis auftauchte, augenscheinlich zu keiner Reaktion mehr fähig.

Die Kollegen verteilten sich sofort im ganzen Haus, während Menkhoff und ich mit zwei uniformierten Beamten den Bereich betraten, in dem sich die Behandlungszimmer und der Warteraum befanden. Menkhoff öffnete die Tür mit der Aufschrift *Behandlung 1* fast im gleichen Moment, in dem er flüchtig anklopfte. Dr. Lichner und seine Patientin, eine korpulente Frau Ende fünfzig, fuhren erschrocken auf, als wir den Raum regelrecht stürmten. »Keine Angst, wir sind Polizeibeamte«, sagte Menkhoff militärisch knapp zu der Patientin. »Verlassen Sie bitte den Raum.« Mir war alles andere als wohl zumute angesichts dieser Vorgehensweise. Nach der ersten Schrecksekunde stand im Gesicht der Frau deutlich geschrieben, dass sie es gar nicht erwarten konnte, rauszukommen, um von ihrem Abenteuer zu erzählen. Was auch immer bei unserer Durchsuchung herauskommen würde – die ernsthaften Probleme hatten soeben für Dr. Joachim Lichner begonnen. Der sonst so wortgewandte Mann schien erst zu realisieren, was gerade geschah, als seine Patientin ihm einen letzten, entrüsteten Blick zuwarf, bevor sie abrauschte.

»Was fällt Ihnen ein, hier einfach so hereinzuplatzen? Das lasse ich mir nicht …«

»Halten Sie den Mund, Dr. Lichner«, sagte Menkhoff und hielt ihm einen Faxausdruck entgegen. »Hier ist ein Durchsuchungsbeschluss, das Original wird gebracht. Führen Sie uns bitte in Ihre Garage.« Ein dünner Schweißfilm überzog meine Stirn.

»Ich habe das Recht, meinen Anwalt anzurufen. Darauf bestehe ich.« Man merkte, dass Lichner bemüht war, seiner Stimme einen festen Klang zu geben. Menkhoff verdrehte die Augen. »Na los, dann machen Sie schon.«

Der Anruf dauerte nur eine knappe Minute: »Dr. Meyerfeld wird in fünfzehn Minuten hier sein«, erklärte Lichner.

Menkhoff nickte grimmig. »Schön. In der Zwischenzeit werden wir uns Ihre Garage ansehen.«

Zum ersten Mal, seit ich den Psychiater kannte, sah ich ihn um Worte ringen. Zumindest das bereitete mir eine gewisse Genugtuung. »Was wollen Sie in meiner Garage?«

»Wir möchten uns dort umsehen. Die Kollegen der Spurensicherung werden auch bald eintreffen Ist Ihr Wagen da?«

»Nein, ich … ich weiß es nicht, kann sein, dass Nicole damit weggefahren ist.«

»Führen Sie uns trotzdem in die Garage, Dr. Lichner.«

Die Schultern des Mannes sackten ein Stück herab. Ohne weiteren Kommentar nickte er und verließ den Raum, dicht gefolgt von den beiden Kollegen in Uniform.

Die Garage war durch eine Tür am Ende des Praxisbereiches zugänglich. Auf dem grauen Feinsteinzeug, mit dem der Boden gefliest war, gab es wie angekündigt keine

Spur von Schlamm oder Grasbüscheln. Auch an Dr. Lichners Fahrzeug, einem dunkelblauen 5er BMW, der entgegen seiner Annahme doch dort stand, konnten wir keine auffällige Verschmutzung über das natürliche Maß hinaus feststellen, was aber nach über zwei Wochen auch kein Wunder war. Als die Kollegen der Spurensicherung damit begannen, sich in der Garage mit ihren Koffern und Utensilien auszubreiten, sagte Menkhoff: »Was ist mit dem Wagen?« Einer der Männer drehte sich zu uns um. »Wird gleich abgeholt.«

Menkhoff nickte, dann forderte er mich auf, ihm zu folgen. Den beiden Uniformierten, die mit einem verwirrt dreinschauenden Dr. Lichner hinter uns standen, befahl er, sich mit dem Psychiater im Eingangsbereich der Praxis auf die Stühle zu setzen und auf seinen Anwalt zu warten. Die Eingangstür war gleich nach unserer Ankunft von außen mit einem provisorischen Hinweisschild auf einen Notfall versehen und geschlossen worden.

Wir betraten durch eine schmale Tür einen ebenfalls grau gefliesten Nebenraum der Garage, der wohl als Hauswirtschaftsraum diente. Neben Waschmaschine und Trockner, die auf einem Steinsockel in einer Höhe standen, die es erlaubte, sie zu befüllen, ohne sich dabei bücken zu müssen, gab es ein großes, steinernes Spülbecken, auf dem ein Gitterrost lag, einen fast deckenhohen weißen Schrank sowie ein paar Regale mit allem möglichen Plunder darin. Menkhoff ging zielstrebig auf den Schrank zu und öffnete ihn. Im Inneren gab es nur ein Regalbrett auf Augenhöhe, auf dem Putzmittel aller Art standen. Darunter waren Besen und Schrubber an die Schrankwand gelehnt, auf dem Boden dazwischen standen ein weißer und ein grauer Putzeimer.

Menkhoff griff in das Regal und schob die Flaschen und Dosen mit Putzmittel zur Seite. In der hintersten Ecke lag eine zusammengeknüllte bunte Plastiktüte. Er nahm sie heraus, zog die oberen Ränder auseinander und sah hinein. Mit einem tiefen Atemzug sah er mich dann an und hielt mir die geöffnete Tüte entgegen. Der Ausdruck des grimmigen Triumphes auf seinem Gesicht war dabei nicht zu übersehen.

Auf dem Boden der Tüte lag ein türkisfarbenes Etwas mit einem kleinen, bunten Plastikteil daran, das ich erst nach ein paar Sekunden als Haargummi mit einem kleinen Plastikschmetterling darauf erkannte.

»Was denken Sie, Herr Kollege Seifert, wem das wohl gehören könnte?«

33

23. Juli 2009

Als ich fertig gelesen hatte, hielt ich Wolfert das Blatt hin.

Ich sah Nicole Klement vor mir, wie sie uns zum ersten Mal die Tür öffnete, und das Bild war so klar, als wäre es nicht 15 Jahre, sondern erst 15 Stunden her. Ich sah wieder diese tiefe Traurigkeit in ihren Augen und verstand jetzt, was der Grund dafür war. Ich spürte die zarte Aura der Zerbrechlichkeit, der Verletzbarkeit, die sie umgeben hatte, als sie vor uns stand, und ahnte ansatzweise, *wie sehr* ihre Seele verletzt sein musste.

Diese Frau tat mir unendlich leid, obwohl das alles nun schon so lange her war. Und ich war wütend, so wütend, dass es mir schwerfiel, auch nur einen klaren Gedanken zu fassen. Ich musste das jetzt zur Seite schieben. Wolfert nahm mir das Blatt aus der Hand, ich zog mein Handy aus der Hosentasche und wählte Menkhoffs Nummer. Nach zweimaligem Läuten ging er ran. »Ich bin's, Alex. Ist Lichner noch bei dir?«

»Ja, sitzt mir gerade gegenüber, warum?«

»Wir haben gefunden, was wir gesucht haben, und ... du musst das sehen, und vor allem müssen wir mit Dr. Lichner darüber reden.«

»Was? Wieso das denn?«

»Kann ich dir jetzt nicht am Telefon erklären, Bernd. Nur so viel: Nicole Klement hat als Kind ganz furchtbare Dinge erlebt. Dinge, die dazu geführt haben, dass sie als

Erwachsene später große psychische Probleme hatte. Darüber *müssen* wir mit Lichner reden. Wenn das nämlich stimmt, was hier steht … Oh Gott. Bitte sag ihm, dass wir in seiner Wohnung waren. Ich komme jetzt zu euch und bringe diese Unterlagen mit. In Ordnung?«

Im ersten Moment reagierte er überhaupt nicht, dann schließlich sagte er: »Also gut.«

Ich ließ mir von ihm beschreiben, in welchem Café er mit Lichner saß, und legte auf. Wolfert ließ neben mir die Hand mit dem Blatt sinken und sah mich entgeistert an. »Das Kind … diese Frau, um die es da geht … also, wenn ich es richtig verstanden habe, war sie die Lebensgefährtin des Psychiaters, der sie wegen dieser … Sache da behandelt hat?« Ich nickte, woraufhin Wolfert sich mit einer Hand über die Stirn fuhr, als wolle er sich dort Schweiß abwischen. »Aber … das ist doch total verrückt.«

»Ja, und in Wahrheit ist es noch viel verrückter, als Sie es sich vorstellen können, Herr Wolfert. Lassen Sie uns fahren. Die Unterlagen nehmen wir mit.«

»Sie wissen schon, dass Sie das nicht dürfen? Also, es ist natürlich nicht so, dass ich Ihnen vorschreiben möchte, was Sie zu tun haben und was nicht, aber die Dienstvorschrift –«

»Ja, ich kenne die Dienstvorschriften, und sie sind mir egal.« Ich zog ihm das Blatt aus der Hand und steckte es zurück in das orangene Pappregister. »Ich bin sicher, Dr. Lichner wird uns deshalb keine Schwierigkeiten machen, denn er hat gleich kistenweise Patientenakten offen in seiner Wohnung herumliegen. Gehen wir.«

Wolfert war während der gesamten Fahrt in die Aachener Innenstadt still. Was er da gelesen hatte, schien ihm nachhaltig zu schaffen zu machen. Nur zweimal fragte er nach, wollte mehr über den damaligen Fall wissen und über die Rolle, die Nicole Klement dabei gespielt hatte. Ich antwortete ihm so wortkarg, dass er es danach aufgab. Leider gehört es zu unserem Beruf, mit menschlichen Widerwärtigkeiten konfrontiert zu werden, und man entwickelt im Laufe der Jahre tatsächlich einen Selbstschutz, so etwas wie eine Hornhaut um die Seele, die einen angesichts mancher Gräuel davor bewahrt, den Verstand zu verlieren. Wenn aber einem kleinen, unschuldigen Kind solche Dinge angetan werden, bekommt alles nochmal eine andere Dimension, und zumindest mich treffen solche Dinge vollkommen ungeschützt. So gut es eben ging, konzentrierte ich mich auf das Geschehen außerhalb der Autoscheiben.

Wir fuhren an der Mayerschen Buchhandlung vorbei und stellten den Wagen im Parkhaus Büchel ab. Von dort war es nur etwa eine Minute zu Fuß bis zum Hof. Als wir gleich hinter dem Ausgang des Parkhauses an der bronzenen Brunnenfigur des Bahkauv vorbeikamen, blieb ich einen Moment stehen. Das *Bachkalb* setzte sich der Sage nach nachts auf die Schultern betrunkener Männer und erschwerte ihnen so den Heimweg. Beim Anblick dieser Gestalt, die ein großes Kalb mit scharfen Reißzähnen und dickem, langem Schwanz sein sollte, fiel mir ein, dass die Sage auch davon berichtete, dass Frauen und vor allem Kinder vom Bahkauv niemals belästigt wurden. Nicht vom Bahkauv, dachte ich und ging weiter. »Ist es nicht verrückt?«, sagte ich zu Wolfert, der stumm und mit ernster Miene neben mir herging, die Hände tief in den Taschen seiner Jeans. »Alle Kinder fürchten sich vor dem Bahkauv, weil es so angsteinflößend aussieht, und dabei ist das überhaupt nicht nötig, denn das Bahkauv tut ihnen nichts. Fürchten müssten Kinder sich eigentlich vor uns, den Erwachsenen, verstehen Sie, das sind die wahren Monster, diese abartigen, perversen Dreckschweine, die keine Hemmungen haben, einem kleinen Mädchen … –«

»Herr Seifert«, unterbrach mich Wolfert und legte mir die Hand auf den Oberarm, so dass ich stehen blieb, »bitte, die Leute schauen schon.« Ich sah ihn an und wurde mir bewusst, dass ich wohl sehr laut geworden war.

Es gibt einige Cafés und Kneipen am Hof, der die Form eines in die Länge gezogenen Dreiecks hat. Hinter dem schmalen Ende des Platzes kann man Teile des gewaltigen Aachener Doms aufragen sehen. Die dicht zusammenstehenden, hohen Gebäude und die verhältnismäßig schmalen Zugänge an den beiden Längsseiten geben dem Platz tatsächlich etwas vom Flair eines gemütlichen Innenhofes.

Alles war bis auf schmale Durchgänge mit sonnenbeschirmten Tischen zugestellt, aber ich entdeckte Menkhoff und Lichner trotzdem gleich, als wir zum Hof kamen. Sie saßen direkt an einer der markantesten Stellen des Platzes, neben den Resten eines römischen Säulenbogens, genau, wie mein Partner es mir beschrieben hatte.

Nicht nur Menkhoff, auch Lichner sah uns mit ernster Miene entgegen, so dass ich eine ungefähre Vorstellung davon hatte, wie er auf die Eröffnung reagiert hatte, dass wir in seiner Wohnung gewesen waren.

Als wir den Tisch erreicht hatten, begrüßte Lichner uns auch entsprechend. »Na, was ist das für ein Gefühl, in den Privatsachen anderer Leute herumzuschnüffeln? Schon mal was von Durchsuchungsbefehlen gehört, Herr *Hauptkommissar*?«

Das Kribbeln auf meiner Stirn war so stark wie selten

zuvor. Ich zog mir mit Schwung einen freien Stuhl vom Nachbartisch heran, setzte mich und warf das Register mit Nicole Klements Unterlagen vor ihn auf den kleinen Tisch. »Was ist es für ein Gefühl, sich als Psychiater mit einer Patientin einzulassen? Schon mal was von sexuellem Missbrauch unter Ausnutzung eines Behandlungsverhältnisses gehört, *Herr Doktor*? Legen Sie also Ihre Arroganz schnell zur Seite, bevor ich kotzen muss.«

Menkhoff sah erst mich und dann Wolfert entgeistert an, in seinem Blick lag die stumme Frage, was mit mir los war.

Einen Moment lang war auch Lichner irritiert, doch dann schien er sich schon wieder gefangen zu haben. »Das war vor unserer Beziehung. Nicole –«

»Reden Sie keinen Scheiß, Dr. Lichner. Bei unseren Ermittlungen damals haben Sie ausgesagt, mit Nicole Clement seit zwei Jahren eine Beziehung zu haben. Das war 1994, diese Akten sind von 1993. Soll ich es Ihnen vorrechnen, oder schaffen Sie das allein? Zu diesem Straftatbestand kommt außerdem noch hinzu, dass Sie sensible Patientendaten offen in Ihrer Wohnung herumliegen haben, und das gleich kistenweise. Auch dafür können wir Sie drankriegen. Ich sage es Ihnen nur ein einziges Mal: Entweder Sie hören sofort auf, das superschlaue Arschloch zu spielen, und kooperieren, oder Sie landen wieder im Bau, das verspreche ich Ihnen.«

Lichner sagte erst einmal nichts mehr, Menkhoff starrte mich noch einige Sekunden lang an, dann zog er Nicole Klements Unterlagen zu sich herüber. Ich hätte mir gewünscht, ich hätte ihn unter vier Augen auf das vorbereiten können, was er dort lesen würde, aber das war nun leider nicht möglich. Das Blatt, auf dem diese Abscheulichkeiten in allen Einzelheiten beschrieben waren, lag obenauf, und es dauerte nur wenige Augenblicke, bis Menkhoff diese Seite herausnahm, wortlos aufstand und wegging. Er bog um die Ecke und entschwand unseren Blicken.

»Wann haben Sie Nicole Klement zum letzten Mal gesehen?«, wandte ich mich an Lichner.

»Das habe ich Ihrem Kollegen eben schon ausgiebig erzählt, während Sie meine Wohnung durchwühlt haben, und ich werde es bestimmt nicht noch einmal tun. Fragen Sie ihn.«

Ich wusste, ich würde ihn in diesem Moment nicht dazu bewegen können, mir zumindest die wichtigsten Fragen noch einmal zu beantworten. Wahrscheinlich würde ich ihm eine große Freude bereiten, wenn ich nachhakte und ihm so die Gelegenheit bot, mir eine erneute Abfuhr zu erteilen. Also schwiegen wir eine Zeitlang, bis Lichner unvermittelt sagte: »Es ist das Wesen, Herr Seifert.«

Ich sah ihn fragend an. »Was?«

»Das Wesen, Sie müssen das Wesen erkennen.«

»Haben Sie Drogen genommen?«, fragte Wolfert hinter mir, wodurch mir erst bewusst wurde, dass er noch immer stand.

»Setzen Sie sich doch bitte mal hin«, sagte ich zu ihm und wandte mich gleich wieder Lichner zu. »Das Wesen erkennen? Was meinen Sie damit?«

»Möchten Sie jetzt einen philosophischen Vortrag über die Definition des Wesens von mir haben?« Sein Gesicht nahm schon wieder unverschämte Züge an.

Stirnkribbeln. »Ja, das möchte ich. Wenn Sie hier irgendwelche vermeintlich schlauen Dinge in die Gegend werfen, weil Ihr Selbstbewusstsein mal wieder einen Schwächeanfall hat – ja, dann müssen Sie mir das erklären, ansonsten halten Sie gefälligst Ihren Mund.«

Die Art, wie seine Augen mich fixierten, wie er einzuschätzen versuchte, was in meinem Kopf vor sich ging … 15 Jahre zuvor hatte er mich genau so angesehen. Und auch das Lächeln, zu dem sich sein Mund verzog, es war das gleiche wie damals. »Mit dem *Wesen* wird die beständige Eigenschaft bezeichnet, die alles – auch ein Mensch – zwingend haben muss, um existent zu sein, Herr Hauptkommissar. Im Gegensatz zum *Schein* beschreibt das Wesen das unverfälscht Wahre, das Ureigene einer Sache oder eines Individuums. Das wirkliche Wesen erschließt sich also nicht durch die Wahrnehmung mit unseren Sinnen, sondern nur durch das Nachdenken darüber. Sagt Platon.«

Ich hatte nicht alles verstanden, was er da von sich gegeben hatte, aber ich hielt es für ausreichend, zumindest in Grundzügen zu verstehen, was er meinte. »Aha, und was meinen Sie jetzt damit, dass wir das Wesen erkennen müssten?«

»Sie werden es herausfinden, Herr Hauptkommissar. Ganz sicher.«

34

18. Februar 1994

»Ich weiß nicht, wo das herkommt.« Dr. Joachim Lichner wandte den Blick vom Inhalt der Plastiktüte ab und sah Menkhoff an. »Aber etwas anderes weiß ich, Herr Oberkommissar: Sie wollen mir etwas anhängen.« Seine Stimme klang wieder recht gefasst und bestätigte damit den Eindruck, den ich sofort hatte, als ich mit Menkhoff in den Eingangsbereich zurückkam. Lichners Anwalt war zwar noch nicht eingetroffen, aber die anfängliche Überraschung war ebenso verschwunden wie der Anflug von Resignation, den ich wahrgenommen hatte, als die beiden Polizisten ihn kurz zuvor aus seinem Behandlungszimmer geführt hatten. Nun wandte er sich an mich. »Und Sie machen das mit, ja? Haben Sie überhaupt kein Gewissen? Denken Sie doch mal nach: Würde ich tatsächlich ein Haargummi von dem Mädchen aufheben, wenn ich sie umgebracht hätte? Das widerspricht doch jeder Logik.«

»Ich –«

Weiter kam ich nicht, weil sich Menkhoff gleich einschaltete. »Reden Sie keinen Unsinn, Dr. Lichner. Das hier«, er hielt die Plastiktüte hoch, »haben wir in *Ihrem* Schrank gefunden. Ich werde jetzt rübergehen und es Julianes Mutter zeigen. Wenn sie es erkennt, sind Sie dran. Außerdem wird Ihr Auto gerade auf DNA-Material untersucht. Wenn die Kleine dort drinnen gesessen hat, werden wir etwas von ihr finden, egal, wie gründlich Sie alles saubergemacht haben. Geben Sie's doch einfach auf, legen Sie ein Geständnis ab, das könnte sich strafmildernd auswirken.«

Der Psychiater sah Menkhoff ungläubig an. »Sind Sie verrückt? Was reden Sie denn da? Sie brauchen dringend einen Schuldigen und schieben mir dieses Teil da unter. Woher sonst wussten Sie auf Anhieb so genau, wo Sie suchen mussten? Der Fall scheint gelöst, und Oberkommissar Menkhoff wird bald Hauptkommissar. Oder etwa nicht?« Wieder wanderte sein Blick zu mir. »Und *Sie*, Herr Seifert, werden vielleicht bald mit der Gewissheit leben müssen, dass der wahre Mörder noch frei herumläuft, weil Ihr korrupter Kollege wissentlich den Falschen beschuldigt. Ist Ihnen das egal?«

Es war mir nicht egal, aber es blieb mir nichts übrig, als meinem Kollegen zu vertrauen.

Menkhoff ging auf Lichners Unterstellungen nicht ein. Sein Körper straffte sich, und er sagte in formellem Ton: »Dr. Joachim Lichner, ich verhafte Sie wegen des Mordverdachts an Juliane Körprich und kläre Sie nun über Ihre Rechte auf ...«

35

23. Juli 2009

Menkhoff kam schon nach wenigen Minuten an unseren Tisch zurück. Die Kellnerin brachte gerade den Espresso und den Kaffee, den Wolfert und ich uns bestellt hatten. Ich versuchte, in seinem Gesicht zu lesen, aber es gelang mir nicht. Etwas hatte sich in Menkhoffs Gesicht verändert, aber was? Seine Augen waren unübersehbar leicht gerötet, aber da war noch etwas anderes.

Er legte das Blatt mit der beschriebenen Seite nach unten vor sich ab und sah Lichner mit einem Blick an, der mir unter die Haut ging. »Warum haben Sie darüber nie was gesagt?« Seine Stimme klang ungewohnt sanft. Lichner hob überrascht die Brauen. »Bitte? Was sollte ich Ihnen darüber sagen? Wie Ihr Kollege eben schon so treffend bemerkte, handelt es sich dabei um eine Patientenakte, und ich bin an meine ärztliche Schweigepflicht gebunden, auch wenn ich nicht mehr als Psychiater arbeiten kann, nachdem man mich über 13 Jahre zu Unrecht eingesperrt hat. Die Frage ist doch – warum haben *Sie* in all den Jahren nichts davon erfahren? Nicole hat Ihnen anscheinend nicht sehr vertraut.«

Menkhoff starrte auf das Papier vor sich, als versuche er, durch die weiße Fläche hindurch zu lesen, was auf der nach unten gekehrten Seite in Spiegelschrift stand. »Herr Lichner, ich möchte alles darüber wissen. Alles.«

Der Psychiater stieß einen Zischlaut aus und schüttelte

dabei den Kopf, was wohl veranschaulichen sollte, dass er nicht fassen konnte, was Menkhoff da Ungeheures von ihm forderte. »Was denken Sie sich eigentlich, Herr Hauptkommissar? Sie überfallen mich in meiner Wohnung, beschuldigen mich eines ungeheuren Verbrechens an einem Kind, das nicht einmal existiert, Sie verhaften mich, Sie durchwühlen meine Wohnung ohne Durchsuchungsbefehl und so weiter und so weiter. Und jetzt, nachdem sich herausgestellt hat, dass ich unschuldig bin und Sie sich in absolut jedem Punkt geirrt haben, erwarten Sie, dass ich mich zum Dank dafür Ihretwegen wirklich strafbar mache?«

»Ja«, antwortete Menkhoff nur, und mit einem Mal erkannte ich, was ich vorher nicht für möglich gehalten hätte: Bernd Menkhoff sah verletzlich aus. Er hatte alle Schutzschilde heruntergefahren.

Ich musste ihm helfen, ihn in diesem Moment vor dem scharfen und zynischen Verstand Lichners beschützen. »Hören Sie auf mit diesem Mist von Ihrer Unschuld«, schaltete ich mich ein. »Ich hab Ihnen eben schon ausgiebig erklärt, wie die Rechtslage bei sexuellem Missbrauch unter Ausnutzung eines Behandlungsverhältnisses aussieht, und als Arzt wissen Sie das auch. Sie sind also alles andere als unschuldig, und wenn wir es drauf anlegen, sitzen Sie allein schon deswegen ruck, zuck wieder im Bau! Davon abgesehen ist diese Geschichte mit Ihrer Tochter noch nicht zu Ende. Vielleicht haben Sie ja trotz allem dabei Ihre Finger im Spiel, wer weiß.«

Lichners Blick wanderte von mir zu Menkhoff, dann zu Wolfert, der noch immer stumm neben mir saß, und schließlich wieder zu mir zurück. »Was wollen Sie denn noch? Sie haben Nicoles Patientenakte doch schon. Dass ich dafür *Sie* verklagen könnte, wissen Sie auch.« Ich sah aus den Augenwinkeln, dass auch Menkhoff mich nun anschaute. Er schien sich in diesem Moment voll und ganz auf mich zu verlassen.

»In dem kleinen Zimmer, in dem die Umzugskartons mit den Akten standen, gab es auch eine Kiste, die mit ›Nicole Klement‹ beschriftet war. Da drin lag, wie Sie wissen, nur ein altes Kopfkissen, aber zwischen den Bodenteilen hatte sich ein Blatt versteckt, das ebenfalls zur Patientendokumentation von ihr zu gehören scheint. Es gibt also offenbar noch viel mehr Material über Frau Klement. Also: Was war ursprünglich in dieser Kiste, und wo ist der Inhalt jetzt?«

Lichner zögerte, er tat überrascht, aber das nahm ich ihm nicht ab. »Also gut«, antwortete er schließlich, als koste es ihn Überwindung, »nur ein kleiner Teil der Sitzungen, die ich mit Nicole hatte, ist in ihrer Akte dokumentiert. Es gab mehr Sitzungen, viel mehr. Nicole war so schwer traumatisiert, dass ich sie über einen Zeitraum von zwei Jahren intensiv therapieren musste. Über diese Sitzungen habe ich eine Art Tagebuch geführt, viele einzelne Blätter, die die schlimmsten Jahre ihrer Kindheit in allen Einzelheiten beschreiben. Sie füllen vier Ordner, und diese Ordner waren in der Kiste, die Sie gesehen haben.«

»Und wo sind diese Ordner jetzt?«

»Sie … weg. Ich hab sie nicht mehr. Vernichtet.«

Er log.

Warum aber erzählte Lichner uns erst ausgiebig von diesen Ordnern voller Informationen über Nicole Klement, um uns dann über ihren Verbleib anzulügen? Es war zum Verrücktwerden. Was auch immer man mit diesem Kerl zu tun hatte, innerhalb kürzester Zeit widersprach das, was er sagte und was er tat, jeglicher Logik.

»Wo wir gerade dabei sind, Dr. Lichner, warum haben Sie eigentlich zwei Wohnungen?« Sein Körper straffte sich kaum merklich. »Weil mir danach ist, Herr Hauptkommissar. Oder – um es anders zu sagen: Das geht Sie nichts an.«

»Na ja, das kann man –«

»Er hat recht, Alex«, unterbrach mich Menkhoff, »geht uns nichts an. Lass uns gehen.«

Er stand auf, fingerte in seiner Hosentasche herum und zog ein paar zerknitterte Geldscheine heraus. Nachdem er sich die Getränke auf dem Tisch angesehen hatte, klemmte er einen Zehner und einen Fünfer unter den unbenutzten Aschenbecher und sagte: »Also los.«

»Wo ist eigentlich Egberts?«, fragte ich. Mir fiel in diesem Moment erst auf, dass er die ganze Zeit schon nicht dabei gewesen war. »Wollte noch was erledigen. Ich ruf ihn an, wir treffen uns mit ihm am Wagen.«

»Ich komme nicht mit«, erklärte Joachim Lichner. »Ich hab mir überlegt, ich bleibe lieber hier.«

Menkhoff hob die Schultern. »Also gut.« Er ließ Lichner stehen.

»Wenn wir noch Fragen haben – wo erreichen wir Sie?«

Der Psychiater warf mir eine große Portion seines unverschämten Lichner-Grinsens entgegen. »Zu Hause.«

Ich ignorierte die Ameisen, die mir über die Stirn liefen, und folgte meinem Partner, der die gleiche Richtung eingeschlagen hatte, die auch wir zum Parkhaus gehen mussten. Wolfert beeilte sich, um mit mir Schritt zu halten. »Ich habe mich eben noch gewundert, warum Sie so sauer waren. Jetzt verstehe ich es. Sie wussten, dass wir diesen Kerl treffen würden. Mein Gott, ist der ekelhaft. Er hält sich wahrscheinlich für weiß Gott was, für super intelligent, schlauer als alle anderen. Ich muss unbedingt meinem Vater von dem Kerl erzählen. Vielleicht kann der über seine Quellen noch ein paar Dinge über ihn herausbekommen, an die wir auf dem normalen Dienstweg nicht … –«

»Seien Sie besser still«, zischte ich ihm zu. »Sie wissen doch, was Kollege Menkhoff Ihnen angedroht hat, wenn Sie Ihren Vater erwähnen, oder?«

Wolfert betrachtete Menkhoffs Rücken, und seine betretene Miene zeigte, dass er es noch gut wusste und nicht auf die leichte Schulter nahm. Mit ein paar großen, schnellen Schritten hatte ich meinen Partner erreicht und sagte: »Warum hast du so schnell aufgegeben? Du hast doch auch gemerkt, dass er lügt, oder?«

»Ach, ich hab den Kerl so satt, dass …«

»Warten Sie!« Es kam von irgendwo hinter uns und hätte jedem gelten können, aber ich erkannte die Stimme, und den anderen beiden ging es offensichtlich genau so. Wir blieben stehen und drehten uns um. Ich hatte mich nicht getäuscht, Lichner kam hinter uns her. Kurz, bevor er uns erreicht hatte, sagte ich: »Sollen wir Sie nun doch mitnehmen?«

»Ich habe gerade nicht die Wahrheit gesagt, was die Unterlagen angeht. Über Nicole.« Er atmete tief ein und sah sich um, als erwarte er, jemanden zu entdecken, der ihn beschattet. »Ich bin noch immer wütend, weil Sie mich schon wieder zu Unrecht beschuldigt haben, dass … –«

»Sie sind rechtskräftig von einem ordentlichen Gericht verurteilt worden, Herr Lichner«, sagte Menkhoff mit geradezu stoischer Ruhe.

»Ich war unschuldig, und das wissen Sie genau. Aber

ich denke, es kann nichts schaden, wenn Sie sehen, wer die Frau wirklich ist, die Sie so gut zu kennen glauben. Und dass *ich* der Einzige war und bin, der wirklich alles über sie weiß. Und der ihr geholfen hat, so sehr, dass *Sie* anschließend von alledem nichts gemerkt haben.«

»Wann haben Sie Frau Klement zum letzten Mal gesehen?«, wiederholte ich die Frage, die ich ihm zuvor schon gestellt hatte.

»Vor ein paar Tagen. Seit geraumer Zeit sehe ich sie wieder regelmäßig, und zwar nicht als ihr Therapeut. Aber das ist Herrn Menkhoff egal, wie er mir eben versichert hat, weil er ja zwischenzeitlich glücklich verheiratet ist. So ist mittlerweile also zumindest in Bezug auf Frauen jeder zufrieden, nicht wahr?«

»Und wo wohnt Nicole Klement jetzt? Bei Ihnen?«

Lichner-Grinsen. »Manchmal, ja. Aber sie hat auch noch eine eigene Wohnung. In der Innenstadt, Oppenhoffallee. Sie steht sogar im Telefonbuch, Herr Ermittler.«

»Wo sind diese Unterlagen?«

»Sie haben meine Wohnung in Kohlscheid wohl eher stümperhaft durchsucht, sonst hätten Sie gesehen, dass es im Flur eine Deckenluke gibt, über die man auf den Speicher kommt. Nun könnte man sich die Frage stellen, warum mich das so gar nicht überrascht …«

Ich sah meinen Partner an und sagte: »Lass uns gehen, Bernd. Scheiß auf diese Unterlagen, du hast doch genug gelesen. Warum willst du dir das jetzt noch antun? Lass ihn hier, er soll sehen, wie er nach Hause kommt.«

»Fällt Ihnen eigentlich auf, dass Sie von mir reden, als wäre ich nicht anwesend, Herr Seifert?«

Ich sah Lichner in die Augen. »Sie haben recht, da war der Wunsch wohl Vater des Gedankens.«

»Zum letzten Mal, Lichner, geben Sie uns jetzt die Unterlagen oder nicht?«, fragte Menkhoff.

»Also gut«, antwortete Lichner. »Gehen wir. Ich bin eben … ein gutmütiger Mensch.«

Wir tauschten die Besetzung der Autos. Ich fuhr mit Menkhoff und Lichner nach Kohlscheid, während Wolfert und Egberts sich mit dem Passat auf den Weg zurück ins Präsidium machten.

In seiner Wohnung stieg Lichner ohne Zögern auf den Speicher und reichte uns vier dicke Ordner herunter. Ich öffnete den ersten kurz und sah, dass er das enthielt, was er angekündigt hatte. Auch Menkhoff schlug einen der beiden Ordner auf, die er an sich genommen hatte, und er schien zum gleichen Ergebnis zu kommen. Ich sagte Lichner zu, die Unterlagen bald wieder zurückzubringen. Wir waren schon an der Tür, als er uns nachrief: »Ach, Herr Menkhoff?« Wir drehten uns beide um und sahen ihn an. »Eine Frage habe ich noch, über die ich mir schon viele Jahre Gedanken gemacht habe. Woher hatte sie das Haargummi?«

Einen Moment lang herrschte Stille. Menkhoff zog die Brauen hoch, so dass seine Stirn sich in tiefe Falten legte. »Wer hatte was woher?«

Ich wusste sofort, was Lichner meinte, obwohl es schon so viele Jahre her war.

»Ich meine Nicole, Herr Hauptkommissar. Woher hatte sie das Haargummi, das Sie in meinem Schrank *gefunden* haben? Und die Haare auf dem Autositz. Haben Sie das organisiert?«

36

21. Februar 1994

Das Haargummi stammte zweifelsfrei von Juliane Körprich, ihre Mutter erkannte es sofort. Zudem konnten einige der feinen Haare, die auf der Beifahrerseite von Dr. Lichners BMW gefunden wurden, laut DNA-Analyse eindeutig dem Mädchen zugeordnet werden. Auf einem der Computer in Lichners Behandlungszimmern fanden die IT-Spezialisten in einem Dateiordner, der unter den Systemordnern des Betriebssystems versteckt und verschlüsselt war, etwa fünfzig Internetadressen mit kinderpornografischen Inhalten. Lichner bestritt zwar, die Adressen gespeichert zu haben, und gab an, jeder in der Praxis habe Zugang zu dem Computer und hätte die Adressen dort abspeichern können, aber sehr glaubwürdig klang das nicht.

Die Karten standen schlecht für Dr. Joachim Lichner. Als Menkhoff ihn in einem Verhör im Beisein seines Anwalts damit konfrontierte, dass Nicole Klement auch ihre Aussage zu dem besagten Freitagabend geändert hatte, war Lichners einzige Reaktion ein Schulterzucken und die Erklärung: »Nicole ist nicht so, wie sie zu sein scheint. Aber das verstehen Sie sowieso nicht.«

Ansonsten beteuerte er mit geradezu unheimlich stoischer Ruhe immer wieder seine Unschuld.

37

23. Juli 2009

»Worüber denkst du nach, Alex?«

»Dieser Lichner ist mir ein Rätsel«, sagte ich und war ganz froh, auf den Verkehr vor uns achten zu müssen. »Er hat seine Zeit abgesessen, daran ist nichts mehr zu ändern. Warum fängt er nach all den Jahren mit so was an?«

»Ich hab ihn damals in den Knast gebracht, er hasst mich«, antwortete Menkhoff, und es klang, als sei es die logischste Sache der Welt.

»Ja, kann sein.«

Nach einer Weile des Schweigens fragte ich Menkhoff, was er mit den Unterlagen vorhatte, die auf dem Rücksitz lagen. »Ich werde sie mit nach Hause nehmen und mir damit einen langen Abend machen«, erklärte er mir. »Und wenn du mir einen großen Gefallen tun möchtest, kommst du mit und hilfst mir.«

Ich war überrascht. »Helfen? Wobei soll ich dir helfen, Bernd? Du möchtest wissen, was damals mit Nicole Klement los war. Ich kann verstehen, dass das für dich wichtig ist, aber … ich weiß nicht, was ich dabei soll?«

Menkhoff atmete schnaufend. Er hob die Hand zur Stirn, spreizte die Finger und drückte mit Mittelfinger und Daumen leicht kreisend gegen seine Schläfen. »Dieser Lichner … Erinnerst du dich an die Fotos, die wir in dem Album gefunden haben? Die beiden, auf denen Nicole mit ihm zusammen drauf war?«

»Ja, klar.«

»Die Bildunterschrift … *Eynatten*, dann ein Datum im August 2007 und *In der Hütte*.«

»Ja, kann sein, das Datum weiß ich nicht mehr, aber das mit der Hütte, du meintest, wahrscheinlich ein Wochenendhaus.«

»Es *war* August 2007, also kurz nachdem Lichner entlassen worden war.« Er sprach nun schneller, fast schon hastig. Daumen und Zeigefinger malten noch immer kleine Kreise an seinen Schläfen, die Handfläche verdeckte seine Augen. »Er war ihr Therapeut, er hat sie lange behandelt und war gleichzeitig ihr Lebensgefährte. Er hatte Macht über sie. Große Macht. Kann gut sein, dass er diese Macht mit einem Fingerschnippen wieder zurückhatte, als sie sich zum ersten Mal wiedergesehen haben.«

Ich glaubte zu ahnen, worauf das hinauslaufen würde. Hundert Meter vor uns lag die Einbuchtung einer Bushaltestelle. Dort stoppte ich und sah zu ihm herüber. »Bernd, wenn du … also wenn du sie von ihm wegholen möchtest, … ich weiß nicht … –«

Er winkte ab. »Hör mir zu, Alex. Wenn wir davon ausgehen, dass er genau weiß, welche Knöpfe er bei Nicole drücken muss, und dass er sie auch gedrückt hat, dann ist es doch möglich, dass sie ihm … hörig ist, oder?« Bevor ich etwas dazu sagen konnte, redete er weiter, und er redete nun nicht mehr nur sehr schnell, seine Stimme hatte mittlerweile auch etwas Hysterisches, etwas ganz und gar Nicht-Menkhoffisches an sich. »Was, wenn er sie nicht erst kurz nach seiner Entlassung wiedergesehen hat, Alex? Und was, wenn er bei einem seiner Freigänge mit ihr im Bett war, na?«

Nun endlich begann mir zu dämmern, was er meinte,

und allein der Gedanke daran jagte mir einen Schauer über den Rücken. »Was, wenn nicht irgendeine Polin, sondern *Nicole* damals ein Kind von ihm bekommen hat?«

Ich versuchte meine Gedanken zu ordnen und wusste nicht, was ich dazu sagen sollte.

»Denk doch mal nach. Am 18. Juni 2007 ist Sarah Lichner geboren. Und ein paar Wochen später: *In der Hütte.* Na?«

»Aber …« Meine gottverdammten Gedanken waren noch immer so träge wie ein Automotor morgens bei Minus 20 Grad. »Der Eintrag im Krankenhaus war doch falsch.«

Sein Gesicht verzog sich zu einem Grinsen, in dem ich in diesem Moment – es mag an den Lichtverhältnissen gelegen haben – leicht irre Züge zu erkennen glaubte, die mir wirkliche Angst machten. »Aber das ist es ja, Alex. Dilettantisch, mit falschen Ärztenamen. Überleg doch mal. Was tue ich, wenn ich möchte, dass jemand, der nachforscht, schnell auf die Idee kommt, dass der Eintrag gefälscht ist? Na? Ich ändere nicht einfach nur die Namen des Arztes und der Hebamme ab, nein, ich bin viel schlauer: Ich benutze Namen, die gar nicht existieren, denn dann kann ich ganz sicher sein, dass es auffliegt. Und sein Freund Diesch hat das für ihn erledigt.«

»Bitte, Bernd, erzähl mir ohne Fragen und Ratespielchen, in ein paar verständlichen Sätzen, was genau du glaubst.«

»Ich glaube, Lichner ist bei seinem ersten Freigang zu Nicole marschiert und hat sie wieder unter seine Kontrolle gebracht. Er hat sie geschwängert. Kurz, nachdem er entlassen wurde, kam das Kind zur Welt, und weil Lichner wusste, dass sein ehemaliger Zellengenosse im Klinikum auf der entsprechenden Station arbeitet, sind sie da hingegangen. Ich weiß noch nicht, welche Rolle die Drecksbude in der Zeppelinstraße spielt, aber aus irgendwelchen Gründen war es Lichner wohl wichtig, so was wie ein Doppelleben zu führen. Vielleicht, weil er seine Neigung kennt und sich selbst nicht traut. Er baut sich einen doppelten Boden in diese ganze Sache mit Nicole und dem Kind ein. Er weiß ganz genau, wenn das Kind verschwindet oder so, dann wird er sofort verdächtigt, also sorgt er vor. Als es ihn dann tatsächlich wieder packt und er das Mädchen umbringt, wird die Punker-Nachbarin bestochen, damit sie ein bisschen Verwirrung stiftet, und Kollege Diesch bekommt einen Anruf, woraufhin er kleine Modifikationen an der Patienten-Datenbank vornimmt. Und schwupp – wir glauben, dass jemand dem armen Joachim Lichner übel mitgespielt hat, und der Fall wird als erledigt betrachtet.«

Menkhoff sah mich erwartungsvoll an, als warte er darauf, dass ich ihm lobend auf die Schulter klopfe. Das war mit Abstand die verrückteste Geschichte, die ich jemals gehört hatte, und dass es mein Partner war, der sie mir im Brustton der Überzeugung auftischte, verwirrte mich, mehr noch, es machte mich betroffen.

»Bernd, überleg doch mal, wäre das nicht ein zu großer Zufall?«, fragte ich vorsichtig. »Dass Diesch ausgerechnet auf dieser Station arbeitet? Und wie hätte Lichner ein Kind zwei Jahre lang versteckt halten können? Es müsste doch irgendwelche Unterlagen geben, Arztbesuche, was weiß ich. Es muss Leute geben, die dieses Kind gesehen haben. Und selbst wenn man das alles außer Acht lässt, was ist mit Nicole? Glaubst du wirklich, sie würde stillhalten, wenn Lichner ihrem Kind etwas antut? Bernd?«

Menkhoff sah an mir vorbei ins Leere und kaute dabei auf seiner Unterlippe, er schien krampfhaft nachzudenken. Dieser Gesichtsausdruck machte mir Angst. »Bernd, bitte, diese Geschichte … Glaubst du das etwa wirklich?«

Sein Blick kam aus dem Nichts zurück und fand meine Augen wieder. Er holte Luft, setzte an, etwas zu sagen, stockte, setzte wieder an. »Nein. Nein.« Es war fast ein Flüstern, und seine Augen wurden dabei glänzend, feucht. Es war erschütternd, diesen Mann so vor mir zu sehen, und trotzdem verspürte ich eine deutliche Erleichterung, denn der seltsame, irre Zug war aus seinem Gesicht verschwunden. »Dass dieser miese Scheißkerl Nicole wieder unter seiner Kontrolle hat, das macht mich verrückt. Du hast doch damals an ihrem Hals gesehen, was er mit ihr gemacht hat, Alex. Was glaubst du, was er ihr jetzt antut? Nachdem *sie* damals gegen ihn ausgesagt hat? Nachdem er über 13 Jahre im Knast saß?«

Er machte eine Pause. Ich hielt mich zurück und gab ihm die Zeit, die er brauchte.

»Ich liebe meine Frau, Alex, und Luisa vergöttere ich, das weißt du. Aber … ich habe Nicole noch immer nicht vergessen, das werde ich auch nie, und der Gedanke daran, was ihr passiert ist … es gab so vieles, das ich nicht verstanden habe. Vielleicht wird einiges klarer, wenn ich das gelesen habe, was da hinten auf dem Rücksitz liegt. Vielleicht gibt es etwas, was … vielleicht verstehe ich manche Dinge danach so gut, dass ich ihr helfen kann …«

»Helfen wobei? Von ihm loszukommen?«

»Ja, vielleicht, von diesem verfluchten Kerl loszukommen.«

Ich sah, wie sehr Bernd Menkhoff in diesem Moment litt.

»Okay, wenn du denkst, es bringt etwas, werde ich dir helfen, diese Ordner durchzusehen. Wann und wo?«

»Heute Abend, bei mir zu Hause. Jetzt müssen wir noch woandershin.«

»Wohin?«

»In die Oppenhoffallee.«

38

12. Oktober 1994

Während des Prozesses gegen Dr. Joachim Lichner sah man Marlies Bertels an, dass sie sich bei der Befragung durch Dr. Lichners Anwalt kaum zu antworten traute, als dieser etwas lauter wurde. Dennoch waren ihre Angaben klar und eindeutig. Auch den vermeintlichen Widerspruch bezüglich des Spielplatzes stellte sie klar. Sie bestand darauf, zu keinem Zeitpunkt behauptet zu haben, sie habe Dr. Lichner *auf* dem Spielplatz dabei beobachtet, wie er der kleinen Juliane etwas zusteckte. Sie habe stets nur davon gesprochen, ihn *am* Spielplatz gesehen zu haben, und damit den Bereich vor den Hecken gemeint, den sie einsehen konnte.

Sowohl Menkhoff als auch ich räumten das auf Nachfrage des Staatsanwaltes ein. Auch als Dr. Mayerfeld nach dem Streit auf dem Nachbarschaftsfest fragte, reagierte Frau Bertels erstaunlich souverän. Sie habe auf dem Fest eine wirklich unschöne Bemerkung über Nicole Klement gemacht, weil die junge Frau sie nie grüßte. Das sei nicht fair gewesen, aber sie habe das auch eingesehen und sich schon am nächsten Tag sowohl bei Dr. Lichner als auch bei seiner Lebensgefährtin dafür entschuldigt. Lichner stritt das zwar vehement ab, aber Nicole Klement bestätigte es später. Ebenso gab sie an, dass Lichner in der Mordnacht erst gegen Mitternacht nach Hause gekommen sei und nicht, wie er behauptete, schon gegen halb acht. Ihre Aussage zum Zustand seines Autos machte sie unter Tränen. Man sah ihr an, dass es sie viel Kraft kostete, ihre Aussage vor dem Richter durchzustehen.

Ebenfalls belastend wirkten sich die gespeicherten Internetadressen aus, auch wenn Lichner beteuerte, die kinderpornografischen Seiten selbst nie aufgerufen zu haben.

Das Motiv konnte nicht restlos geklärt werden, da an der Mädchenleiche keine Spuren eines sexuellen Missbrauchs gefunden worden waren.

Nach nur 13 Verhandlungstagen wurde Dr. Joachim Lichner für schuldig befunden, am 25. Januar 1994 die vierjährige Juliane Körprich getötet zu haben, und zu 14 Jahren und 6 Monaten Haft verurteilt. Dass Lichner bis zu diesem Zeitpunkt nie polizeilich aufgefallen war und sich dem Gericht schon viele Male als kompetenter Sachverständiger zur Verfügung gestellt hatte, wusste Dr. Mayerfeld so geschickt einzusetzen, dass der Richter damit unter der Forderung der Staatsanwaltschaft nach einer lebenslangen Freiheitsstrafe blieb und Lichner hoffen durfte, bei guter Führung sogar etwas früher auf Bewährung rauszukommen.

In einem Punkt sollte Dr. Lichner zumindest ansatzweise recht behalten: Ich lebte zwar nicht mit der *Gewissheit*, dass der wahre Mörder noch frei herumlief, aber völlig ausschließen konnte ich es nicht.

39

23. Juli 2009, 13.36 h

Ich mochte die Atmosphäre der Oppenhoffallee mit ihren schmalen, hohen Häusern, deren Fronten mit steinernen Figuren und Säulen, Erkern und kleinen, halbrunden Balkonen ausgestattet waren. In solchen Häusern hatten im 19. Jahrhundert wohlhabende Aachener Kaufmannsfamilien gewohnt.

Die alten, mächtigen Bäume, die auf dem breiten Mittelstreifen Spalier standen, der die beiden Fahrtrichtungen voneinander trennte, warfen ihre Schatten als bizarre, zweidimensionale Gestalten mit scharf gezackten Konturen auf die Straße, und im verwirrenden Wechselspiel aus Licht und Schatten musste ich die Augen zukneifen.

Nicole Klements Wohnung lag in der fünften Etage. Es gab keinen Aufzug, und es waren 92 Stufen bis vor die schwere Holztür, die ihre Wohnung vom Flur trennte. Wenn man einmal angefangen hat, Treppenstufen zu zählen, kann man nicht mehr damit aufhören, bis man oben ist.

Als auf Menkhoffs Klingeln hinter der Tür Schritte zu hören waren, wurde mir bewusst, dass ich insgeheim gehofft hatte, sie wäre nicht zu Hause. Ich weiß nicht, warum mir das lieber gewesen wäre, vielleicht, weil dieses Wiedersehen zwischen ihr und Menkhoff ein ungutes Gefühl in mir erzeugte.

Aber sie war da. Die Tür öffnete sich, und als sie vor

uns stand, die Hand an der halbgeöffneten Tür, war es fast genauso wie viele Jahre zuvor, als wir ihr zum ersten Mal gegenübergestanden hatten. Es schien, als hätten wir mit jeder der 92 Stufen einige Wochen in der Zeit zurückgelegt, um in diesem Moment schließlich wieder an einem Tag im Februar des Jahres 1994 anzukommen.

Nicole hatte nichts von ihrer zerbrechlich wirkenden Schönheit verloren, aber die Aura aus Melancholie, die sie stets umgab, war noch deutlicher spürbar, die Traurigkeit in ihren Augen noch tiefgründiger. Ich dachte an die Abscheulichkeiten, die ich in ihrer Patientenakte gelesen hatte, und eine Faust bohrte sich in meinen Magen. Kein Wunder, dass ich noch nie gesehen hatte, dass Nicole von Herzen lachte. Ihr schwarzes Haar, nun von helleren Strähnen durchsetzt, trug sie um einiges kürzer, es reichte ihr noch eben so bis auf die Schultern.

Falls sie überrascht war, uns zu sehen, ließ sie es sich nicht anmerken. Genau wie damals stand sie stumm auf der Schwelle, und doch gab es einen Unterschied: 15 Jahre zuvor war ihr Blick unstet zwischen Menkhoff und mir hin- und hergewandert. Dieses Mal hingen ihre Augen an meinem Partner fest. Ich hätte nicht einmal sicher sagen können, ob sie mich überhaupt registriert hatte.

»Nicole«, sagte Menkhoff. Seine Stimme klang heiser. Als hätte nicht er, sondern ich gesprochen, löste sich ihr Blick von seinem Gesicht, huschte für einen kurzen Moment zu mir und gleich darauf wieder zurück.

»Ja?«

Das war alles. Kein *Woher hast du meine Adresse?* oder *Wo kommst du nach all den Jahren her?* oder gar ein *Schön dich zu sehen*. Einfach nur ein mit zarter Stimme traurig gehauchtes: *Ja?*

Sogar Menkhoff war offensichtlich von dieser Begrüßung überrascht. »Ich … Wir würden uns gern kurz mit dir unterhalten«, sagte er. »Hast du einen Moment Zeit?«

»Ihr?«, fragte sie. »Also dienstlich?«

Ich fühlte mich angesprochen, wohl, weil mein Unterbewusstsein die Trennung registrierte, die sie gemacht hatte: privat gleich Bernd Menkhoff, dienstlich gleich Bernd Menkhoff plus Alexander Seifert. »Indirekt dienstlich, Nicole«, antwortete ich deshalb, und noch immer war ihr Vorname, oder besser, die persönliche Anrede, ein kleiner Hügel für mich, den ich jedes Mal aufs Neue erklimmen musste.

»Es geht um Joachim Lichner«, sagte mein Partner. Nicole zeigte darauf keine Reaktion. »Dürfen wir einen Moment hereinkommen?«, fragte Menkhoff mit wieder sanfter Stimme.

Sie sah hinter sich in ihre Wohnung, als müsse sie dort jemanden um Erlaubnis fragen oder als wolle sie nachsehen, ob der Flur aufgeräumt war. Dann aber machte sie einen zögerlichen Schritt zur Seite und gab den Eingang frei. Wir gingen an ihr vorbei und warteten, bis sie die Tür geschlossen hatte und uns voraus ins Wohnzimmer ging, in das der kurze Flur mündete. Sie zeigte auf einen runden Esstisch, an dem vier Stühle standen, und wir setzten uns. Über einem mit braunem Cord bezogenen Sessel uns gegenüber hing unordentlich eine Decke. Wie gedankenverloren zog Nicole sie herunter und begann sie zu falten, ganz so, als hätte sie vergessen, dass wir am Tisch saßen. Die Wohnung war nicht ungemütlich, aber sehr dunkel eingerichtet. Der Teppich, die Möbel, die kleine Couch, sogar die Wände waren in Brauntönen gehalten, die teilweise fast ins Schwarze übergingen. Überall standen kitschige Dinge herum, Staubfänger, seltsame Gestalten aus Porzellan, ein sich aufbäumendes Holzpferd mit verzerrten Proportionen, Döschen und Töpfchen in allen Größen, Puppen in sackartigen Kleidern. All diese Dinge hatten etwas gemeinsam: Sie wirkten auf ihre Art traurig, trist. Kein Lächeln eines Puppenmundes, keine fröhlichen Farben an einer der Döschen, dafür blutige Tränen auf den verschrumpelten Porzellanwangen einer unterarmhohen Figur. Am auffälligsten aber waren die Fotos: In verschieden große Rahmen aus unterschiedlichen Materialien gefasst, standen auf einem dunklen Eichensideboard vier Kinderfotos. Ich konnte von meinem Platz aus zwar die Gesichter nicht genau erkennen, aber es schien, als handele es sich ausschließlich um kleine Mädchen. Auch Menkhoff waren die Fotos aufgefallen, wie ich mit einem Blick zur Seite feststellte. Er starrte sie mit unbewegter Miene an.

»Was ist mit Joachim?«, fragte Nicole unvermittelt und setzte sich mir gegenüber an den Tisch. Es klang, als hätte sie gefragt: *Woran ist er gestorben?* Ihr Verhalten war zumindest seltsam, wenn man bedachte, wie lange sie und Menkhoff sich nicht gesehen hatten. Ich überließ die Antwort ihm, aber sie fiel ihm nicht leicht, das sah ich deutlich. »Ja … Ich hab gestern einen anonymen Anruf bekommen. Jemand hat behauptet, ein kleines Mädchen wäre entführt worden.« Bei der Erwähnung richtete sich mein Blick wie von selbst auf die Fotos auf dem Sideboard. »Wir sind zu der angegebenen Adresse gefahren, und da haben wir festgestellt, dass … ja, dass Joachim Lichner da wohnt. In der Zeppelinstraße.«

Ihr Gesicht zeigte keinerlei Regung.

»Kennst du die Wohnung?«

»Nein.«

»Bist du sicher?«

»Ja.«

»Aber … du bist … wieder mit ihm zusammen, oder?«

»Wir sehen uns.«

Menkhoff sah zu mir herüber. Sollte ich jetzt etwa übernehmen und Nicole sagen, dass wir ihre Krankenakte gefunden hatten? Dass auf dem Rücksitz unseres Wagens vier Ordner lagen, in denen die schrecklichste Zeit ihres Lebens wahrscheinlich bis in die kleinsten Einzelheiten beschrieben war? Nein, das konnte es unmöglich sein. »Nicole«, sagte ich ohne ihr in die Augen zu sehen, »hat Joachim Lichner ein … Kind?« Selbst darauf zeigte sie keine sichtbare Reaktion, und ich fragte mich, ob sie vielleicht unter dem Medikamenteneinfluss stand. »Nein«, sagte sie. »Ich weiß nichts von einem Kind.«

»Geht es dir nicht gut?«, fragte Menkhoff nun vorsichtig. Sie sah ihn an, als hätte sie ihn nicht verstanden. Vielleicht hatte sie gar keine Medikamente, sondern Drogen genommen. Am liebsten wäre ich aufgestanden und gegangen. Die depressive Stimmung, die diese Wohnung ausstrahlte, Nicoles befremdliches Verhalten … die ganze Situation hatte etwas Unwirkliches, wie ein Albtraum, in dem es zwar keine Monster gab und wo man auch nicht weglaufen musste, ohne von der Stelle zu kommen, der aber dennoch etwas unangenehm Bedrückendes an sich hatte.

»Es geht mir gut.« Sie sprach sehr leise, und es klang nicht nach jemandem, dem es gutging, aber ich hatte ihre Stimme auch selten anders gehört.

»Was … was sind denn das für Kinder, auf den Bildern da vorne?«

Sie sah sich um, betrachtete die gerahmten Fotos und hob die Schultern. »Das? Einfach Kinder, ich kenne sie nicht.«

»Du kennst sie nicht? Aber … warum stehen die Fotos dann da? Und wo hast du sie her?« Weder ihr Gesicht noch ihre Haltung veränderten sich erkennbar.

»Das spielt doch keine Rolle. Ich bin … durcheinander«, sagte sie, und ihre Stimme hatte nun einen mir bisher unbekannten, aggressiven Unterton. Menkhoff warf mir einen hilflosen Blick zu und wandte sich wieder an Nicole. »Aber … warum stellst du dir Fotos von wildfremden Kindern hin?«

Die ganze Zeit über war ihr Blick auf den Tisch, ihre Hände oder irgendwelche Dinge im Raum gerichtet gewesen. Nun sah sie Menkhoff in die Augen, und es war der Blick eines trotzigen Kindes. »Ich habe sie gerne um mich. Ich … kann sie beschützen, wenn sie hier in meinem Wohnzimmer sind.«

»Beschützen?«

»Vor Erwachsenen, die so tun, als wären sie nett.«

Menkhoff stieß geräuschvoll den Atem aus und sah mich an. Ein Teil von Nicoles Traurigkeit war auf ihn übergesprungen, als hätte er sich angesteckt. »Alex, würdest du schon mal vorgehen? Ich komme gleich nach.«

Ich nickte, stand auf und sagte: »Auf Wiedersehen, Nicole.«

Sie antwortete nicht. Sie sah mich nicht einmal an.

40

23. Juli 2009, 14.03 h

Als ich aus dem Haus kam, blieb ich erst einmal stehen und atmete tief durch. Der Anblick der hellen Strahlen, die sich durch kleine Lücken im sonnengetränkten Laub der Bäume drückten, der Geruch des Sommers, die Menschen, die vorbeigingen, manche geschäftig, manche gemütlich schlendernd – all das strahlte für mich die pure Lebensfreude aus und machte mir in diesem Moment erst bewusst, *wie* bedrückend ich die Atmosphäre in Nicoles Wohnung empfunden hatte. Diese Kinderfotos …

Der Audi stand zum großen Teil im Schatten eines Baumes, aber die Heckscheibe lag im gleißenden Sonnenlicht, so dass mir eine heiße Woge entgegenschlug, als ich die Tür öffnete. Ich ließ alle vier Seitenscheiben herunter und wartete eine Minute, bis die Innenluft abgezogen war, bevor ich mich hineinsetzte. Mein Magen knurrte, seit dem Frühstück hatte ich nichts mehr gegessen. Ich schloss die Augen und nahm mir vor, mir später irgendwo ein Sandwich zu besorgen.

Ich hatte keine Vorstellung davon, über was Menkhoff dort oben mit Nicole sprechen wollte. Über Dinge aus ihrer gemeinsamen Vergangenheit, über ihr jetziges Verhältnis zu Joachim Lichner? Oder über *Wo hatte sie das Haargummi her?* Vielleicht hoffte er auch einfach darauf, dass sie ihre Einsilbigkeit verlieren würde, wenn ich nicht mehr dabei war. Jedenfalls musste ich damit rechnen, dass es einige Zeit dauern würde, bis er herunterkam. Ich setzte mich auf die Beifahrerseite und klappte die Rückenlehne ein Stück zurück.

Bernd und Nicole … Es hatte damals einige Zeit gedauert, bis ich die beiden zum ersten Mal offiziell als Paar zusammen gesehen hatte. Das war im Mai 1995 gewesen, als Bernd, den ich bis zu diesem Tag noch *Herr Menkhoff* oder *Herr Oberkommissar* nannte, mich zum Grillen an einem Samstagabend zu sich nach Hause einlud. Ich kann mich noch erinnern, dass er es *das Sommerangrillen* genannt hatte. Dass der Grund für die Einladung tatsächlich nur wenig mit dem beginnenden Sommer zu tun hatte, wurde mir klar, als ich gegen halb acht dann von Menkhoff in den großen Garten geführt wurde und Nicole Klement ein paar Meter neben der Terrasse in der Nähe des schon rauchenden Grills stehen sah. Sie trug ein luftiges, weißes Sommerkleid, das ihr bis knapp an die Knie reichte und in einem berauschenden Kontrast zu ihren langen, schwarzen Haaren stand. Sie sah so bezaubernd aus, dass ich den Blick nicht mehr von ihr abwenden konnte, bis ich sie erreicht hatte. Als ich dann vor ihr stand, hob sie das Sektglas ein Stück an, das sie in der Hand hielt, und sagte: »Guten Abend, Alexander Seifert, es ist schön, dass Sie kommen konnten.« Es war einer dieser seltenen Augenblicke gewesen, in denen ein leichtes Lächeln ihre Lippen umspielt hatte, und ich muss gestehen, dass ich mich in diesem Moment in diese Frau hätte verlieben können, was immer auch vorher gewesen war, wenn ich nicht gewusst hätte, dass sie mit meinem Partner zusammen war. Ich musste wohl eine ganze Weile so vor ihr gestanden und sie angestarrt haben. Erst Menkhoffs Hand, die neben mir auftauchte und mir ebenfalls ein Sektglas reichte, lenkte mich von ihr ab. Ich nahm es und bedankte mich bei beiden für die nette Einladung. Andere Gäste waren nicht da, und das sollte auch für den Rest des Abends so bleiben. Ich plauderte mit Menkhoff über dienstliche Nebensächlichkeiten, während er sich um das Fleisch kümmerte, und ab und an steuerte auch Nicole etwas zum Gespräch bei. Irgendwann dann, als Menkhoff gerade wieder einmal die Steaks gewendet hatte, hob er sein Glas an – wir beide waren mittlerweile zu Bier übergegangen – und sagte: »Kollege Seifert, ich denke, es ist an der Zeit, die Formalitäten zwischen uns fallen zu lassen. Ich heiße Bernd.« Ich stimmte überrascht zu, auch, als er vorschlug, dass Nicole und ich ebenfalls zum *Du* übergingen. Aber schon beim ersten Zuprosten fiel es mir schwer, sie mit ihrem Vornamen anzureden. Das hatte sich auch nie geändert, ich weiß nicht, warum.

Vom Beginn ihrer Beziehung an gab es Tage, an denen Menkhoff im Dienst abwesend wirkte und nachdenklich, manchmal regelrecht niedergeschlagen. Lange Zeit reagierte er auf Nachfragen schroff oder gar nicht. Das erste Mal, dass er sich diesbezüglich mir gegenüber ein wenig öffnete, war Anfang 1997, da waren sie schon zwei Jahre zusammen. Er erschien erst gegen neun im Büro, brummelte ein undeutliches »Morgen« und ließ sich auf seinen Stuhl fallen. Die dunklen Ränder unter den Augen und die aschfahle Haut ließen mich vermuten, dass er entweder überhaupt nicht oder sehr wenig geschlafen hatte.

»Alles in Ordnung?«, fragte ich und rechnete dabei maximal mit einem *Ja, was soll nicht in Ordnung sein?*

Er stützte die Ellbogen auf dem Schreibtisch ab und fuhr sich erst mit den gespreizten Fingern beider Hände durch die Haare, um dann das Gesicht sekundenlang in den Handflächen zu vergraben. Als er die Arme anschließend auf den Schreibtisch sinken ließ, sagte er: »Ich … Alex, ich weiß oft nicht, was ich über Nicoles Verhalten denken soll. Sie ist so … anders.«

Ich legte den Stift ab, mit dem ich gerade den ausgedruckten Bericht eines jungen Kollegen korrigiert hatte, und lehnte mich zurück. Wenn Menkhoff so ohne weiteres über ein privates Problem redete, musste er in wirklichen Schwierigkeiten stecken. »Inwiefern?«, fragte ich. Ich kam mir dabei ein wenig vor wie in einem sensiblen Verhör, wo ein falsches Wort oder eine unbedachte Frage ein eventuelles Geständnis im Ansatz ersticken konnte.

Erst sagte er eine Weile nichts, dann drehte er seinen Stuhl in meine Richtung. »Wir sind jetzt seit über zwei Jahren zusammen, aber ich kenne Nicole überhaupt nicht. Sie redet nie über sich. Ob ich sie nach ihrer Kindheit frage, wie sie ihre Jugend verbracht hat oder wo sie Lichner kennengelernt hat – nichts. Sie macht einfach zu. Sie hat ihre Eltern früh verloren und wurde von einer Tante großgezogen, die jetzt irgendwo in Spanien lebt. Aber das weiß ich nicht, weil sie es mir erzählt hat, sondern weil ich nachgeforscht habe. Verdammt nochmal, ich musste polizeiliche Ermittlungen anstellen, um etwas über die Eltern meiner Lebensgefährtin zu erfahren, Alex. Das ist doch nicht normal.«

Dass Nicole Klement alles andere als das war, was man gemeinhin als *normal* bezeichnet, war mir ziemlich schnell klar gewesen, und ich wunderte mich, dass das für meinen Partner eine Überraschung darstellen sollte.

»Vielleicht hatte sie keine schöne Kindheit und will nicht darüber reden, weil sie sie vergessen möchte?«, vermutete ich vorsichtig.

»Ja, ja, kann ja sein«, sagte Menkhoff. »Ich hab auch versucht, an diese Tante heranzukommen, aber die Spanier konnten nicht auf Anhieb sehen, wo die Frau lebt, und haben offensichtlich keine Lust, sich deswegen zu bemühen.« Er machte eine Pause. »Aber … es gibt da noch was. Wenn du darüber je ein Sterbenswort verlierst, bring ich dich um, klar?« Ich erwiderte nichts. »Sie … also, manche anderen Dinge sind mit ihr auch sehr schwierig. Dinge, die zu einer Partnerschaft aber dazugehören, verstehst du? So rein körperlich …«

»Schwierig? Oder … gar nicht?« Ich hatte das Gefühl, mir die Worte mit einer Pinzette vom Mund abpflücken und ihm mit spitzen Fingern herüberreichen zu müssen.

»Schwierig«, sagte er, und nach einer Weile fügte er hinzu: »*Fast* gar nicht.«

41

23. Juli 2009, 14.28 h

Ich schreckte von einem Geräusch direkt neben dem offenen Fenster des Audis hoch und öffnete die Augen. Menkhoff stand schnaufend neben dem Wagen. »Alex, aufwachen«, sagte er ungeduldig. »Rutsch rüber.«

Ich schob mich ächzend über die Mittelkonsole auf den Fahrersitz. Ich hatte geschwitzt, und mein Shirt war am Rücken nass. Die Berührung mit dem Leder des Sitzes war im ersten Moment unangenehm. Ich schnallte mich an, während Menkhoff sich auf den Beifahrersitz fallen ließ. Selbst im Schatten erschien es mir unerträglich hell, aber ich wusste, das würde sich nach wenigen Sekunden wieder legen. Ich hatte keine Ahnung, wie lange ich mit geschlossenen Augen dagelegen und über die Vergangenheit nachgedacht hatte, aber geschlafen hatte ich definitiv nicht. Ich startete den Motor.

»Das ist alles eine solche Scheiße!« Bernd Menkhoff schlug mit der geballten Faust auf die Mittelkonsole.

Ich fuhr rückwärts aus der Parklücke. »Was ist denn los, Bernd?«

»Mist, verdammter, das ist los. Sie ist psychisch krank, das ist los.« Noch immer ging sein Atem schnaufend. »Sie hat mir keine einzige vernünftige Antwort gegeben, Alex. Ich hab mir gedacht, sie steht wahrscheinlich unter irgendwelchen Medikamenten, wer weiß, was dieses Arschloch ihr gegeben hat. Das war übrigens das Einzige, was sie zugegeben hat: dass sie im Moment ein paar Schwierigkeiten hat, weil sie öfter durcheinander ist, und dass Lichner ihr deswegen Tabletten gegeben hat. Aber das Schlimmste kommt noch: Hast du dir die Fotos von den Kindern mal näher angesehen?« Er ließ mir nicht die Zeit zu antworten. »Beim Rausgehen hab ich mir diese seltsame Galerie mal angekuckt. Alles Mädchen, zwischen vier und sechs, schätze ich. Und … verdammt, eines dieser Mädchen kennen wir.« Ich konnte mir beim besten Willen nicht vorstellen, welches dieser Kinder ich kennen sollte, und zuckte mit den Schultern.

»Juliane«, sagte Menkhoff. »Ich hab sie gleich erkannt. Eines der Mädchen auf den Fotos ist Juliane Körprich.«

Fast hätte ich das Lenkrad losgelassen, so erschrak ich, als ich den Namen hörte. Ich bremste ab, lenkte den Wagen mit zwei Reifen auf den Gehweg und hielt an. »Was sagst du da? Aber wie ist das …«

»Ich hab sie darauf angesprochen, und weißt du, was die gute Nicole dazu sagt? Erst mal gar nichts. Und dann schaut sie mich an wie eine Kuh, wenn's donnert, und meint: ›Ich weiß es nicht.‹«

»Moment, Bernd, nochmal für mich zum Mitdenken: Da oben in Nicoles Wohnung steht ein Bild von dem Mädchen, das ihr damaliger Freund umgebracht hat? Und du hast sie gefragt, warum das Foto da steht, und sie sagt, sie *weiß* es nicht?«

»Ich hab sie gefragt, woher sie das Foto hat, und sie behauptet, sie weiß es nicht mehr. Und sie wüsste auch gar nicht, wer das Mädchen auf dem Foto ist, und kann sich das nicht erklären. Mensch, Alex, ich hab die Schnauze so dermaßen voll von dieser ganzen Scheiße.« Ich sagte nichts dazu und fuhr wieder los.

Nach einem kurzen Schweigen sagte mein Kollege: »Ich hab Nicole gefragt, ob ich die Fotos mitnehmen kann. Sie sagte, das geht nicht. Weil sie sie dann nicht mehr beschützen kann. Sie hat allen Ernstes gesagt, sie beschützt diese Mädchen, und das geht nur, wenn sie da stehen bleiben.«

»Das klingt, als ob sie dringend ärztliche Hilfe benötigt.«

»Ja, Alex, das denke ich auch. Und das habe ich ihr auch gesagt, bevor ich gegangen bin. Sie meinte, sie hat alles, was sie braucht.«

»Lichner.«

Er nickte. »Wahrscheinlich.«

»Wovon lebt sie eigentlich? Weißt du, ob sie einen Job hat?« »Danach hab ich sie nicht gefragt. Sie hätte es mir wahrscheinlich sowieso nicht sagen können. Sie hat Arzthelferin gelernt, so hat sie Lichner damals kennengelernt. Als wir zusammen waren, hat sie bei einem Hautarzt in der Stadt gearbeitet, aber ob sie da noch ist … Keine Ahnung.«

Mir fiel etwas ein, was zwar in keinem direkten Zusammenhang mit Nicole stand, aber trotzdem wichtig war, und eine kurze Ablenkung von der Person Nicole Klement war in diesem Moment sicher nicht schlecht. »Was ist mit dieser Krankenpflegerin, deren Name in der Datenbank gestanden hat? Sollten wir die nicht noch befragen? Vielleicht –«

»Nicht jetzt«, fiel Menkhoff mir ins Wort. »Das können wir auch morgen noch tun. Da es ja offenbar kein Kind gibt, das entführt wurde, spielt es keine Rolle, ob wir uns jetzt oder morgen früh mit ihr unterhalten. Wir haben einen langen Abend vor uns. Tu mir den Gefallen und setz mich am Napoleonsberg ab.«

»Wenn du meinst.«

»Ich muss den Kopf frei bekommen und gehe von da zu Fuß nach Haus. Ich ruf die Biermann noch an und gebe ihr Bescheid. Und … ich möchte noch ein bisschen Zeit mit meiner Tochter verbringen. Ich hab gerade das dringende Bedürfnis, sie in den Arm zu nehmen.« Ich nickte. »Wir treffen uns gegen acht bei mir, dann ist Luisa im Bett.«

»Alles klar.«

Ich setzte Menkhoff an der gewünschten Stelle ab. Vom Napoleonsberg bis zu seinem Haus in Brand waren es etwa zwei Kilometer. Über den Indeweg wäre es kürzer gewesen, aber er brauchte wohl einen etwas längeren Spaziergang.

Um drei war ich zu Hause. Bevor ich ausstieg, warf ich einen Blick über die Schulter auf den Rücksitz. Die vier Ordner waren wahrend der Fahrt verrutscht und lagen kreuz und quer. Einen Moment lang überlegte ich, ob ich vielleicht einen davon mitnehmen sollte. Melanie kam frühestens um fünf, ich war also noch zwei Stunden allein. Ich hätte schon mal einen Teil lesen können, den wir dann am Abend weniger zu bewältigen hatten, und außerdem … Und außerdem war ich zu neugierig. Ich drehte mich um und stieg aus. Das, was dort auf diesen Hunderten von Seiten stand, ging mich im Grunde gar nichts an. Es war eine Patientenakte. Menkhoff hatte mich gebeten, ihm zu helfen, okay. Genau das würde ich auch tun, mit ihm zusammen, am Abend, und nicht mehr. Ich würde die zwei Stunden nutzen, ein wenig zu entspannen.

Im Haus ließ ich mit dem Schalter neben der Terrassentür die Markise ausfahren und legte Polster auf die beiden Liegen. Dann ging ich in die Küche, nahm ein

Käsebrot und ein Glas Apfelsaftschorle mit auf die Terrasse und streckte mich auf der Liege aus.

Diese Sache mit Nicole ging mir näher, als ich es für möglich gehalten hätte. Wir waren uns in den Jahren, die sie mit Menkhoff zusammen gewesen war, nie vertrauter geworden. Der Funke, der nötig war, jemanden wirklich sympathisch zu finden, sprang einfach nicht über, obwohl wir uns eine Weile relativ häufig zu dritt gesehen hatten. Wir begegneten uns nett und waren höflich zueinander, aber eine gewisse Reserviertheit stand dabei immer wie eine unsichtbare Mauer zwischen uns. Dass ihr jetziger Zustand mich innerlich so aufwühlte, machte mich nachdenklich. Ich sah ihr feingeschnittenes Gesicht vor mir und die unendlich traurigen Augen darin. Dann schob sich ein anderes Bild darüber. Der tote Körper eines kleinen Mädchens. Die blonden Locken von Dreckklumpen durchsetzt, die zarten Lippen dunkelblau, an ihrem Hals große, dunkle Flecke …

Das Entsetzen von damals war plötzlich wieder da, der Schmerz.

Das Nächste, was ich sah, war Mels Gesicht, das auf beiden Seiten von ihren Haaren fast komplett verdeckt wurde, die allen physikalischen Gesetzen zum Trotz waagerecht nach vorne abstanden, als würde jede einzelne Strähne auf mich zeigen. Einige Spitzen dieser Haare kitzelten mich sogar auf der Wange. Noch während ich über diese seltsame Perspektive rätselte, richtete sich Mel lächelnd auf und sagte: »Hallo Schatz, haben sie dich entlassen?«

Ich hob den Oberkörper ein Stück an und stützte mich mit den Ellbogen auf der Liege auf. »Nein, ich … ist es schon fünf?«

»Es ist schon halb sechs. Seit wann bist du zu Hause?«

Halb sechs? Ich hätte gewettet, dass ich – wenn überhaupt – eine Minute zuvor erst eingeschlafen war.

»Seit drei.« Ich schwang die Beine von der Liege.

Mel war schon auf dem Weg zurück ins Wohnzimmer, blieb aber überrascht stehen. »Wie kommt's, dass du so früh schon Dienstschluss hast?«

»Hab ich leider noch nicht. Wir müssen heute Abend noch einen ganzen Berg Akten durchgehen, und weil es sicher sehr spät wird, haben wir eine kleine Pause eingelegt.«

»Na super.«

Ich konnte die Enttäuschung deutlich in ihrer Stimme hören. Und ich konnte sie verstehen. »Es tut mir leid, aber … es gibt da ein paar schreckliche Sachen … Nicole Klement, weißt du …«

Melanie kam zu mir zurück, setzte sich neben mich auf die Liege und legte mir die Hand in den Nacken. »Nicole Klement? Erzählst du's mir?« Ich dachte nur einen kurzen Moment an Dinge wie Schweigepflicht, dann nickte ich. »Ja.«

42

23. Juli 2009, 20.05 h

Ich hatte Mel das meiste von dem erzählt, was ich erlebt und was mich bewegt hatte, nur einige Einzelheiten aus Nicoles Patientenakte hatte ich ausgelassen. Einerseits, weil ich Mel diese Scheußlichkeiten ersparen wollte, andererseits, weil ich glaubte, dass Nicole psychisch ernsthaft krank war und dass das eine Folge der dort beschriebenen, furchtbaren Kindheitserlebnisse war. Mel hatte Nicole nie persönlich kennengelernt, aber ich hatte ihr mit der Zeit fast alles über sie erzählt, was ich wusste. Nur die intimen Dinge, die Menkhoff in seltenen Momenten mit mir besprochen hatte, erwähnte ich nicht. Und einige meiner Gedanken zu dem Mord an der kleinen Juliane auch nicht.

Menkhoff öffnete erst nach dem zweiten Klingeln mit einem kleinen, ziemlich zerzaust aussehenden Stoffbären in der Hand. »Geh rein, setz dich, ich komme gleich. Das letzte von drei Gute-Nacht-Liedern fehlt noch, und Luisa besteht auf drei. Ist ein Ritual.«

Ich folgte ihm durch die Diele. Als er die Treppe zur ersten Etage erreicht hatte, auf der auch Luisas Zimmer lag, sagte ich: »Mir fällt auf, dass du mich in letzter Zeit häufiger mit diesen Worten empfängst: *Geh schon mal rein, ich komme gleich.* Sehr gastfreundlich ist das nicht, Herr Kollege.«

Er blieb stehen und drehte sich zu mir um. »Das mag daran liegen, dass mir in den letzten beiden Tagen neben der guten Laune vielleicht auch die Höflichkeit verlorengegangen ist, Alex.« Als er sich schon wieder abgewandt und den Fuß auf die unterste Stufe gesetzt hatte, fügte er hinzu: »Ganz besonders seit heute Nachmittag.«

Also gut, dachte ich mir, keinen Auflockerungsversuch mehr.

Teresa und Bernd hatten ihr Haus mit einem Mix aus Antiquitäten und modernen Möbeln eingerichtet, und sie hatten dabei – was ich zum größeren Teil Teresa zuschrieb – Fingerspitzengefühl bewiesen. Die unterschiedlichen Möbelstücke und Accessoires ergänzten sich hervorragend, obwohl zwischen ihrer Herstellung hier und da bestimmt an die 200 Jahre lagen.

Ich setzte mich auf die L-förmige Couch, strich mit den Handflächen über das weiche, beigefarbene Veloursmaterial und sah mich in dem Raum um. Hatte sich etwas verändert, seit Mel und ich etwa vier Wochen zuvor das letzte Mal abends zu Besuch gewesen waren? Wir sahen uns nicht oft und auch nicht regelmäßig, aber die Abende, die wir zusammen verbrachten, waren immer schön. Dieser würde es nicht werden.

Im Bücherregal gleich schräg neben der Couch stand ein großes Foto von Teresa und Bernd. Sie umarmten sich und lachten den Fotografen herzlich an. Ich betrachtete Teresas Gesicht genauer, ihre blauen Augen mit den fächerartigen, kleinen Fältchen an den Außenseiten, den lachenden Mund, der eine ebenmäßige Zahnreihe zeigte, die rötlichen, schulterlangen Haare. Teresa war keine Frau, die ich als hübsch bezeichnet hätte. Mir war aufgefallen, dass ich sie trotzdem zwischendurch immer wieder länger ansah, als man das normalerweise tat, wenn man mit guten Bekannten zusammensaß und sich unterhielt.

Sie war einige Jährchen älter als ich, außerdem ... ich war glücklich mit Mel verheiratet. Es war ganz sicher nicht so, dass ich heimliche Gefühle für sie gehabt hätte, die über Sympathie hinausgingen. Nein, der Grund war wohl, dass Teresa eine ganz besondere Ausstrahlung hatte. Liebenswert, ohne zu mütterlich zu wirken, durchaus selbstbewusst, aber ohne Arroganz. Eine Frau, nach der ich mich, hätte ich sie nicht gekannt, auf der Straße sicher nicht umgedreht, zu der ich in einem Café aber immer wieder herübergeschaut hätte, sobald mir ihr sympathisches Wesen aufgefallen wäre.

»So, sie schläft.« Menkhoff stand im Eingang zum Wohnzimmer. »Grauburgunder?«

Er bevorzugte italienische Rotweine und Weißwein aus der Region Saar-Mosel, und er war in beidem gut sortiert. Bisher hatten mir noch alle Weine geschmeckt, die ich bei ihm getrunken hatte, deshalb nickte ich. »Ja, gerne.«

Wenige Minuten später saßen wir uns schräg gegenüber und prosteten uns zu. Der Wein war so kühl, dass die dünnen Gläser außen anliefen. Er schmeckte hervorragend.

»Eine Frage, Bernd.« Ich stellte mein Glas auf der hellen Marmorplatte des Couchtisches ab. »Lichner sagte heute Mittag im Hof etwas von einem Wesen, das wir erkennen müssen. Sagt dir das was?«

»Der erzählt ziemlich viel Unsinn. Ein Wesen? Von einem anderen Stern oder was? Ich schätze, das sagt dem Kerl selbst nichts. Entweder, er wollte sich mal wieder wichtig machen, oder er hat dich verarscht. Wobei ich eher Letzteres glaube.«

»Hm ...« Ich war mir ganz und gar nicht sicher, ob ich mit meinem Kollegen einer Meinung war. »Die Ordner ... die liegen noch im Wagen«, sagte ich.

Menkhoff winkte ab. »Keine Eile. Mir dreht sich der Magen um, wenn ich dran denke, was wir da wahrscheinlich zu lesen bekommen.« Er stellte sein Glas ab und strich mit der Spitze seines Zeigefingers um den Rand des Bodens herum, während er durch die Szene hindurchzustarren schien. Seine Augen bekamen dabei einen fiebrigen Glanz. Er versuchte wie ein Kind, den Zeitpunkt, an dem etwas Unangenehmes begann, so lange wie möglich hinauszuzögern, und ich fragte mich, warum er sich das überhaupt antun wollte.

»Es hat damals schon ähnliche Situationen gegeben«, sagte er auf einmal, und obwohl er leise gesprochen hatte, zuckte ich zusammen.

»Was? Was meinst du?«

Sein Blick kehrte aus dem Nichts zurück, orientierte sich eine Sekunde in der Realität des Raumes und fand dann meine Augen. »Nicole. Du wolltest, dass ich dir mehr über sie erzähle, bevor wir diese Ordner durchgehen. Ich … ich habe sie heute nicht zum ersten Mal so gesehen, Alex.«

Kollege Menkhoff war immer wieder für eine Überraschung gut. Die gerade war von der Qualität, dass einige Sekunden vergingen, bis ich etwas entgegnen konnte. »Du meinst, du wusstest damals schon, dass etwas nicht mit ihr stimmt? Aber warum hast du nie etwas … ich meine … Mann, Bernd … Warst du nie mit ihr bei einem Arzt?«

»Nein, das ging nicht.«

»Wie? Was meinst du mit: *Das ging nicht?*«

»Was glaubst du wohl, was ich damit meine?« Seine Stimme war plötzlich lauter, unangenehmer.

Ich wusste nicht, warum er so auf diese einfache Frage

reagierte, und fühlte mich von ihm ungerecht behandelt. Schließlich war ich wegen ihm … »Wenn ich etwas glauben würde, hätte ich dich nicht gefragt Bernd«, erwiderte ich in ähnlichem Ton. »Und hör auf, mich anzupampen. Ich bin keiner von den Bösen.«

Er fuhr sich durch die Haare und trank einen hastigen Schluck Wein. »Tut mir leid. Das … Diese ganze Sache macht mich ziemlich fertig. Ich bin nur heilfroh, dass Teresa gerade nicht da ist. Ich weiß nicht, ob sie Verständnis dafür hätte, dass ich jetzt noch wegen Nicole …«

Seltsamerweise wusste *ich* ganz sicher, dass Teresa dafür Verständnis gehabt hätte. »Also, nochmal«, sagte ich. »Warum konntest du damals nicht mit Nicole zu einem Arzt gehen?«

»Sie hätte mich verlassen.« Ich war mir nicht sicher, ob ich ihm noch folgen konnte, ob wir überhaupt noch über das Gleiche sprachen. »Nicole hätte dich verlassen, wenn du mit ihr zum A –?«

»Ja.«

»Aber wie –«

»Du weißt nur sehr wenig über sie, Alex.« Er stützte die Unterarme auf den Oberschenkeln ab und legte die Hände zwischen den Knien zusammen. »Nicole hatte schon damals ab und zu … außergewöhnliche Gemütszustände. Es gab Tage, da war sie so in sich selbst versunken, dass sie überhaupt nicht reagiert hat, wenn ich sie angesprochen habe. Oft saß sie dann in ihrem Sessel, der so stand, dass sie nach draußen schauen konnte. Sie hatte dann die Beine angezogen und mit den Armen umschlungen und sich … irgendwie zusammengezogen. Manchmal hat sie stundenlang leise vor sich hin gesummt.« Er griff zu der Weinflasche, die in einem durchsichtigen Kunststoffkühler stand, schenkte uns nach und trank einen großen Schluck. »Anfangs hab ich sie ein paarmal darauf angesprochen, sobald sie wieder … normal war. Sie hat mir erklärt, das wäre nichts Schlimmes, sie bräuchte einfach manchmal diese Zeit, in der sie mit sich und ihren Gedanken alleine ist. Als ich ihr zum ersten Mal vorgeschlagen habe, zusammen mit ihr zu einem Therapeuten zu gehen, hat sie mir klipp und klar gesagt, wenn ich noch ein einziges Mal versuchen würde, sie zu einem Psychiater zu schleppen, würde sie mich verlassen, auf der Stelle.« Er löste seinen Blick von seinen Händen und sah mich an. »Ich hab das als Folge ihrer Beziehung zu diesem Kerl gesehen, Alex. Was sollte ich denn machen? Ich dachte, wenn sie mich verlässt, verliere ich den Verstand.« Wieder eine Pause. »Ich glaube, ich hätte damals alles für sie getan.«

Da war sie wieder, die Faust in meinem Magen. Sie hatte mich schon die ganze Zeit umkreist, bereit, jederzeit zuzustoßen, sich in meine Innereien zu bohren. Er *hätte* damals alles für sie getan …

»Du wirst das wahrscheinlich nicht verstehen, Alex, aber … da war so was wie eine Abhängigkeit. Ich dachte wirklich, ich kann nicht mehr ohne sie leben.«

Nie hätte ich es für möglich gehalten, solche Worte aus dem Mund von Bernd Menkhoff zu hören, der von vielen Kollegen wegen seiner ruppigen Art regelrecht gefürchtet war.

»Gab es denn noch andere … außergewöhnliche Gemütszustände?«

»Nein. Na ja, sie hatte … ziemliche Probleme mit Nähe. Also … Körperkontakt. Manchmal hat sie mich sogar weggestoßen, wenn ich sie in den Arm nehmen wollte.

Und das andere, im Bett … ganz selten, und wenn, dann lag sie stocksteif da, als würde sie es über sich ergehen lassen.«

Seine Augen waren wieder glasig geworden, und bei allen Fragen und Zweifeln, die ich hatte, tat er mir in diesem Moment unendlich leid. Wie sehr musste er diese Frau geliebt haben, um das alles zu akzeptieren und zu ertragen.

»Ich war mir damals sicher, dass sie durch Lichner so geworden war. Er hat sie geschlagen, und ich hab immer befürchtet, dass er noch andere Dinge …. Von diesen Krankenakten hab ich nichts gewusst, und auch nicht, dass sie ausgerechnet bei dem Kerl selbst in Behandlung war. Aber ganz egal, wie seltsam sie sich manchmal auch verhalten hat – sie war der liebenswürdigste Mensch, den ich je kennengelernt habe. Alles, was sie tat, hatte eine Tiefe, Oberflächlichkeiten gab es bei ihr in unserer Beziehung nicht, sie … sie war einfach anders, als du sie vielleicht gesehen hast, Alex. Wie soll ich es nur ausdrücken? Das meiste, was du von ihr gekannt hast, war gespielt, es war Schein. Das war nicht die wirkliche Nicole, wie ich sie kannte. Was …« Er suchte nach Worten. »Was du als Außenstehender nicht sehen konntest, war …«

»Ihr Wesen?«

Sie müssen das Wesen erkennen. Hatte Lichner damit vielleicht Nicole gemeint? Aber was könnte er damit bezweckt haben?

Menkhoff schien überhaupt nicht aufzufallen, dass es der Begriff war, nach dem ich ihn kurz zuvor gefragt hatte.

»Wie auch immer«, fuhr er unbeirrt fort, »jetzt weißt du auf jeden Fall … na ja, ein bisschen mehr über Nicole. Was meinst du, wollen wir anfangen?«

»Gut«, sagte ich und stand auf. »Ich hole die Ordner.«

Auf dem Weg nach draußen spulte sich in meinem Kopf ein Band ab, das immer wieder den gleichen Satz wiederholte:

Sie müssen das Wesen erkennen.

43

23. Juli 2009, 20.52 h

Wir einigten uns darauf – nein, es war Menkhoffs *Wunsch* –, dass wir uns die Berichte zusammen ansahen. Anhand der ersten Seiten jedes Ordners fanden wir schnell den mit den ältesten Dokumenten. Menkhoff zog die Chromringe in der Mitte auseinander, nahm einen Stoß der Papiere heraus und legte sie vor sich auf den Tisch. Nachdem er die erste Seite mit versteinertem Gesicht gelesen hatte, gab er sie an mich weiter und griff sich das nächste Blatt. Lichner hatte bis in alle Einzelheiten aufgeschrieben, was er in unzähligen Hypnosesitzungen von Nicole erfahren hatte, und es war ein zu Papier gebrachter Albtraum.

Große Teile von dem, was da aufgezeichnet war, wusste auch Nicole nur aus Erzählungen ihrer Tante, der sich ihre Mutter anvertraut hatte.

Nicole Klement wurde am 12. April 1971 in Mechernich in der Eifel geboren. Als sie sich nach ihrem ersten Atemzug lautstark über diese kalte, helle, neue Welt beschwerte, waren es bis zum letzten Atemzug ihres Vaters noch vier Monate und drei Tage.

Nicoles Mutter war mit ihr im sechsten Monat schwanger, als Gerhard Klement in der Werkstatt, in der er als Kfz-Mechaniker arbeitete, während eines Ölwechsels umkippte. Als der Krankenwagen kam, war er schon wieder bei Bewusstsein und erklärte den Sanitätern und dem

Notarzt verlegen, es sei nichts, sie könnten wieder fahren, und er würde das schöne weiße Bettzeug doch mit seinem Arbeitsoverall und den öligen Händen ganz schmutzig machen. Der Arzt bestand aber darauf, ihn zur Untersuchung mitzunehmen. Die Ohnmacht war durch Hirnmetastasen ausgelöst worden, deren Ursprung ein zu diesem Zeitpunkt zehn Zentimeter großer Tumor an einer sehr ungünstigen Stelle zwischen Herz und Lunge war. Die verdammten Zigaretten … Die Chemotherapie vertrug Gerhard Klement überhaupt nicht, und nachdem er einige Tage hintereinander mehr tot als lebendig dahinvegetiert hatte, beschloss er, die Therapie abzusetzen und die ihm noch bleibende Zeit menschenwürdig zu verbringen. Sein größter Wunsch war es, seine Tochter noch zu sehen und so viel Zeit wie möglich mit ihr zu verbringen. In den 125 Tagen, die er nach Nicoles Geburt noch lebte, gab es dann auch fast keine Minute, die er nicht mit ihr zusammen verbrachte, es verging keine Viertelstunde, in der er sie nicht berührte, ihr mit seinen schwieligen Händen zärtlich über die runden Wangen streichelte. Stundenlang sah er sie verzückt an, als er es noch konnte, und musste sie dabei immer wieder herzen und küssen. Sein eigenes Schicksal schien er dabei zu vergessen. Und das seiner Frau auch.

Gerhard Klement starb am 15. Juli 1971 im Alter von 32 Jahren, und mit ihm starb der wohl einzige schöne Abschnitt in Nicoles Kindheit.

Katharina Klement, zu diesem Zeitpunkt 26 Jahre alt, war von jeher sehr labil und wurde mit der Situation nicht fertig. Gerade als sie ihren Mann am meisten gebraucht hätte, als sie sich von ihm Beistand erhofft hatte, weil sie ihn doch bald verlieren würde, da hatte er sie alleine gelassen mit ihrer Not und sich nur um seine Tochter gekümmert. Sogar zum Schlafen hatte er sie dicht bei sich liegen, und als Katharina das Baby nicht stillen konnte, weil sich alles in ihr dagegen wehrte, kümmerte Gerhard sich auch noch um die Fläschchen. Katharina hatte überhaupt nichts zu tun. Sie war überflüssig und hatte den ganzen Tag Zeit, über ihr Unglück und die Ungerechtigkeit nachzudenken.

In den ersten Wochen nach Gerhards Tod machte sie der Kleinen nur widerwillig ihre Flasche und auch nur, wenn sie das elende Geschrei überhaupt nicht mehr aushalten konnte. Manchmal musste sie auch einfach mal für ein paar Sekunden ein Kissen auf das vom Schreien krebsrote Gesicht drücken. Die Kleine hörte dadurch zwar nicht mit dem Schreien auf, aber es tat Katharina einfach gut, es dem Schreihals mal kurz gezeigt zu haben.

Ihre vier Jahre ältere Schwester Marlene merkte relativ schnell, dass Katharina mit der Situation überfordert war. Das rettete Nicole wahrscheinlich das Leben. Marlene hatte selbst keine Kinder und zu der Zeit auch keinen Mann. Sie kam schon frühmorgens vorbei, bevor sie zur Arbeit ins Reisebüro fuhr, wechselte die Nachtwindel, zog Nicole um und machte ihr ein Breifläschchen. Katharina bekam meist nichts davon mit, weil sie noch schlief. Ebenso kam Marlene am Nachmittag und kümmerte sich um alles Nötige und oft noch ein weiteres Mal am Abend. Marlene wollte auf jeden Fall vermeiden, dass das Jugendamt Wind von der Situation bekam, weil sie befürchtete, Katharinas Leben würde völlig aus dem Ruder laufen, wenn man ihr auch noch das Kind wegnähme. Über ein halbes Jahr lang war jeder Tag für die kleine Nicole eine Aneinanderreihung von hastiger Versorgung und Verwahrlosung.

Dann kam Erich Zöller.

Katharina lernte ihn im Supermarkt kennen, als sie gleichzeitig nach einem abgepackten Stück Bergkäse in der Kühltheke griffen. Erich war im Archiv der Stadtverwaltung angestellt, Fachbereich Wohnen. Er war einundvierzig, untersetzt und mit 1,72 nur einen Zentimeter größer als Katharina. Alles an Erich Zöller war weich. Der Bauch und die hängende Brust, die schwabbeligen, leichenblassen Oberschenkel ebenso wie die wulstigen Lippen, über die er immer wieder leckte. Selbst wenn man über Geschmack nicht streiten kann und es unterschiedliche Auffassungen von schön gibt, hätte man wohl keine Frau gefunden, die Erich als attraktiv, geschweige denn als gutaussehend bezeichnet hätte. Die meisten hätten seine Gestalt wahrscheinlich sogar als abstoßend empfunden, doch Katharina Klement überging dieses Gefühl, denn es gab etwas, was für sie wichtiger war: Erich Zöller hatte ein festes Einkommen und führte ein durch und durch geregeltes Leben. Zwei Monate nachdem sie sich vor der Kühltheke getroffen hatten, zog er bei Katharina ein und übernahm das Ruder. Da war Nicole gerade ein Jahr alt. Katharina wusste sich versorgt, und das Kind auch, und fand heraus, dass das Leben mit zwei Promille Alkohol im Blut so unglaublich leicht und einfach war, dass sie fortan kaum noch nüchtern anzutreffen war. Als das Mädchen anfing zu sprechen, nannte sie Erich Zöller *Papa*.

Das erste Mal, an das Nicole sich erinnern konnte, dass Papa mit seinen fleischigen Fingern, die so weh taten, in ihrem Körper herumgebohrt hatte, war drei Jahre später. Was immer er vorher gemacht haben mochte – sie war zu klein gewesen, um es in ihrem Gedächtnis speichern zu können.

Mit fünf dann reichten ihm die Finger nicht mehr aus, und er entwickelte einen großen Einfallsreichtum bei der Auswahl der Gegenstände, die er zu Hilfe nahm. Mittlerweile hatte er dem Mädchen auch gezeigt, was sie an ihm tun sollte, während er mit ihrem Körper beschäftigt war. Es verging fast kein Tag, an dem er sich nicht mit ihr irgendwohin zurückzog, um *Das große Geheimnis* zu spielen. Das große Geheimnis war etwas, was man unter gar keinen Umständen jemandem erzählen durfte. Und außerdem war das große Geheimnis etwas, vor dem man nicht davonlaufen konnte, weil es zum Leben gehörte. »Du weißt, Niki«, sagte er jedes Mal, wenn sie zitternd vor ihm saß, bevor er mit dem großen Geheimnis an ihr begann, »du weißt, dass das große Geheimnis erst dann aufhört, wenn man tot ist.« Niki nickte und merkte es sich. Dann schloss sie jedes Mal die Augen und stellte sich eine wunderschöne Wiese vor, über die sie barfuß mit ihrer Mama lief. Sie spielten Fangen, und Mama hob sie hoch, wenn sie sie gefangen hatte, und drehte sich ganz schnell mit ihr, so schnell, dass ihre Haare flogen. Und sie lachten beide ganz laut, so laut, dass Nicole ihr eigenes Schluchzen und Wimmern nicht hörte, während Papa stöhnend an ihr mit dem großen Geheimnis beschäftigt war. Dann, wenn Papa fertig war und ging, wenn sie sich weinend in einer Ecke zusammenkauerte, weil sie sich so schlecht vorkam, dann wusste sie, dass es die Wiese mit dem Lachen nie geben würde, solange es das große Geheimnis gab. Und weil das große Geheimnis erst aufhörte, wenn man tot war, würde es die Wiese mit dem Lachen überhaupt niemals geben.

Aber nie dachte Nicole auch nur im Traum daran, jemandem etwas vom großen Geheimnis zu erzählen, und am allerwenigsten ihrer Mutter. Wozu auch? Mama wollte schließlich, dass Papa sich um sie kümmerte.

Mit sieben befand Papa Erich seine kleine Niki für alt genug, sie auch in den letzten Teil des großen Geheimnisses einzuweihen. Als sich der menschliche Berg dunkel und heiß und schwitzend und schlimm riechend wie wild auf ihr gebärdete, schaffte Nicole es nicht einmal mehr, sich ihre Lach-Wiese vorzustellen, und sie war sicher, nun endlich zu sterben. Vor Schmerz und vor Angst und weil sie sich so schlecht fühlte, weil sie bestimmt alles falsch gemacht hatte. Wegen ihrer Angst. Vor allem wegen ihrer Angst.

Sie war nicht gestorben, als es vorbei war, und sie wusste, dass es überhaupt nicht vorbei war, sondern gerade erst begonnen hatte.

Das Sterben, soweit sie es verstand, barg keine Schrecken für Nicole. Wenn es irgendwann kam, war es vor allem anderen die Erlösung vom großen Geheimnis.

Menkhoff ließ das Blatt sinken, das er gerade in Händen hielt – es musste etwa die zehnte Seite sein –, und stöhnte auf. Mir war das, was ich bis dahin gelesen hatte, derart auf den Magen geschlagen, dass ich das Gefühl hatte, mich jeden Moment übergeben zu müssen.

»Ich dürfte so was als Polizist nicht einmal denken«, sagte Menkhoff, »aber ich wünschte, ich könnte dieses Schwein an den Eiern aufhängen.«

»Ich würde ihn festhalten, während du die Knoten machst«, sagte ich, und ich meinte es auch so.

»Das ist der Grund, warum wir bei diesen verdammten Schweinereien immer wieder im Dunkeln tappen, Alex. Weil wir einfach nicht in der Lage sind zu verstehen, was in den kranken Hirnen dieser abartigen Typen vor sich geht.«

Ich nickte. »Ich glaube, wenn man das wirklich könnte, würde man daran zugrunde gehen.«

»Ja, wahrscheinlich. Möchtest du einen Grappa?«

Mir war nicht bewusst gewesen, dass ich einen Grappa wollte, aber als er es sagte, war die Vorstellung mehr als angenehm. »Gern, danke. Einen großen.«

Ich konzentrierte mich auf das angenehme Brennen, das der Schnaps erzeugte, während er seinen Weg durch meine Speiseröhre zurücklegte, und es war ein so reales, ein so irdisches Gefühl, dass ich mich daran ein Stück weit aus dem Sumpf herausziehen konnte, der mich beim Lesen der Berichte in seine albtraumhafte Welt gezogen hatte.

»Möchtest du wirklich alle diese Ordner durchgehen?«, fragte ich, nachdem Menkhoff sein Glas geleert hatte.

Er schaute mich an, und ich sah, wie sehr ihn das alles quälte. »Das kann ich nicht.« Seine Stimme klang heiser. »Außerdem haben ja diese ersten Seiten schon gezeigt, dass die Hypnosesitzungen im Großen und Ganzen immer wieder um den gleichen Zeitraum gehen. Wir dürften also das meiste dieser abartigen Geschichte schon kennen. Nein, ein paar Seiten noch, dann ist Schluss. Ich muss wissen, was aus diesem Schwein und Nicoles Mutter geworden ist. Falls Nicole ihn nicht irgendwann später mal angezeigt haben sollte …«

Ich wusste, was er sagen wollte, und ich würde ihn wenn nötig unterstützen, um *Papa Erich* aus dem Verkehr zu ziehen.

44

23. Juli 2009, 21.44 h

Mit acht Jahren war Nicole zu einem bildhübschen, aber sehr verschlossenen Mädchen geworden, dessen immerwährende, tiefe Traurigkeit ihre junge Grundschullehrerin Sabine Rüssmann veranlasste, Herrn und Frau Zöller zu einem Gespräch einzuladen. Zu dem Termin erschien Erich Zöller, der Stiefvater des Mädchens, allein. Er stellte sich als ein zwar äußerlich etwas abstoßender, aber doch sehr umgänglicher und einsichtiger Mensch heraus. Er zeigte vollstes Verständnis für die Sorgen, die sich die Lehrerin machte, und bedankte sich gleich mehrmals für die Mühe. In der knapp zwanzigminütigen Unterhaltung erfuhr Frau Rüssmann dann, dass die kleine Nicole von jeher so verschlossen war, wahrscheinlich, weil ihr Vater so früh sterben musste, was ihre Mutter ihr – sehr zu seinem, Zöllers, Missfallen – unbedingt schon im Alter von vier Jahren glaubte sagen zu müssen. Ihm sei ja gleich völlig klar gewesen, dass ein kleines Kind eine solche Tatsache nicht verkraften würde, aber – er sei ja nur der Stiefvater. Nun müsse man mit den Konsequenzen leben und sehen, wie man dem armen Kind helfen könne. Er trage sich schon einige Zeit mit dem Gedanken, mit Niki einen Therapeuten aufzusuchen, und habe sich – dank ihres, Frau Rüssmanns, Fürsorgebewusstseins – nun endgültig dazu entschlossen, ob es ihrer Mutter nun gefalle oder nicht. Sabine Rüssmann war zufrieden, mehr noch, sie war ein bisschen stolz, und sie ging in dem Bewusstsein nach Hause, diesem Kind geholfen zu haben.

Wenige Tage später beschloss Papa Erich, dass die Zeit reif war, das große Geheimnis mit anderen zu teilen. Er habe Freunde, erklärte er Nicole, denen er sehr vertraute. So sehr, dass er sie an ihrem Geheimnis teilhaben lassen wollte. Und er würde schon ganz bald mal einen von ihnen mitbringen.

Nicole konnte sich nicht vorstellen, wie dieses Teilen vonstattengehen sollte, aber ihre Vorstellungskraft reichte doch aus, zu ahnen, dass es für sie keine Freude werden würde.

Vielleicht hatte das Schicksal endlich Mitleid mit Nicole, als am nächsten Morgen in der Nähe des Verwaltungsgebäudes am Bahnhofplatz ein Autofahrer das Lenkrad herumriss, weil von rechts plötzlich ein Junge mit seinem Fahrrad auf die Straße schoss. Das Auto – es war ein silberfarbener VW Golf, auf dem man anschließend besonders gut die verschiedenfarbigen Spuren sehen konnte, die Erich Zöllers schwabbeliger Körper hinterließ – schlingerte diagonal über die Straße, erfasste Papa Erich auf dem Gehweg und zerquetschte seine weißen Beine und seinen Unterleib zwischen Motorhaube und Fassade der Metzgerei Schmidt.

Erich Zöller hatte sich einen besonderen Tag zum Sterben ausgesucht, denn die beiden Polizisten, die eine halbe Stunde später – es war kurz vor neun – an Katharina Klements Tür klingelten, erwischten sie nüchtern und in einem halbwegs gepflegt aussehenden Zustand. Das hatte nichts damit zu tun, dass Katharina ausgerechnet an diesem Morgen keine Lust auf ein Gläschen oder zwei gehabt hätte, sondern dass sie seit Tagen Zahnschmerzen hatte und nicht riskieren wollte, dass der Zahnarzt sie wieder nach Hause schickte. Das hatte er schon einmal getan, weil sie so betrunken gewesen war, dass sie ihm zweimal auf den Bohrer und einmal in den Finger biss, während er versuchte, die kariösen Stellen an ihrem Backenzahn zu entfernen. Die uniformierten Beamten logen ihr vor, ihr Mann sei sofort tot gewesen und habe nichts mehr gespürt. Was hätte es Katharina Zöller-Klement auch genützt zu wissen, dass ihr Erich noch mehrere Minuten lang die Gelegenheit hatte, schreiend und wimmernd größere rote Flecke und verschiedene Teile von sich auf dem silberfarbenen Blech des Autos zu betrachten, bevor für ihn das große Geheimnis für immer zu Ende war. Der Metzger Schmidt aber hatte alles beobachtet und ließ es sich nicht nehmen, den Unfall so oft zu schildern, bis auch Katharina und ihre Tochter jedes Detail kannten.

Als Nicole um die Mittagszeit aus der Schule kam, hatte Katharina eine Flasche Weißwein und eine halbe Flasche Martini Rosso intus und erklärte dem Mädchen lallend und unter Tränen, dass Papa einen Unfall hatte und im Himmel war. Nicole weinte mit ihrer Mama gemeinsam, aber der Grund war ein anderer.

Tante Marlene, zwischendurch verheiratet und wieder geschieden und noch immer kinderlos, nahm die Nachricht vom Tod ihres Schwagers eher gelassen hin. Der Kerl war ihr von Anfang an unsympathisch gewesen. Er hatte etwas hinterhältig Verschlagenes in seinem Blick, das bei Marlene stets Alarmstufe Gelb auslöste, wenn sie ihn sah.

Dieses Mal zog Marlene gleich ganz zu ihrer versoffenen Schwester und ihrer Nichte, um sich um das Mädchen kümmern zu können.

Es dauerte nur ein knappes Jahr, bis Nicoles Mutter dann mittels einer Leberzirrhose Papa Erich in den Himmel folgte. Zumindest war das mit dem Himmel die Version, die Marlene der mittlerweile neunjährigen Nicole erklärte. Ohne Erich Zöller gut genug gekannt zu haben, um auch nur andeutungsweise von so was wie dem *großen Geheimnis* eine Vorstellung zu haben, ahnte Tante Marlene doch, dass die Sache mit dem Himmel für ihn eher fraglich war.

Nicoles Trauer drückte sich auf eine Art und Weise aus, die Marlene Sorgen bereitete. Schon während der Zeit, in der Erich Zöller Nicoles Papa gewesen war, hatte Marlene kaum noch die Möglichkeit gehabt, an das Mädchen heranzukommen. Nicole antwortete nur einsilbig, wenn Marlene sie ansprach, und von sich aus sagte sie überhaupt nichts.

Nach Zöllers Tod war sie ihrer Tante gegenüber ein wenig aufgetaut. Nun aber, da ihre Mutter nicht mehr lebte, tat Nicole Dinge, die so furchtbar waren, dass Marlene sich bald keinen Rat mehr wusste. So fand sie etwa zwei Wochen nach der Beerdigung ihrer Schwester zwei tote Katzenbabys unter einer Hecke im Garten. Als sie Nicole fragte, ob sie die Kätzchen schon einmal im Garten gesehen habe, erklärte sie, ja, und sie habe sie beschützt. Marlene verstand nicht, was das Kind damit meinte. Sie fragte nach, bekam aber keine Antwort mehr.

45

23. Juli 2009, 22.19 h

Menkhoff zerknüllte mit einem dumpfen Knurren das Blatt, das er gerade in der Hand hielt, und warf es mit Schwung in die Mitte des Raumes. »Dieses elende, gottverdammte Dreckschwein«, schrie er. »Man sollte ihn ausbuddeln und auf seine Leiche spucken. Perverses, abartiges Schwein.«

Er war außer sich, Tränen liefen ihm über die Wangen, die er mit einer fahrigen Handbewegung abwischte. Ich legte die Seite, die ich gerade gelesen hatte, auf den Tisch und sah ihn an. Wo gerade noch die blanke Wut wahre Blitze aus seinen Augen gejagt hatte, konnte ich jetzt nur noch Hilflosigkeit und Trauer erkennen. »Ich habe sie manchmal angeschrien, Alex. Ich habe ihr Vorwürfe gemacht, wenn sie … wenn sie mich abgewiesen hat. Mein Gott, ich konnte doch nicht wissen …«

»Nein, das konntest du nicht, Bernd«, sagte ich. »Und es gibt nichts, was du dir vorwerfen musst.«

Es fiel mir schwer, so mit ihm zu reden. Nicht, weil ich kein Verständnis für ihn hatte, nein, es lag daran, dass mir etwas anderes durch den Kopf ging. Gedanken, die mir schon im Ansatz so sehr zusetzten, dass mir schwindelig wurde. Wie die Planeten eines Sonnensystems drehten sich alle diese Gedanken um einen Satz:

Ich musste sie beschützen.

Menkhoff öffnete die Grappaflasche und füllte die bauchigen Gläser neu. Er hob sein Glas und prostete mir zu. Als er es leer wieder zurückgestellt hatte, ließ er sich gegen die dick gepolsterte Rückenlehne zurücksinken und starrte mit glänzenden Augen auf einen Punkt in der Mitte des Tisches. »Es ist ein ziemliches Scheißgefühl, jahrelang mit jemandem zusammenzuleben, den man bedingungslos liebt, den man aber gleichzeitig fast überhaupt nicht kennt. Das größte Problem dabei ist, dass man viele Dinge einfach nicht versteht. Dinge, die der Partner tut.« Er machte eine Pause. »Oder die er nicht tut. Das macht einen verrückt, Alex, kannst du dir das vorstellen?« Bevor ich antworten konnte, sagte er: »Nein, das kannst du nicht. Wie auch ...« Er beugte sich nach vorne und schenkte sich nach. Dieses Mal füllte er das Glas fast bis zum Rand. Als er die Flasche auf mein Glas zubewegte, winkte ich ab. »Nein, danke, ich hab noch genug.«

Er trank in einem Zug aus und ließ sich wieder zurückfallen. »Das ist alles eine solche Scheiße. Es ist wie ... es ist zum Verrücktwerden, verstehst du? Und irgendwann, irgendwann denkst du, du musst dem anderen schon ziemlich egal sein, wenn er ... weil *sie* dich immer und immer wieder abblitzen lässt, wenn du versuchst, sie zu verstehen.«

»Hat sie ... hat sie sich denn während der Zeit, in der ihr zusammen gewesen seid, sonst irgendwie ... komisch benommen?«

Er sah mich fragend an. »Bernd ... ich meine, ob es vielleicht irgendwelche Sachen gegeben hat wie das mit diesen kleinen Katzen.«

Er verstand noch immer nicht. Im ersten Moment. Dann dämmerte es ihm, und er riss die Augen auf. »Was? Fragst du mich allen Ernstes, ob Nicole vielleicht kleine

Katzen umgebracht hat, während wir zusammen waren?«

Dieser Blick. Gedanken rasten mir durch den Kopf wie Schilder, die beim Bericht über eine Großdemo in die Kamera gehalten werden. Jetzt oder nie. Wahrheit oder Lüge. Wieder Angst oder Wahrheit …

»Ja, so was in der Art meinte ich.«

Er saß da, sein Gesicht drückte Fassungslosigkeit aus.

»Bernd, da steht, sie hat ihrer Tante gesagt, sie musste die kleinen Katzen *beschützen*. Wahrscheinlich, weil der Kerl ihr gesagt hat, dass nur der Tod –«

»Verdammt nochmal, sie war schwer traumatisiert, Alex. Hast du den Verstand verloren? Du hast doch gerade gelesen, was sie durchmachen musste. Du kannst doch nicht ernst nehmen, was ein kleines *Kind* sagt, nachdem es immer wieder *vergewaltigt* worden ist.« Er sprach undeutlich, der Grappa tat seine Wirkung.

»Das tue ich ja nicht. Aber was ist mit heute Nachmittag, in ihrer Wohnung, diese Fotos von den kleinen Mädchen auf ihrem Schrank, du hast sie doch gesehen und weißt genau, was sie gesagt hat. Beschützen, Bernd, beschützen will sie die Mädchen!«

Seine Augen weiteten sich, ganz kurz nur, dann schüttelte er den Kopf. »Diesen Blödsinn hör ich mir nicht länger an, Alex.«

Erneut füllte er sein Glas bis zum Rand mit dem goldgelben Schnaps und kippte es in einem Zug runter. Dann wischte er sich mit dem Handrücken den Mund ab und sagte: »Weißt du, Alex …«, es hörte sich an wie: *Weissu Alex*, »manchmal geht die Phantasie mit einem durch, verstehst du? So wie bei dir jetzt. Aber weil du mein Partner bist, sehe ich es dir nach *(seh ichessir nach)*. Und deshalb gehst du jetzt besser nach Haus und schläfst. Und morgen lachst du über deine Schnapsidee. Gute Nacht. Apropos Schnaps …« Er griff ein weiteres Mal nach der Flasche, und ich war erst versucht, seine Hand festzuhalten, überlegte es mir dann aber anders. Sollte er sich betrinken.

Ich erhob mich, ging um den Tisch herum zu Menkhoff, der den Kopf hob und mich mit einem etwas verklärten Blick ansah, und legte ihm eine Hand auf die Schulter. »Übertreib's nicht mit dem Schnaps, Bernd«, sagte ich und achtete darauf, dabei nicht oberlehrerhaft zu klingen. »Leg dich ins Bett und schlaf 'ne Runde. Morgen früh sehen wir weiter.«

»Ja, genau«, antwortete er, nun deutlich lallend. »Schlaf du auch 'ne Runde. Und morgen entschuldigst du *(enschullichssu)* dich bei Nicole. Für den Blödsinn nämlich, den du verzapft hast *(denu vessapft has)*. Tote Katzen. Tsss …«

»Gute Nacht, Bernd.«

»Nacht.«

Ich verließ des Haus meines Partners und fühlte mich so elend wie lange nicht mehr. Im Auto überlegte ich mir, dass ich nach zwei Gläsern Wein und zwei Grappa eigentlich nicht mehr fahren durfte. Eigentlich.

46

23. Juli 2009, 22.56 h

Im Wohnzimmer war schon alles dunkel. Ich ging ein paar Schritte zurück bis zur Treppe, die in die erste Etage führte, und sah oben den Schein einer Lampe, vermutlich aus unserem Schlafzimmer. Mel lag wahrscheinlich schon im Bett und las noch ein paar Seiten. Sollte ich sie wirklich jetzt noch mit meinen Sorgen belästigen? Wenn sie im Bett lag, schaffte sie normalerweise höchstens drei oder vier Seiten, bis ihr die Augen zufielen. Sicher war sie schon todmüde. Ich beschloss, im Wohnzimmer noch einen Cognac zu trinken und über diesen Tag und den Abend nachzudenken.

»Hallo, da bist du ja, du Nachtarbeiter.« Ich stockte, machte einen Schritt rückwärts und sah nach oben. Mel stand barfüßig und nur mit einem winzigen Nachthemd bekleidet am oberen Ende der Treppe und sah lächelnd zu mir herunter. »Ich komme gerade aus dem Bad. Ich hab gehört, dass du nach Hause gekommen bist. Kommst du ins Bett?«

»Hallo, Schatz.« Ich versuchte ein Lächeln, obwohl mir nicht danach zumute war. »Nein, noch nicht gleich. Ich trinke erst noch was. Leg dich ruhig schon hin. Schlaf gut.«

Sie warf mir eine Kusshand zu und verschwand aus meinem Blickfeld.

Mit einer Mischung aus Erleichterung und Bedauern

ging ich ins Wohnzimmer und schaltete die Stehlampe neben der Couch an. Aus dem Schrank nahm ich mir einen großen Cognacschwenker und die Flasche *Carlos Primero*. Mit beidem bewaffnet, pflanzte ich mich auf die Couch. Ich schenkte mir reichlich ein, hielt die Nase über das Glas und sog das volle Aroma des Brandys tief ein. »Kann ich auch einen haben?« Ich schrak zusammen und sah hinüber zu Mel, die lächelnd auf mich zukam. Sie hatte sich schon abgeschminkt und sah trotzdem – oder gerade deshalb – in ihrem beigefarbenen, seidenen Morgenmantel hinreißend aus.

Mel kam zu mir auf die Couch und kuschelte sich an mich. »Seid ihr gut vorangekommen?«

»Wie?«, fragte ich, obwohl ich doch wusste, was sie meinte.

»Na, mit dem Berg Akten, den ihr noch durcharbeiten musstet.«

»Ja, doch.«

»Gut. Und wie ist das jetzt mit dem leckeren Zeug, das du da trinkst? Bekomme ich auch ein Glas davon?«

Ich nahm einen weiteren Cognacschwenker aus dem Schrank und schenkte ihr ein. Mel nahm das Glas in die Hand und schwenkte es so hin und her, dass die braune Flüssigkeit darin kreiste. »Möchtest du darüber reden?«

»Was meinst du?« Das war nun schon das zweite Mal innerhalb einer Minute, dass ich nachfragte, obwohl ich sie sehr gut verstanden hatte.

»Ich meine das, was dir offensichtlich Sorgen macht, Alex.«

Ich schaute sie an, und mit einem Mal war diese Vorstellung da, dieser Albtraum, ein ekelhafter, brutaler Kerl hätte seine gottverdammten Finger in ihren Körper gesteckt. Und dann … Ich stemmte mich mit aller Willenskraft dagegen – vergebens. Eine Welle schmerzender Verzweiflung durchzog mein Innerstes, blanker Hass auf diesen menschlichen Abschaum, der zu so etwas fähig war.

»Alex, was ist nur los?«, fragte Mel, und nun lag in ihrer Stimme echte Besorgnis. »Sag mir doch, was passiert ist, bitte.« Sie nahm mich in den Arm, zog mich an sich und legte ihre Hand auf meinen Hinterkopf.

Ich zog den Kopf wieder ein Stück zurück, so weit, dass ich ihr in die Augen sehen konnte. »Es kann sein, dass wir … damals den Falschen eingesperrt haben.«

47

24. Juli 2009, 08.32 h

Der nächste Morgen war der bis dahin heißeste dieses Jahres. Dass ich nur knappe vier Stunden geschlafen hatte, machte es nicht gerade besser. Schon als ich mich gegen acht mit einer Tasse Kaffee auf die Terrasse setzte, brach mir binnen Sekunden der Schweiß aus. Es war eine drückende, schwüle Hitze, die durch den fast durchgängig bewölkten Himmel am Entkommen gehindert wurde. Es sollte in vielerlei Hinsicht auch der heißeste Tag werden.

Ich klingelte an Menkhoffs Tür, aber statt meines Partners öffnete mir Frau Christ und erklärte, Menkhoff sei direkt aus dem Haus gegangen, als sie angekommen war, gegen Viertel nach sieben. Ich fragte mich, ob er wirklich so sauer auf mich war, dass er nicht mit mir ins Büro fahren wollte, konnte es mir aber nicht vorstellen. Andererseits konnte man bei ihm wohl keine normalen Maßstäbe ansetzen, wenn es um Nicole Klement ging. Ich setzte mich ins Auto und rief im Büro an. Nach zweimaligem Läuten hob Menkhoff ab. »Guten Morgen«, sagte ich verhalten. »Ich bin's, Alex. Ich steh vor deinem Haus.«

»Ja, tut mir leid. Ich bin seit sechs Uhr wach und hab einen Scheißkater. Ich hab's zu Hause nicht mehr ausgehalten und bin gleich los, als Frau Christ kam. Ich wollte so früh nicht bei euch anrufen.«

»Alles klar, ich bin gleich da.« Erleichtert legte ich auf und fuhr los.

Man sah ihm an, dass er eine kurze Nacht und mehr Alkohol als ich gehabt hatte. Seine Haut sah fahl aus, und die sonst nur leichten Tränensäcke unter seinen Augen waren dunkel und ausgeprägt. Noch bevor ich meinen Computer anschaltete, sagte ich: »Bernd, wegen gestern Abend … Ich würde mich gern nochmal mit dir darüber unterhalten.«

Er sah von seinem Schreibtisch auf. »Warum? Wir haben ziemlich unterschiedliche Vorstellungen, Alex, und ich möchte mir so was nicht anhören. Ich kenne Nicole, du kennst sie nicht.«

»Aber das, was in diesen Berichten steht, hast auch du nicht gewusst, Bernd.«

Er schlug mit der flachen Hand auf die Schreibtischplatte. Es gab einen Knall, den man in allen Büros der Mordkommission hören musste. »Ja, verdammt, das stimmt, und ich kann sogar verstehen, dass sie nichts davon erzählt hat, nachdem ich das gestern Abend gelesen habe. Sie versucht wahrscheinlich einfach, diesen Dreck irgendwann zu vergessen und ein halbwegs normales Leben zu führen. Das versucht sie vielleicht schon, seit sie ein kleines Mädchen war. Ich habe Nicole jahrelang erlebt, ich weiß, was ihr zuzutrauen ist und was nicht. Und ich sage dir, was immer dir da im Kopf rumspukt, ist Blödsinn.«

Es war wie ein Fluch. Er schaffte es immer wieder, mich zu verunsichern, und nicht zum ersten Mal überlegte ich, ob das wohl an den Argumenten lag, die er anbrachte oder eher an seiner Person. Aber ich wollte mich dieses Mal nicht von ihm unterbuttern lassen. »Und das Foto von Juliane Körprich in ihrer Wohnung, Bernd? 15 Jahre nachdem das Mädchen umgebracht worden ist?

Und dass Nicole behauptet, diese Mädchen zu *beschützen*? Welche Erklärung hast du dafür?«

Er atmete tief ein, doch anstatt mich anzubrüllen, hielt er die Luft einen Moment an und stieß sie dann geräuschvoll aus. Und mit diesem lauten Ausatmen sackte er in sich zusammen. Innerhalb weniger Sekunden verwandelte Bernd Menkhoff sich vom lautstarken Verteidiger zu einem Mann, der verletzlich wirkte, fast schon bemitleidenswert. »Ich weiß es nicht, Alex. Das lässt mir seit letzter Nacht auch keine Ruhe mehr. Ich glaube nicht, dass Nicole zu etwas … Schlimmem fähig ist, aber … ach verdammt, ich *weiß* es einfach nicht.«

»Liebst du sie noch?«

Er sah mir in die Augen, und ich sah die Verzweiflung in seinem Gesicht. »Nein«, sagte er leise. »Ich habe mir diese Frage selbst gestellt, und ich bin sicher, das ist vorbei. Ich liebe meine Frau. Aber verantwortlich fühle ich mich trotzdem noch für Nicole.«

Menkhoff tat mir leid, und ich hatte nur eine vage Vorstellung davon, was in ihm vorgehen musste. »Was willst du jetzt machen?«, fragte ich und hoffte, er würde nicht wieder versuchen, mir einzureden, alles sei in Ordnung.

»Nochmal mit Lichner reden. Ich trau diesem Kerl einfach nicht. Diese Geschichte mit seiner angeblich entführten Tochter, dann Nicoles Krankenakte … Ich hab ein verdammt komisches Gefühl bei der Sache.«

Wir verzichteten darauf, Lichners Telefonnummer ausfindig zu machen und ihn anzurufen. Menkhoff hielt es für besser, ihn nicht vorzuwarnen.

Auf der Fahrt nach Kohlscheid unterhielten wir uns darüber, welchen Zweck wohl Lichners vergammelte Wohnung in der Zeppelinstraße haben konnte, aber keiner von uns hatte auch nur ansatzweise eine Idee. Ihn danach zu fragen würde mit ziemlicher Sicherheit lediglich eine weitere unverschämte Antwort zur Folge haben, das war uns klar.

Um kurz vor halb zehn klingelten wir an Lichners Tür. Er war zu Hause. Wenn Menkhoff gehofft hatte, ihn überraschen zu können, so sah er sich getäuscht.

»Ah, da sind Sie ja«, sagte er, als er die Tür öffnete. »Kommen Sie rein.« Die Begrüßung machte mich ebenso stutzig wie die Tatsache, dass er dabei sein unverschämtes Grinsen nicht zeigte. »Was heißt hier: *Da sind Sie ja?*« Mein Kollege versuchte erst gar nicht, freundlich zu klingen.

»Das heißt, dass man keine hellseherischen Fähigkeiten braucht, um zu wissen, dass Sie herkommen würden, nachdem Sie die Akten durchgesehen haben.« Es klang völlig Lichner-untypisch. Keine Spur von Überheblichkeit oder Sarkasmus. Er schien ausnahmsweise zu meinen, was er sagte.

Wir gingen hinter Lichner die Treppe zu seiner Wohnung hoch. Er lotste uns ins Wohnzimmer, wo wir uns auf die Couch setzten. Da der Raum direkt unter der Dachschräge lag, herrschten darin Temperaturen, die wohl jenseits der dreißig Grad lagen.

»Also, Herr Hauptkommissar, was denken Sie jetzt über Nicole Klement?«

Menkhoff schien zu überlegen, wie er mit Lichner sprechen sollte. Die Art, wie Lichner sich uns gegenüber an diesem Morgen benahm, veranlasste aber wohl auch ihn, ihm etwas gemäßigter zu begegnen. »Ich denke, dass das, was ich da gelesen habe, einiges von dem erklärt, was ich an Nicole nicht verstanden habe.«

»Sonst nichts?«

Menkhoff legte den Kopf ein wenig schief. »Wir waren gestern bei ihr. Sie benimmt sich sehr eigenartig. Hat das was damit zu tun, dass sie wieder mit Ihnen zusammen ist?«

Lichner betrachtete seine Hände. »Ja, ich denke schon, aber mit ziemlicher Sicherheit anders, als Sie es denken.«

»Das heißt?«

»Das heißt, ihr Zustand hat sich schon wieder ein wenig gefestigt. Es war viel schlimmer.«

»Wovon lebt sie eigentlich? Arbeitet sie?«

»Soll das ein Witz sein? Das wäre im Moment unmöglich. Sie bekommt staatliche Hilfe, und hier und da unterstütze ich sie. Meine Praxis ist früher gut gelaufen, bevor *Sie* meinen Weg gekreuzt haben, und ich habe einiges auf der hohen Kante.«

Ganz ohne kleine Sticheleien schien es bei Lichner also doch nicht zu gehen, und verrückterweise beruhigte mich das ein wenig.

»Was sind das für seltsame Fotos, die sie auf ihrem Schrank stehen hat?«, fragte Menkhoff.

Lichner hob die Brauen. »Fotos? Welche Fotos meinen Sie?«

»Die von den Mädchen. Unter anderem von Juliane Körprich.« Ich sah, dass Lichner zusammenzuckte, und ich war sicher, dass auch Menkhoff es bemerkte.

»Was soll das nun wieder? Ich weiß nicht, wovon Sie reden. Und wieso von *den Mädchen*? Wie viele sind es?«

Menkhoff atmete schnaufend aus. »Vier. Es sind vier, einschließlich Juliane.«

Lichner wischte sich mit der Hand über den Mund. Er schien nervös zu sein. Etwas, was ich bis dahin noch nicht bei ihm erlebt hatte. »Nicole war sehr krank, und sie ist es auch noch immer. Sie würde niemandem absichtlich etwas Böses tun, aber ihre Vorstellungen von Gut und Böse haben durch die traumatischen Ereignisse in ihrer Kindheit wenig mit dem zu tun, was *Sie* als richtig und falsch ansehen.«

»Was wollen Sie damit sagen, Lichner? Sie können sich Ihre idiotischen Andeutungen sparen, denn ich …«

»Und Sie könnten endlich aufhören, herumzukläffen wie ein wildgewordener Kettenhund. Ich habe nicht vor, mich in idiotischen Andeutungen zu ergehen. Ich möchte Ihnen helfen, und ob es nun in Ihr schwarzweißes Weltbild passt oder nicht, es ist mir ernst damit.«

»Und das soll ich glauben? Warum sollten ausgerechnet Sie uns helfen wollen, und vor allem: Wobei?«

»Wenn Sie mir mal zuhören würden, könnten Sie es erfahren.«

Der Psychiater verhielt sich *so* komplett anders als sonst, dass ich regelrecht darauf wartete, dass er gleich wieder sein unverschämtes Grinsen aufsetzen und sich darüber lustig machen würde, wie wir ihm auf den Leim gingen. Stattdessen sagte er ernst: »Ich habe Ihnen einiges zu sagen, und es kann sehr wichtig sein. Danach werden Sie sowieso tun, was Sie für richtig halten. Vielleicht werden Sie mich sogar wieder ins Gefängnis stecken.« Er machte eine Pause, in der Menkhoff und ich uns ansahen. »Hören Sie sich nur ausnahmsweise bis zum Ende an, was ich Ihnen sage, bevor Sie sich ein Urteil bilden, und versuchen Sie, dabei zumindest halbwegs objektiv zu sein. Können wir das vereinbaren?« Mir war, als unterhielten wir uns gerade mit einer Light-Version von Dr. Joachim Lichner. Seine aggressiven, rhetorischen Fähigkeiten waren zweifelsfrei nach wie vor da, aber er schien bemüht, sie im Zaum zu halten. Auch Menkhoff war von Lichners Verhalten offenbar überrascht. Er reagierte überhaupt nicht auf seine Worte. Ich spürte, dass das, was Lichner uns sagen wollte, ihm wichtig sein musste, und tat, was *er* schon zigmal mit uns gemacht hatte: Ich nutzte den Moment aus. »Wenn Sie uns was Wichtiges zu sagen haben, dann tun Sie das, aber wir lassen uns von Ihnen keine Bedingungen diktieren, Dr. Lichner. Reden Sie oder lassen Sie's bleiben.«

Er sah mich an, und dieses Mal war es nicht der Blick, bei dem ich stets das Gefühl gehabt hatte, er versuche in meine Gedanken einzudringen. Dann nickte er.

48

24. Juli 2009, 09.47 h

»Im Nachhinein betrachtet war es eine ziemlich verrückte Idee. Davon abgesehen ist es gut möglich, dass alles umsonst war, aber … Hören Sie sich bitte trotzdem bis zum Ende an, was ich Ihnen sagen möchte. Manches wird Sie wahrscheinlich überraschen. Was mir sicher nicht gefallen hat, ist, dass ich über 13 Jahre unschuldig im Gefängnis gesessen habe, aber daran ist nichts mehr zu ändern. Ich hatte schon damals einen Verdacht, wer das Mädchen wirklich umgebracht hat, aber ich konnte es nicht beweisen. Sie wissen, dass Nicole und ich wieder zusammen sind, seit ich raus bin, aber …«

Menkhoffs Körper straffte sich, aber Lichner wiegelte mit einer Hand ab, und tatsächlich entspannte Menkhoff sich wieder und sagte nichts. »Was Sie aber vielleicht nicht wissen, ist, dass Sie mich schon besucht hat, als ich noch im Gefängnis saß. Ich gebe zu, ich bin früher manchmal ein wenig unsanft mit ihr umgegangen, aber das habe ich nicht getan, weil ich Spaß daran habe, sondern weil es genau das ist, was sie braucht, so verrückt sich das auch für Sie anhören mag. Dass Nicole nicht lange bei *Ihnen* bleiben würde, habe ich von Anfang an gewusst. Der Grund dafür ist simpel, und es ist der gleiche wie der, warum sie zu *mir* zurückgekommen ist. Durch die Traumatisierung *muss* sie immer wieder in die Opferrolle zurückfallen. Es klingt paradox, aber Frauen, denen so etwas passiert ist, werden sich immer wieder Männer suchen, die sie anleiten, die sie lenken. Sie müssten das Verhaltensschema eigentlich kennen. Auch viele der Frauen, die von ihren Männern verprügelt werden, kommen nicht von ihnen los. Und wenn sie es irgendwann dann doch schaffen, suchen sie sich wieder genau den gleichen Typ Mann aus und werden nicht selten innerhalb kürzester Zeit wieder geschlagen. Aber das nur für Sie, Herr Menkhoff, damit Sie wissen, dass es nicht Ihre Schuld war, dass Nicole Sie verlassen hat. Und damit Sie vielleicht ein wenig verstehen, was Sie nicht verstehen möchten: dass Sie wieder zu mir zurückgekommen ist.«

»Wann kommt der interessante Teil?«, fragte Menkhoff.

»Wann kommt der Moment, an dem Sie sich ausnahmsweise mal benehmen wie ein erwachsener Mensch und an dem Sie die Hand, die Ihnen helfen möchte, mal nicht beißen?« Ein paar Sekunden lang herrschte Stille, dann fuhr er fort. »Als Nicole mich zum ersten Mal besucht hat – das war etwa zwei Jahre bevor ich entlassen wurde –, ging es ihr sehr schlecht. Das Trauma ihrer Kindheit, das ich mit einer jahrelangen Therapie ganz langsam eindämmen konnte, hatte sie wieder eingeholt. Sie kam zu mir, weil sie Hilfe wollte. Sie können sich vielleicht vorstellen, dass ich nicht vergessen hatte, dass sie mit ihrer Falschaussage zu diesem Abend damals dazu beigetragen hat, dass ich unschuldig eingesperrt wurde. Aber sie war auch meine Patientin, und ich hab ihr versprochen, ihr zu helfen, wenn sie mich regelmäßig besucht. Allerdings unter der Bedingung, dass sie mir die Wahrheit darüber sagt, warum sie damals gelogen hat und wie sie zu den angeblichen Beweismitteln gekommen ist.«

Wieder machte er eine Pause. Ich spürte, wie mein Puls sich beschleunigte. Mir wurde schwindelig bei dem Gedanken, was nun vielleicht kommen würde.

»Nicole wollte nie einem Menschen etwas Böses tun. Sie hatte wohl einmal gesehen, wie Julianes Vater die Kleine auf eine bestimmte Art angefasst hat, was mit Sicherheit keine Absicht von ihm gewesen ist. Eine zufällige Berührung wahrscheinlich, aber bei Nicole wurde in diesem Moment quasi ein Schalter umgelegt. Sie dachte, die kleine Juliane müsste wie sie selbst damals ein *großes Geheimnis* mit ihrem Vater hüten. Ein Geheimnis, das erst mit dem Tod endet. Sie … sie kann nichts dafür, verstehen Sie das? Es ist ihr Wesen, Herr Menkhoff. Sie glauben, Nicole zu kennen, aber das tun Sie nicht, denn Sie haben das Wesen von Nicole Klement nicht erkannt. Sie wollte tatsächlich nur helfen und dafür sorgen, dass die Kleine nicht dasselbe Martyrium durchmachen musste wie sie selbst. Aus ihrer Sicht hat sie Juliane beschützt.«

Unwillkürlich hielt ich den Atem an. Wenn er die Wahrheit sagte …

»Was erzählen Sie da für einen Mist, Lichner?«, sagte Menkhoff.

»Das ist kein Mist, Herr Menkhoff, es geht mir darum, Sie zu warnen, denn das, was Nicole damals getan hat, kann jederzeit wieder passieren. Ich möchte einfach verhindern, dass dann vielleicht wieder ein Unschuldiger eingesperrt wird, denn im Gegensatz zu dem, was Sie denken, bin ich kein psychopathischer Mörder. Und damit Sie verstehen, wie ernst es mir damit ist, kommt jetzt der Teil, den Sie vielleicht als interessant bezeichnen würden.« Er atmete ein paarmal tief durch, bevor er weitersprach. »Diese ganze Geschichte mit meiner angeblich entführten Tochter habe ich erfunden und selbst eingefädelt.«

»Was?«, rief ich, während Menkhoff ein undefinierbares Geräusch von sich gab.

»Warten Sie«, sagte Lichner schnell, »lassen Sie es mich erklären. Herr Hauptkommissar, was hätten Sie getan, wenn ich nach meiner Entlassung zu Ihnen ins Polizeipräsidium spaziert wäre und Ihnen gesagt hätte: ›Nicole hätte zugegeben, dass sie Juliane Körprich umgebracht hat?‹«

Ohne lange darüber nachzudenken, sagte Menkhoff: »Ich hätte Sie rausgeschmissen.« Ich wusste, das hätte er getan.

Lichner nickte heftig. »Das hätten Sie, ganz sicher. Und wenn ich Ihnen gesagt hätte, es gäbe Unterlagen, die beweisen, dass Nicole ein ernsthaftes psychisches Problem hat? Und dass nicht auszuschließen ist, dass sie so was wieder tut?«

»Vielleicht hätte ich Ihnen die Zähne ausgeschlagen, wer weiß.«

»Ja, wer weiß. Ich hätte jedenfalls keine Chance gehabt, Sie dazu zu bringen, sich Nicoles Krankengeschichte auch nur anzusehen.«

»Und was hat das mit dieser angeblichen Entführung Ihrer angeblichen Tochter zu tun?«, wollte ich wissen.

»Als mir klarwurde, wie groß die Gefahr ist, die von Nicole ausgeht, habe ich nur eine Chance gesehen: Ich musste dafür sorgen, dass Sie selbst darauf kommen. Ich musste Sie also dazu bringen, sich wieder mit mir *und* mit ihr zu beschäftigen. Aber ich wusste auch, dass Sie es sofort durchschauen würden, wenn ich das zu plump anstellen würde. Als Markus Diesch in meine Zelle verlegt wurde und mir erzählte, er sei Krankenpfleger und habe viele Jahre auf einer Geburtsstation gearbeitet, habe ich zuerst wie alle anderen meine Witze darüber gemacht. Dann kam mir aber eine verrückte Idee, und im Laufe der Zeit reifte sie zu einem Plan. Ich hatte ja viel Zeit, darüber nachzudenken. Ich habe also so was wie eine Notbremse konstruiert, die ich nur dann einsetzen wollte, wenn ich aufgrund von Nicoles Verhalten der Meinung war, dass es gefährlich wird. Ich wusste, wenn jemand *mich* der Kindesentführung beschuldigt, würden Sie sofort anspringen. Nun konnte ich natürlich nicht wirklich ein Kind entführen. Andererseits würden Sie das Interesse schnell wieder verlieren, wenn sich herausstellte, dass es gar kein Kind gab. Also musste es laut Melderegister ein Kind geben, worauf Sie sich stürzen konnten, wobei sich später natürlich herausstellen musste, dass es fingiert ist.«

»Wollen Sie damit sagen, dieser Diesch hat schon vor zwei Jahren den Datenbankeintrag und die Unterlagen gefälscht, nur, damit Sie *jetzt* diese Nummer abziehen können?«

»Oh nein, ich habe mit keinem Wort Markus Diesch beschuldigt. Ich habe nur gesagt, dass *jemand* das getan hat. Ich werde auch nicht sagen, wer es war.«

»Darüber reden wir noch«, knurrte Menkhoff. »Weiter.«

»Das habe ich damals nicht in die Wege geleitet, um *jetzt* diese Nummer abzuziehen – um in Ihrem Sprachgebrauch zu bleiben. Dieses kleine Täuschungsmanöver wollte ich in dem Moment einsetzen, wenn es nötig wird – und jetzt *ist* es nötig geworden, leider Gottes. Sie entgleitet mir. Ich merke, dass man mit reiner Therapie nichts mehr bei ihr tun kann.« Er hielt kurz inne. »Nicole Klement muss in eine geschlossene Abteilung, wo sichergestellt ist, dass sie nichts anrichten kann. Dass ich sie nicht mehr einweisen kann, dafür haben Sie ja vor vielen Jahren gesorgt. Aber es hätte mich auch ehrlich gesagt überrascht, wenn Sie das gleich auf Anhieb verstanden hätten.«

»Wenn Sie schon wieder anfangen, unverschämt zu werden –«

»Kurz nachdem ich entlassen wurde, habe ich die Wohnung in der Zeppelinstraße gemietet. Ich kann Ihnen noch nicht mal genau sagen, warum ich das getan habe. Ich denke, ich wollte einfach nicht, dass meine wahre Adresse auf gefälschten Papieren auftaucht. Außerdem hat das die Sache für Sie noch mysteriöser gemacht. Und die monatliche Miete dort geht gegen null.«

»Was ist mit Ihrer Nachbarin, Herr Lichner?«, fragte ich.

»Sie ist ein armes Ding. Ich hab ihr einen kleinen Betrag gegeben, wenn sie ein bisschen schauspielert. Alles, was sie gesagt hat, war von Anfang an so abgesprochen.« Wieder machte er eine kurze Pause. »Ich weiß selbst, dass das alles nicht ganz astrein ist, aber es war mir wichtig, dass Sie die Unterlagen über Nicole selbst finden, wenn es so weit ist, weil ich wusste, nur dann würden Sie sie lesen. Das war ja fast schon wieder zu viel erwartet, wie sich herausgestellt hat, aber gut. Ich hab also dafür gesorgt, dass Sie den Mietvertrag und den Schlüssel ebenso finden wie die Fotos von Nicole und von Diesch. Jeder Versuch, Ihnen die Dokumentation über Nicoles Therapie auf normalem Wege zu geben, wäre gescheitert. Hatte ich nicht recht damit?«

Natürlich hatte er recht.

»Eines verstehe ich noch immer nicht«, sagte ich. »Wenn das wirklich stimmt, was Sie da sagen – warum jetzt?«

Lichner zögerte einen Moment, dann sagte er: »In den letzten Wochen ist es trotz der Therapie schlimmer geworden. Ich … Herr Seifert, ernsthaft: Ich befürchte, Nicole könnte bald wieder etwas Furchtbares tun.«

Menkhoff stand mit einem Ruck auf. »So einen Mist hab ich ja selten gehört. Wenn Sie ernsthaft geglaubt haben, mich mit dieser Schmierenkomödie zu Ihrem Tanzbären machen zu können, sind Sie noch verrückter, als ich dachte, Lichner.«

»Wenn das Ihre Sichtweise ist, habe ich eine Überraschung für Sie, Herr Hauptkommissar: Sie tanzen schon seit zwei Tagen nach meiner Pfeife.« Lichner stand nun ebenfalls auf. »Wissen Sie, das alles hat mich einiges an Mühe gekostet, aber es war mir wichtig, es so zu machen, dass zumindest die Chance besteht, dass Sie sich einmal benehmen wie ein richtiger Kriminalist. Im Grunde genommen wusste ich, dass selbst die größte Mühe und die logischsten Argumente an Ihrem Ego abprallen werden, und es kann mir eigentlich egal sein, was Sie daraus machen. Eines aber ist sicher: Wenn in nächster Zeit einem Kind etwas zustößt, werde ich an alle großen Zeitungen herangehen und ihnen erzählen, was ich als Psychiater, der Nicole besser kennt als jeder andere, alles unternommen habe, um Sie vor ihr zu warnen. Und wie grandios und argumentativ untermauert Sie alles in den Wind geschossen haben.«

Nun standen Sie sich fast in gewohnter Weise gegenüber. Menkhoff schwer atmend, Lichner relativ ruhig. Dann senkte Lichner den Kopf und schüttelte ihn gleichzeitig. »Also gut, mein letzter Versuch: Können Sie denn nicht wenigstens dafür sorgen, dass einer Ihrer Polizeipsychologen – am besten eine Psychologin – sich mit Nicole unterhält? Ich bin überzeugt, wenn diejenige auch nur halbwegs gut in ihrem Beruf ist, wird sie Ihnen schon nach einem Gespräch sagen können, dass Nicole eine latente Gefahr darstellt.«

»Gegenfrage: Warum haben Sie sie nicht einfach zu einem anderen Psychologen geschickt? Sie haben doch sicher noch Kontakt zu Kollegen von früher? Warum dieser wahnwitzige Aufwand?«

»Weil sie nicht zu jemand anderem geht, wenn ich sie darum bitte. Allein den Vorschlag von mir würde sie schon als Vertrauensbruch ansehen. Danach würde wahrscheinlich auch ich nicht mehr an sie herankommen. Nein, Herr Hauptkommissar. Sie müssen sie schon in Ihrer Funktion als Polizist zu einem Gespräch mit einer Polizeipsychologin bringen. Wenn die es dann schafft, sich öfter mit ihr zu unterhalten und dabei ihr Vertrauen zu gewinnen, wird Nicole vielleicht sogar irgendwann zugeben, dass *sie* das damals getan hat. Wie schon gesagt – sie ist ja davon überzeugt, überhaupt nichts Rechtswidriges getan zu haben.«

»Und damit führen Sie Ihre Theorie ad absurdum, Herr Psychiater«, sagte Menkhoff mit Triumph in der Stimme. »Wenn sie das damals wirklich gewesen wäre, warum hat sie es dann nicht zugegeben, sondern dabei geholfen, *Sie* zu überführen?«

»Warum? Weil *Sie* sie dazu ermuntert haben, Herr Menkhoff.«

49

24. Juli 2009, 10.21 h

»Das wird ja immer absurder«, sagte Menkhoff ärgerlich und sah mich an. »Es wird höchste Zeit, dass wir gehen. Herrn Lichners Märchenstunde ist hiermit beendet.« Er wandte sich erneut an den Psychiater und sagte: »Ich werde Sie drankriegen, Lichner, wegen Vortäuschung einer Straftat. Kann gut sein, dass Sie wieder in den Knast wandern.«

»Denken Sie, das kann mich nach über 13 Jahren noch beeindrucken, Herr Hauptkommissar? Wenn Sie Nicole von einer Polizeipsychologin untersuchen lassen, war es das wert.«

Menkhoff tat, als hätte er Lichner nicht gehört. »Und gegen Ihren Freund Diesch werden wir ein Verfahren wegen Fälschung von amtlichen Unterlagen einleiten. Sie dachten, Sie können sich ein Späßchen mit uns erlauben und sich anschließend über uns totlachen, was? Ich werde Ihnen zeigen, dass Sie das nicht können. Bleiben Sie in der Stadt.«

Lichner warf mir einen Blick zu, der wohl bedeutete: *Können Sie ihn nicht zur Vernunft bringen?*, den ich aber ignorierte, obwohl mir dabei alles andere als wohl zumute war. Ich hätte ihm gerne noch ein paar Fragen gestellt, aber ich wusste, das würde anschließend zu wenig erfreulichen Diskussionen mit Menkhoff führen. Wir verließen die Wohnung, und Lichner versuchte nicht mehr, uns umzustimmen. Er kannte meinen Partner wahrscheinlich auch gut genug, um zu wissen, wann bei ihm nichts mehr zu machen war.

»Der Mistkerl verarscht uns, Alex«, sagte Menkhoff, als wir im Auto saßen. Er war wütend, sehr wütend. »Aber das wird ihm noch leidtun. Jetzt fahren wir zu seinem Freund Diesch. Der wandert postwendend wieder in den Knast.«

»Es wird schwer werden zu beweisen, dass *er* den falschen Eintrag gemacht hat«, wandte ich ein. »Immerhin steht in der Datenbank der Name dieser Pflegerin. Und ich finde ja, was Lichner da gesagt hat –«

»Jetzt fang bloß nicht an, mir wieder mal deine Bedenkenliste vorzutragen, Alex, das brauch ich jetzt am allerwenigsten.«

»Und du komm mal wieder runter. Ich bin auf deiner Seite, schon vergessen? Und außerdem könntest du zumindest mal in Betracht ziehen, dass an der Theorie was dran sein könnte. Es klingt jedenfalls logisch.« Ich bremste vor einer Kreuzung ab und hielt vor der Ampel an, die gerade rot geworden war.

»Natürlich klingt es logisch, er ist Psychiater«, sagte Menkhoff. »Aber mich wickelt er nicht ein mit seinem Gequatsche. Du lässt dir auch jeden Scheiß erzählen, Alex Seifert, aber wirklich.«

Ich schlug mit der Hand gegen das Lenkrad. »Jetzt hör mir mal zu, Bernd, ich …«

In dieser Sekunde klingelte Menkhoffs Handy. Er zog es aus der Tasche und nahm das Gespräch an. Ich beobachtete ihn. Einen Moment lang hörte er zu, dann weiteten sich seine Augen. »Was? Was soll das heißen?«

Schlagartig wich sämtliche Farbe aus seinem Gesicht, seine Augen wurden glasig. »Ist das sicher? Haben Sie überall nachgesehen? Was? Aber … wie kann das sein?« Und dann laut, sehr laut, verzweifelt: »Wenn ihr was passiert ist … Beten Sie zu Gott, dass ihr niemand was angetan hat.« Mit einer fahrigen Bewegung steckte er das Telefon weg und sah mich fassungslos an. »Das war der Kindergarten. Luisas Kindergarten. Luisa … sie … die sagen, sie ist verschwunden.«

»Was? Sind die sicher?«

»Natürlich sind die sicher«, blaffte er mich an. »Glaubst du, die rufen mich zum Scherz an und erzählen mir so eine Scheiße? Meine Tochter ist entführt worden.«

50

24. Juli 2009, 10.23 h

Ich war kaum zu einer Reaktion fähig. Wirre Gedanken rasten mir mit einer irrsinnigen Geschwindigkeit durch den Kopf, manche von ihnen hatten Namen im Schlepptau. Lichner, Diesch, Nicole … Nicole.

Menkhoff hatte schon wieder das Telefon am Ohr. »Vielleicht ist sie nach Hause gelaufen«, sagte er. Sekunden später wussten wir, dass Luisa nicht zu Hause war. Ich dachte kurz daran, dass Frau Christ nun zu Hause verrückt werden musste vor Sorge. Menkhoff stieß zischend etwas aus, was ich nicht verstand, beendete das Gespräch und wählte gleich wieder eine neue Verbindung. Er verlangte nach Kriminaloberrätin Biermann. Als er sie kurze Zeit später an der Strippe hatte, erzählte er ihr stakkatoartig, was passiert war, und drängte sie, eine sofortige Ringfahndung einzuleiten. Irgendwo drückte jemand penetrant auf die Hupe. Es dauerte eine Weile, bis ich registrierte, dass das nervtötende Geräusch von dem Wagen direkt hinter uns kam. Die Ampel war wohl schon länger auf Grün umgesprungen.

Für die Strecke bis zur Kindertagesstätte der Erlöserkirche in Brand brauchten wir dank des Blaulichts, das Menkhoff nach seinem Telefonat auf dem Dach des Audis befestigt hatte, nur knappe 15 Minuten. Während der Fahrt schlug er immer wieder auf das Armaturenbrett ein und wechselte zwischen wüsten Drohungen gegen die

Kindergartenleitung und einem fast flehenden Bitten, dass seiner Tochter nichts zugestoßen war. Er telefonierte noch zweimal mit dem Präsidium und vergewisserte sich, dass alles mobilisiert wurde, was machbar war. Ich wollte etwas tun, irgendwas, und sagte diese schlimmen *Bestimmt*-Sätze wie ›Ihr ist *bestimmt* nichts passiert‹ und ›Sie hat sich *bestimmt* einfach nur irgendwo versteckt‹ und ›Wenn wir ankommen, ist sie *bestimmt* schon wieder aufgetaucht‹. Mein Partner antwortete nicht darauf, und ich kam mir schrecklich dumm und hilflos vor.

Als wir vor dem verklinkerten Gebäude in der Hermann-Löns-Straße ankamen, war Luisa noch nicht wieder aufgetaucht, dafür waren schon drei Streifenwagen vor Ort. Zwei uniformierte Kollegen, ein junger Kommissar und ein bedeutend älterer Hauptmeister, die ich beide kannte, aber deren Namen mir nicht einfielen, unterhielten sich auf einem kleinen Rasenstück mit einer dunkelhaarigen Frau, die sehr aufgeregt wirkte. Unter den Achseln des kurzärmeligen Hemdes, das der Kommissar trug, hatten sich große Schwitzflecken gebildet, auf seiner Stirn glänzte Schweiß. Im Hintergrund führte eine jüngere Frau, fast noch ein Teenager, eine Gruppe von vielleicht zwanzig kleinen Kindern aus dem Gebäude. Die Jungen und Mädchen hielten sich dabei an den Händen und bildeten eine Schlange.

Wir waren noch einige Meter entfernt, da rief Menkhoff schon: »Was ist? Ist sie wieder da?« Die Frau schlug sich eine Hand vor den Mund und fing an zu weinen – wie man ihren geröteten Augen ansah, nicht zum ersten Mal in den letzten Minuten. »Herr Menkhoff, ich weiß nicht, wie das passieren konnte. Es ist doch immer alles abgeschlossen, wenn –«

»Wo verdammt nochmal waren Sie, als meine Tochter verschwunden ist? Und wo war ihre Betreuerin?«

»Herr Hauptkommissar, Frau Bauer kann sicher nichts dafür«, warf der Kommissar in Uniform ein. »Ich habe nicht Sie gefragt, Herr Kollege«, fuhr Menkhoff ihn an. »Sagen Sie mir nicht, wer was wofür kann. Machen Sie gefälligst Ihren Job und lassen mich meinen tun.« Der junge Mann wurde bleich, ich warf ihm einen entschuldigenden Blick zu.

»Ich … ich war in meinem Büro«, erklärte die Leiterin, »und Gabi, Luisas Betreuerin, war bei ihrer Gruppe, im Igelnest. Die Luisa musste mal zur Toilette, und … und dann … kam sie nicht zurück. Ich verstehe das nicht. Die Eingangstür ist nach halb zehn immer abgeschlossen. Man kann nur … man muss klingeln, um reinzukommen. Und der Griff, also, damit kann man von innen öffnen, aber der ist so hoch angebracht, dass die Kinder nicht drankommen. Wir haben einen Wochenplan, eine von den Erzieherinnen kontrolliert die Türen um halb zehn, das macht diese Woche die Petra, und die sagt, sie ist sicher, dass die Tür verschlossen war.«

»Haben Sie innerhalb des Kindergartens überall nachgesehen? Vielleicht versteckt sie sich irgendwo.«

»Ja, das haben wir getan, bevor ich Sie angerufen habe.«

»Die Kollegen durchsuchen gerade alles noch einmal, Herr Hauptkommissar.« Es war der Mann, den Menkhoff gerade so angeblafft hatte.

»Wann genau ist Luisa zur Toilette gegangen?«, wollte Menkhoff wissen.

»Ich … Gabi ist da drinnen, sie kann Ihnen das besser sagen. Sie ist mit den Nerven völlig am Ende.«

Ohne ein weiteres Wort wandte Menkhoff sich ab, ich folgte ihm zum Eingang der Kita.

Ich versuchte mir vorzustellen, was in diesem Moment in ihm vorging, konnte es aber nicht einmal ansatzweise. Diese Geschichte mit Lichner und Nicole riss alte Wunden wieder auf. Und nun war auch noch seine Tochter verschwunden. Das alles war zumindest sehr seltsam. Hatte Lichner etwas damit zu tun? Aber warum sollte er Menkhoffs Tochter entführen? Aus Rache für damals? Und warum dann gerade zu einem Zeitpunkt, an dem er uns gestanden hatte, dass er selbst die angebliche Entführung seines eigenen Kindes inszeniert hatte? Das ergab alles keinen Sinn. Es sei denn … Lichners Theorie … Nicole. Sie könnte so etwas wieder tun … Ich sah Luisa vor mir, ihre süße Zahnlücke, wenn sie lachte.

Wir fanden die Kindergärtnerin Gabi im Büro der Leiterin. An der Wand neben einem Schreibtisch aus Kiefernholz stand eine kleine blaue Couch, auf der die junge Frau saß und auf den Boden starrte. Sie erhob sich, als wir das Büro betraten, und ich konnte erkennen, dass die Augen hinter den Gläsern ihrer randlosen Brille verquollen und stark gerötet waren. Nervös strich sie sich mit den Händen mehrfach den knielangen Rock an den Seiten glatt, während sie Menkhoff mit ängstlicher Erwartung ansah. Sie tat mir leid, und ich hoffte, dass Menkhoff sie nicht zu sehr anschnauzte. Das tat er nicht. Mit halbwegs normaler Stimme sagte er: »Kann ich Ihnen ein paar Fragen stellen?«

»Ja, Sie … Herr Menkhoff, es tut mir so leid.« Die Flüssigkeit in ihren Augen schwappte über und bahnte sich zwei Pfade über ihre rundlichen Wangen.

»Ja, ich weiß«, sagte Menkhoff. »Können Sie sich noch erinnern, wann genau Luisa zur Toilette gegangen ist?«

Sie sah zwischen uns hindurch, als stände die Uhrzeit hinter uns an der Wand. »Nicht genau, aber es muss kurz nach zehn gewesen sein.«

»Menkhoff sah auf seine Uhr. Das war vor über einer halben Stunde.«

»Wir haben zuerst alles abgesucht, aber als eine Kollegin bemerkt hat, dass die Eingangstür nicht mehr abgeschlossen war …«

»Wer hat einen Schlüssel für diese Tür?«

»Frau Bauer hat einen an ihrem Schlüsselbund, und einer hängt im Schlüsselkasten in ihrem Büro. Aber man braucht keinen Schlüssel, oben an der Tür, da, wo die Kinder nicht drankommen, ist ein Drehknopf, mit dem man die Tür auf- und zuschließen kann. Ich verstehe nicht, warum jemand die Tür aufgemacht hat.«

»Vielleicht, um Luisa Menkhoff zu entführen?«, sagte ich.

Sie sah mich verwirrt an. »Aber … wie soll jemand an den Schlüssel gekommen sein, um von außen aufzuschließen?«

Auch Menkhoff warf mir nun einen fragenden Blick zu. »Ich rede auch nicht davon, dass jemand von außen aufgeschlossen hat. Vielleicht hat jemand die Tür von innen geöffnet. Jemand, der hereinkam, solange noch offen war, der sich dann vielleicht irgendwo versteckt und gewartet hat, bis Luisa zur Toilette musste, oder ein anderes Kind.«

»Oder ein anderes Kind?«, fragte die junge Frau.

»Ja, wer sagt denn, dass es jemand speziell auf Luisa abgesehen hat?«

»Ich«, knurrte Menkhoff neben mir. »Ist doch wohl klar, dass das kein Zufall ist. Also, Sie haben keine Vorstellung, wer meine Tochter mitgenommen haben könnte?«

»N…nein, es tut mir leid.« Und nach einem kurzen Moment fügte sie noch einmal hinzu: »Es tut mir so leid.«

»Komm mit«, sagte Menkhoff zu mir und verließ das Büro der Kindergartenleiterin. Noch auf dem Flur drückte er die Wahlwiederholungstaste und hielt sich das Handy ans Ohr. »Menkhoff hier, wie sieht's aus? … Gut. Ist jeder verfügbare – Nein, das kann ich mir nicht denken, deshalb frage ich nach.«

Seine Stimme war mit dem letzten Satz deutlich lauter geworden, auf der Stirnmitte bildete sich die typische Zornesfalte. »Was? … Es geht hier um meine Tochter, verdammt nochmal, kommen Sie mir nicht mir diesem dämlichen Geschwätz! Und wenn ich zehnmal weiß, dass alles getan wird, werden Sie mir nicht verbieten, nachzufragen. Ja, bis gleich.«

»Wer hat Dienst?«, fragte ich, während er das Telefon wegsteckte.

Er winkte ab. »Meyers, dieser Blödmann.«

Wir verließen das Gebäude. Menkhoff ging auf die beiden uniformierten Kollegen und die Kindergartenleiterin zu und wandte sich wieder an den jungen Kommissar. »Notieren Sie sich meine Handynummer. Ich möchte, dass Sie mich sofort anrufen, wenn sich hier was Neues ergibt, und wenn es Ihnen auch noch so unwichtig erscheint.« Der Mann zog Block und Stift hervor und schrieb sich die Nummer auf, die Menkhoff ihm diktierte. Zwei Minuten später saßen wir im Auto. »Ins Präsidium?«, wollte ich wissen.

»Nein. Zurück zu Lichner.« Es hörte sich an, als ob Menkhoff dabei auf die Zähne biss.

»Glaubst du, Lichner hat was damit zu tun?«, fragte ich, während ich mit hoher Geschwindigkeit zwischen den überall am Straßenrand parkenden Fahrzeugen hindurchraste.

»Gut möglich«, knurrte er. »Ich hoffe für ihn, dass es nicht so ist.«

»Hältst du es für möglich, dass Nicole …?«

»Nein«, sagte er viel zu schnell, und fügte dann hinzu: »Ach verdammt, ich kann schon nicht mehr klar denken.«

Menkhoff saß keine Sekunde still. Immer wieder fuhr er sich nervös durch die Haare oder strich sich über das Kinn, als wolle er einen unsichtbaren Bart glätten. »Wenn Luisa was passiert …« Es klang atemlos, als hätte er einen Sprint hinter sich. »Ich weiß nicht, was geschieht, wenn die meiner Tochter was antun, Alex.«

»Nun wart doch erst mal ab, vielleicht –«

»Sie ist entführt worden, Alex. Ich werd mir Lichner vorknöpfen, und ich verspreche dir, wenn sich rausstellt, dass der Kerl was damit zu tun hat …«

»Was hältst du davon, wenn ich das übernehme?«, warf ich so nebensächlich wie möglich ein.

Er schüttelte den Kopf. »Vergiss es. Luisa ist meine Tochter, ich mach das alleine.«

Ich spürte, wie eine heiße Woge durch meinen Körper zog und ein Prickeln auf meiner Stirn hinterließ, das innerhalb einer Sekunde zu einem heftigen Stechen wurde, wie mit tausend Nadeln. »Nein, Bernd, das machst du nicht alleine, verdammte Scheiße!«, schrie ich ihn an. »Diese Sache mit Luisa ist schrecklich, aber deiner Tochter ist nicht damit geholfen, wenn du in diesem Zustand meinst, alles alleine machen zu können. Mann! Du kannst von Glück reden, wenn die Biermann dich nicht komplett von dem Fall abzieht, gerade *weil* es um deine Tochter geht.«

»Die Bie –«

»Und was Lichner und Nicole betrifft – wenn du endlich mal einen objektiven Blick auf die Fakten werfen würdest, könntest du sehen, dass das, was er gesagt hat, absolut plausibel ist. Aber du *willst* es nicht sehen, oder? Du *willst* ihn hassen und für alles verantwortlich machen, was in den letzten 16 Jahren in deinem Leben schiefgelaufen ist, stimmt's? Es ist zum Kotzen, Bernd, echt!«

Ich sah ihm in die Augen und hörte meinen Atem, und während mein Puls sich nur langsam wieder beruhigte, machte ich mich auf den Wutausbruch meines Kollegen gefasst, ich hätte ihn verstanden. Aber Bernd Menkhoff brüllte nicht zurück. Er weinte. Lautlos, ohne dass die Schulterblätter zuckten. Er saß reglos neben mir auf dem Beifahrersitz, sah mich an und ließ es zu, dass die Tränen über sein Gesicht liefen, sich unterhalb seines Kinns vereinigten und von dort als dicke Tropfen auf sein Hemd fielen.

Ich beugte mich zu ihm hinüber und legte ihm die Hand auf die Schulter. »Mensch, Bernd …«, meine Stimme war leise und hörte sich für mich selbst an, als wäre ich erkältet, »tut mir leid, dass ich dich so angeschrien habe, ich kann dich wirklich verstehen, aber … du weißt es doch selbst. Fass Lichner einmal an, und der Fall wird dir nicht nur auf jeden Fall sofort entzogen, sondern du hast auch noch ein Diszi am Hals. Du weißt es doch. Bernd. Also – wir unterhalten uns beide mit Lichner, einverstanden?«

Er nickte und wischte sich mit dem Handrücken über die Wangen. »Es stimmt sicher einiges von dem, was du gesagt hast, Alex. Aber eben nicht alles. Nicht alles. Komm, gib Gas.«

51

24. Juli 2009, 11.16 h

Lichner machte ein verdutztes Gesicht, als er die Tür öffnete und sich uns schon wieder gegenübersah. Er zeigte ein flüchtiges, lichneruntypisches Lächeln. »Haben Sie was verg –«

»Meine Tochter ist entführt worden, aus dem Kindergarten.«

Lichner riss die Augen auf und stand wie versteinert da, zwei, drei Sekunden lang. Dann sagte er: »Das … das tut mir leid«, und das war so untypisch für ihn, dass ich ihn dafür eine Weile anstarrte. »Ist das … sicher? Ich meine, sind Sie sicher, dass –«

»Wissen Sie was davon?«, fiel ihm Menkhoff ungeduldig ins Wort und machte noch einen Schritt auf ihn zu. Seine Körperhaltung war eine einzige Drohung. »Lichner … Wenn Sie etwas wissen, dann sagen Sie mir sofort, was mit Luisa ist. Wenn meiner Tochter was passiert, bring ich den Verantwortlichen eigenhändig um. Also machen Sie den Mund auf.« Wie schon einige Male zuvor standen sie sich dicht gegenüber, aber jetzt wich Lichner dem Blick meines Partners aus, und ich war fast sicher, dass er etwas darüber wusste, was mit Luisa passiert war. Menkhoff schien es ähnlich zu gehen. Er packte ihn am Hemd, ballte die Hände zu Fäusten und schrie ihn an: »Reden Sie!«

»Was soll das?«, beschwerte sich Lichner. »Lassen Sie

mich sofort los!« Mir wurde klar, dass ich dastand wie in einer Statistenrolle. Ich machte einen Schritt auf die beiden zu und drückte sie auseinander, Menkhoff ließ tatsächlich von Lichner ab, der sich fluchend sein Hemd wieder glattzog.

»Zum letzten Mal, Lichner«, sagte Menkhoff gefährlich leise, »wissen Sie, was mit meiner Tochter passiert ist?«

»Nein, ich *weiß* es nicht«, antwortete Lichner. »Aber ich habe eine Ahnung. Hoffentlich täusche ich mich. Mein Gott, damit habe ich nicht gerechnet. Kommen Sie …«

Er machte auf dem Absatz kehrt und stieg die Treppe zu seiner Wohnung hoch, wobei er immer zwei Stufen auf einmal nahm. Wir folgten ihm. In seiner Wohnung ging er geradewegs zu einer kleinen Kommode, auf der ein schnurloses Telefon in der Station stand. Kurze Zeit später legte er den Hörer wieder zur Seite und sagte: »Sie meldet sich nicht.«

»Wer meldet sich nicht?«, bellte Menkhoff, und ich wunderte mich wieder einmal darüber, wie groß die Blockade in ihm sein musste, dass er diese Frage überhaupt stellte.

»Nicole«, sagte ich.

»Ich hab es Ihnen doch heute Morgen schon einmal zu erklären versucht«, sagte Lichner. »Allerdings konnte ich nicht ahnen, dass sie ausgerechnet –«

»Was reden Sie da?«, schrie Menkhoff.

»Haben Sie mir überhaupt nicht zugehört? Sie müssen Nicole finden.« Lichners Stimme klang nun beschwörend. »Ich habe befürchtet, dass sie so etwas tun könnte, aber ich hätte nicht gedacht … Herr Menkhoff, es ist sehr wahrscheinlich, dass *sie* Ihre Tochter entführt hat. Ich denke, sie möchte das Mädchen vor Ihnen beschützen.«

»Vor mir beschützen? Was soll das denn heißen? Sie sind doch total irre. Wieso soll sie Luisa vor mir beschützen wollen? Und lassen Sie sich nicht jedes Wort aus der Nase ziehen, verdammt nochmal.«

Lichner sah an Menkhoff vorbei und richtete seinen Blick ins Nichts zwischen uns. »Wir haben uns vor einiger Zeit unterhalten. Über Sie. Darüber, dass Sie jetzt verheiratet sind und eine Tochter haben. Nicole hat mich gefragt, ob ich glaube, dass Sie ein guter Vater sind. Ich … mein Gott, Sie haben damals alles drangesetzt, dass ich ins Gefängnis komme. Unschuldig. Ich habe gesagt, dass man um des Mädchens willen nur hoffen kann, dass Sie in der Vaterrolle besser sind als in der eines Polizisten. Und … dass ich das aber bezweifle.«

Menkhoff sah Lichner verständnislos an, als erwarte er gleich die Auflösung eines Rätsels von ihm. »Ja und?«, machte er. »Ich kann Sie auch nicht ausstehen.«

»Er meint, dass das der Grund dafür ist, dass Nicole Luisa entführt haben könnte, Bernd.«

Menkhoffs Miene änderte sich, die Verwirrung war gewichen, stattdessen spiegelte sich nun die ganze Fassungslosigkeit in seinem Gesicht wider. »Sie wollen mir also ernsthaft weismachen … Nicole soll meine Luisa entführt haben?«

»Ja«, sagte Lichner. »Ich glaube, dass Ihre Tochter bei Nicole ist.«

»Wissen Sie, wo sie sein könnte?«

Lichner dachte einen Moment lang nach, hob dann aber die Schultern. »Nein.«

»Wir könnten …«, setzte ich an, aber Menkhoff fiel mir ins Wort. »Los, wir fahren. Ich rufe von unterwegs im Präsidium an und gebe eine Fahndung nach Nicole raus.«

An Lichner gewandt, sagte er: »Wenn Sie mich verarschen, mach ich Sie fertig, Lichner, das schwör ich Ihnen.« Damit verließ er die Wohnung.

»Kann sein, dass wir Ihre Hilfe noch brauchen«, sagte ich so zu Lichner, dass Menkhoff es nicht hören konnte. »Werden Sie uns helfen?«

»Ja«, sagte er nach kurzem Zögern. »Trotzdem.«

Ich nickte und folgte meinem Partner. Menkhoff rief im Präsidium an, kaum dass wir im Auto saßen, und ordnete eine Fahndung nach Nicole Klement wegen des Verdachts der Entführung an. Ich konnte aus jedem Satz den Kampf heraushören, den er dabei in seinem Innersten austrug.

Um zwanzig vor zwölf erreichten wir das Präsidium, keine fünf Minuten später betraten wir das Büro unserer Chefin. Sie erhob sich, kam um ihren Schreibtisch herum und sah Menkhoff mitfühlend an. »Es tut mir leid, Herr Menkhoff, eine schlimme Sache. Kommen Sie bitte beide mit, die anderen warten schon im Besprechungsraum.«

Das Zimmer, das wir für Besprechungen nutzten, lag ihrem Büro schräg gegenüber. Es hatte etwa die Größe von drei normalen Büroräumen, darin vier zu einer großen Fläche zusammengestellte Tische mit einfachen Stühlen daran, einem alten Sideboard und einer weißen Leinwand an der Stirnseite. Im hinteren Bereich der Tischfläche stand neben einem Telefon der dazugehörige Beamer in einem Nest aus Kabeln.

Die anderen, das waren Kommissar Wolfert und Oberkommissar Meyers, den Menkhoff kurz zuvor schon am Telefon gehabt hatte, sowie drei weitere Kollegen aus der MK3. Kriminaloberrätin Biermann setzte sich Wolfert und Meyers gegenüber an den Tisch, wir ließen uns auf die Stühle neben sie fallen.

»Bitte, Herr Menkhoff, berichten Sie erst kurz über Ihre Gespräche mit Herrn Lichner«, forderte unsere Chefin ihn auf.

Menkhoff erzählte in kurzen Sätzen erst von unserem Besuch bei Nicole Klement am Vortag, von dem verwirrten Zustand, in dem wir sie vorgefunden hatten, und von den Kinderfotos und ihrer skurrilen Begründung, wozu sie sie hatte. Auf dem Gesicht unserer Chefin zeigte sich Überraschung, sie unterbrach ihn aber nicht. Menkhoff fuhr mit Lichners Warnung vor Nicole in unserem ersten Gespräch an diesem Morgen fort und erwähnte dabei auch, dass er anfänglich nichts darauf gegeben hatte. Mit dem Anruf aus dem Kindergarten, was wir dort erfahren und dass wir uns anschließend ein weiteres Mal mit Lichner unterhalten hatten, schloss er schließlich seine Schilderung.

»Halten Sie es für möglich, dass Frau Klement Ihre Tochter entführt hat?«, fragte Kriminaloberrätin Biermann, als er seinen Bericht beendet hatte. Alle Augen richteten sich auf Menkhoff. Er sagte lange nichts, dann hob er die Schultern. »Ich weiß es nicht. Vor zwei Stunden hätte ich es noch für unmöglich gehalten, aber jetzt … ich weiß es nicht. Wir müssen sie schnellstens finden.«

»Wir haben einen Ring um Aachen gelegt«, erklärte Frau Biermann. »Sämtliche Kollegen des KK sind unterwegs und alles, was ich im ganzen Bezirk mobilisieren konnte. Außerdem habe ich zwei Hundertschaften der Bereitschaftspolizei und Unterstützung beim LKA angefordert. Verkehrskontrollen sind an allen Ausfallstraßen einschließlich der Autobahnen eingerichtet, in Brand selbst sind Fußstreifen unterwegs. Ich habe einen Streifenwagen in die Oppenhoffallee geschickt, aber Frau Klement ist nicht in ihrer Wohnung.«

»Wir fahren dahin«, sagte Menkhoff und stand auf. »Vielleicht finden wir einen Hinweis. Besorgen Sie uns bitte einen Durchsuchungsbeschluss. Alex, komm!«

»Moment noch«, sagte Kriminaloberrätin Biermann. Ich war gerade im Begriff aufzustehen, der Ton, mit dem sie das sagte, ließ mich aber wieder auf den Stuhl zurücksinken. »Die Leitung der Ermittlungen übernimmt mit sofortiger Wirkung Hauptkommissar Seifert. Sie, Herr Menkhoff, sind ab jetzt für die Koordination von hier aus zuständig.«

»Was?«, sagte Menkhoff harsch. »Innendienst? Kommt nicht in Frage. Es geht hier um meine Tochter, und –«

»Eben«, unterbrach sie ihn. »Und darum *muss* ich Ihnen die Leitung des Falles entziehen. Eigentlich müsste ich Sie komplett aus dem Ermittlungsteam rausnehmen. Nun tun Sie nicht so, als wäre das was Neues für Sie.«

Menkhoff holte tief Luft, verschluckte dann aber, was immer er auch sagen wollte. Einen Moment lang sah er mich an, dann wanderte sein Blick zu den betreten dreinblickenden Gesichtern von Wolfert und Meyers. Schließlich sagte er mit einer Stimme, der man anmerkte, dass er sie nur mühsam unter Kontrolle halten konnte: »Das geht nicht. Mein Mädchen ist entführt worden, und sie ist wahrscheinlich in großer Gefahr. Ich *kann* mich nicht in ein Büro setzen und Kreuzworträtsel lösen, während die Kollegen da draußen nach *meinem* Kind suchen. Ich denke, das werden Sie verstehen.«

»Ich habe keine Wahl«, antwortete sie streng. »Seifert übernimmt, Sie bleiben hier.«

Wutschnaubend sah Menkhoff sie an. »Gut, soll Alex

den Fall leiten, das ist mir scheißegal. Aber ich werde meine Tochter suchen, und daran wird mich niemand hindern, auch keine hirnrissige Dienstvorschrift.«

Ute Biermann blieb zumindest äußerlich ruhig. »Kommen Sie beide mit in mein Büro«, sagte sie nur und verließ an uns vorbei den Besprechungsraum.

»Schließen Sie die Tür«, befahl sie, als wir hinter ihr in ihrem Büro angekommen waren. Ich tat es und blieb dann neben Menkhoff stehen. »Sie wissen doch, wer Wolferts Vater ist, oder etwa nicht?«, fragte sie, erwartete aber keine Antwort darauf. Jeder im KK11 wusste, wer Wolferts Vater war. »Soll ich mir Probleme ins Haus holen, nur weil Sie Ihren Kopf vor den Kollegen durchsetzen wollen, Herr Hauptkommissar? Ich verstehe Sie sehr gut, das können Sie mir glauben, und ich bin die Letzte, die Ihnen in dieser Situation Steine in den Weg legen möchte, aber es gibt nun mal Dienstvorschriften, und es gibt außerdem einen jungen Kollegen, der seinem Vater offenbar sehr ausführlich darüber berichtet, was hier passiert. Und dieser Vater, Herr Menkhoff, ist jemand, der uns allen hier sehr viel Ärger machen kann.«

»Das ist mir klar, Frau Kriminaloberrätin, aber ich muss Ihnen leider sagen, dass ich jetzt keine Zeit habe für diesen Kram. Ich muss mein Kind suchen. Wenn Sie mir das verbieten wollen, tun Sie's. Aber ich gehe trotzdem.«

»Ich will nicht, ich *muss*«, sagte sie, nun schon ruhiger. »Herr Seifert leitet die Ermittlungen, Sie haben Innendienst. Solange ich nicht offiziell sehe, dass Sie sich meinem Befehl widersetzen, ist damit alles geklärt. Und ich kann von meinem Büro aus unmöglich alles sehen.«

Menkhoff verstand, ebenso wie ich. »Danke«, sagte er schnell. »Ist das alles?«

»Das ist alles. Ich halte Sie auf dem Laufenden.« Nach zwei Sekunden fügte sie hinzu: »Ich meinte Herrn Seifert.«

52

24. Juli 2009, 12.28 h

Während der Fahrt sprachen wir nicht viel. Nachdem Menkhoff meine Frage, ob er Teresa schon informiert hatte, nur mit einem gepressten »Nein« beantwortet hatte, ließ ich ihn in Ruhe. In der unmittelbaren Nähe des Hauses in der Oppenhoffallee waren alle Parkplätze belegt, also stellte ich den Wagen einfach mit zwei Rädern auf dem Gehweg ab.

Im Treppenhaus war es heiß und stickig, was mir schon nach der zweiten Etage die Schweißperlen auf die Stirn trieb. Meine stille Hoffnung, Nicole würde uns auf unser Klingeln hin die Tür öffnen, wurde nicht erfüllt. Ohne Zögern zog Menkhoff ein braunes Ledermäppchen aus der Hosentasche, klappte es auf und beschäftigte sich mit dem Türschloss. Schon nach kurzer Zeit war das Klicken zu hören, mit dem der Schnapper aus dem Schloss sprang. Die Tür war offen. Menkhoff drückte sie ganz auf, so dass wir in den kleinen Flur sehen konnten, und rief laut Nicoles Namen. Als sich auch daraufhin nichts regte, gingen wir hinein. Die Wohnung erschien mir noch düsterer als am Vortag.

Im Wohnzimmer fiel mein Blick sofort auf die kleine Fotogalerie auf dem Sideboard. Alles sah noch genau so aus wie bei unserem letzten Besuch, was mich auf eine seltsame Art beruhigte. Auch Menkhoff betrachtete zuerst die Fotos, bevor er sagte: »Teilen wir uns auf. Ich hab zwar keine Ahnung, wonach wir suchen, aber wer weiß …«

Ich ging zuerst zu den gerahmten Kindergesichtern und sah sie mir genauer an. Das Foto von Juliane war offensichtlich auf dem Spielplatz vor ihrem Elternhaus aufgenommen worden. Ich glaubte, mich an die Spielgeräte zu erinnern, die im Hintergrund zu sehen waren. Das Foto daneben zeigte ein dunkelhaariges Mädchen, das auf einer Schaukel saß. Sie mochte sechs oder sieben sein. Diese Schaukel schien aber zu einem anderen Spielplatz zu gehören. Das Kind schräg dahinter schätzte ich auf vier. Das blaue Plüschtier, das sie der Kamera stolz entgegenstreckte, schien eine Mischung aus Hase und Bär zu sein. Sie saß dabei auf dem unteren Ende einer gelben Rutsche. Das Mädchen auf dem Foto ganz rechts hatte rückenlange, hellblonde Harre. Ihre blauen Augen strahlten den Fotografen schelmisch an. Sie konnte etwa sechs oder sieben Jahre alt sein und war die Einzige, die nicht auf einem Spielplatz fotografiert worden war, sondern vor einer beigefarbenen Wand. Am äußeren Bildrand war ein vertikaler, dunkler Strich zu sehen, von dem ich nicht wusste, was er darstellte. Vielleicht ein Schatten? Ich atmete tief durch. Wer mochten die Mädchen auf diesen Fotos sein? Juliane Körprich war 16 Jahre zuvor umgebracht worden, eine schreckliche Tat, für die Dr. Joachim Lichner über 13 Jahre im Gefängnis gesessen hatte. Wenn stimmte, was Lichner in Bezug auf Nicole gesagt hatte, wenn tatsächlich *sie* das Mädchen damals umgebracht hatte, weil ihr traumatisierter Verstand ihr suggerierte, die Kleine damit vor der Misshandlung durch ihren Vater beschützen zu können, was war dann mit diesen anderen Mädchen. Waren auch sie … tot?

»Wir nehmen sie mit«, sagte Menkhoff hinter mir. Erschrocken drehte ich mich um. Er stand am Eingang des Wohnzimmers und hielt mir etwas entgegen, eine Pappschachtel, die etwas plattgedrückt aussah. »Das da lag unter ihrer Matratze.« Er kam auf mich zu, den Arm noch immer in meine Richtung ausgestreckt. Ich nahm ihm die Schachtel aus der Hand und hob den Deckel ab. Beim Anblick der Fotos darin stockte mir der Atem. Waren das etwa … »Soweit ich es sehen kann, sind es die gleichen Mädchen, die da auch eingerahmt stehen, oder besser gesagt drei davon. Von der kleinen Körprich habe ich kein anderes Foto gefunden.«

Ich nahm den Stapel aus der Schachtel heraus und ging die Fotos durch. Es waren vier oder fünf Aufnahmen von jedem der Mädchen. Wie auf den Fotos im Wohnzimmer zeigten sie zwei der Kinder in verschiedenen Situationen auf Spielplätzen. Das dritte Mädchen war wieder vor der beigefarbenen Wand fotografiert worden. Auf einem der Bilder, auf dem die Kleine ein wenig traurig in die Kamera blickte, sah man ein kleines Stück mehr von dem Schatten, und obwohl man noch immer nicht erkennen konnte, um was es sich handelte, hatte ich das Gefühl, dass ich diesen Schatten oder was immer es auch war, schon einmal zusammen mit dem dazugehörigen Rest gesehen hatte. »Wir müssen rausfinden, wer diese Mädchen sind«, unterbrach Menkhoff meine Gedanken. »In den anderen Zimmern hab ich nichts gefunden, das …«

Er stockte, und als ich meinen Blick von dem Mädchengesicht abwendete, sah ich, dass er auf eine Stelle unter dem Esstisch starrte. Dort lag ein Papierstreifen, auf dem etwas abgebildet war. Was das war, konnte ich von meinem Platz aus nicht erkennen. Menkhoff hob den

Streifen vom Boden auf und betrachtete ihn genauer. Fast im gleichen Moment stöhnte er auf und ließ sich auf den Stuhl fallen, der direkt neben ihm stand.

»Bernd, was ist?«

Er legte sich die freie Hand vor die Augen und hielt mir den Streifen entgegen. Schon bevor ich ihn annahm, sah ich, dass es sich um den Rest eines Fotos handelte, aus dem jemand ein größeres Stück herausgeschnitten hatte. Eine Frau war darauf zu sehen, nicht komplett, nur ein Teil ihres Gesichtes und des Oberkörpers. Dieser Teil war aber groß genug, um sie erkennen zu können. Es handelte sich zweifelsfrei um Frau Christ. An der Schnittstelle war eine rötlichbraune Strähne zu sehen, die nicht zu der Frau gehörte.

»Was …«, sagte ich, weiter kam ich nicht, denn die Erkenntnis, was das bedeuten musste, was ich da in der Hand hielt, ließ mich verstummen. Ich setzte mich neben Menkhoff an den Tisch.

»Sie muss sie irgendwo zusammen fotografiert haben«, sagte er mit erschreckend dünner Stimme. »Vielleicht, als Frau Christ Luisa vom Kindergarten abgeholt hat. Sie … sie hat den Teil rausgeschnitten, auf dem Luisa war.«

»Aber warum?«

Menkhoff gab mir keine Antwort darauf, aber das war auch nicht nötig. Ich wandte den Kopf und ließ meinen Blick über die Galerie gerahmter Kinderfotos streichen. Ein kalter Schauer lief mir über den Rücken.

»Denkst du, sie hat es mitgenommen?«, fragte ich, aber auch auf diese Frage blieb Menkhoff mir die Antwort schuldig. Er rieb sich mit beiden Händen über das Gesicht und sagte: »Mein Gott, mein Mädchen. Sie … Sie hat mein Mädchen. Und wenn sie nun wirklich damals …

wenn Lichner recht hat, und er war damals unschuldig … Aber das kann doch nicht sein.«

»Nun wart doch erst mal ab«, versuchte ich ihn zu beruhigen, obwohl ich mir selbst große Sorgen machte.

»Ich bin ein Scheißvater, weißt du das eigentlich?«, sagte er leise und starrte dabei auf die Tischplatte vor sich. »Ein Arschloch, ein egoistisches Arschloch.«

»Bernd, komm …«

»Weißt du, wie oft ich Luisa nur morgens ganz kurz sehe, weil ich abends meistens noch gar nicht zu Hause bin, wenn sie ins Bett muss? Aber das ist nicht das Schlimmste. Weißt du, was ich tue, *wenn* ich ausnahmsweise mal früh genug da bin? Ich häng vor der Glotze rum und will meine Ruhe haben, statt meine Tochter ins Bett zu bringen und ihr eine Geschichte zu erzählen.« Sein Blick wanderte zu mir. »Sie liebt mich so sehr, und ich hab sie so oft abgewiesen, Alex, verstehst du? Ich hab sie angeschrien, wenn sie gebettelt hat, ich soll sie doch ins Bett bringen und noch mit ihr schmusen. Ein kleines Mädchen hat ihren Vater gebraucht, aber der war zu bequem, seinen Arsch von der Couch zu schieben, so sieht es aus. Und wenn Teresa mir genau das gesagt hat, dann hatte ich tausend Ausreden parat. Ich hab ihr vorgeworfen, ihr wäre es egal, was für einen Scheißtag ich gehabt habe. Dass sie keine Rücksicht nimmt und einfach nur selbst keine Lust hat, die Kleine zu Bett zu bringen.« Er stützte die Ellbogen auf der Tischplatte auf und vergrub das Gesicht in den Handflächen.

Mir fiel in diesem Moment ein, dass Mel noch nichts davon wusste, dass Luisa entführt worden war. Auch wenn sie die Kleine nicht sehr gut kannte, wusste ich, dass sie ihre fröhliche, aufgeweckte Art sehr mochte. Ich würde sie irgendwann anrufen und es ihr sagen müssen. Ich verschob es auf später und konzentrierte mich auf Menkhoff, der nun gegen seine Handflächen redete, so dass ich kaum noch verstand, was er sagte. »Sie hatte recht, Alex. Mit jedem Wort. Ich bin ein Scheißvater. Wenn Luisa jetzt was passiert … Ich weiß nicht, was ich dann tue.«

Er tat mir unendlich leid, und ich suchte händeringend nach etwas, was ich ihm sagen, was ihn ein wenig trösten konnte, wusste aber gleichzeitig, dass es das nicht gab. Eines war aber klar: Wenn wir in Nicoles Wohnung auf dem Boden sitzen blieben, hatten wir gar keine Chance, Luisa zu finden. Ich legte ihm eine Hand auf die Schulter und sagte: »Wir werden sie finden, Bernd. Komm, lass uns gehen, wir haben viel zu tun.«

Erst reagierte er überhaupt nicht, dann nickte er, anfangs kaum wahrnehmbar, doch dann deutlicher, wobei er die Lippen fest zusammenpresste. »Du hast recht«, sagte er dann und stand mit einem Ruck auf. »Wir werden sie finden. Los, komm, ich muss nochmal mit Lichner reden.« Menkhoff öffnete die Rückseiten der Fotorahmen und nahm die Fotos von den Mädchen heraus, legte sie dann zu einem kleinen Stapel aufeinander und tat sie in den plattgedrückten Pappkarton zu den anderen. »Hat sie eigentlich ein Auto?«, wollte er wissen, während wir die Wohnung verließen. »Obwohl … in dem Zustand, in dem sie im Moment ist, kann sie wohl kaum fahren. Hat Lichner irgendwas darüber gesagt?«

»Nein, keine Ahnung, aber wir können ihn ja gleich fragen.«

Das konnten wir nicht, denn Lichner öffnete nicht, als wir kurze Zeit später zum dritten Mal an diesem Tag vor dem

Haus standen, in dessen erstem Stock sich seine Wohnung befand. »Scheiße«, stieß Menkhoff aus. »Wieso verlässt der das Haus? Er konnte sich doch wohl denken, dass wir nochmal zurückkommen würden.«

»Na ja, vielleicht musste er noch Besorgungen machen. Er kann ja nicht den ganzen Tag im Haus sitzen bleiben, nur –«

»Nur weil meine kleine Tochter wahrscheinlich von seiner durchgedrehten Freundin entführt worden ist, meinst du?«

Von seiner durchgedrehten Freundin … Wer hätte gedacht, dass Menkhoff einmal so über Nicole Klement reden würde.

»Dann glaubst du also, dass sie es war?«, fragte ich vorsichtig, während wir uns von der Haustür abwandten und zurück zum Auto gingen. Er wartete mit der Antwort, bis wir im Wagen saßen. »Nicole ist … im Moment die einzige Spur, die wir haben. Ich kann … Ich *will* es mir noch immer nicht vorstellen, aber ich hab ja selbst gesehen, wie sehr sie sich verändert hat. Aber ich traue Lichner kein Stück weit. Er war ein Dreckskerl, und er ist noch immer einer.«

»Aber wenn Nicole das jetzt wirklich getan hat, ist es dann nicht möglich, dass sie auch damals Juliane Körprich … Ich meine … Bist du noch immer sicher, dass Lichner das damals war?«

Menkhoff zögerte nur wenige Sekunden, dann sagte er mit fester Stimme: »Absolut sicher.«

53

24. Juli 2009, 13.41 h

Auf dem Flur im dritten Stock des Präsidiums trafen wir auf Wolfert, der entgegen meinen Befürchtungen nicht sofort drauflosredete, sondern uns nur mit besorgter Miene mitteilte, dass es noch nichts Neues gab. Menkhoff nickte und ging weiter. Als er schon zwei Schritte an Wolfert vorbei war, blieb er stehen, drehte sich noch einmal um und hielt ihm die Pappschachtel mit den Fotos hin, die er in der Hand hatte.

»Wir müssen wissen, wer die Mädchen auf diesen Fotos sind.« Wolferts Gesicht hellte sich ein wenig auf. Er nickte eifrig. »Klar, Herr Hauptkommissar. Ich mach mich sofort an die Arbeit. Ich gehe davon aus, es geht dabei um die …« Er verstummte, denn Menkhoff war in unserem Büro verschwunden.

Ich folgte ihm. Als ich den Raum betrat, saß er schon auf seinem Platz und hatte den Telefonhörer am Ohr. »Menkhoff hier«, sagte er knapp. »Können wir rüberkommen? … Danke.« Er stand auf. »Komm mit, zur Biermann.«

Unsere Chefin empfing uns mit sorgenvollem Gesicht. »Die Ringfahndung hat bisher leider noch nichts ergeben, aber zwei kleine Jungs haben angeblich gesehen, dass Luisa den Kindergarten mit einer Frau verlassen hat.« Menkhoffs Körper straffte sich. »Eine Frau? Können sie sie beschreiben?«

Sie wiegte den Kopf hin und her. »Die Kleinen sind vier und fünf Jahre alt, da ist das mit der Beschreibung noch so eine Sache. Zu Größe und Statur der Frau konnten sie nicht wirklich etwas Verwertbares sagen, aber schwarze Haare hatte sie, da sind die beiden sich sicher.«

Ich sah zu Menkhoff hinüber und konnte mir vorstellen, was in seinem Kopf vor sich ging.

»Wir haben in der Wohnung von Nicole Klement eine Schachtel mit weiteren Fotos der kleinen Mädchen gefunden. Außerdem …« Er stockte, räusperte sich. »Außerdem die Reste eines anderen Fotos. Offenbar hat Nicole Luisa fotografiert, als sie mit unserer Haushälterin unterwegs war. Der Teil, auf dem Frau Christ war, ist abgeschnitten.«

»Aber was möchte sie mit einem Foto von Ihrer Tochter?« Als Menkhoff nicht antwortete, sagte ich: »Wir müssen damit rechnen, dass sie Luisa *beschützen* möchte. Wie die anderen Mädchen.«

»Was heißt beschützen? Vor was oder vor wem?« Ich sah zu Menkhoff hinüber, doch der hatte den Blick gesenkt und machte keine Anstalten, etwas dazu zu sagen.

»Es ist möglich, dass Nicole Klement denkt, sie müsse Luisa vor ihrem Vater schützen. Sie hat in unserem Gespräch so was gesagt, als es um die Fotos der anderen Mädchen ging. Als Kind hat sie ihrer Tante wohl auch schon mit solchen Sachen ein mulmiges Gefühl verursacht.«

»Puh … Konnten Sie schon etwas über diese anderen Mädchen herausfinden?«

»Nein«, antwortete nun wieder Menkhoff. »Bisher noch nicht. Ich habe die Fotos dem Kollegen Wolfert gegeben. Ich hoffe, er findet schnell was raus.«

»Also gut, das war's erst mal«, sagte Ute Biermann. »Ach so, was ist jetzt mit Lichner?«

»Der war eben nicht zu Hause. Wir werden aber gleich nochmal versuchen, ihn zu erreichen«, erklärte ich, dann verließen wir den Raum.

»Geh schon mal vor«, sagte Menkhoff und bog ab in das Büro, in dem auch Wolfert saß.

Ich nutzte die Zeit, um mir einen Kaffee zu besorgen und meinen Computer hochzufahren. Und ich versuchte, das Gedankenchaos in meinem Kopf zu ordnen. Es blieb bei dem Versuch. Ich schaffte es einfach nicht, die Geschehnisse der letzten beiden Tage in einen schlüssigen Bezug zueinander zu bringen, ohne dabei Möglichkeiten in Betracht zu ziehen, die mir Angst machten.

Nach etwa zehn Minuten kam Menkhoff zurück. »Ich hab Wolfert noch instruiert wegen der Mädchen«, erklärte er. Er blieb neben meinem Schreibtisch stehen. »Und ich hab ihn gebeten, seinen Vater anzurufen und ihn zu fragen, ob er mir einen Gefallen tun kann.«

»Staatssekretär Wolfert?«

»Ja. Ich hab gerade mit ihm gesprochen und ihn gebeten, seine Verbindungen spielen zu lassen, um herauszufinden, wo in Spanien Nicoles Tante lebt.«

Einerseits konnte ich gut verstehen, dass Menkhoff alle Hebel in Bewegung setzte, aber dass er ausgerechnet Wolferts Vater um Hilfe bitten würde, hätte ich nicht gedacht. »Und … was hat er gesagt?«

»Als er gehört hat, dass meine Tochter entführt wurde, hat er zugesagt, alles zu versuchen.«

Menkhoffs Telefon klingelte. Wortlos drehte er sich um und ging zu seinem Schreibtisch. Ich sah ihm dabei zu, wie er den Hörer abhob und sich meldete. Einen Augenblick lang hörte er zu, dann veränderte sich sein Gesicht, und er drückte mit einer hastigen Bewegung auf die Lautsprechertaste. Ich erkannte die Stimme trotz der Verzerrungen durch den Telefonlautsprecher sofort.

»... und unterbrich mich bitte nicht«, sagte Nicole mit der ähnlich monoton-traurigen Stimme, wie wir sie schon am Vortag von ihr gehört hatten. »Wenn du mich unterbrichst, muss ich auflegen.«

»Nicole ...«, versuchte Menkhoff es trotzdem, verstummte aber sofort, weil sie unbeirrt weiterredete.

»Du hast ein Geheimnis mit Luisa, habe ich recht? Ein ... großes Geheimnis.« Sie machte eine Pause von etwa zwei Sekunden. »So groß, dass sie es mir nicht sagen wird. Auch mir nicht. Das ist ja das Schlimme.« Zwei Sekunden Pause. »Sie kann es mir nicht sagen. Nur eines kann ein Mädchen von dem großen Geheimnis befreien.«

Menkhoff stöhnte auf und ließ sich auf den Stuhl fallen. »Bitte, Nicole, geht es ihr gut?«, versuchte er es erneut, aber wieder ging sie nicht darauf ein, und ich befürchtete schon, sie würde ihre Drohung jeden Moment wahr machen und einfach auflegen.

»Sie ist deine Tochter. Warum bist du Vater geworden? Bernd? Du hast doch gewusst, dass du ... so bist.«

Pause. Menkhoff liefen die Tränen über die Wangen, und ich merkte, dass mir der Schweiß auf die Stirn trat.

»Tu ihr nichts. Lass mich mit ihr reden, nur kurz ...«

»Ich weiß es. Ich muss es ja wissen. Bernd. Ich habe gemerkt, dass du so bist. Luisa ist jetzt bei mir.«

Dieses Mal waren es mindestens drei Sekunden, doch Menkhoff sagte nichts mehr. Er saß nur da, ein Bild der Verzweiflung.

»Dieses Ding damals. Es war nicht recht, es in den

Schrank zu legen. Aber du wolltest, dass ich es tue Bernd. Armer Bernd. Keine Angst mehr. Kein Geheimnis. Ich werde sie beschützen.«

Klick.

54

24. Juli 2009, 14.11 h

Ich starrte Menkhoff an und war weder fähig, mich zu rühren, noch, etwas zu sagen. *Dieses Ding damals?* Und *Es war nicht recht, es in den Schrank zu legen*? Ich wollte etwas sagen, aber mein Mund formte die Worte einfach nicht. Was Nicole gesagt hatte, schien noch wie ein böser Geist über mir zu schweben und mich zu lähmen. Erst als Menkhoff nach einer endlosen Zeit den Hörer auflegte und damit den penetranten Summton beendete, sagte ich: »Bernd? Was meinte sie mit diesem *Ding damals*? Und was wolltest du, dass sie tut?«

Er atmete schwer aus, starrte auf den Schreibtisch. Dann drehte er langsam den Kopf und sah mich an. Sein Blick verhieß nichts Gutes. »Meine Tochter ist entführt worden, und nach dem, was wir gerade gehört haben, ist sie in allergrößter Gefahr. Und was tut mein Partner?« Seine Stimme war mit jedem Wort lauter geworden, den letzten Satz hatte er schon geschrien. »Stellt mir scheiß Fragen über Dinge, die 16 Jahre zurückliegen.« Seine Wangen wurden rot. »Es geht gerade nicht um Dienstvorschriften oder um irgendwelchen lange vergessenen Scheiß, Alex, sondern um Luisa, kapierst du das?« Wir starrten uns an. Ich war verwirrt und überlegte fieberhaft, was ich tun sollte. Der Schock darüber, dass ich mit meinen geheimsten, mit meinen *schlimmsten* Befürchtungen in all den Jahren offenbar recht gehabt hatte, lähmte meinen

Verstand. Ich sah in dieses vor Wut und auch vor Verzweiflung verzerrte Gesicht und sagte mir wie ein Mantra immer und immer wieder vor, dass ich nun reagieren musste. Dass ich irgendetwas tun musste. »Gut«, hörte ich mich sagen. »Du hast recht. Reden wir später darüber.«

»Ja verdammt, reden wir später darüber. Können wir uns jetzt wieder mit Luisa beschäftigen?«

Aus den Augenwinkeln bemerkte ich Bewegungen. Zwei unserer Kollegen standen am Eingang zu unserem Büro und sahen uns besorgt an. »Was?«, ranzte Menkhoff sie an, woraufhin sie sofort verschwanden.

Es fiel mir nicht leicht, seinem Blick standzuhalten, als er mich wieder ansah. Nicht, weil ich Angst vor ihm hatte, sondern weil ich befürchtete, er würde mir anmerken, dass meine Gedanken sich wie in einem Strudel um das Haargummi eines kleinen Mädchens drehten, eines Mädchens, das seit 16 Jahren tot war. Und um die Stimme ihrer Mutter, die mir am Telefon sagte, dass mein Partner ohne mein Wissen das Zimmer der Kleinen durchsucht hatte.

»Dass Lichner eben nicht zu Hause war«, sagte Menkhoff und lenkte mich damit zumindest ein Stück weit von diesen Gedanken ab, »ist das Zufall? Oder hat er vielleicht gerade neben ihr gestanden und sie gezwungen –« Er wurde von einem Kollegen unterbrochen, der am Eingang stand und sagte: »Bernd, der Portier versucht dich die ganze Zeit zu erreichen. Unten steht Joachim Lichner. Er möchte zu dir.«

»Das dürfte die Frage beantworten«, sagte ich, und ich wusste nicht, ob es mir gelungen war, einen vorwurfsvollen Unterton zu vermeiden. »Ich hol ihn ab.«

Ohne Menkhoffs Reaktion abzuwarten, setzte ich mich

in Bewegung. Ich war schon auf dem Flur, als ich von innen seine Stimme hörte: »Alex? Sag ihm nichts von dem Anruf!«

Im Treppenhaus blieb ich nach ein paar Stufen stehen. Ich sah mich um, obwohl es dort außer den schmucklosen Wänden und den abgenutzten, dunkelgrauen Marmorstufen nichts zu sehen gab. Wie oft war ich schon durch dieses Treppenhaus gelaufen? 3000-mal? 4000? Wahrscheinlich. Und doch war mir, als sähe ich die schmutzigbeigen Wände mit den Augen eines anderen. Es wirkte alles so anders, so … fremd. Ja, das war es. Plötzlich schien ich nicht mehr dorthin zu gehören, nichts mehr schien so zu sein, wie es viele Jahre lang gewesen war.

Ich war im Begriff, das Vertrauen in meinen Partner zu verlieren. Auch wenn mich die Zweifel all die Jahre über geplagt hatten, so bestand doch die ganze Zeit über die Möglichkeit, nein, die große Wahrscheinlichkeit, dass mein Gefühl mich damals getäuscht hatte. Daran hatte ich mich festgehalten, die ganze Zeit. Jetzt *wusste* ich, mein Gefühl hatte mich nicht getäuscht, und diese Gewissheit änderte alles. Ich dachte an Mel, sah ihr vertrautes, lächelndes Gesicht vor mir. Ich sehnte mich so unglaublich stark nach ihr, dass es mir fast körperliche Schmerzen bereitete. Aber auch etwas anderes erkämpfte sich wieder seinen Platz in meinen Gedanken: Wir mussten Luisa finden. Das hatte Vorrang vor allem anderen. Danach …

Mit einem Ruck stieß ich mich von der Wand ab, gegen die ich mich gelehnt hatte, und ging die restlichen Stufen herunter.

Lichner saß auf einer der unbequemen Holzbänke, von denen einige an den Wänden im Eingangsbereich des Erdgeschosses standen. Er trug Jeans mit Turnschuhen und ein hellblaues T-Shirt. Als er mich sah, stand er ohne Hast auf und kam auf mich zu. »Herr Seifert? Mein Auto ist weg.«

55

24. Juli 2009, 14.25 h

Als ich mit Lichner zusammen das Büro betrat, saß Menkhoff nicht mehr an seinem Platz. Ich ging davon aus, dass er vielleicht zur Toilette war oder an die Kaffeemaschine.

Lichner deutete auf einen der Stühle, die vor Menkhoffs Schreibtischen standen. »Ich darf doch?« Er setzte sich, ohne meine Antwort abzuwarten. Ich lehnte mich an meinen Schreibtisch und betrachtete Lichner, der das Fußgelenk des rechten Beines auf dem Oberschenkel des linken abgelegt hatte und ganz interessiert die Fingernägel seiner rechten Hand betrachtete. Er war ein arroganter Affe, daran hatten auch die Jahre im Gefängnis nichts geändert, und ich mochte ihn nicht, so viel stand fest. Er machte es einem auch wirklich leicht, ihn nicht zu mögen. Aber war dieser undurchschaubare Mann auch ein Mörder? Menkhoffs Gefühle Lichner gegenüber gingen deutlich über bloße Abneigung hinaus. Er hasste ihn, und das war auch schon bei unserer ersten Begegnung 16 Jahre zuvor so gewesen.

Ich hatte im Laufe der Jahre gelernt, dass mein Partner manchmal sehr schnell damit war, jemanden in eine Schublade zu stecken, und selbst, wenn er anschließend vielleicht merkte, dass sein erster Eindruck ihn getäuscht hatte, fiel es ihm schwer, davon wieder abzukommen. So verbissen wie bei Joachim Lichner hatte er sich aber noch bei keinem anderen seiner Wut und seinem Hass hingegeben. Dafür konnte es nur einen Grund geben: Nicole Klement, die er geliebt und der zuliebe er vielleicht einen verheerenden Fehler begangen hatte.

Was musste jetzt in ihm vorgehen, wo er wusste, dass ausgerechnet diese Frau seine Tochter entführt hatte? Was, wenn sie Luisa etwas antat? Er würde, er *musste* dann daran denken, dass das mit seinem Kind nur geschehen war, weil *er* damals dafür gesorgt hatte, dass die Mörderin nicht überführt wurde. Was musste –

»Kann ich einen Kaffee haben?«, beendete Lichner meine Überlegungen. Es war das erste Mal, dass ich ihm sogar ein wenig dankbar war für seine unhöfliche Art.

Ich konnte ihn nicht alleine in unserem Büro lassen und griff zum Telefon. Ich wollte Wolfert bitten, für zwei Minuten herüberzukommen, doch bevor ich wählen konnte, kam Menkhoff herein. Mit einem verächtlichen Blick ging er an Lichner vorbei zu seinem Stuhl, setzte sich und sah zu mir herüber. »Ich war bei der Chefin.« Ich verstand. Er hatte ihr von dem Anruf berichtet. Aber warum hatte er damit nicht gewartet, bis ich zurück war? Und hatte er KOR Biermann *alles* erzählt, was Nicole gesagt hatte?

Ich schob die Fragen für den Moment beiseite und nickte meinem Partner einfach zu, zum Zeichen, dass ich verstanden hatte.

Er sah Lichner über seinen Schreibtisch hinweg an, in seinem Blick lag die blanke Verachtung. »Und was wollen *Sie* hier? Wollen Sie jetzt auch schon die Polizeiarbeit machen?«

»Der Gedanke, dass es nötig wäre, kam mir schon hier und da, aber –«

»Er ist hier, weil sein Auto verschwunden ist«, unterbrach ich Lichner, der daraufhin tatsächlich verstummte.

»Wie können Sie sich überhaupt ein Auto leisten?«, fragte Menkhoff provokant.

»Ich glaube, ich hatte schon mal erwähnt, dass ich einiges auf der hohen Kante habe. Aber wollen wir jetzt wirklich über meine finanzielle Situation reden? Ich fahre einen Kleinwagen, und den hatte ich in der Parallelstraße meiner Wohnung geparkt. Nun ist er weg.«

»Hat Nicole einen Schlüssel für das Auto?«, fragte ich.

»Nein, aber zu meiner Wohnung. Sie muss da gewesen sein, während ich in der Arrestzelle saß.«

Menkhoff hob einige Blätter an, die auf seinem Schreibtisch verteilt waren, und griff sich einen Stift. »Kennzeichen? Fahrzeugtyp, Farbe?«

Ohne Zögern machte Lichner die Angaben, Menkhoff notierte alles, griff zum Telefon und wählte eine Nummer. »Menkhoff. Ich habe eine dringende Fahrzeugfahndung zum Entführungsfall.« Er gab die Fahrzeugdaten durch und die Adresse, wo das Auto gestanden hatte, sah zu Lichner herüber und sagte: »Irgendwelche auffälligen Merkmale an Ihrem Wagen? Beulen, Kratzer … ?« Lichner schüttelte den Kopf, und Menkhoff beendete das Telefonat. »Wieso steht Ihr Auto eigentlich in einer Parallelstraße und nicht vor Ihrem Haus?«

Lichner sah ihn mit Unschuldsmiene an. »Weil vor meinem Haus, dort, wo Sie bei Ihren Besuchen zu parken pflegen, Parkverbot ist, Herr Hauptkommissar, und weil ich ein gesetzestreuer Bürger bin.«

Ich beobachtete Menkhoff genau, aber er blieb ruhig. »Sie denken also, Nicole hat Ihr Auto benutzt, um meine Tochter zu entführen«, sagte er.

»Aber nein, der Gedanke wäre doch schon Polizeiarbeit, oder?«

Ich konnte unmöglich so schnell reagieren, wie Menkhoff von seinem Stuhl hochschnellte, sich nach vorn beugte und Lichner am T-Shirt packte. Obwohl er dabei so weit über dem Schreibtisch hing, dass er kaum noch Halt haben konnte, schaffte er es, Lichner aus dem Stuhl hoch- und zu sich heranzuziehen, bis ihre Gesichter nur noch wenige Zentimeter voneinander entfernt waren. Mit zwei Schritten war ich neben ihm, bereit, jederzeit dazwischenzugehen.

»Wenn Sie noch einmal Ihr Schandmaul für einen Ihrer Scheißwitze aufmachen, während meine Tochter in Lebensgefahr schwebt, dann schlage ich Ihnen die Zähne ein«, sagte Menkhoff gepresst, und ich merkte seiner Stimme an, dass es ernst war damit.

Lichner spürte wohl, dass es besser war, nichts mehr zu sagen. Er stand reglos da, Menkhoffs geballte Fäuste mit einem Stück seines Shirts dazwischen unter dem Kinn, und erwiderte stumm dessen Blick.

»Lass gut sein, Bernd«, sagte ich. »Ich glaube, er hat's kapiert.«

Ganz langsam öffnete er die Fäuste und entließ Lichner aus seinem Griff. Als er die Hände frei hatte, musste er sich auf der Schreibtischplatte abstützen, um nicht mit dem Oberkörper nach vorne zu kippen.

Lichner ließ sich wieder auf den Stuhl sinken und zog sein T-Shirt notdürftig glatt. Sein Gesicht verriet nichts darüber, was in seinem Kopf vor sich ging, es glich einer Maske. Ich lehnte mich an die Kante von Menkhoffs Schreibtisch. »Gibt es sonst noch was, was uns weiterhelfen könnte, Dr. Lichner?«, fragte ich.

Lichner hob bemüht gelassen die Schultern. »Im Moment nicht, und wenn, dann würde ich …«

»Was?«, fragte ich, als er nicht weitersprach.

»Nichts. Nein, es gibt sonst im Moment nichts.«

»Dann verschwinden Sie«, sagte Menkhoff, ohne ihn dabei anzusehen.

Lichner stand auf und fragte: »Muss ich nichts unterschreiben wegen des Diebstahls?« Menkhoff reagierte nicht darauf, und schließlich schüttelte Lichner den Kopf und ging.

Ich folgte ihm. Als wir das Treppenhaus erreicht hatten, drehte er sich zu mir um. »Ihr liebenswerter Partner hat damals dafür gesorgt, dass ich unschuldig eingesperrt wurde, ob Sie das nun glauben oder nicht. Und wissen Sie was? Wenn es hier um sein Leben ginge, würde ich mich genüsslich zurücklehnen und abwarten, was passiert. Es geht aber leider nicht um sein Leben, sondern um das eines kleinen Kindes. Seines Kindes. Und dieser Mann schafft es nicht mal in dieser Situation, seinen irrationalen Hass auf mich zur Seite zu schieben und über seinen Schatten zu springen. Ich weiß nicht, ob ich wirklich helfen kann, Nicole und seine Tochter zu finden, aber ich wollte es zumindest versuchen.«

»Warum eigentlich?«, fragte ich. »Warum wollen Sie uns helfen?«

Auf seinem Gesicht zeigte sich Verwunderung. »Das fragen Sie mich ernsthaft? Weil es um das Leben eines *Kindes* geht, das nichts dafür kann, dass es ausgerechnet Hauptkommissar Menkhoff zum Vater hat.« Ich nickte. Was konnte ich dazu noch sagen? »Und weil ich ihn beschämen möchte«, fügte er hinzu. »Ich möchte ihm zeigen, dass es Menschen gibt, die nicht alles um sich herum aus Wut oder Hass vergessen. Können Sie das verstehen, Herr Hauptkommissar, oder sind solche Vorstellungen in Polizistenköpfen grundsätzlich ausgeschaltet?«

Ich ignorierte die leichten Stiche auf meiner Stirn, weil ich mich von Joachim Lichner nicht mehr provozieren lassen wollte, und auch, weil ich das, was er vorher gesagt hatte, sogar nachvollziehen konnte. Ohne ein weiteres Wort wandte Lichner sich ab und ging zur Treppe. Sekunden später war er aus meinem Blickfeld verschwunden.

Menkhoff knallte den Telefonhörer auf das Gerät, als ich in unser Büro zurückkam. »Nichts. Nicole ist wie vom Erdboden verschluckt. Gestern hätte ich es nicht für möglich gehalten, dass sie es alleine bis vor die Haustür schafft, und jetzt entführt sie ein Kind aus dem Kindergarten und versteckt sich mit ihm so gut, dass eine Hundertschaft sie nicht findet, verdammt.« Er sah zu mir herüber. »Hat Lichner noch was gesagt?«

»Er hat sich gewundert, dass du seine Hilfe nicht annimmst«, sagte ich.

»Pah! Seine Hilfe. Der Scheißkerl weidet sich doch an meiner Verzweiflung. Das ist der einzige Grund, warum er sich plötzlich so hilfreich gibt und hier extra aufkreuzt.«

»Warum wolltest du nicht, dass er etwas von Nicoles Anruf erfährt?«

»Ach, das war so ein Gefühl. Ich möchte einfach nicht, dass er über alles Bescheid weiß.«

Ich setzte mich, aber nicht hinter meinen Schreibtisch, sondern auf den Stuhl, auf dem Minuten zuvor noch Joachim Lichner gesessen hatte. Ich musste wissen, was es mit Nicoles Bemerkung zu diesem *Ding* auf sich hatte, von dem er damals angeblich wollte, dass sie es in den

Schrank legte. Die Frage brannte mir auf der Zunge, doch als ich dieses Gesicht sah, in dem die Verzweiflung stand und die Angst um seine Tochter, verkniff ich sie mir.

»Wie geht's jetzt weiter?«, fragte ich stattdessen. Er stand auf, ging zum Fenster und lehnte sich mit dem Hintern gegen die Fensterbank. »Wolfert ist mit den Fotos der Mädchen beschäftigt, die meisten der anderen Kollegen sind draußen. Ich hoffe, dass sich Wolferts Vater bald meldet wegen Nicoles Tante. Vielleicht kann die uns ja irgendwie helfen. Aber ich kann bis dahin nicht untätig hier rumsitzen.«

»Wir sollten der Chefin von Lichners Besuch erzählen.«

Er winkte ab. »Können wir später immer noch. Ich hab keine Zeit, mich mit Berichten aufzuhalten, während meine Tochter da draußen irgendwo wahrscheinlich Todesängste aussteht.«

War es wirklich nur das? Oder wollte er verhindern, dass Ute Biermann von dieser Sache mit dem Haargummi erfuhr? Rechnete er vielleicht damit, dass ich es ihr erzählte?

»Was ist eigentlich mit Lichners Wohnung in der Zeppelinstraße?«, fragte ich. »Nicole hat zwar gesagt, sie weiß nichts von der Wohnung, aber …«

»Aber vielleicht hat sie gelogen«, vervollständigte Menkhoff den Satz und stieß sich von der Fensterbank ab. »Du hast recht. Los, fahren wir.«

Mit schnellen Schritten verließ Menkhoff das Büro, bog aber zuerst nicht in Richtung Treppe ab, sondern zur anderen Seite. An der Tür zu Wolferts Büro blieb er stehen und sagte: »Wir fahren nochmal in die Zeppelinstraße. Wenn Sie irgendwas rausfinden, rufen Sie mich sofort an.«

»Die Chefin wird nicht begeistert sein«, sagte ich, als wir zusammen die Treppen heruntergingen.

»Warum?«

»Weil du im Innendienst bleiben sollst. Wegen Wolfert.«

»Ach, scheiß drauf, Wolfert ist gar nicht so übel. Außerdem weiß sein Vater, in welcher Situation ich bin.«

Als ich vom Parkplatz fuhr, sagte ich: »Es ist jetzt nicht passend, aber … es lässt mir irgendwie keine Ruhe, Bernd: Was war das damals mit dem Ding, das Nicole in den Schrank gelegt hat, weil du es wolltest? Was hat sie damit gemeint, kannst du mir das bitte erklären?« Ich war froh, ihn dabei nicht ansehen zu müssen, weil ich auf den Verkehr achten musste.

Es dauerte eine Weile, bis er antwortete. »Muss das ausgerechnet jetzt sein?«

»Bernd, bitte. Du hast ihr nicht widersprochen, weil du Angst um Luisa hast, oder?«

»Nein. Ich hab ihr nicht widersprochen, weil's wahr ist, was sie gesagt hat.«

56

24. Juli 2009, 15.26 h

Ich kann mich nicht mehr daran erinnern, auf welcher Straße wir gefahren sind, als er das sagte. Ich weiß auch nichts mehr von der Umgebung, den Häusern oder von sonst etwas, was ich draußen gesehen habe. Die Situation war so fremdartig, dass das Wageninnere mir wie eine luft- und blickdichte Kapsel vorkam, die uns von der realen Welt abschottete. Wie ich aber darauf reagierte, das ist mir so klar in Erinnerung geblieben, dass es sich wohl für den Rest meines Lebens so anfühlen wird, als seien erst ein paar Tage seitdem vergangen. »Hattest du das Haargummi aus ihrem Zimmer?«

»Was?«

»Julianes Haargummi – ihre Mutter hat damals angerufen, weil sie dir noch was sagen wollte. Sie hat erzählt, dass du nochmal in Julianes Zimmer warst. Das war kurz bevor wir Lichners Praxis gestürmt haben und du die Tüte in seinem Schrank gefunden hast.«

Das Geräusch des Motors war lauter als sonst, und mit jeder Sekunde, die verstrich, wurde es dröhnender. Nach einer gefühlten Ewigkeit, in der ich mich weigerte, den Kopf zu drehen und zu Menkhoff hinüberzusehen, sagte er: »Halt an.«

Wir waren noch etwa 500 Meter von der Zeppelinstraße entfernt. »Ich kann hier nicht halten, aber wir sind ja gleich da.« Er schnaufte und sagte nichts mehr, bis ich den

Wagen vor dem schäbigen Haus abstellte. Kaum hatte ich aber den Schlüssel umgedreht, schnallte er sich ab und beugte sich im Sitz so weit nach vorne, dass ich ihn ansehen musste. »Nicole Klement hat an dem Morgen nach dem Mord an Juliane Körprich im Fußraum von Lichners total verdrecktem BMW dieses Haargummi gefunden. Sie wusste, er würde es auch finden und verschwinden lassen, wenn er das Auto saubermacht. Deshalb hat sie es an sich genommen. Ja, Alex, als sie mir endlich davon erzählt hat, hab ich ihr gesagt, sie soll es an eine Stelle legen, wo wir es finden können. Wenn sie das Ding einfach so abgeliefert hätte, hätte Lichners Anwalt uns in der Luft zerrissen.«

Er ließ sich zurück in den Sitz fallen. »Darüber, dass du mir tatsächlich zutraust, ich könnte Lichner das Ding untergeschoben haben, werde ich nachdenken, wenn meine Tochter in Sicherheit ist.« Damit stieg er aus. Ich folgte ihm im Abstand von zehn Sekunden.

Menkhoff stand mit gezogener Waffe vor Lichners Wohnungstür, als ich in der ersten Etage ankam. Er wartete, bis ich dicht genug heran war, dann sagte er leise: »Ich rechts, du links.« Ich nickte und zog ebenfalls die Pistole. Menkhoff schob vorsichtig den Schlüssel ins Schloss, legte die andere Hand auf den Türknauf und zog daran, während er den Schlüssel umdrehte. Auf diese Weise zog sich der Schnapper fast reibungs- und damit geräuschlos zurück.

Nach einem letzten Blick zu mir, den ich erneut mit einem Nicken quittierte, drückte er die Tür dann auf, und wir betraten mit vorsichtigen Schritten die Wohnung.

Sekunden später wussten wir, dass niemand sich darin aufhielt. Meine Muskeln entspannten sich, und ich nahm den Modergeruch wieder bewusst wahr. Er kam mir noch extremer vor als beim letzten Mal.

»Scheiße«, sagte Menkhoff. »Ich hatte gehofft, dass sie mit Luisa vielleicht hier wäre. Lass uns wieder abhauen.«

Ich dachte an das frisch gestrichene Zimmer und suchte noch immer nach einer Erklärung dafür, dass dieser Raum so penibel renoviert worden war, während der Rest der Bude einer Müllkippe glich. »Ich schau mir nochmal schnell –«, setzte ich an, wurde aber durch Menkhoffs Mobiltelefon unterbrochen. Er meldete sich und hörte eine Weile zu. Als sich sein Gesicht aufhellte und er sagte: »Das ist gut«, beschleunigte sich mein Puls. Er bedankte sich für die Hilfe und beendete das Gespräch.

»Was ist?«, fragte ich. »Gibt's was Neues? Sag schon!«

»Wolferts Vater hat es tatsächlich geschafft. Einer seiner Mitarbeiter hat über die spanischen Behörden die Adresse und die Telefonnummer von Nicoles Tante herausgefunden. Sie haben schon versucht, sie zu erreichen, aber noch ohne Erfolg. Ich werde mich gleich dranhängen, wenn wir zurück sind.«

Wir standen uns gegenüber und sahen uns an, und mir wurde bewusst, dass sein Blick sich verändert hatte. Bernd Menkhoff kategorisierte die Menschen mit der Art, wie er sie ansah. Als ich ihm anfangs zugeteilt worden war, hatte eine Mischung aus Neugier und Überheblichkeit in seinem Gesicht gestanden, wenn er mich ansah. Mit der Zeit war die Überheblichkeit einem kollegialen Respekt gewichen, aus dem einige Jahre später schließlich Vertrauen geworden war. Ganz egal, in welcher Stimmungslage er war und welche Gefühle gerade in ihm tobten, das Grundvertrauen war für mich in seinen Augen immer erkennbar gewesen. Bis zu diesem Moment. Doch auch die

Art, wie er mich nun musterte, kannte ich ziemlich gut: Ich hatte sie schon unzählige Male gesehen, wenn wir Zeugenaussagen aufgenommen oder Verdächtige verhört hatten. Diesen Blick jetzt auf mir zu spüren war schmerzlich. »Bernd … Ich schau schnell nochmal in das renovierte Zimmer. Ich weiß nicht, irgendwie …«

»Beeil dich. Ich will zurückfahren und diese Tante anrufen.«

Ich drehte mich um und ging zu der Zimmertür. Bevor ich sie öffnete, sah ich nochmal zu ihm herüber. »Bernd, ich … Mensch, Bernd …« Er sagte nichts, sah mich auch nicht an.

Ich ging in das Zimmer, stellte mich in die Mitte des Raumes und versuchte, mich zu konzentrieren, betrachtete die pastellgelben Wände, die Putzklappe des Kamins an der Wand mir gegenüber, die klare, sauber gearbeitete Linie im Deckenwinkel … Ich sah das alles, und … irgendetwas hier … es war eine Ahnung, aber ich wusste nicht, nach was für einem Hinweis ich hier eigentlich suchte. Schließlich gab ich es auf.

Menkhoff stand nicht mehr im Flur, als ich aus dem Zimmer kam. Ich ging zur Wohnungstür und sah ihn draußen, an das Treppengeländer gelehnt, den Blick starr auf einen Punkt vor sich auf den Boden gerichtet. In seinem Gesicht spiegelte sich die ganze Verzweiflung wider, die er empfinden musste, und ich machte mir Vorwürfe. Dieses blöde Haargummi – hätte das nicht wenigstens warten können, bis … ja, bis wann? Bis seine Tochter befreit war? Bis wir sie gefunden hatten? Vielleicht … tot?

»Kommst du?« Ich erschrak von Menkhoffs Stimme. Er starrte nicht mehr zu Boden, sondern sah mich an, aber sein Gesichtsausdruck war noch der gleiche. Stumm gingen wir hintereinander die Treppe hinunter, stumm verließen wir das Haus, stiegen ins Auto.

»Ich werde jetzt versuchen, Nicoles Tante in Spanien zu erreichen«, sagte Menkhoff, als ich auf das Tivoli zufuhr. »Was hast du vor?« Was ich vorhatte? Ich konnte mich nicht erinnern, dass es jemals zuvor diese Frage im Dienst zwischen uns gegeben hatte. Wir hatten als Partner grundsätzlich alles zusammen vor. »Was meinst du damit?«, fragte ich irritiert.

»Das, was ich gesagt habe. Ich habe jetzt nur ein einziges Interesse, und das ist meine Tochter. Ich muss sie finden, bevor ihr was zustößt. Das ist schon schwer genug. Ich kann dabei keinen Partner brauchen, der mir misstraut.«

»Mensch, Bernd, das war doch …«

»Ich bin im Innendienst, du leitest diesen Fall. Du wirst dir also mein Verhör für später aufheben müssen. Ich hoffe sehr, du konzentrierst dich jetzt auf die Entführung und nicht darauf, mir dämliche Fragen zu stellen. Es geht verdammt nochmal um das Leben von Luisa.«

Ich fuhr auf das Präsidium zu, ein jetzt fremdartig wirkender Betonklotz, und dachte darüber nach, ob ich mich bei ihm entschuldigen sollte. Nein, später.

Ich ging hinter Menkhoff her zu unserem Büro, doch am Eingang drehte er sich zu mir um und sagte: »Ich telefoniere allein, okay?«

»Okay …« Meine Stirn begann zu prickeln. Ich nickte nur und wandte mich ab.

Als die Tür unseres Büros hinter mir ins Schloss fiel, ballte ich die Hand zur Faust und schlug gegen die verklinkerte Wand.

Gleich darauf zog ich sie fluchend zurück und hielt mir die schmerzende Stelle mit der anderen Hand.

»Was tun Sie?«, fragte eine Stimme hinter mir, die ich trotz meiner Wut und des Schmerzes als die von Kommissar Wolfert identifizierte.

»Ich bin einfach sauwütend, Wolfert«, stieß ich aus, woraufhin er verständnisvoll nickte.

»Ja, ein ziemlicher Mist das alles. Man könnte verzweifeln. Gibt's noch nichts Neues?«

Ich schüttelte den Kopf. »Und bei Ihnen? Konnten Sie was über diese Mädchen rausfinden?«

»Bis jetzt noch nicht. Ich wollte gerade zu Hauptkommissar Menkhoff.«

»Lassen Sie ihn im Moment besser in Ruhe«, riet ich ihm. »Er versucht gerade, die Tante von Nicole Klement zu erreichen.« Wolferts Gesicht hellte sich augenblicklich auf. »Ja, mein Vater sagte mir, dass seine Mitarbeiter sie in Spanien ausfindig gemacht haben. Es ist doch immer wieder verblüffend, wie man mit entsprechenden Konta –«

Ich hob die Hand. »Wolfert, bitte …«

Einen Moment lang sah er mich fragend an, dann verstand er, was ich meinte, und sagte: »Schon gut.«

»Wollten Sie was Bestimmtes von Hauptkommissar Menkhoff?«, fragte ich, doch bevor er antworten konnte, wurden wir von Kriminaloberrätin Biermann unterbrochen, die auf uns zukam. »Wo ist Hauptkommissar Menkhoff?«, wollte sie wissen. Ich zeigte auf die geschlossene Tür. »Der sitzt hinter seinem Schreibtisch und versucht, die Tante von Frau Klement zu erreichen.« Sie drehte sich nach einem Blick auf die Bürotür um und sagte: »Kommen Sie bitte mal in mein Büro, Herr Seifert.« Ich ließ Wolfert stehen und folgte ihr.

Sie setzte sich nicht hinter ihren Schreibtisch, sondern lehnte sich gegen die Kante und zeigte auf einen der vier schmalen, schwarzen Ledersessel, die in der Ecke neben dem Eingang um ein niedriges Glastischchen gruppiert waren. »Setzen Sie sich, Herr Seifert.« Sie wartete, bis ich saß, dann sah sie mich ernst an. »Wie geht es ihm? Gibt es etwas Neues?«

Ganz kurz kam mir der Gedanke, ich müsse ihr erzählen, was ich wegen dieses Haargummis erfahren hatte, aber das verwarf ich sofort wieder. Menkhoff war seit vielen Jahren mein Partner, und was auch immer er getan hatte, ich war es ihm schuldig, zuerst in Ruhe mit ihm darüber zu reden. Danach würde man weitersehen.

»Er ist ziemlich verzweifelt«, sagte ich. »Im Moment haben wir nichts außer Nicoles Anruf.«

»Wie wirkte Frau Klement auf Sie am Telefon?«

Ich überlegte, wie ich das am besten beschreiben konnte.

»Sie kam mir vor, als hätte sie Drogen genommen. Sie sagte etwas von einem Geheimnis, das –«

»Ja, ja, den Inhalt kenne ich«, fiel sie mir ungeduldig ins Wort. »Ich meinte, ob sie Ihnen seltsam vorkam, sonderbar, … geisteskrank.«

Ich hob die Schultern. »Sie hat ein kleines Mädchen aus dem Kindergarten entführt und meint, es vor dem Vater beschützen zu müssen, weil die beiden ein Geheimnis haben. Ja, ich finde das seltsam und auch geisteskrank.«

»Glauben Sie, dass sie die Wahrheit sagt? Hat sie Ihrer Meinung nach Herrn Menkhoffs Tochter bei sich?«

»Ja, ich denke schon. Sie redet seltsames Zeug, aber ich finde, wir sollten grundsätzlich ernst nehmen, was sie sagt.«

Ute Biermann schien kurz über etwas nachzudenken, dann stand sie auf, ging zu ihrem Schreibtisch und öffnete eine Schublade. Sie nahm ein gefaltetes Blatt heraus und reichte es mir herüber. »Das ist eben unten am Eingang abgegeben worden. Ein Junge hat es gebracht und ist gleich wieder verschwunden.«

Ich nahm das Blatt und faltete es auseinander. Es standen nur wenige Wörter in etwas krakeliger Handschrift darauf.

Ich habe sie beschützt. damals
Nicht Joachim.
Fragen Sie Bernd Menkhoff

57

24. Juli 2009, 16.31 h

Ich las es mehrmals, und als ich von dem Blatt wieder aufsah, sagte KOR Biermann: »Was denken Sie darüber, Herr Seifert?«

Menkhoff hatte ihr ganz sicher nichts von dem Haargummi erzählt, als er ihr über den Anruf berichtet hatte. Hätte sie es gewusst, wäre ihre Reaktion anders ausgefallen.

»Tja, ich weiß nicht …«, begann ich zögerlich und versuchte, Zeit zu schinden.

»Was wissen Sie nicht, Herr Kollege?«, hakte sie nach und sah mich dabei forschend an. »Sie sind Hauptkommissar Menkhoffs Partner. Können Sie sich einen Reim darauf machen, was damit gemeint ist oder nicht?« Ich spürte, dass meine Schweißdrüsen die Produktion aufgenommen hatten. Es würde nicht lange dauern, bis sich auf meiner Stirn ein glänzender Film bilden würde. Fieberhaft überlegte ich, was ich tun sollte. Natürlich war ich verpflichtet, ihr alles zu sagen, was ich wusste. Immerhin bestand die Möglichkeit …

Ein kurzes, hartes Klopfen unterbrach meine Gedanken. Bevor Ute Biermann darauf reagieren konnte, wurde die Tür geöffnet, und Menkhoff kam herein. Als er mich sah, blieb er aber abrupt stehen. Sein Blick flog herüber zu unserer Chefin und wieder zurück zu mir. »Ach«, machte er und stemmte die Hände in die Seiten. »Du konntest es wohl nicht mehr abwarten, oder wie? Hast du schon deine kruden Theorien von –«

»Nichts hab ich«, fiel ich ihm ins Wort, »Frau Biermann wollte mich sprechen.«

Schräg hinter mir gab es einen Knall, der mich zusammenfahren ließ. Erschrocken sah ich zu unserer Chefin herüber. Noch immer halb auf der Schreibtischkante sitzend, hatte sie mit der Handfläche auf die Oberfläche geschlagen. »Was ist hier eigentlich los?«, fragte sie scharf und sah Menkhoff an. »Welche Theorie soll Herr Seifert mir erzählt haben, Hauptkommissar Menkhoff?«

Er schüttelte den Kopf. »Das ist schon lange her. Es geht um den Mord an dem Mädchen, den Lichner '94 begangen hat. Das wird mein … *Partner* Ihnen sicher gleich erklären.« Er sprach das Wort aus, als sei es eine Beleidigung. »Ich versuche die ganze Zeit, diese Frau in Spanien zu erreichen, weil ich hoffe, dass sie mir vielleicht was über Nicole sagen kann, was mir weiterhilft. Bisher Fehlanzeige. Mir rennt die Zeit davon, und ich wollte wissen, ob es was Neues aus der Fahndung gibt.«

Kriminaloberrätin Biermann sah mich an, als könne sie in meinem Gesicht ablesen, wie sie reagieren sollte. Ich war gespannt, ob sie ihn auf den kurzen Brief ansprechen würde, den ich noch immer in der Hand hielt. »Also gut«, sagte sie schließlich. »Wir haben leider noch nichts. Bis auf das da.« Sie deutete mit dem Kopf zu mir herüber. »Dieser *Brief* ist eben unten abgegeben worden.«

Also doch. Ich hielt ihm das Blatt entgegen und schaffte es nicht, ihm dabei direkt in die Augen zu sehen. Mit zwei Schritten war er heran, nahm mir den Zettel aus der Hand und las die wenigen Worte mit zusammengekniffenen Augen. Dann ließ er die Hand sinken und schüttelte den Kopf. Auf seiner Stirn zeigten sich tiefe Falten. »Was soll das? Ist das von Nicole?«

»Ich dachte, Sie könnten mir das sagen«, antwortete Ute Biermann, stieß sich von der Kante ab und ging um den großen Schreibtisch herum zu ihrem Stuhl. »Da steht, der Verfasser oder die Verfasserin hat damals jemanden beschützt. Hat nicht Frau Klement von *beschützen* gesprochen? Und dann: *Nicht Joachim.* Haben Sie eine Vorstellung, was das bedeuten könnte?«

Natürlich hatte er eine Vorstellung, genau wie ich. Ich sah Bernd Menkhoff an und hoffte, dass er eine plausible Erklärung hatte, nicht nur für unsere Chefin.

»Ich hab jetzt keine Zeit für so was, vielleicht können –«

»Sie werden sich die Zeit jetzt nehmen müssen, Herr Hauptkommissar, auch wenn ich verstehe, dass Sie sich große Sorgen um Ihre Tochter machen. Vielleicht bringt uns das ja sogar bei der Entführung ein Stück weiter. Also?« Sie hatte nicht laut gesprochen, und es hatte sich auch nicht sehr streng angehört, aber trotzdem war etwas in ihrer Stimme gewesen, das klarmachte, dass sie keinen Widerspruch duldete. Menkhoffs Brustkorb hob und senkte sich schnell. Er kämpfte mit der aufsteigenden Wut, das war nicht zu übersehen, doch er beherrschte sich. Nach einem vorwurfsvollen Blick zu mir ließ er sich schwer in den Sessel fallen, der mir schräg gegenüberstand.

»Meinetwegen. Sie sind also der Meinung, es ist wichtiger, uraltes Zeug wieder aufzuwärmen, als nach meiner Tochter zu suchen.«

Ute Biermann blieb davon unbeeindruckt. »Wenn Sie sich entschließen könnten, die Polemik sein zu lassen und stattdessen gleich meine Frage zu beantworten, wären wir schneller fertig, Herr Menkhoff.«

Er atmete schnaufend aus. »Nicole hat vor über 16 Jahren, am Morgen nach dem Mord an Juliane, dieses Haargummi in Lichners Auto gefunden. Die Reifen und die Seiten des Wagens waren voller Schlamm. Der stammte wahrscheinlich von dem Weg, der zu der Stelle führte, wo die Leiche lag.«

Ich zuckte unweigerlich leicht zusammen. Was er da von dem Schlamm erzählte, war eine reine Spekulation, die ausschließlich auf den damaligen Aussagen von Nicole Klement beruhte. Wir hatten nicht ein einziges Klümpchen an Lichners Auto gefunden.

»Das Haargummi lag im Fußraum auf der Beifahrerseite. Gott sei Dank war Nicole geistesgegenwärtig genug, es an sich zu nehmen. Nachmittags hatte Lichner den Wagen schon komplett gereinigt. Als sie mir endlich davon erzählt hat, war der Kerl sowieso schon unser Hauptverdächtiger.«

Unser Hauptverdächtiger …

»Ich habe Nicole gesagt, sie soll das Haargummi einfach irgendwohin legen.«

Ich sah zu Ute Biermann herüber. Man konnte ihrem Gesicht in etwa ansehen, was sie von der Sache hielt. »Sind Sie von allen guten Geistern verlassen, Herr Menkhoff? Sie haben Beweismittel manipuliert? Wissen Sie, da –«

»Das Ding lag in seinem Auto, verdammt!«, brauste Menkhoff auf. »Der Scheißkerl hat ein kleines Mädchen umgebracht. Der Beweis dafür lag in seinem Auto. Sollte ich vielleicht zusehen, wie er davonkommt, weil ein Beweismittel nicht angepackt werden darf? Ich hab ihm das

Ding doch nicht untergeschoben. Es war da.« Sie sahen sich in die Augen. Die Leiterin des Kriminalkommissariats und einer ihrer leitenden Ermittler, von dem sie gerade erfahren hatte, dass er sich vor langer Zeit strafbar gemacht hatte. Nach einer endlos erscheinenden Zeit, in der die Stille wie eine nasse Decke über uns lag, deutete sie auf das Blatt, das Menkhoff zwischenzeitlich auf dem Tisch abgelegt hatte.

»Und das? Was ist damit? Das soll doch wohl heißen, dass nicht Joachim Lichner das Mädchen damals getötet hat, sondern Nicole Klement.« Und nach einer Pause fügte sie hinzu: »Und dass Sie das gewusst haben.«

Menkhoff sprang erregt auf. »Das ist doch vollkommener Blödsinn! Sie ist total verrückt geworden. Sie hat meine Tochter entführt. Sie … sie wird ihr vielleicht etwas antun. Glauben Sie –«

»So, wie sie dem Mädchen damals etwas angetan hat?«

»Nein, verdammt nochmal! Joachim Lichner hat das Mädchen damals umgebracht.« Unsere Chefin sah mich an. Es war ein auffordernder Blick, der unangenehm auf mir lag, doch ich schwieg. Aus den Augenwinkeln bemerkte ich, dass auch Menkhoff mich ansah. »Sag du doch mal was dazu, Alex«, sagte er. »Du hast doch damals mitbekommen, wie dieser überhebliche Sack uns angelogen hat. Er … hatte kein Alibi und … und er hat sich über uns lustig gemacht, und diese alte Frau, die hat ihn gesehen, wie er dem Mädchen Schokolade gegeben hat. Mensch, und die Kinderpornos auf seinem Computer, die –«

»Herr Menkhoff, Sie werden jetzt nach Hause gehen«, unterbrach ihn Ute Biermann. »Ich ziehe Sie mit sofortiger Wirkung von dem Fall ab. Für den Moment verzichte ich darauf, Sie offiziell zu beurlauben.«

»Was?« In Bernd Menkhoffs Gesicht war echte Verblüffung zu sehen. »Sie wollen mir verbieten, nach meiner Tochter zu suchen, weil ein Zettel abgegeben wird, in dem angeblich ausgerechnet die geistesgestörte Entführerin irgendeinen konfusen Schwachsinn behauptet? Das kann doch nicht Ihr Ernst sein.«

»Nein, Herr Menkhoff«, entgegnete sie kühl. »Ich schicke Sie nach Hause, weil Sie gerade zugegeben haben, als ermittelnder Beamter wissentlich und in voller Absicht Beweismittel manipuliert zu haben. Angesichts der Situation werden wir der Sache erst genauer nachgehen, nachdem wir Ihr Kind gefunden haben. Sie kennen das Gesetz gut genug, um zu wissen, dass ich eigentlich sofort ein Disziplinarverfahren gegen Sie einleiten müsste, dem sich auch ein Strafverfahren anschließen kann.«

»Sie können doch …« Er brach ab und sah mich hilfesuchend an. Ich wich seinem Blick aus. Obwohl ich wusste, dass unsere Chefin gar nicht anders konnte, als ihn sofort von dem Fall abzuziehen und nach Hause zu schicken, trotz der Zweifel, die die ganzen Jahre hindurch immer wieder in mir hochgekommen waren und die sich nun offenbar als gerechtfertigt herausstellten, tat mein Partner mir leid.

Als ihm klarwurde, dass ich nichts dazu sagen würde, dass ich ihm nicht helfen würde, weil ich ihm nicht helfen konnte, stand er mit einem Ruck auf. »Wenn Sie denken, ich lege zu Hause die Hände in den Schoß, sind Sie auf dem Holzweg, Frau Kriminaloberrätin. Nicole Klement hat mein Kind entführt, und ich werde sie finden. Ob als Polizist oder als Vater, das ist mir scheißegal.« Und an mich gewandt, fügte er hinzu: »Ich hatte nur nicht damit gerechnet, dass ich dabei alleine bin.«

Sekunden später schlug Menkhoff die Tür hinter sich zu.

58

24. Juli 2009, 17.06 h

Minuten später verließ auch ich das Büro unserer Chefin. Diese Sache würde eine Untersuchung nach sich ziehen, die für Menkhoff sehr unangenehm werden konnte. Sollte sich dabei gar herausstellen, dass durch seine Manipulation tatsächlich ein Unschuldiger verurteilt und so viele Jahre eingesperrt worden war, konnte es gut sein, dass der Hauptkommissar selbst im Gefängnis landete. Aber jetzt mussten wir Luisa finden.

Ich ging in unser Büro und setzte mich an meinen Platz. Mein Blick wanderte durch den Raum zu Menkhoffs Schreibtisch. Ich überlegte, was nun in ihm vorgehen mochte, schob diese Gedanken aber gleich wieder zur Seite. Als gegen die geöffnete Tür geklopft wurde und Wolfert den Kopf hereinsteckte, winkte ich ihn herein. Vor meinem Schreibtisch blieb er stehen und sah herüber zu Menkhoffs leerem Platz. »Ich suche Hauptkommissar Menkhoff. Wissen Sie, wo er ist?«

»Schon weg«, antwortete ich ausweichend. »Ist was Bestimmtes?«

»Mein Vater hat mich gerade angerufen. Es geht um die Tante von Frau Klement.«

»Was ist mit ihr?«

»Einer seiner Mitarbeiter … also jemand von den Leuten, die meinem Vater direkt unterstellt sind, hat herausgefunden, dass sie ein kleines Restaurant betreibt. Einer der Männer hat auch gleich da angerufen. Sie ist jetzt dort zu erreichen und erwartet den Anruf von Hauptkommissar Menkhoff.«

»Haben Sie die Nummer?«

Er zeigte mir einen gelben Notizzettel, auf dem er die lange Telefonnummer notiert hatte, aber als ich danach greifen wollte, zog er ihn ein Stück zurück. »Ich … würde Hauptkommissar Menkhoff die Nummer gerne selbst geben.«

»Das ist schwierig, er wird heute auf keinen Fall mehr ins Büro zurückkommen«, sagte ich. Wolfert überlegte einen Moment. »Kein Problem, ich rufe ihn auf dem Handy an.«

»Jetzt machen Sie kein Theater und geben mir die Nummer, Wolfert. Ich leite diesen Fall schließlich.«

Er zögerte und sah auf den Zettel, als wäre dort notiert, wer ihn bekommen durfte. Ich streckte ungeduldig die Hand aus. »Was ist jetzt, Herr Kommissar?«

Vielleicht war es die offizielle Anrede, die ihn dazu bewog, mir das Zettelchen schließlich hinzuhalten. »Also gut. Aber sagen Sie Hauptkommissar Menkhoff bitte, dass Sie mir befohlen haben, Ihnen die Nummer zu geben.« Ich sah von den hingekritzelten Zahlen auf, die ich gerade zu entziffern versuchte. »Was soll ich? Warum?«

»Er … Hauptkommissar Menkhoff hat mir die strikte Anweisung gegeben, alles, was ich herausfinde, nur ihm persönlich zu geben.«

»Wann … wann hat er Ihnen diese Anweisung gegeben?«

»Heute Morgen.«

»Danke, Herr Wolfert.« Ich steckte den Zettel in die Hosentasche. »Ich werde Hauptkommissar Menkhoff gleich anrufen und ihm die Nummer geben. Gibt es sonst noch was Neues?«

Er schüttelte den Kopf. »Nein. Zwei Kollegen sind mit Kopien der Kinderfotos unterwegs. Sie klappern alle Kindertagesstätten ab.«

»Gut. Was ist mit den Grundschulen?«

»Dort trifft man um diese Zeit kaum noch jemanden, aber eine Kollegin hat sich vom Kultusministerium eine Liste mit den Adressen aller Rektoren und Rektorinnen der Grundschulen in der Region geben lassen. Sie ist mit ihrem Partner ebenfalls unterwegs.«

Ich nickte. »Sehr gut. Sollten Sie etwas … Wenn es einen Grund geben sollte, Hauptkommissar Menkhoff anzurufen, vergessen Sie nicht, mich ebenfalls zu verständigen.«

Wolfert nickte intensiv. »Ja, natürlich. Also, auch für den Fall, dass mein Vater oder einer seiner Mitarbeiter noch was Wichtiges erfahren sollten, und …« Er stockte mitten im Satz, als ich die Hand hob. »Schon gut«, sagte er kleinlaut und wandte sich ab.

Ich sah mir den Zettel mit der Telefonnummer an und überlegte kurz, ob ich vielleicht selbst Nicoles Tante anrufen sollte, entschied mich aber dagegen. Es war wahrscheinlich besser, wenn Menkhoff mit der Frau redete. Er kannte Nicole zwar offenbar lange nicht so gut, wie er vielleicht gedacht hatte, aber doch noch um einiges besser als ich. Ich griff zum Telefon und wählte seine Handynummer. Eine ganze Weile hörte ich dem sich wiederholenden Ton zu, dann schaltete sich die Mailbox ein und eine nette Frauenstimme verkündete, dass der Teilnehmer zurzeit nicht erreichbar sei, ich aber eine Nachricht hinterlassen könne.

»Hallo Bernd, Alex hier«, sagte ich, nachdem ein Piepton verkündet hatte, dass die Aufnahme startete, »ich hab eine Nummer, unter der Nicoles Tante zu erreichen ist. Ich dachte, es ist vielleicht besser, wenn du mit ihr sprichst, aber … Dumm, dass du nicht erreichbar bist. Wir können nicht warten. Dann werd ich sie jetzt wohl doch selbst anrufen müssen.«

Ich legte auf und dachte darüber nach, was ich die Frau fragen sollte. Sie war Nicoles Tante, aber sie hatte sie wahrscheinlich schon längere Zeit nicht mehr gesehen. Oder doch? Ich nahm einen Minenstift, der auf dem Monitorfuß lag, und schrieb auf das frische Blatt der Papierunterlage:

– *Wann zum letzten Mal gesehen?*

– *Stiefvater, Missbrauch: Was weiß sie?*

Und hatte es nach dem Tod ihrer Mutter mehrere solcher Vorfälle gegeben wie den mit den Katzenbabys? Ich setzte gerade den Stift an, als das Telefon klingelte. Es war Menkhoff.

»Ich bin's«, sagte er, »hab's zu spät gehört, sagst du mir gerade nochmal die Nummer?«

Die Selbstverständlichkeit, mit der er das sagte, ärgerte mich. »Wo bist du, Bernd?«

Es entstand eine längere Pause, offenbar hatte er mit dieser Frage nicht gerechnet. »In Zwangsurlaub, wie du weißt«, sagte er schließlich. »Was soll der Quatsch? Ich hab keine Zeit für Geplauder, Alex, also was ist jetzt mit der Nummer?«

Ich gab sie ihm.

Nach dem Gespräch starrte ich noch einige Zeit auf den Hörer vor mir. Dann wählte ich hektisch die Nummer von Mels Arbeitsplatz. Sie wusste noch immer nichts von

Luisas Entführung. Eine ihrer Kolleginnen hob ab, Mel war in einem Meeting. Ob sie zurückrufen solle, wollte sie wissen. Ich sagte ihr, das sei nicht nötig, legte enttäuscht auf und starrte vor mich hin. Ich hätte gern Mels Stimme gehört.

»Herr Hauptkommissar?« Es war Wolferts Stimme, und sie klang aufgeregt. Mit einem Ruck setzte ich mich aufrecht hin und sah zu ihm hinüber. Wolfert hielt in jeder Hand ein Blatt Papier und wedelte damit in der Luft herum, während er auf mich zukam. »Es ist wegen der Fotos … von den Mädchen … Ich glaube, ich hab da was entdeckt.«

Er legte die beiden Fotos auf dem Schreibtisch ab und schob sie so, dass ich sie gut sehen konnte. Dann zeigte und erklärte er mir, was er meinte. Als ich erkannte, dass seine Vermutung stimmen musste, stockte mir der Atem.

59

24. Juli 2009, 17.22 h

»Was denken Sie, Herr Hauptkommissar?«, fragte Wolfert. »Was hat das zu bedeuten?« Mit einem Teil meines Verstandes registrierte ich seine Frage, aber der andere, größere Teil war mit den möglichen oder auch sicheren Konsequenzen aus Wolferts Entdeckung so sehr beschäftigt, dass ich ihm nicht gleich antworten konnte. »Herr Seifert?«, hakte er nach einer Weile nach und riss mich damit aus meinen Überlegungen. »Das … das bedeutet, dass es nur zwei Möglichkeiten dafür gibt, Wolfert, und beide machen mir Angst.« Er schürzte die Unterlippe und legte den Kopf schräg. Schließlich nickte er. »Ja, das sehe ich auch so.«

»Ich gehe davon aus, Sie haben die Fotos der Mädchen schon mit allen Vermisstenakten verglichen?«

»Natürlich, das habe ich zuerst gemacht. Und auch die Todesfälle. Nichts.«

Ich schob meinen Stuhl zurück, woraufhin Wolfert einen erschrockenen Schritt zur Seite machte. »Ich möchte, dass Sie jetzt zur Chefin gehen und ihr diese Indizien vorlegen, okay? Ich … hab noch was zu erledigen.«

Wolfert nickte, griff sich die Fotos von meinem Schreibtisch und wandte sich ab, offensichtlich froh, dass nicht ich Kriminaloberrätin Biermann die Neuigkeiten überbringen wollte, sondern er selbst es tun konnte. Als er schon an der Tür war, rief ich: »Kommissar Wolfert!«, woraufhin er so abrupt stehen blieb, als wäre er gegen eine Glaswand gelaufen. »Das war sehr gute Arbeit.« Er grinste stolz und verließ das Büro.

Langsam schwirrte mir der Kopf, und ich fragte mich, warum mir dieses gottverdammte Detail nicht aufgefallen war, ich war doch wirklich nahe genug dran gewesen. Aber manchmal … Das Telefon läutete. Mit einer schnellen Bewegung hielt ich mir den Hörer ans Ohr und sagte: »Hallo Bernd, was hat sie gesagt? Gibt's was Neues?«

Für einen kurzen Moment herrschte Stille, dann sagte eine wohlbekannte Stimme: »Ich bin's. Du hattest angerufen.« Mel. Gerade hatte ich mich noch so sehr danach gesehnt, ihre Stimme zu hören, aber nun kam ihr Anruf wirklich in einem ungünstigen Moment. »Was wolltest du denn?«, fragte sie ungeduldig, als ich nicht antwortete. »Ich … ach, nichts Besonderes. Ich wollte nur hören, wie's dir geht und … Mel, es ist jetzt gerade ungünstig. Ich erwarte einen wichtigen Anruf von Bernd. Können wir vielleicht später …«

»Entschuldigen Sie die Störung, Herr Hauptkommissar«, sagte sie. »Aber *Sie* haben *mich* angerufen, wenn ich mich recht erinnere.« Ich konnte nicht einmal einschätzen, ob es belustigt oder verärgert geklungen hatte, so sehr surrte mir der Kopf.

»Sei bitte nicht böse, Mel. Ich erkläre dir alles später, aber jetzt müssen wir auflegen, ja?«

»Ich bin nicht böse, Alex«, sagte sie. »Ich weiß doch, was bei euch im Moment los ist.«

»Nein, das weißt du nicht.« Erst, als ich meine eigene Stimme hörte, wurde mir bewusst, dass ich es nicht nur gedacht, sondern laut ausgesprochen hatte. »Was weiß ich nicht?«

»Ach, es … es geht um Luisa, Bernds Tochter. Sie ist entführt worden, Mel.«

»Oh mein Gott. Entführt? Ist das sicher … ich meine, woher wisst ihr das?«

Ich atmete tief durch und erzählte ihr alles in Kurzform – bis auf Nicoles seltsamen Anruf, Wolferts Entdeckung und Menkhoffs Beurlaubung. Als ich meinen knappen Bericht beendet hatte, sagte Mel schluchzend: »Wie furchtbar. Die arme Teresa. Sie und Bernd tun mir so leid. Aber Luisa wird doch … Meinst du, dass sie …«

»Ja, ich glaube, sie lebt noch.« Ich verzichtete darauf, ihr zu sagen, dass Teresa wahrscheinlich noch immer nichts von der Entführung ihrer Tochter wusste. »Mel, das ist alles sehr schlimm, und die Zeit drängt. Ich muss Schluss machen, okay?«

»Ist gut.« Es hörte sich so kläglich an, dass ich sie gerne in den Arm genommen und ihr versichert hätte, dass wir Luisa bald unbeschadet finden würden. Die Chancen sanken allerdings dramatisch.

Mein Handy vibrierte in der Hosentasche. »Na endlich, Bernd, wie sieht's aus?«

»Ich weiß jetzt genug. Wir müssen sofort handeln. Hilfst du mir, Alex? Keine Zeit für Erklärungen. Nur ja oder nein.«

Ich hielt den Atem an, meine Gedanken rasten. Ein Verdacht. Keine Erklärungen. Auf der anderen Seite die neuen Indizien, die Wolfert … Ich hatte keine Wahl. »Ich helfe dir. Wo bist du?«

»Im Auto. In genau zwei Minuten vor dem Präsidium. Bis gleich.« Er hatte aufgelegt. Nervös wie selten zuvor sprang ich auf, blieb aber unschlüssig neben meinem Stuhl stehen. Die Chefin. Ich musste ihr von dem Anruf erzählen. Aber … Ich hatte keine Zeit mehr, musste noch vier Stockwerke runter. Mit ein paar großen Schritten war ich aus dem Büro heraus und eilte durch den Flur. Gott sei Dank war Wolfert wohl gerade bei Ute Biermann im Büro. Wenn ich einem von beiden in diesem Moment begegnet wäre, hätte ich Menkhoff höchstwahrscheinlich verpasst.

Als ich durch die Glastür ins Freie trat, fuhr er gerade mit seinem Privatwagen, einer schon etwas in die Jahre gekommenen silberfarbenen E-Klasse, auf den Parkplatz. Ich ging ihm entgegen, und als er neben mir anhielt, stieg ich ein. Ohne mich anzusehen, fuhr Menkhoff los, sobald ich die Tür geschlossen hatte.

Ich schnallte mich an und sagte: »Wo fahren wir –«

»Halt den Mund und hör mir zu«, fiel er mir barsch ins Wort. Er musste bremsen, weil wir das Ende des Parkplatzes erreicht hatten, und sah mich zum ersten Mal an. »Bevor ich dir sage, was ich weiß und wohin wir fahren, beantworte mir eine Frage, und zwar ehrlich: Vertraust du mir?«

Meine Stirn begann zu prickeln wie verrückt.

»Eine einzige Sekunde Zögern kann meine Tochter nachher das Leben kosten«, sagte er barsch. »Also was ist, vertraust du mir?« Als ich noch immer nicht sofort antwortete, sagte er im Befehlston: »Steig aus.«

»Was? Aber ich –«

»Mach, dass du rauskommst, Alex.«

»Nein!«, schrie ich, und ich hatte dabei das Gefühl, zu explodieren. »Ich vertraue dir.« Es war eine glatte Lüge. »Ja, verdammt! Fahr!«

»Ich habe eben zwei Telefonate geführt«, begann Menkhoff. »Das erste mit Nicoles Tante, das zweite mit

Joachim Lichner. Er rief mich an, als ich das Gespräch mit Spanien gerade beendet hatte, was er natürlich nicht wissen konnte.«

Er erzählte mir von den beiden Telefonaten, und ein flaues Gefühl machte sich in meinem Bauchraum breit, als mir zu dämmern begann, worauf das Ganze hinauslaufen könnte. Ich unterbrach Menkhoff und erzählte ihm, was Kollege Wolfert herausgefunden hatte.

Seine Augen weiteten sich für einen kurzen Moment, dann nickte er grimmig. »Das passt. Verdammte Sauerei.«

Dann erzählte er mir, was er sich aus alledem zusammengereimt hatte, und je länger er redete, je mehr ich erfuhr, umso größer wurde mein Bedürfnis, mir die Ohren zuzuhalten wie ein Kind, damit es nicht gab, was ich nicht hörte.

60

24. Juli 2009, 18.00 h

Wenn Menkhoff recht behielt, war seine Tochter in noch viel größerer Gefahr, als wir bisher angenommen hatten, und wir konnten die Situation, in der das Kind sich befand, überhaupt nicht einschätzen.

Wir überquerten die Grenze nach Belgien und würden unser Ziel bald erreicht haben.

»Würdest du sie … töten?«, fragte ich.

Er hob die Schultern. »Ich weiß nicht, welche Situation … Ich hoffe, ich werde diese Entscheidung nicht treffen müssen. Aber wenn es um Luisas Leben geht …«

»Warum sprichst du nur von dir?«

»Weil du nicht dabei sein wirst.«

Ich sah ihn überrascht an. »Was soll das heißen? Ich bin doch schon dabei.«

Er schüttelte den Kopf und erklärte mir, was er vorhatte. Es klang absolut verrückt, aber falls er mit seinen Vermutungen richtiglag, hatten wir verdammt nochmal keine Wahl.

Wir fuhren auf der Hauptstraße durch Eynatten. Sie verlief leicht geschwungen durch das Dorf und teilte es in zwei etwa gleich große Hälften. Als Menkhoff kurz hinter dem Ortsausgang links abbog, sah er kurz zu mir herüber: »Vielleicht ist es besser, wenn man dich nicht sieht. Rutsch runter.«

»Wie weit noch bis zu der Hütte?«

»Es ist noch ein gutes Stück, aber wer weiß, vielleicht hat sich ja irgendwo da vorne jemand versteckt und beobachtet uns?«

Ich fand diese Aktion zwar überflüssig, wollte aber in dieser Situation nicht mit ihm diskutieren. Er musste große Angst um seine Tochter haben, da war es kein Wunder, dass er übertrieben vorsichtig war. Ich warf also einen letzten Blick durch die Frontscheibe nach draußen, dann rutschte ich mit dem Unterkörper nach vorne, winkelte die Beine an und drehte mich dabei, so dass ich schräg im Fußraum kniete und mit abenteuerlich verkrümmtem Oberkörper auf dem Sitz lag. Von außen würde man mich nicht mehr sehen können.

Menkhoff fuhr nun deutlich langsamer, er arbeitete ständig am Lenkrad, als müsse er einen Hindernisparcours durchfahren. Es gab einige dumpfe Schläge in die Stoßdämpfer, als er durch Schlaglöcher fuhr. »Scheißweg«, sagte er. »Kann aber nicht mehr weit sein. Ich lass dich gleich raus.«

»Sollten wir nicht doch besser Verstärkung anfordern?«, fragte ich und hob dabei den Kopf ein wenig an.

»Nein. Ich bin beurlaubt, schon vergessen? Die Frau Kriminaloberrätin ist ja offensichtlich der Meinung, ich hätte mich eines Verbrechens schuldig gemacht.« Er warf einen schnellen Blick zu mir herunter, und ich konnte den Vorwurf in seinen Augen sehen. »Die würden mich jedenfalls nicht da reingehen lassen, obwohl es meine Tochter ist, um deren Leben es hier geht«, fuhr er mit fester Stimme fort. »Das kann ich nicht zulassen. Ich weiß nicht, was in dieser Hütte los ist, aber ich bin sicher, ich komme allein besser klar. Wichtig ist, dass du einen optimalen Platz findest. Da vorne kommt der Hochsitz«, angestrengt schaute Menkhoff durch die Frontscheibe, »und gleich hinter dem Hochsitz ist ein Gebüsch. Da lasse ich dich raus. Ich werd so tun, als müsste ich pinkeln. Warte, bis ich dir die Tür aufmache, und dann versuch möglichst unauffällig hinter dem Busch zu verschwinden. Du kannst dich erst mal dahinter verstecken, wenn du ausgestiegen bist. Irgendwo soll ein schmaler Weg schräg links tiefer in den Wald führen. Die Hütte muss etwa einen Kilometer weiter diesen Weg entlang liegen, zurückgesetzt, so dass man sie erst sieht, wenn man auf gleicher Höhe ist. Ich stelle den Wagen ein Stück weiter ab. Wart eine Minute, dann kommst du nach. Von dem schmalen Weg aus nach links in den Wald, mindestens hundertfünfzig, besser zweihundert Meter. Du musst unbedingt von hinten an diese Hütte herankommen, und pass auf, sobald du nah dran bist. Such dir ein Versteck am besten seitlich vom Eingang. Alles klar?«

Er bremste. »Und noch was. Ganz wichtig: Komm mir nicht in die Hütte nach, verstanden? Auf gar keinen Fall, egal was passiert.«

»Bernd, ich –«

»Vertrau mir, Alex.«

Er gab mir noch einige letzte, seltsame Instruktionen, wie ich mich an der Hütte verhalten solle, dann öffnete er die Fahrertür, stieg aus und ließ sie ins Schloss zurückfallen.

Ich musste eine Weile warten, bis die Beifahrertür geöffnet wurde. Menkhoff erschien über mir und tat so, als hätte er im Fußraum etwas verloren, er griff über mich hinweg und zischte: »Los jetzt, raus und nach hinten!« Ich quetschte mich geduckt an seinen Beinen vorbei durch den Spalt nach draußen. Fast wäre ich dabei hingefallen, weil ich mit einem Fuß zwischen Türverkleidung und Schweller hängengeblieben war. Im letzten Moment konnte ich ihn herausziehen und kniete neben dem Wagen. Das Gebüsch, von dem Menkhoff gesprochen hatte, fing wenige Zentimeter neben dem hinteren Kotflügel an. Mit einigen schnellen Schritten umging ich tief gebückt das dichte Geäst, ging dahinter in die Hocke und sah mich um, während Menkhoff die Beifahrertür zuschlug. Eine knappe Minute später setzte sich der Mercedes wieder in Bewegung.

Rechts von mir tauchte der Feldweg in den Wald ein. Von meinem Platz aus konnte ich Menkhoffs Wagen nachsehen, bis nach etwa dreißig Metern die Bremslichter kurz aufleuchteten und er nach links abbog, wo er zwischen den Bäumen verschwand.

Ich sah mich um. Auf der linken Seite erstreckten sich sandige Felder und braun verbrannte Wiesen, nur hier und da durch einzelne Bäume oder kleine Buschgruppen unterbrochen. Wie eine wulstige Narbe schlängelte sich der dunkle Weg darüber bis zur Ortsgrenze von Eynatten in etwa einem Kilometer Entfernung.

Ich setzte mich in Bewegung. Erst ging ich geduckt, doch dann überlegte ich es mir anders und richtete mich auf. Wenn Menkhoffs Angaben stimmten, war ich noch recht weit von der Hütte entfernt. Falls mich an dieser Stelle tatsächlich jemand beobachtete, machte ich mich wohl weniger verdächtig, wenn ich mich wie ein ganz normaler Spaziergänger benahm. Und wenn es jemand war, der mich kannte, machte es sowieso keinen Unterschied, ob ich schlich wie ein Indianer in einem schlechten Western oder ganz normal den Weg entlangging.

Als ich die Stelle fast erreicht hatte, an der Menkhoff

nach links verschwunden war, sah ich, dass dort ein Weg abging, der so schmal war, dass ein Auto wohl nur gerade eben noch Platz darauf hatte. Etwa 20 Meter hinter der Abbiegung stand der Mercedes in einer kleinen Ausbuchtung. Von Menkhoff war nichts zu sehen. Ich verließ den Weg und ging in den Wald hinein. Es gab in diesem Bereich so wenig Gestrüpp und Unterholz, dass ich einigermaßen bequem zwischen den Bäumen hindurch dem Weg folgen konnte.

Mit jedem Schritt wuchs die Anspannung in mir, erschienen die Geräusche, die der Waldboden unter meinen Füßen machte, lauter und verräterischer. Hier und da musste ich kleine Umwege um umgestürzte, moosbewachsene Bäume machen, so dass ich schnell das Gefühl dafür verlor, wie weit ich schon gegangen war. Auch der Blick zurück half mir bald nicht mehr, denn Menkhoffs Mercedes war schon nicht mehr zu sehen.

Etwa einen Kilometer, hatte er gesagt, und dass man die Hütte erst sah, wenn man auf gleicher Höhe war. Während ich vorsichtig weiterging und dabei versuchte, möglichst viel von meiner Umgebung gleichzeitig im Auge zu behalten, fragte ich mich, was Menkhoff wohl vorfinden würde … *Eynatten – In der Hütte!*

Ein raschelndes Geräusch hinter mir ließ mich herumfahren. Reflexartig zog ich den Kopf ein und suchte den Wald hinter mir mit den Augen ab. Ein erneutes Rascheln, nur wenige Sekunden später, zeigte mir die genaue Richtung. Einen Moment später hatte ich die Hirschkuh entdeckt, die gute fünfzig bis sechzig Meter von mir entfernt neben einem dicken Baumstamm stand und zu mir herübersah. Der Anblick des Tieres hatte etwas so erhaben Friedliches, dass ich für einen kurzen Moment sogar vergaß, warum ich an diesem Hochsommertag durchs belgische Unterholz schlich. Fast im gleichen Augenblick, in dem Luisas Kindergesicht wie ein mahnendes Plakat in meinem Kopf auftauchte, machte die Hirschkuh einen gewaltigen Satz zur Seite und floh mit riesigen Sätzen tiefer in den Wald hinein. Ich ging weiter.

Eine Viertelstunde später sah ich die Rückseite der Hütte und die rechte Seite schräg vor mir. Eine Art Trampelpfad, der vor langer Zeit wohl aus zwei Fahrrillen mit einer Grasnarbe dazwischen bestanden hatte, kam auf der gegenüberliegenden Seite aus dem Wald und mündete in der kleinen Lichtung, die aus dem halbverfallenen Holzbau und einem grasbewachsenen Vorplatz bestand. Auf der mir zugewandten Seite war ein dunkelgrüner Kleinwagen dicht neben der Holzwand abgestellt. Mein Puls beschleunigte sich.

61

24. Juli 2009, 18.29 h

Bei jedem Schritt achtete ich darauf, möglichst leise zu sein, und nutzte die Bäume als Deckung, was meinen Weg zu einem Zickzackkurs werden ließ. Zwei Meter neben dem Heck des geparkten Kleinwagens, auf einer gedachten Verlängerungslinie der Hausfront, bildete eine verwilderte Hecke die Grenze zwischen Lichtung und Waldrand. Ich konnte zwar die Vorderfront von meiner Position aus nicht sehen, aber der Eingang würde selbst im ungünstigsten Fall nur wenige Meter von der Hecke entfernt sein. Ein optimales Versteck in Menkhoffs Sinne.

Geduckt schlich ich mich näher heran, bis ich die Stelle erreicht hatte, und kniete mich hin. Durch eine Lücke in der Hecke hatte ich den Eingangsbereich schräg vor mir einigermaßen im Blickfeld, konnte die verblasste Holztür und das einzige Fenster der Vorderfront zwar nur als dünne Striche in der schäbigen Holzfront erkennen, aber ich würde alles sehen können, was sich vor dem Haus abspielte.

Ich ließ mich ein wenig zurücksinken und setzte mich auf meine Fersen. Meine Sinne waren wie sich ständig drehende Antennen, bereit, alles einzufangen, was um mich herum geschah.

Es gibt Gedichte und Lieder, in denen der Wald als ein Ort der Ruhe beschrieben wird. Das ist er nicht. Überall um mich herum raschelte, knackte, fiepte und schabte es.

Mindestens die Hälfte der Geräusche hätten von jemandem stammen können, der sich anschleichen wollte. Ich spürte meinen Puls so deutlich an der Halsschlagader, dass ich überzeugt war, dass jemand, der neben mir gestanden hätte, jeden Pumpvorgang meines Herzens als Ausbeulung an meinem Hals hätte sehen können. *Jemand, der neben mir* … Mit einem Ruck drehte ich den Kopf. Nichts, nur der Wald. Ich begann schon wieder zu schwitzen. Wie ich diese verdammte Schwitzerei hasste. Sie war lästig.

Was mochte Menkhoff gerade tun? Wenn er in der Hütte war, wieso tat sich dann dort nichts? War er vielleicht erwartet worden? Niedergeschlagen? Oder schlimmer noch …

Ich sollte ihm nicht in die Hütte folgen, hatte er gesagt. *Auf gar keinen Fall, egal was passiert.*

Normalerweise galt bei gemeinsamen Einsätzen das genaue Gegenteil. Wenn man das Gefühl hatte, der Partner oder ein Kollege könnte in Bedrängnis sein, kam man ihm sofort zu Hilfe. Dieser Fall lag anders. Falls Menkhoffs verrückte Theorie stimmte. Und wenn? Was würde das rückblickend bedeuten? Wie würde sich …

Ein deutliches Geräusch ließ mich zusammenfahren. Ich richtete den Oberkörper ein Stück weit auf und suchte das Gebiet vor der Hütte ab. Da war Menkhoff. Er trat tief geduckt in Höhe der gegenüberliegenden Hüttenecke aus dem Wald und lief weit vornübergebeugt mit schnellen Schritten zur Tür. In der Hand hielt er deutlich sichtbar seine Dienstwaffe.

62

24. Juli 2009, 18.43 h

Ich kann mich nicht mehr genau an die Sekunden erinnern, die nach Menkhoffs Verschwinden in der Hütte und dem Schuss vergangen waren. Ich weiß auch nicht mehr, wie viele es waren. Manchmal glaube ich, es müssen mindestens 40 oder 50 gewesen sein. Beim nächsten Mal, wenn ich darüber nachdenke – und ich denke sehr oft daran –, bin ich mir sicher, es waren nicht mehr als 5.

Der Schuss klang wie ein Donnerschlag, und gemessen daran hatten die Lieder und Gedichte doch recht, wenn sie die Stille des Waldes priesen. Der spitze Schrei, der direkt darauf folgte, war so kurz, dass ich nicht in der Lage war zu beurteilen, ob er von einer Frau oder einem Kind ausgestoßen worden war. Ich konnte nicht einmal gänzlich ausschließen, dass vielleicht sogar Menkhoff selbst geschrien hatte.

Einem Reflex folgend wollte ich meine Waffe ziehen, mit einem Satz aufspringen und diese Hütte stürmen, von der ich nur wusste, dass mein Partner sich darin aufhielt und offensichtlich noch mindestens eine weitere Person.

Ich zog zwar meine Pistole, blieb aber hinter dem Gebüsch in Deckung. Menkhoffs Worte standen wie ein Fanal vor mir:

Auf gar keinen Fall, egal was passiert.

Er hatte – hoffentlich – seinen Grund für diese Anweisung gehabt. Trotzdem machte es mich verrückt, mich tatenlos hinter einem Busch verstecken zu müssen, während dort drinnen etwas vorging, von dem ich nicht wusste, was es für meinen Partner bedeutete. Und was war mit Luisa? Hatte sie diesen Schrei ausgestoßen? Sollte Nicole sie etwa … Mein Körper ruckte, wollte aufspringen, und ich musste meine ganze Willenskraft aufwenden, um auf dem Boden kniend dort zu bleiben, wo ich war. Mein Unterbewusstsein schien die Kontrolle übernehmen zu wollen, weil es registriert hatte, dass ich etwas völlig Unlogisches tat. Ein Kind war in Gefahr, und ich unternahm nichts, um ihm zu helfen. Ich spürte den Schweiß auf meiner Stirn, und als ich mit dem Handrücken darüberstrich, glänzte er anschließend nass.

Die Tür der Hütte wurde geöffnet, und meine Muskeln spannten sich aufs Äußerste. Mein Verstand brauchte einen Augenblick, das Bild zu entschlüsseln, das meine Augen ihm lieferten, doch dann erkannte ich, dass es Menkhoff war, der da herauskam, und er hatte seine Tochter auf dem Arm. Luisas Kopf lag an seiner Schulter, seine Hand drückte sie an sich. Ich konnte nicht erkennen, was mit ihr war, und wollte ihnen etwas zurufen, wollte aufspringen und zu ihnen rennen. Dann endlich bewegte sie sich, und eine Woge der Erleichterung durchzog meinen ganzen Körper. Luisa hob den Kopf und sah sich schluchzend um, während Menkhoff noch immer mit ihr vor der Hütte stand, die Hand auf ihrem Rücken, und leise auf sie einredete.

Ein trockenes Knacken rechts von mir ließ mich herumfahren. Nicht weit von der Stelle entfernt, an der Menkhoff kurz zuvor aus dem Wald getreten war, kam mit schnellen Schritten Dr. Joachim Lichner auf die Hütte zu, den Blick unentwegt auf Menkhoff und Luisa gerichtet. Wie erstarrt kniete ich hinter dem Busch und atmete so flach wie möglich.

»Herr Hauptkommissar, alles in Ordnung?«, fragte Lichner, und ich verstand ihn dabei so gut, als würde er ein Mikrophon benutzen und der Lautsprecher stände unmittelbar neben mir. »Was ist mit der Kleinen, geht es ihr gut?«

»Ja, alles in Ordnung«, antwortete Menkhoff und streichelte dabei über Luisas Rücken, der immer wieder zuckte.

Lichner hatte die beiden fast erreicht und blieb etwa fünf Meter vor ihnen stehen. »Sind Sie allein hergekommen?«

Menkhoff nickte.

»Und Nicole? Hat sie … hat sie Schwierigkeiten gemacht? Ich habe einen Schuss gehört, wo ist sie?«

Menkhoff senkte den Kopf. »Nicole ist tot.«

63

24. Juli 2009, 18.49 h

Mein eigenständiges Denken war auf eine seltsame Art komplett zum Erliegen gekommen. Alle Kanäle meines Verstandes waren auf Empfang gestellt, um kein Wort, keine Geste dieser Szene zu verpassen, die sich vor meinen Augen abspielte.

»Sie ist … Oh Gott. Sind Sie sicher?« Lichner stand da mit offenem Mund und glotzte Menkhoff an, als käme er von einem fremden Planeten.

»Ja, ich bin sicher. Ich konnte nicht anders, sie hat Luisa mit einem Messer bedroht. Ich …«

Etwas Unfassbares geschah in diesem Moment. So unglaublich, dass ich erst nicht begriff, was da passierte.

Joachim Lichner lachte.

Zaghaft erst, in kleinen Schüben, dann heftiger, hemmungsloser, den Kopf dabei schüttelnd, als hätte er einen unglaublich guten Witz gehört. »Sie haben sie wirklich erschossen?«, sagte er, als er sich wieder etwas beruhigt hatte. »Das … das ist grandios. Ich wusste, ich kann mich auf Sie verlassen.«

Menkhoff beugte sich ein wenig nach vorne und setzte seine Tochter vor sich auf dem Boden ab. Er ließ Lichner dabei nicht aus den Augen. Luisa wirkte sehr verstört. Menkhoff sagte leise etwas zu ihr und zeigte dabei auf das Auto, das zwischen der Hütte und mir stand. Luisa schüttelte den Kopf und umklammerte seine Beine, doch

Menkhoff löste ihre Arme von sich und hielt sie fest. Er sah sie einen Moment stumm an, dann nickte er schließlich und drückte sie hinter sich, so dass er zwischen ihr und Lichner stand.

»Keine Angst, Herr Hauptkommissar, ich tue Ihrer Tochter nichts. Warum auch?« Wieder stieß er ein Lachen aus, es klang fast hysterisch. »Es ist doch alles getan.«

»Was soll das heißen, Lichner?«, fragte Menkhoff. »Sind Sie jetzt völlig verrückt geworden? Was ist getan?«

»Na, alles.« Er grinste breit, und selbst von meinem Platz aus erkannte ich dieses Grinsen wieder. Ich hatte es mir schon viele Jahre zuvor einige Male von Herrn Lichner ansehen dürfen. »Warten Sie«, fuhr er belustigt fort. »Ich erklär's Ihnen.« Er atmete tief durch und sah sich zufrieden um. Verrückterweise erinnerte er mich in diesem Moment an meinen Vater. Immer, wenn wir an einem Ausflugsziel angekommen waren, das er für die Familie ausgesucht hatte, war er ausgestiegen, hatte sich umgesehen und dabei genau den gleichen Gesichtsausdruck gezeigt. *Habe ich das nicht toll geplant?*, sollte das heißen.

»Sie haben funktioniert, Herr Hauptkommissar«, begann Lichner seine Erklärung. Er grinste dabei noch immer. »Es ist alles ganz genau so geschehen, wie ich es geplant habe. Aber das ist auch nicht weiter verwunderlich, wenn man so viele Jahre investiert hat. Es gab einige Situationen in den letzten Tagen, da habe ich Sie doch tatsächlich noch immer überschätzt, obwohl mein Vertrauen in Ihre kriminalistischen Fähigkeiten nicht eben groß ist. Dass Sie zum Beispiel Nicoles Patientendoku auf meinem Dachboden nicht gefunden haben … unbegreiflich. Vielleicht hätte ich eine gelbe Linie auf den Boden malen sollen.«

Er machte eine Pause, ließ seine Worte wirken. Menkhoff sah ihn verständnislos an. »Wovon reden Sie da, verdammt? Ich verstehe kein einziges Wort, und ich habe auch keine große Lust, mir solchen Quatsch anzuhören. Ja, Sie haben mir den entscheidenden Tipp gegeben, und dafür bin ich Ihnen dankbar, aber jetzt hab ich einiges zu tun. Da drin liegt Nicole, meine Tochter ist total verängstigt und muss schnellstens hier weg. Sie haben also hoffentlich Verständnis dafür, wenn ich jetzt meine Kollegen in Deutschland und die belgische Polizei anrufe.«

Lichner hob die Hand. »Nein, bitte, Sie sollten sich unbedingt anhören, was ich zu sagen habe. Glauben Sie mir, es ist wichtig für Sie.«

Menkhoff verdrehte den Oberkörper und warf einen Blick auf seine Tochter, die sich noch immer von hinten gegen seine Beine presste. »Also los, reden Sie. Aber beeilen Sie sich.«

»Erst einmal: Sie hatten damals, ausnahmsweise, recht, Herr Hauptkommissar: Ich musste die kleine Juliane leider zum Schweigen bringen.«

Stille. Ich vergaß zu atmen, tat sekundenlang einfach nichts, bis der Reflex einsetzte und den Sauerstoff nachdrücklich einforderte. So einfach war das also. Ein wie nebenbei dahingeworfener Satz, und alle Fragen der ganzen Jahre waren beantwortet, alle Zweifel einfach nicht mehr vorhanden. Ich horchte in mich hinein, suchte nach dem Gefühl der Erleichterung und fand etwas ganz anderes: Scham. Ich schämte mich für das, was ich diesem Mann zugetraut hatte, der nun schützend zwischen seinem Kind und einem Kindermörder stand.

»Sie wollte unbedingt ihren Eltern von mir erzählen«, fuhr Lichner fort. »Obwohl ich ihr gesagt hatte, was dann alles mit ihren Eltern geschieht, und mit ihr, und dass Sie allein daran schuld ist. Starrsinniges Kind. Ich hab ihr doch gar nichts Schlimmes getan. Ich hab noch nie einer Kleinen was Schlimmes getan. Nur ein bisschen gespielt hab ich mit ihr. Sie sind so zart in diesem Alter, so …« Er machte dabei ein beleidigtes Gesicht, als wäre ihm großes Unrecht geschehen. »Jedenfalls – meinen Glückwunsch, Sie haben trotz Ihrer offensichtlichen Unfähigkeit damals richtiggelegen. Aber ganz ehrlich …«, sein Gesichtsausdruck veränderte sich, drückte jetzt Kumpanei aus, »ohne dieses Haargummi, das die gute Nicole so wirksam platziert hatte, hätten Sie keine Chance gehabt. Dazu habe ich viel zu gut aufgepasst. Wo hatten Sie das eigentlich her? Das habe ich mich all die Jahre gefragt.«

Menkhoff sah ihn nur stumm und mit versteinerter Miene an, und Lichner winkte ab. »Ist ja auch egal. Jedenfalls hat die liebe Nicole mich verraten, so wie Judas damals seinen Herrn und Meister Jesus verraten hat. Übrigens mit einem Kuss, wie Sie wissen. Im übertragenen Sinn hat das Nicole ja auch gemacht, nicht wahr? Dafür musste ich sie bestrafen. Na ja, und dass ich über Ihren Fahndungserfolg nicht sonderlich begeistert war, können Sie sich ja vielleicht auch vorstellen, Herr Hauptkommissar.« Kumpelhaftes Lachen.

»Wovon zum Teufel reden Sie, Lichner? Ich verstehe noch immer kein Wort.«

Das Lachen verschwand mit einem Mal von seinem Gesicht, als sei ein Schalter umgelegt worden. »Ja, das habe ich befürchtet. Dann also in aller Deutlichkeit, Herr Menkhoff, damit auch Ihr Polizistengehirn es versteht. Jedes Mal, wenn ich im Knast verprügelt worden bin, wenn hirnlose Primaten im Körper eines Preisboxers mich erpresst, gedemütigt und gequält haben, wenn ich bespuckt worden bin oder ein haariger, tätowierter Gewaltverbrecher mich unter der Dusche als Vorlage zum Onanieren benutzte, dann habe ich dabei an Nicole und Sie gedacht. An jedem verfluchten Tag, dreizehn Jahre, einen Monat und zehn Tage genau, die ich in diesem Käfig eingesperrt war, habe ich mich danach gesehnt, mich an Ihnen beiden zu rächen. Es war mein Antrieb, mich nicht unterkriegen zu lassen, alles zu erdulden, was immer die da drin mit mir auch anstellten. Ich habe Pläne geschmiedet und wieder verworfen, Details geändert, verbessert, alle Möglichkeiten durchdacht, bis alles perfekt war. Ich habe jahrelang an Nicoles *Patientendokumentation* geschrieben.« Er stieß wieder ein von Kopfschütteln begleitetes Lachen aus. »Sie müssen zugeben, sie ist mir gut gelungen, oder? Diese Sache mit den kleinen Katzen, die sie gekillt hat, weil sie sie beschützen wollte … das war doch genial, oder etwa nicht? Ich gestehe, ich habe lange daran herumgefeilt, bis ich etwas gefunden hatte, das einerseits psychologisch nicht komplett aus der Luft gegriffen, andererseits aber doch so simpel war, dass es für Sie begreifbar ist. Aber Sie dürfen jetzt nicht denken, ich hätte alles erfunden, was da drinsteht. Etwa zehn Prozent davon sind immerhin wahr, leider Gottes. Die arme Nicole hatte wirklich keine leichte Kindheit. Ich habe es lediglich etwas … ziemlich ausgeschmückt.«

»Die Krankenakte war nicht echt? Aber was ist dann mit –«

»Das Zauberwort heißt *Hypnose.* Es ist wahr, dass Nicole mich im Knast besucht hat, aber sie kam nicht von alleine, sondern weil ich sie darum gebeten habe. Sie war zu diesem Zeitpunkt zum Glück ziemlich labil, und es fiel mir nicht schwer, sie bei der Stange zu halten, bis ich raus war. Tja, und dann haben wir mit den Hypnose-Sitzungen begonnen. Ich habe ihr immer wieder unter Hypnose klargemacht, dass sie dieses Trauma aus der Kindheit mit sich herumträgt. Ich habe ihr das, was Sie in der Patientendoku gelesen haben, immer und immer wieder suggeriert, so lange, bis sie am Ende selbst nicht mehr wusste, was wirklich geschehen war und was nicht.«

»Aber diese ganze Sache mit Ihrer angeblich verschwundenen Tochter Sarah …«

»… gehörte komplett zu meinem Plan. Inklusive des Geständnisses, dass ich alles nur inszeniert habe. War das nicht ein geniales Verwirrspiel? Mal ehrlich, Holmes, wer sonst noch könnte sich so etwas ausdenken?«

Menkhoff wandte den Blick von Lichner ab, starrte fassungslos vor sich auf die Erde, woraufhin Lichner breit grinste. »Ich sehe, Sie beginnen die Tragweite zu erfassen, Herr Hauptkommissar.«

»Nicoles Anruf heute auf dem Präsidium …«

»Wenn du mich unterbrichst, muss ich auflegen …«, flötete Lichner als Imitation einer Frauenstimme. »Ich habe sie den Text unter Hypnose aufsagen lassen. War sie nicht großartig? Wir haben aber auch wirklich wochenlang dafür geübt. Sie konnte es am Schluss so gut, ich hätte es sie auch live machen lassen können, aber ich habe die Aufzeichnung bevorzugt. Sicher ist sicher.«

»Aber wie … Sie haben doch vor der Tür des Präsidiums gestanden. Haben Sie von dort aus mit dem Handy …?«

»Nein, das war viel einfacher. Ich hatte einen sehr verlässlichen Helfer.«

»Diesch?«, knurrte Menkhoff.

»Sie erinnern sich, dass ich von meinem Ersparten sprach? Eine hübsche Summe. Für 100 000 Euro kann man sich vieles kaufen. Auch einen loyalen Gehilfen.«

64

24. Juli 2009, 19.02 h

Menkhoff hob den Kopf wieder an und sah Lichner in die Augen.

»Nicole hat meine Tochter gar nicht entführt, sondern Sie.«

Lichner schüttelte lachend den Kopf. »Sie können mir glauben, es war schon ein besonderes Erlebnis, einen Mann mit einer Perücke und viel Make-up in eine schwarzhaarige Frau zu verwandeln. Ich habe lange an ihm gearbeitet.«

»Nicole. Ich habe sie …« Menkhoffs Gesicht verzog sich schmerzhaft. »Ich habe sie erschossen …«

Lichner hob die Schultern. »Ich gebe zu, das war der wackeligste Teil der Geschichte. Ich habe sie darauf konditioniert, mit einem Messer auf Ihre Tochter loszugehen, sobald Sie die Hütte betreten. Allerdings gibt es dabei natürliche Hemmschwellen, die auch unter Hypnose nur schwer zu durchbrechen sind, und es hätte sein können, dass Nicole im letzten Moment alles versaut. Aber selbst dann … ich habe mich in den letzten Tagen köstlich amüsiert, und die Zeitungen wären von der Story begeistert gewesen, wie ein hochdekorierter Kriminalbeamter sich wie eine Marionette von einem Knacki tagelang durch Aachen hetzen lässt.«

Es entstand eine Pause, in der meine Gedanken sich überschlugen. Noch bevor ich ein Bild aus alledem modellieren konnte, sagte Menkhoff: »Dafür gehen Sie wieder in den Bau, Lichner, dafür sorge ich. Sie haben … –«

»Oh, ich habe bereits meine Haftstrafe für die Notwendigkeit mit Juliane abgesessen. Und Nicole wurde nicht von mir, sondern von Ihnen getötet, Herr Hauptkommissar, schon vergessen? *Sie* haben in Ihrer Selbstherrlichkeit einen unschuldigen Menschen erschossen. Und dazu noch die Frau, die Sie angeblich so sehr geliebt haben. Das werden Sie verflucht nochmal für den Rest Ihres Lebens mit sich herumtragen. Jedes Mal, wenn Sie Ihre Luisa ansehen, werden Sie daran erinnert.

Das ist mein Lohn.«

»Sie haben mit einem Komplizen meine Tochter entführt, Lichner. Dafür verschwinden Sie nochmal für viele Jahre im Knast.«

Wieder schüttelte Lichner den Kopf, dieses Mal mit einem nachsichtigen Lächeln untermalt. »Sie verstehen es nicht, Herr Menkhoff. Die Welt ist leider nicht so, wie Sie sie sich wünschen. Wir sind alleine. Alles, was ich Ihnen hier sage, wird Ihnen nichts nützen. Es steht Aussage gegen Aussage, mit dem kleinen Unterschied, dass Sie gerade eine unschuldige Frau erschossen haben und selbstverständlich versuchen werden, die Schuld auf einen armen Knacki zu schieben. So, wie sie ihn schon einmal hereingelegt haben. Sie wissen schon, Nicoles Anruf, der kleine Brief an Ihre Chefin. Das wird alles sehr schwer zu erklären sein. Ich wage die Prophezeiung, dass mein Fall neu aufgerollt wird. Und dann werde ich rehabilitiert, Herr Hauptkommissar Menkhoff, und Ihnen wird man die Hölle heiß machen. Ich gestehe, in Ihrer Haut möchte ich nicht stecken.«

»Sie Scheißkerl«, stieß Menkhoff heiser aus, woraufhin

Lichner grinsend den Kopf schief legte und die Hände hob. »Ich fasse das als Kompliment auf.«

»Die Wohnung in der Zeppelinstraße …« Menkhoffs Stimme klang, als hätte er über ein Reibeisen gesprochen. »Was hat es damit wirklich auf sich?«

Lichner überlegte einen Moment, schien abzuwägen, was er antworten sollte, und sagte schließlich: »Warum auch nicht, es nützt Ihnen sowieso nichts. Und Ihnen als Polizist muss es besonders gut tun zu erfahren, wozu ich die Wohnung brauche. Ich hatte eben schon einmal erwähnt, dass ich ein Bewunderer kleiner Mädchen bin. Sie sind so unfassbar unschuldig, so engelsgleich. Ihre Haut … Jedenfalls gönne ich mir hier und da die Gesellschaft eines dieser wundervollen Geschöpfe. Nichts Schlimmes, nur ein bisschen … Egal. Die Wohnung in der Zeppelinstraße ist meine Wolke, auf die ich mich hier und da mit so einem Engel zurückziehe.«

Noch während ich angesichts der Leichtigkeit, mit der dieses Monster davon sprach, Kinder zu missbrauchen, das Gefühl hatte, mir erstarre das Blut in den Adern, sagte Menkhoff:

»Sie haben sich in dieser Wohnung an kleinen Mädchen vergangen, Sie Dreckschwein?«

Lichner wiegte den Kopf hin und her. »So hart würde ich das nicht ausdrücken. Immerhin können sie alle noch jungfräulich in die Ehe gehen. Wobei ich bezweifle, dass eine von ihnen das in der heutigen Zeit tun wird.«

»Das frisch gestrichene Zimmer.«

»Genau. Ich hab mir gedacht, wenn Sie meine Wohnung nach Spuren von meiner Tochter durchsuchen lassen, ist es vielleicht besser, die Spuren der anderen Töchter zu beseitigen.«

Das Bedürfnis, in dieses pervers feixende Gesicht zu schlagen, wuchs in mir ins Unermessliche.

»Und zudem hatte es noch den kleinen Nebeneffekt, dass die Entführungsgeschichte plausibler klang, weil ich ja das Kinderzimmer schnell renoviert hatte. Also … zumindest für einfach gestrickte Denkprozesse war das ein Indiz. Und wissen Sie, was mir eine diebische Freude bereitet hat? Ich habe Ihnen Fotos von den Mädchen präsentiert, und Sie haben es nicht gemerkt.«

Menkhoff drehte sich ein Stück, wobei Luisa ihre Arme sinken ließ, bückte sich zu ihr herunter und sprach auf sie ein. Nach einer Weile nickte sie, und Menkhoff erhob sich wieder. Nach einem Blick zu Lichner, der verwundert zusah, kam Luisa an der Hüttenfront entlang in meine Richtung, bog neben dem kleinen Fahrzeug ab und hockte sich dahinter. Sie war nun vielleicht noch vier Meter von mir entfernt, eine Distanz, die ich im Notfall schnell zurücklegen konnte.

»Was soll das? Warum schicken Sie sie hinter die Hütte? Wenn ich ihr wirklich etwas tun wollte, glauben Sie, die paar Meter würden ihr helfen? Ihr Polizisten seid doch alle völlig krank.«

»Wir werden sehen«, antwortete Menkhoff, woraufhin Lichner ihn verständnislos ansah. Menkhoffs Körper straffte sich. Mit einer fließenden Bewegung fasste er hinter sich, zog seine Waffe und richtete sie auf den Psychiater. »Joachim Lichner, ich verhafte Sie wegen Entführung, mehrfachen sexuellen Missbrauchs an Kindern sowie Vortäuschung einer Straftat. Sie … –«

Lichner lachte schallend auf. »Sie tun was? Sagen Sie mal, haben Sie denn gar nichts verstanden? Sie können mir überhaupt nichts beweisen.«

»Doch, ich denke, das kann ich«, erwiderte Menkhoff ruhig.

»Ach ja? Und wie, bitte schön?«

»Ihr geradezu unglaublicher Schachzug, Lichner. Uns ist von Anfang an ein länglicher Schatten auf einem der Mädchenfotos aufgefallen, die Sie in Nicoles Wohnung aufgestellt hatten. Wir haben lange gerätselt, bis einem Kollegen schließlich eines der Fotos, die das Team der Spurensicherung in der Zeppelinstraße gemacht hat, in die Hand fiel. Das frisch gestrichene Zimmer, Herr Lichner. Dort gibt es eine Art Putzklappe, und der Rand dieser Putzklappe ist auf dem Foto von dem Mädchen zu sehen. Sie haben zwar alles gesäubert und neu gestrichen, aber wir haben trotzdem ein paar Haare gefunden. Ich wette, wir brauchen nur wenige Tage, um die Mädchen zu finden, die auf den Fotos abgebildet sind. Dann vergleichen wir ihre DNA mit den Haaren, die wird die gleiche sein, und dann werden diese Mädchen sich mit unseren Psychologen unterhalten. Was denken Sie wohl, wie lange es dauern wird, bis sie uns erzählen, was wir wissen wollen, Sie Möchtegerngenie? Sie sind so was von selbstherrlich, dass Sie einen Fehler nach dem nächsten gemacht haben. Sie sind ein Stümper, Herr Lichner.«

Zum ersten Mal, seit er vor der Hütte aufgetaucht war, wich die Selbstsicherheit aus Lichners Gesicht.

»Das ist noch nicht alles«, hakte Menkhoff nach. »Ich habe ein empfindliches Aufnahmegerät in meiner Hosentasche. So empfindlich, dass jedes einzelne Wort, das Sie gesagt haben, kristallklar darauf zu hören ist.« Lichners Gesicht verhärtete sich immer mehr. »Na, wer ist nun der Dumme, Herr … –« Die Tür öffnete sich hinter Menkhoff, und aus der Hütte kam – Nicole Klement.

Ich kann die Gefühle nur schwer beschreiben, die mich in diesem Moment regelrecht überrannten. Der ersten Überraschung folgte ein kurzer Moment der Verwirrung. Nicole – lebte. Und während ich fassungslos beobachtete, wie sie mit zwei langsamen Schritten neben Menkhoff trat und dort stehen blieb, begann ich endlich zu verstehen, dass der Schuss und Nicoles angeblicher Tod nur ein Teil von Menkhoffs genialer Inszenierung gewesen waren.

Sie wirkte noch zerbrechlicher als sonst, aber eine Verletzung konnte ich tatsächlich nirgendwo erkennen. Ich sah herüber zu Lichner, der Nicole anstarrte wie eine Erscheinung.

Doch schon nach wenigen Sekunden veränderte sich sein Gesichtsausdruck erneut, und er zeigte ein gequältes Lächeln. »Schau an, die liebe Nicole, quicklebendig wie eh und je. Der Herr Hauptkommissar hat also ein kleines Theaterstück inszeniert, und ich bin tatsächlich darauf hereingefallen. Kompliment, das hätte ich Ihnen jetzt nicht zugetraut.«

Ich sah nun keinen Grund mehr, mich noch länger hinter dem Busch zu verstecken. Lichner hatte ungewollt ein umfassendes Geständnis abgelegt, Nicole lebte, und Menkhoff hielt Lichner mit seiner Waffe in Schach.

Ich richtete mich auf, wobei mir das linke Bein kurz einknickte, weil es mir teilweise eingeschlafen war. Als ich leicht hinkend hinter dem Busch hervortrat, flog Lichners Kopf zu mir herum. Zum zweiten Mal innerhalb kurzer Zeit zeigte sich Überraschung auf seinem Gesicht.

»Ich schätze, ich muss mich jetzt nicht mehr verstecken«, sagte ich zu Menkhoff und wandte mich dann Lichner zu. »Ich habe alles gehört, was Sie gesagt haben, und kann's kaum erwarten, das vor Gericht zu wiederholen.«

Die Geschehnisse der folgenden Sekunden kenne ich zu großen Teilen nur aus der Erzählung, denn in meiner Erinnerung existiert für die kurze Zeitspanne nur ein heilloses Durcheinander.

Ich bemerkte aus den Augenwinkeln einen Schatten und sah mich um. Es war Luisa, die hinter dem Auto hervorgekommen war und zaghaft auf Menkhoff zuging, wobei sie Nicole mit ängstlichem Blick anstarrte. Vielleicht hatte sie mein Auftauchen als Signal gesehen, die schützende Deckung verlassen zu können.

Als sie die vordere Ecke der Hütte erreicht hatte, kam sie ins Blickfeld ihres Vaters, der zu ihr herübersah und ihr zurief: »Luisa, geh sofort zurück.« Instinktiv drehte ich mich nach Lichner um und sah gerade noch, dass er mit einem schnellen Griff plötzlich eine Waffe in der Hand hatte und sie in Luisas Richtung schwenkte.

Ein Adrenalinschub schoss durch meinen Körper. Menkhoff war durch Luisa abgelenkt, er würde nicht rechtzeitig reagieren können. Mit aller Kraft stieß ich mich ab und sprang nach vorne. Gleichzeitig mit einem Knall spürte ich einen heißen Schlag gegen die Schulter, der mich halb herumriss. Es gab kein Oben und kein Unten mehr, alles um mich herum schien sich in einer irrwitzig schnellen Drehbewegung zu befinden. Ich registrierte noch einen weiteren, unglaublich lauten Knall, dann wurde es dunkel.

65

25. Juli 2009, 10.10 h

Menkhoff saß auf dem Fußteil meines Bettes und sah mich ernst an. »Glatter Durchschuss. Du hattest Glück, Alex.«

Ich nickte und sah auf den Verband um meine rechte Schulter und den Oberarm. »Ja, das kann man so sagen. Der Scheißkerl kann Gott sei Dank nicht sonderlich gut schießen. Wie geht es Luisa?«

»Soweit ganz gut. Sie ist mit Frau Christ ein Stockwerk tiefer, eine Psychologin spielt mit ihr. Die haben tolle Spiele da unten.« Er lächelte ein wenig gequält. »Es … es wird dauern, bis sie wieder unbeschwert lachen kann. Aber mit der Zeit … na ja.«

Wir schwiegen einen Moment, dann sah er mich an. »Danke übrigens. Wenn du nicht so schnell reagiert hättest …« Er schluckte. »Du hast dein Leben riskiert, um Luisa zu schützen. Werde ich dir nicht vergessen.«

Ich winkte ab.

»Reiner Reflex. Und du hast mit deinem Schuss *mein* Leben gerettet. Was ist jetzt mit Lichner?«

Menkhoff hob die Schultern. »Ich hab ihn wohl an der Milz erwischt. Er liegt auf der Intensivstation, aber er wird es überleben und für lange Zeit wieder in den Knast wandern.«

»Dass die olle Finte mit dem Aufzeichnungsgerät funktioniert hat, wundert mich ja schon.«

Menkhoff zog eine Braue hoch. »Finte? Wie kommst du denn darauf? Ich hatte tatsächlich mein neues digitales Diktiergerät in der Hosentasche. Die Aufnahme klingt zwar teilweise, als hätte Lichner beim Reden ein Handtuch im Mund gehabt, aber das meiste kann man verstehen.«

Ich sah auf meine rechte Hand, die auf der Bettdecke lag. Über den Handrücken zog sich ein orangefarbener Streifen. Offenbar war man sehr großzügig mit dem Desinfektionsmittel gewesen.

»Und was ist mit Nicole?«

Er atmete tief durch. »Sie ist sehr verstört. An manche Dinge kann sie sich ganz schwach erinnern, an vieles aber überhaupt nicht. Lichner hat sie über einen sehr langen Zeitraum fast täglich unter Hypnose gesetzt und ihr seine kranken Ideen einsuggeriert.«

»Hypnose?«

»Er hat ihr dabei offensichtlich irgendwelche Medikamente gegeben, um ihre Beeinflussbarkeit zu erhöhen. Eine Gehirnwäsche der perversen Art. Sie kann Luisa unmöglich selbst entführt haben, und da Lichner zu diesem Zeitpunkt ebenfalls nicht in der Tagesstätte gewesen sein kann, bleibt nur Diesch. Der leugnet zwar noch alles, aber ich werde mich nachher selbst um ihn kümmern. Lichners Aussage reicht erst einmal, um Diesch in U-Haft zu stecken.«

Ich nickte. »Was hat sich eigentlich in dieser Hütte abgespielt?«

»In der Hütte? Tja«, er seufzte, »Luisa saß auf einem Stuhl in der Ecke. Sie … sie war gefesselt.«

Es fiel ihm schwer, darüber zu sprechen. »Nicole saß zwei, drei Meter von ihr weg an einem Tisch. Vor ihr lag ein Messer. Als ich in die Hütte reinkam, hat sie zwar danach gegriffen, sie … sie springt auf, zögert dann aber. Es kam mir fast so vor, als wüsste sie nicht, was sie als Nächstes machen musste. Sie guckt das Messer an, dann mich … Ich weiß nicht, was genau Lichner ihr unter Hypnose befohlen hat, aber er hat sich offenbar auch dabei überschätzt. Er ging wohl davon aus, dass ich Nicole erschieße, wenn ich in die Hütte komme und sehe, dass sie mit einem Messer auf Luisa losgeht.«

Er ließ einen Moment verstreichen, dann fügte er hinzu: »Und das hätte ich wahrscheinlich auch getan.«

Wieder schwieg er nachdenklich ein paar Sekunden. »Jedenfalls hat sie sich ohne Gegenwehr das Messer von mir wegnehmen lassen. Ich hab den beiden erklärt, was ich vorhabe, und dann einen Schuss abgegeben. Dann hab ich Luisa befreit. Sie hatte zwar furchtbare Angst, aber sie hatte auch verstanden, dass Nicole ihr nichts tun würde. Ich hab ihr versucht zu erklären, dass vor der Hütte wahrscheinlich der Mann wartet, der ihr das angetan hat und dass sie da draußen absolut tun muss, was ich ihr sage. Und … na ja … den Rest hast du selbst erlebt.«

»Und du hast das alles … also Lichners Plan durchschaut, als du mit Nicoles Tante telefoniert hast?«

»Na ja, die hat letztendlich meine Zweifel bestätigt, die ich die ganze Zeit über schon hatte, wie du ja weißt. Ich konnte einfach nicht glauben, dass Nicole in der Lage wäre, ein Kind zu töten. Dazu habe ich zu lange mit ihr zusammengelebt. Und ich war absolut sicher, dass Lichner damals das Mädchen getötet hat. Deswegen war mir schnell klar, dass er versucht, uns reinzulegen. Aber auch ich konnte nicht ahnen, was für ein perfides Spiel der Kerl mit uns treibt.«

»Und was genau hat die Tante … ich meine, wie viel von dem, was in Nicoles angeblicher Patientenakte steht, ist wahr?«

Menkhoff richtete den Blick auf die Bettdecke. »Sie ist als Kind tatsächlich ein paarmal von ihrem Stiefvater sexuell belästigt worden. Aber der ist nicht tot. Er ist in den Knast gewandert, nachdem Nicoles Mutter etwas gemerkt und ihn angezeigt hat. Die ist später an Krebs gestorben, und Nicoles Tante hat die Erziehung übernommen, aber alles andere war erfunden.«

»Aber Lichner musste doch damit rechnen, dass wir diese Tante befragen. Ich verstehe einfach nicht, dass er das bei diesem ausgeklügelten Plan in Kauf genommen hat. Es hätte doch sicherlich eine andere Möglichkeit gegeben, bei der die Gefahr, dass der Schwindel auffliegt, nicht so groß ist. Und auch die Sache mit dem Schatten auf dem Mädchenfoto … Warum ist er dieses Risiko eingegangen?«

»Weil genau das seine Achillesferse ist, Alex. Er strotzt so sehr vor Selbstüberschätzung, dass es ihm eine perverse Freude gemacht hat, uns an verschiedenen Stellen die Lösung direkt vor die Nase zu setzen. Das Genie spielt mit seinen dummen Marionetten. Und dabei war er absolut sicher, dass wir das nie merken würden.«

Ich schüttelte den Kopf. »Ich wusste ja, dass er ein Arschloch ist, aber ich hab ihn trotzdem für intelligenter gehalten.«

»Er ist sehr intelligent, Alex, aber … er kann nicht aus seiner Haut, weißt du. Es ist sein Wesen.«

ENDE

Danksagung

Das Schreiben der Danksagung ist für mich stets mit ganz unterschiedlichen Gefühlen verbunden. Einerseits freue ich mich, dass nun wieder ein Projekt erfolgreich abgeschlossen ist, auf der anderen Seite aber trauere ich meinen ›Darstellern‹ nach, die zwar ein rein virtuelles Leben führen, mir aber mit jeder Seite mehr ans Herz gewachsen sind. Mit dem Wort ENDE habe ich nun keine Möglichkeit mehr, sie aus Schwierigkeiten herauszuschreiben, sie lachen zu lassen oder ihnen die rettende Idee einzugeben, kurz, ich muss sie endgültig aus meiner Obhut entlassen.

Doch auch der jeweilige Ort des Geschehens wird mir mit jedem Schritt meiner Protagonisten vertrauter. Fast ist es, als hätte ich eine Zeitlang selbst dort gewohnt.

Mehr noch als in meinen vorherigen Geschichten war ich dieses Mal auf Rat und Hilfe seitens der Polizei angewiesen, und dabei hat sich herausgestellt, dass ich mit der Stadt Aachen eine sehr gute Wahl getroffen habe.

Ich danke

- den Beamtinnen und Beamten des Aachener Kriminalkommissariats, die sich für mich als wahre »Freunde und Helfer« gezeigt haben, denn wann immer mich Fragen rund um die Polizeiarbeit beschäftigten, stand man mir dort mit Rat und Informationen zur Seite;
- Herrn Herbert Prömper aus Aachen, der mir mit seinem fundierten Wissen über die Stadt sehr geholfen hat;

– meiner Frau Heike, die mir wie bei jedem Projekt den Rücken freigehalten und die Freiräume geschaffen hat, die ich zum Recherchieren und Schreiben brauchte;
– allen, die mir in der heißen Phase des Schreibens nachsehen, dass ich sie vernachlässige;
– meinem Lektor Volker Jarck für das wieder einmal sehr lehrreiche Lektorat;
– dem gesamten Team der Fischerverlage für die tolle Unterstützung;
– meinem Agenten Joachim Jessen, weil er sich um all die Dinge kümmert, um die ich mich nun Gott sei Dank nicht mehr kümmern muss;
– Andrea Kammann von der Büchereule (www.buechereule.de), die sich mit großem persönlichem Engagement auf ihrer Plattform für alle Themen rund ums Buch einsetzt und Autorinnen und Autoren mit ihren Leserunden eine tolle Möglichkeit bietet, mit Leserinnen und Lesern direkt in Kontakt zu kommen;
– allen anderen, die mich unterstützt und die mir geholfen haben, sei es nun aktiv oder passiv;
– und ganz besonders Ihnen, liebe Leserin, lieber Leser, dafür, dass Sie sich für meine Bücher interessieren.

Leseprobe

aus dem neuen Psychothriller von Arno Strobel:

Prolog

Sie war nackt, und sie fror erbärmlich.

Ihr Körper versuchte in vibrierenden Schüben die Kälte abzuschütteln, die sich wie ein Film auf ihre Haut gelegt hatte. Ihr Atem prallte von der Wand dicht vor ihr ab und schlug ihr, angereichert mit Partikeln aus Moder und Fäulnis, ins Gesicht zurück. In kurzen Abständen drangen wimmernde Laute aus ihrem Mund. Sie hatte Angst. In einer Intensität, die ihr Verstand kaum bewältigen konnte.

In einer Dunkelheit von absoluter Schwärze brauchte es einige Zeit, bis man sich über die Position des eigenen Körpers im Klaren war, zumal, wenn das Denken von nie gekanntem Grauen beherrscht wurde. Sie stand aufrecht an einer Wand. Wenn sie den Kopf ein kleines Stück senkte, um den schmerzenden Nacken zu entlasten, berührte ihre Stirn den kalten Stein. Ihre Arme waren mit Seilen um die Handgelenke wie ein V straff nach oben gebunden, der Unterkörper wurde durch etwas, das in Höhe der Taille über ihren Rücken verlief, fest gegen die Wand gepresst. Jede kleinste Bewegung schmerzte. Ihre Oberschenkel und Waden brannten. Die dünne Schlinge, die eng um ihren Hals lag, musste aus Draht sein, und war so kurz, dass sie sich zuzog, wenn sie den Oberkörper auch nur minimal bewegte.

Ihre Gedanken formten das gleiche Wort wie schon hundertmal zuvor in den letzten Stunden: *Mama.* Sie konnte sich an keinen Tag, an keine einzige Stunde erinnern, in der sie sich so sehr nach der Geborgenheit ihrer Mutter gesehnt hatte wie in diesem Moment. Nicht einmal in ihrer Kindheit.

Als hinter ihr eine Tür geöffnet wurde, als die Schwärze des Raumes sich mit flackerndem, gelblichem Licht und der Aura eines menschlichen Wesens durchsetzte, schrie sie auf.

Schritte kamen näher. Schnaubend ausgestoßener Atem strich um ihren Nacken. Lange Sekunden.

»Bitte …«, flehte sie. »Bitte, tun Sie mir nicht weh. Ich … ich mache alles, was Sie möchten. Ich …« Ihre Stimme ertrank in Tränen. »Bitte …«

Sie bekam keine Antwort, aber das Schnauben entfernte sich ein wenig. An ihrer rechten Seite entstanden kratzende Geräusche, dann zog sich die Schlinge um ihren Hals weiter zu. Ihr Rücken bog sich schmerzhaft durch, und sie stieß einen gurgelnden Laut aus. Nun konnte sie sich keinen Zentimeter mehr bewegen, ohne sich selbst zu strangulieren. »Bitte …« Sie stöhnte, sie weinte, sie verlor vor Angst den Verstand.

Etwas Dünnes, Kaltes strich über ihr Schulterblatt. Langsam, von links nach rechts und wieder zurück. Sie hielt die Luft an, wurde beherrscht vom dröhnenden Schlag ihres Herzens.

Dann explodierte der Schmerz.

1

24. April 2010

Mit einer dampfenden Tasse Kaffee in der Hand betrat Nina ihren kleinen Balkon und blinzelte gegen die Morgensonne, die sich schon ein gutes Stück über den First des gegenüberliegenden Hauses geschoben hatte.

Nach den langen Wintermonaten genoss sie das Gefühl der ersten zaghaften Wärme auf ihrer Haut so sehr, dass sie einen Seufzer ausstieß. Welch ein perfekter Start für diesen Tag.

In einer dreiviertel Stunde würde Kerstin sie zu einer Shoppingtour in der Europa-Passage abholen. Am späten Nachmittag dann würde sie zu Dirk fahren und ihm bei den Vorbereitungen zu seiner Geburtstagsfeier helfen. 25 war er drei Tage zuvor geworden, fast genau zwei Jahre älter als sie selbst.

Nina nippte an dem Kaffee und überlegte, ob sie Dirk am Samstag schon um viertel vor neun anrufen und ihm einen guten Morgen wünschen konnte. An den Tagen, an denen er nicht zur Uni musste, konnte er ohne Probleme bis mittags im Bett liegen bleiben. Manchmal, wenn sie zusammen übernachteten, zog er sie auf die Matratze zurück, wenn sie aufstehen wollte. Sie schmunzelte. Ein paar Vorlesungen hatte sie schon verpasst.

Nina beschloss, dass der Tag viel zu schön war, um ihn halb zu verschlafen, und ging hinein. Der Telefonhörer lag auf dem weißen Couchtisch. Sie wählte Dirks Nummer und legte sich mit schräg angezogenen Beinen auf die Zweiercouch, wo sie geduldig dem monotonen Tuten zuhörte. Dabei stellte sie sich vor, wie Dirk sich das Kissen auf die Ohren presste, um weiterschlafen zu können. Umso überraschter war sie, als er sich mit einem sehr ausgeschlafen klingenden »Dirk Schäfer, hallo«, meldete.

»Guten Morgen«, sagte sie lächelnd, »du klingst sehr fit für diese Uhrzeit. Ich sollte dich wohl öfter abends alleine einschlafen lassen.«

»Auf keinen Fall. Ich bin nur so früh aufgestanden, weil ich eh die ganze Nacht nicht schlafen konnte.«

»Wegen der Party heute?«

»Wegen Einsamkeit, o du innig geliebtes Wesen.«

Sie grinste. »Komm, du bist doch ganz froh, wenn du ab und zu im Bett fernsehen und Chips futtern kannst, gib's zu.«

»Niemals. Aber sag mal, wolltest du nicht heute mit Kerstin Hamburgs Schuhgeschäfte leer kaufen?«

»Doch, sie holt mi…« Die Türklingel unterbrach sie. Es gab nur einen, der um diese Uhrzeit bei ihr klingelte. »Wart mal kurz … bestimmt der Briefträger.« Nina schwang die Beine von der Couch und ging zur Tür, doch statt des fast immer freundlich lächelnden Dietmar Fuchs stand ein junger Mann in braunem Hemd und brauner Cargo-Hose vor ihr und hielt ihr mit teilnahmsloser Miene ein Päckchen entgegen. Auf seiner Hemdtasche war das Logo von UPS aufgenäht. Dass Nina barfüßig in ihrem blauweiß gestreiften Nachthemd vor ihm stand, schien ihn nicht sonderlich zu überraschen.

»Morgen. Eine Sendung für Sie«, sagte er, ohne dass sich sein Gesichtsausdruck dabei veränderte. Nina legte das Telefon neben sich auf dem Boden ab und nahm ihm das Päckchen aus der Hand. Es hatte etwa die Ausmaße der Amazon-Päckchen, in denen die Bücher ankamen, die sie sich öfter bestellte, und war dick mit braunem Paketband umwickelt. Der Absender auf einem Aufkleber in der linken oberen Ecke war allerdings ein privater:

Peter Dorscher
Selburgring 17
22111 Hamburg

Weder der Name noch die Adresse sagten ihr etwas. Sie klemmte sich das Päckchen zwischen die Knie, nahm den Plastikstift, der seitlich an dem Gerät baumelte, das der UPS-Mann ihr nun entgegenhielt, und krakelte ihre Unterschrift auf das Display, so gut es ging.

Auf dem Weg zum Wohnzimmer hatte sie den Hörer wieder am Ohr. »So, da bin ich wieder.« Sie legte das Päckchen auf dem Couchtisch ab und ging zur Balkontür. »War der Paketdienst, ist wahrscheinlich ein Buch, das ich online erstei–.«

»Du sollst deine Zeit nicht mit Lesen vertrödeln, sondern mit mir verbringen«, fiel Dirk ihr mit nörgelnder Stimme ins Wort.

»Alles zu seiner Zeit, Süßer, du kommst bestimmt nicht zu kurz. Jetzt mache ich mich jedenfalls mal fertig, sonst stehe ich immer noch im Nachthemd hier, wenn Kerstin gleich klingelt.«

»Soll das etwa heißen, du hast dem Kerl gerade im Nachthemd die Tür geöffnet? Hast du denn überhaupt kein Schamgefühl, Weib?«

»Du Spinner«, antwortete sie lachend. »Ich leg jetzt auf. Tschüss, bis nachher.«

»Na gut, bis später, aber dass mir das nicht nochmal vorkommt, sonst muss ich darauf bestehen, dass du bei mir einziehst, damit ich jeden deiner Schritte kontrollieren kann.« Nina schüttelte den Kopf und beendete das Gespräch.

Es war ein Scherz, aber Dirk hatte sie wenige Wochen zuvor schon einmal gefragt, ob sie sich vorstellen könne, zu ihm zu ziehen. Platz genug war vorhanden, sein Vater hatte ihm zum Studienbeginn die geräumige und bestimmt sündhaft teure Maisonette-Wohnung im Abendrothsweg in Hoheluft-Ost gekauft, unweit des Universitätsklinikums Hamburg-Eppendorf, wo Dirk Medizin studierte. Schäfer senior war Inhaber einer Firma mit über 100 Angestellten, die Kunststoffteile für die Automobilindustrie herstellte, und das Thema Geld schien in Dirks Familie eine eher untergeordnete Rolle zu spielen.

Sie liebte ihn, und im Grunde wünschte sie sich nichts mehr, als mit ihm in einer Wohnung zu leben, aber sie waren erst ein halbes Jahr zusammen, und es war ihr einfach noch zu früh, ihre eigene Wohnung und damit auch ihre Rückzugsmöglichkeit für alle Fälle aufzugeben. Vielleicht, dachte sie, wenn er in ein paar Monaten nochmal fragt …

Ninas Blick fiel auf das Päckchen neben der Kaffeetasse auf dem Tisch. Sie nahm beides und ging damit in die Küche, wo sie die Tasse auf der Spüle abstellte und dann ein Messer aus der Schublade nahm, mit dem sie das in mehreren Lagen aufgeklebte Paketband durchschnitt. Als sie das obere Teil dann aufklappte, kam etwas zum Vorschein, das in braunes Packpapier eingewickelt war. Es hätte ein großformatiges Buch sein können, doch als sie es in die Hand nahm, merkte sie, dass es dafür zu leicht war.

Hastig wickelte sie das Papier ab. Eine Art Leinwand kam zum Vorschein, auf einen Keilrahmen gespannt, wie sie ihn von ungerahmten Gemälden kannte, doch statt eines gemalten Motivs waren einige wenige Worte auf das seltsame Material geschrieben. In handgeschriebenen Druckbuchstaben stand dort:

DER LESER

Kriminalroman

Von

Anonymus

Nina verstand nicht, was das bedeuten sollte. Sie ließ den Blick über das eigenartige Material wandern, das eine ungewöhnlich blasse Farbe und eine unregelmäßige Struktur hatte. Eine Tierhaut? Vielleicht von einem Schwein? Etwas Wertvolles, womöglich Altägyptisches? Nein, oder? Am oberen rechten Rand war ein dunkler, zur Mitte hin etwas erhabener, ovaler Punkt von vielleicht einem Zentimeter im Durchmesser. Sie hielt den Rahmen etwas schräg und hob ihn ein Stück höher, um sich diesen Punkt genauer zu betrachten. Dabei bemerkte sie, dass von der Rückseite einige Fetzen herabhingen. Als sie den Keilrahmen umdrehte, als sie neben den Klammern, mit denen die Schreibfläche auf den Rahmen getackert worden war, die ausgefransten Ränder mit dunkelroten, kleinen Klümpchen sah, begann ihr zu dämmern, worum es sich handelte. Schemenhaft noch, und mit der Gewissheit, dass sie sich irrte, sich irren *musste*. Und doch schon klar genug, um wie das noch entfernte, dumpfe Grollen eines schweren Gewitters eine Woge des Entsetzens in ihr zu erzeugen.

Mit spitzen Fingern drehte Nina den Rahmen wieder um, und als sie sich den dunklen Punkt nun genauer betrachtete, wurde aus der Ahnung im Bruchteil einer Sekunde Gewissheit. Mit einem spitzen Schrei ließ sie das Ding fallen und schlug sich die zitternden Hände vor den Mund.

Dieser dunkle Punkt konnte ein etwas in die Länge gezogener Pigmentfleck sein. Bei dem Material, das jemand als Titelseite eines Romans benutzt hatte, und an dessen Rändern noch kleine Fleischstückchen hingen, handelte es sich tatsächlich um Haut. Und sie stammte nicht von einem Tier.